문화콘텐츠 스토리텔링 구조와 전략

국립중앙도서관 출판시도서목록(CIP)

문화콘텐츠 스토리텔링 구조와 전략:
문화콘텐츠의 핵심 동력, 스토리텔링에 길을 묻다

지은이: 박기수
-- 서울: 논형, 2015
    p. ;   cm. -- (논형학술 ; 85)

ISBN 978-89-6357-163-8 94680 : ₩20000

문화 콘텐츠[文化--]
스토리 텔링[story telling]

331.5-KDC6
306-DDC23   CIP2015022748

문화콘텐츠 스토리텔링 구조와 전략

문화콘텐츠의 핵심 동력, 스토리텔링에 길을 묻다

박기수 지음

논형

문화콘텐츠 스토리텔링 구조와 전략

문화콘텐츠의 핵심 동력, 스토리텔링에 길을 묻다

초판 1쇄 발행 2015년 8월 30일
초판 2쇄 발행 2016년 5월 25일
초판 3쇄 발행 2020년 10월 10일

지은이 박기수
펴낸곳 논형
펴낸이 소재두
등록번호 제2003-000019호
등록일자 2003년 3월 5일
주소 서울시 영등포구 당산로 29길 5-1 502호
전화 02-887-3561
팩스 02-887-6690
ISBN 978-89-6357-163-8 94680
값 20,000원

✻ 이 저서는 2010년도 정부재원(교육부)으로 한국연구재단의 지원을 받아 연구되었음
(NRF-2010-812-A00114).
This work was supported by the Korea Research Foundation Grant funded by the
Korean Government (NRF-2010-812-A00114).

　언제부터 본격적으로 스토리텔링에 관심을 가지고 연구를 시작했는지 잘 기억할 수는 없지만, 스토리텔링이 살아서 지속적으로 변화하는 모습은 언제나 매혹적이었고, 매혹적인만큼 고민스러운 것이었다. 그 숱한 시간동안 스토리텔링을 연구해왔음에도 불구하고 그것의 실체적 의미를 단언하기는 아직 어렵다. 다만 스토리텔링은 그 자체로 자족적일 수 없으며, 다른 무엇인가와 결합을 통하여 변별성을 획득하고, 새로운 향유자의 수요와 구현 기술의 발달에 따른 형질 변환의 가능성이 열려있다는 사실만은 말할 수 있을 것이다.

　살아있는 모든 것들이 나누는 공생적 교감을 극대화하기 위한 전략화 과정이 스토리텔링이라면, 가치와 체험 그리고 즐거움의 상관망 위에서 그것을 살펴야 한다는 것도 분명하다. 이런 맥락에서 스토리텔링은 거의 모든 분야에 걸쳐 열려있다. 그것은 최적화된 텍스트 구현 전략이 될 수도 있고, 소통의 기제일 수도 있으며, 장소성을 창출하기 위한 체험 전략일 수도 있다. 처음에는 텍스트 구현의 최적화 전략을 찾을 수 있으리라는 기대에서 출발했던 연구가 이제 문화 전반과 일상 전체로 넓어지고 말았다. 하지만 이 책에서는 텍스트 구현의 최적화 전략에 집중하기로 하였다. 사실 그것마저도 충분히 규명하지 못했지만 문화콘텐츠 스토리텔링을 연구하는 사람으로서 여기가 출발점이 되어야 한다고 생각한 까닭이다.

문화콘텐츠 스토리텔링이라는 통합적 관점의 접근을 회의하지 않은 것은 아니나 연구는 비교적 영화, 애니메이션 등을 중심으로 전개된 까닭에 구체성을 확보할 수 있을 것이라는 기대로 책을 묶는다.

1장에서는 문화콘텐츠 스토리텔링의 변별적 특성을 규명하고, 2장에서는 스토리텔링 분석 방법을 제시하였다. 3장에서는 모두가 사용하지만 누구도 구체적인 전략을 이야기하지 못했던 One Source Multi Use를 정의하고, 스토리텔링을 매개로 활성화할 수 있는 방안을 찾아보았다. 4장에서는 문화콘텐츠업계의 영원한 화두인 스토리텔링 전환(adaptation) 전략을 모색해보았으며, 5장에서는 영화와 애니메이션 스토리텔링 분석과 프랜차이즈 전략을 규명해보았다. 그리고 6장에서는 문화콘텐츠 스토리텔링의 주요 키워드인 가치, 체험, 즐거움의 상관망을 제시하고, 이를 기반으로 향후 스토리두잉(storydoing)으로 나갈 것을 전망하였다.

이 책은 당위적 요구보다는 실천가능성을 염두에 둔 현재적 의미의 모색에 가깝다. 다소 기능적일 수도 있는 이러한 모색의 저류에는 시장에서 성공한 선행콘텐츠의 스토리텔링 전략을 실체적으로 파악함으로써 향후 문화콘텐츠 개발에 있어서 최적화된 스토리텔링 전략을 마련해볼 수 있을 것이라는 소박한 기대와 희망이 놓여 있다.

슬픈 것은 희망과 성취 사이의 거리가 그리 가까워 보이지는 않는다는 점이다. 그나마 소박하게라도 정리하지 않으면 그 거리조차 가늠할 수 없을 것이라는 생각에 부끄럽고 무모하지만, 책을 묶는다. 명민하지는 못해도 불성실한 연구자는 되지 말자고 다짐했었는데, 막상 묶으려고 보니 성기고 거칠 뿐이다. 다만 위로가 되는 것은 은사님의 말씀처럼 누군가의 목소리가 아니라 나만의 목소리를 찾으려고 시도했고, 다른 이의 눈이 아니라 내 눈으로 확인하고 검증하기 위해 끊임없이 회의하며 성찰했다는 사실이다. 그 과정에서 한양대학교 문화콘텐츠학과 학부 및 대학원생과 강의를 통해 고민을 나누었고, 동료 연구자의 연구와 그들과의 토론을 통해 다듬어졌고, 실제 업계에 계신 실무진과의 토론이 크게 힘이 되었다. 재주가 무딘 사람은 주변에 눈과 귀가 밝은 사람이 많아야 하고, 그들과 의견을 나눌 수 있는 시간이 많아야 하는데, 다행스럽게도 그럴 수 있었다. 하여 이 책에서 소박한 성과라도 있다면 그것은 모두 그분들의 덕이며, 성기고 잘못된 부분이 있다면 그것은 오로지 나의 몫이다.

　책은 마침표가 아니라 이정표라고 믿으며, 이제 걸어온 길은 뒤에 두고 앞으로 걸어가야 할 길을 가늠해본다. 일상 속의 스토리텔링을 다룬 소프트한 또 다른 이정표를 새봄쯤 욕심내려 한다. 언제나 그렇듯 무심하고 무딘 가장을 이해해주는 가족들이 고마울 뿐이다.

2015년 7월
분당 水善齋에서 汎山 쓰다.

차례

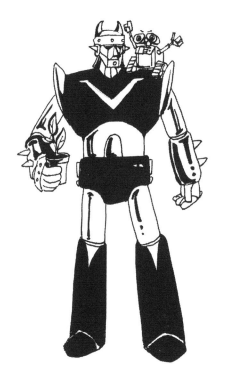

지금 이곳에서 당신의 질문이 유효하지 않다면 어떤 경우라도 당신은 적실한 답을 찾을 수 없다. 같은 이치로 당신에게 유효한 답이 보이지 않는다면 대부분 잘못된 질문을 던지고 있기 때문이다.

1장
문화콘텐츠 스토리텔링의 특성

1. 문화콘텐츠 스토리텔링 개념 정립의 필요성

문화콘텐츠의 중요성이 강조될수록 문화콘텐츠 스토리텔링에 대한 관심도 높아지고 있다. 성공적인 문화콘텐츠를 개발하기 위해서는 스토리텔링을 중심으로 하는 기획, 창작, 유통이 전개되어야 하며, 그것의 적실성 여부가 문화콘텐츠의 성과를 가르는 중요한 요소가 되기 때문이다.

문화콘텐츠 스토리텔링은 1) 향유 과정에서 텍스트와의 소통을 실현하는 기본적인 회로라는 점, 2) 문화콘텐츠를 통한 경제적 수익 실현 과정에서 One Source Multi Use를 활성화시킬 수 있는 중심 매개라는 점, 3) 무엇보다 텍스트의 완성도와 향유자의 소구를 결정짓는 결정적인 역할을 한다는 점에서 그 중요성은 아무리 강조해도 지나치지 않다. 그럼에도 불구하고 그동안 문화콘텐츠 스토리텔링에 대한 논의는 지극히 당위적인 요구에 머물거나, 기존의 문학 텍스트 중심의 서사론(Narratology)을 넘어서지 못하는 수준에서 전개됨으로써 문화콘텐츠 스토리텔링의 변별성을 확보하지 못했고, 그 결과의 효용에 대한 끊임없는 논란을 유발시켜온 것이 사실이다.

문화콘텐츠 스토리텔링에 대한 논의는 그것에 대한 관심이나 중요성에 비해 양적으로 현격히 적을 뿐만 아니라 '문화콘텐츠'와 '스토리텔링'에 대한 변별적 인식을 바탕으로 전면적인 차원의 종합적 논의가 이루어지지 못했다. 그 가장 큰 원인은 무엇보다 생산적인 논의에 이르기 위한 전제인 문화콘텐츠 스토리텔링에 대한 변별적인 특성을 파악하려는 시도가 부족했기 때문이다. '문화콘텐츠'나 '스토리텔링'은 모두 짧은 시간에 급부상함으로써 낯설고 자의적인 맥락에서 혼란스럽게 사용되었던 까닭에 그 개념의 적확한 탐구나 합의가 이루어질 수 없었다. 그 결과 이야기(story)와 내러티브(Narrative) 그리고 스토리텔링(storytelling)의 개념과 구분이 혼란스러웠고, 스토리텔링과 디지털 스토리텔링(Digital storytelling)은 구분 없이 사용되었으며, 문화콘텐츠 스토리텔링은 기존의 서사론을 무리하게 대입한 어설픈 수준에 머물렀고, 문화콘텐츠 각 장르별 스토리텔링의 변별적 특성은 무시됨으로써 문화콘텐츠 스토리텔링 전략에 대한 실천적 차원의 생산적인 탐구가 전개되지 못했다.

문화콘텐츠 스토리텔링에 대한 생산적인 논의를 위해서는 먼저 그 개념에 대한 납득할만한 합의가 이루어져야 한다. 개념에 대한 합의가 선행되어야지만 문화콘텐츠 스토리텔링에 대한 전면적인 탐구가 전개될 수 있다. 문제는 문화콘텐츠 스토리텔링에 대한 개념 합의에 이르기 위해서는 스토리텔링 개념에 대한 합의가 선행되어야 한다는 점이다. 따라서 여기서는 스토리텔링에 대한 개념 도출을 바탕으로 문화콘텐츠 스토리텔링의 정체와 변별적 특성을 파악해볼 것이다.

일반적으로 스토리텔링이라는 용어가 본격적인 담론으로 부상하기 시작한 것을 1995년 미국에서 열린 '디지털 스토리텔링 페스티벌(Digital Storytelling Festival)[1]부터다. 이로 인해 스토리텔링을 디지털 매체 기

---

1) http://dstory.com/dsf_05/history.html

반의 콘텐츠 제작을 위한 스토리 창작기술로 정의하기도 하지만 분명한 것은 그 이전부터도 스토리텔링은 존재해왔다는 사실이다. 따라서 스토리텔링을 디지털 스토리텔링의 등장과 함께 만들어진 개념으로 볼 수는 없다. 오히려 스토리텔링의 특성이 디지털 문화 환경과 상생적으로 결합함으로써 전면화 되었다고 보는 것이 타당하다. 이러한 맥락에서 볼 때, 스토리텔링을 디지털 시대에 등장한 창작기술이라고 보는 견해는 소박해진다. 결국 스토리텔링을 제대로 정의하기 위해서는 스토리텔링에 대한 전면적인 탐구가 필요하다. 이 탐구는 필요에 따라서는 개념 및 정체를 재구성하고, 그 변별성을 확보해야만 하는 다분히 구성적인 과정이 될 것이다.

  스토리텔링의 정체를 규명하기 위해 여기서는 먼저 그동안의 주목할 만한 선행 연구[2]의 성과와 한계를 꼼꼼하게 검토할 것이다. 그 검토 결과를 바탕으로 스토리텔링의 정체와 구성을 규명하고, 이에 기반을 두어 문화콘텐츠 스토리텔링의 변별성을 탐구할 것이다.

2. 문화콘텐츠 스토리텔링의 선행 연구 성과와 한계

  스토리텔링에 대한 논의는 매우 기형적인 형태로 진행되어 왔다. 디지털 문화 환경의 도래와 문화콘텐츠의 부상에 따라서 급작스레 등장한 스토리텔링은 개념에 대한 합의도 없이 다양한 분야의 여러 층위에 걸쳐 폭

---

2) 최근 몇 년 사이에 스토리텔링 혹은 문화콘텐츠 스토리텔링에 대한 관심이 높아지면서 여러 관점에서 다양한 수준으로 연구가 진행되어 왔다. 하지만 양적인 증가가 반드시 질적인 향상을 보장하는 것은 아니어서, 이 책에서 주목할 만한 연구는 그리 많지 않았다. 다시 말해 이 책에서 검토하는 스토리텔링에 대한 선행연구들은 그동안 발표된 모든 논문들이 아니라 뚜렷한 각자의 관점을 전제로 차별화된 논의를 전개한 것들이라는 점이다.

넓게 사용되었다. 이러한 확산은 아이러니하게도 스토리텔링에 대한 논의의 혼란을 가중시키는 결과를 낳았다. 류은영(2009, 241)의 지적처럼 "서구에서는 일상의 혹은 실용적 담화 기법으로서의 스토리텔링에 대한, 우리나라에서는 문화콘텐츠 스토리텔링에 대한 연구가 각기 그 중심을 이루"어 왔다. 그 결과 리더십, 대화와 협상, 연설 및 담화, 브랜드 등의 일상적 층위에서의 '이야기하기' 전략으로서의 접근과 문화콘텐츠 스토리텔링 전략으로서의 접근이 광범위하게 여러 층위에서 전면적으로 진행되었다. 개념에 대한 납득할만한 합의가 전제되지 않은 채 이루어진 광범위한 접근과 다양한 층위에서의 논의는 관심을 고조시키고 기대를 키울 수는 있었지만 그것을 기반으로 한 생산적인 논의를 이끌어내지는 못했다.

더구나 이 과정에서 《반지의 제왕》, 《해리포터 시리즈》[3]와 같은 강력한 스토리에 기반을 둔 원천콘텐츠의 등장으로 One Source Multi Use가 성공적으로 전개됨으로써 스토리텔링의 중요성은 더욱 크게 강조되었고, 그와 같은 스토리텔링을 생산해야한다는 조급한 강박[4]에 시달리게 된다. 아울러 디지털 문화 환경의 확산에 따라 디지털 스토리텔링이 급부상함

---

3) 이 책에서 소설이나 단행본은 《 》로 표기하며, 영화나 애니메이션 등의 작품은 〈 〉로 표기할 것이다.

4) 이러한 강박증의 결과는 스토리텔링에 대한 정부기관의 일방적인 드라이브를 낳는다. Dramatica-Pro와 같은 한국형 '창작지원 스토리텔링 저작도구'를 만들겠다는 사업은 막대한 예산의 집행에 도 불구하고 제자리이고, '해리포터'와 같은 글로벌 콘텐츠를 육성하겠다며 총 상금 4억 5천만 원을 내걸고 시작한 '신화창조프로젝트'는 아직 성공적인 모델을 만들지 못하고 있다. 그뿐만 아니라 각 지방 자치단체에서 유행처럼 시행하는 스토리텔링 공모전 역시 이야기 발굴 수준을 넘어서지 못하고 있다. 이러한 사업들이 뚜렷한 성과를 내지 못하고 흐지부지 되고 있는 가장 큰 원인은 스토리텔링의 정체에 대한 분명한 자의식을 가지고 있지 못하고, 무엇을 어떻게 지원하고', '어떤 형태의 결과물을 어느 단계까지 완성된 형태로 선발해야하는지'에 대한 의식조차 갖고 있지 못했기 때문이다. 큰 예산을 들여 몇 년 안에 뚝딱 성과를 낼 수 있다는 개발독재시대의 드라이브는 적어도 문화콘텐츠 스토리텔링 분야에서는 적용되기 어려운 방법이다. Dramatica-Pro와 같은 프로그램도 32,768개의 스토리텔링 데이터베이스 기반과 *New Theory of Story*라는 새로운 극작 이론을 정립함으로써 가능하였다. 이러한 토대 구축을 위한 경제적, 시간적인 투자 없이 사업 기간 내의 투자 대비 성과로만 평가되는 현재의 조급증으로는 어떠한 성공적인 결과도 만들어낼 수 없을 것이다.

으로써 스토리텔링과 디지털 스토리텔링을 유사한 개념으로 사용하게 되었다. 이와 같이 성공적인 스토리텔링에 대한 조급증과 디지털 스토리텔링과의 혼용 등은 스토리텔링의 개념과 정체에 대한 합의를 더욱 어려워지게 하였다.

물론 스토리텔링에 대한 선도적인 연구들이 시도되지 않은 것은 아니었다. 이인화(2003, 13)는 스토리텔링을 "사건에 대한 진술이 지배적인 담화형식"으로 파악하고, "스토리, 담화, 이야기가 담화로 변하는 과정의 세 가지 의미를 모두 포괄하는 개념"으로 정의하고, 디지털 스토리텔링을 중심으로 사례 및 방법론 연구를 지속적으로 수행하고 있다. 최혜실(2007, 16)은 스토리텔링을 'story', 'tell', 'ing'이라는 구성 요소로 구분하고, 이야기성, 현장성, 상호작용성을 그 특성으로 제시한다. 박기수는 최근 여러 연구를 통해 스토리텔링의 양상이 1) story뿐만 아니라 tell과 ing가 텍스트 향유의 지배적인 요소가 되었다는 점, 2) 다양한 방식의 tell과 ing에 의해 story의 형질 변환을 초래한다는 점,[5] 그 결과 3) 참여중심, 체험중심, 즐거움중심의 향유가 스토리텔링 전체의 화두가 되었다는 점 등을 특성으로 들고 있다.

이들의 논의를 종합해볼 때, 스토리텔링은 매체환경의 특성을 적극 반영하고, 그 변화에 능동적으로 대응하며, 스토리중심에서 탈피하여 말하기(tell)와 상호작용성(ing)을 중심으로 한 향유에 주목한다는 공통점을 발견할 수 있다. 특히 박기수(2007A, 9)는 스토리텔링을 지속적인 조형성과 확장성을 지니고 있다는 점에서 다분히 생성적 개념으로 파악하였다. 그는 "디지털 미디어의 지속적인 출현과 성장과 함께 상생적으로 결합하여 스토리텔링이 성장하고 있다는 점을 고려할 때, 향후 스토리텔링

---

5) 이 말은 전통적인 의미의 스토리텔링은 story에 tell과 ing가 종속되지만 최근 스토리텔링의 양상을 보면 story가 tell과 ing에 종속되기도 한다는 의미다. 즉 전자는 story에 최적화된 tell과 ing를 모색하지만, 후자는 tell과 ing가 더 큰 즐거움을 줄 수 있다면 그것에 story를 최적화하기도 한다는 뜻이다.

의 포식에 가까운 생성은 주목해야만하며, 문화콘텐츠의 유연한 근골로 스토리텔링이 어떻게 기능할 것이냐도 지속적인 탐구가 필요한 부분"이라고 주장했다.

이상의 선도적인 연구에도 불구하고 스토리텔링의 개념에 대한 합의가 이루어지지 않은 것은 1) 이들의 논의가 모두 문화콘텐츠에 중심을 두고 있다는 점,[6] 2) 이들 연구가 본격적인 개념 탐구의 심층 연구가 아니라 이후 연구를 진행하기 위한 지표 정도로 설정되어 있다는 점, 3) 이후 이인화는 디지털 스토리텔링에, 최혜실은 다양한 분야로의 스토리텔링 확산에, 박기수는 영상콘텐츠를 중심으로 한 스토리텔링 사례 분석에 주력함으로써 개념과 정체에 대한 지속적인 탐구가 이루어지지 못했기 때문이다.

스토리텔링의 중요성이 날로 부각됨에 따라, 이후 이들의 논의를 기반으로 서사와 매체를 전공한 연구자들의 탐구가 이어졌다. 이 글에서는 이러한 탐구 중에서 류은영, 김요한, 김광욱, 송효섭, 정형철, 한혜원 등의 논의에 주목하여 그 성과와 한계를 찾아보려 한다.

류은영[7](2009, 2010)은 스토리텔링을 기원적으로 다층적이고 다의성을 가질 수밖에 없는 경험적, 대중 소비적 산물로 파악한다. "스토리텔링은 인류의 오랜 경험적 용어지만, 오늘날에 이르러 대중적, 소비적, 기교적인 속성이 더해지면서 다층적이고 다의적인, 말하자면 메타적인 용어가 되었고"(류은영, 2009, 242), 그것이 그동안 지배적인 서사 형태였던 내러티브와 변별적이거나 상보적인 이율배반적 긴장 관계를 형성함으로

---

6) 사실 이 점은 미덕이 되어야 하는 것임에도 불구하고 소위 정통 서사학의 입장에서는 지나치게 문화콘텐츠에 경도된 주장으로 받아들여졌을 가능성이 크다.

7) 류은영의 연구는 2009년과 2010년에 걸쳐 연속적인 형태로 진행되었다. 스토리텔링의 기원을 어원적으로 분석하고, 그것의 현재적인 쓰임을 바탕으로 구성 원리 및 리터러시 방안까지 제안하고 있다. 특히, 스토리텔링의 역작용에 대한 그녀의 지적은 문학 중심적, 텍스트 중심적이라는 협의에도 불구하고 타당한 것이다. 스토리텔링을 내러티브의 세속화된 기교로 파악하면서도 그것의 가치론적 가능성을 포기하지 않는 관점이기 때문에 더욱 주목할 만한 것이다.

써 속성은 물론 범주를 규정하는 것도 매우 어렵게 되었기 때문이다. 그녀(2010, 85-86)는 스토리텔링이 "문화 분야 전반에 걸쳐 대중의 의식과 소비의 흐름을 주도하려는 스토리텔러들의 의도 하에 목적지향적, 대중지향적, 소비지향적으로 수단화되면서, 결국 현재의 기교적 커뮤니케이션 양식으로 변화"하였다고 지적한다. 즉 "본래는 서로 자유롭게 이야기를 주고받는 '즉흥적 소통양식'이었던 스토리텔링이 내러티브의 치밀한 '자기 완결적 플롯'을 기법의 일부를 취하며 기교화한 것"이라는 것이다. 이처럼 "내러티브화된 스토리텔링은 이야기를 만들어 대중을 사로잡고자 하는 정치, 경제, 경영, 마케팅, 문화산업(문화콘텐츠) 분야의 효과적인 감성 유혹 장치로 거듭"남으로써 "21세기 멀티미디어 및 엔터테인먼트 산업의 장을 주도하는 막강한 담화장치"가 되었다는 주장이다.

　류은영은 스토리텔링의 정체를 파악하기 위해 내러티브와의 섬세한 차별화 과정을 통하여 개념 규정을 시도한다.

　　근대 이후 이야기 양식의 주류가 된 소설이 원래 고대의 디에게시스와 미메시스, 즉 '순수한 서술'과 '재현적 모방'의 혼합인 서사시의 전통을 잇는 과정에서, 결과적으로 재현성(representativity)보다 서술성을 기반으로 '글로 서술하기'라는 내러티브의 전형을 정립하게 되면서, 상대적으로 스토리텔링은 재현성을 중심 기제로 구술적 전통을 잇는 '다감각으로 재현하기'의 전형적 양식으로 존립하게 된다. 따라서 내러티브가 '사실적 혹은 허구적 사건을 시간과 인과 구조에 따라 이야기 형식으로 구성 서술하는 담화양식'으로 구성적 시간성, 논리적 인과성 그리고 심미적 형식성을 기반으로 하는 서술적 담화양식이라면, 상대적으로 스토리텔링은 '실시간적 시공간성', '재연적 다감각성' 그리고 '소통적 상호작용성'을 기반으로 하는 재현적 담화양식이라고 할 수 있다. (중략) ⓐ 스토리텔링은 '구술적 전통의 예술로서, 사실적 및 허구적 사건을 시각이나 청각 등에 호소하며 실시간적으로 재연해 전달하거나 소통하는 시공간적 또는 다감각적 또는 상호작용적 담화양식으로, 20세기말 이후 점차 서사적으로 기교화되면서 정치, 경제, 사회 문화 전반, 특히 대중소비문화를 주도하는 미디어 및 엔터테인먼트 산업의 토대가 되고 있는 담화 기법'으로 이해할 수 있다.(류은영, 2009, 244-245, 굵은 글씨, 원문자는 인용자, 이하 동일)

류은영은 ⓐ와 같이 스토리텔링을 정의한다. 내러티브와의 차별화 과정을 통하여 '실시간적 시공간성', '재연적 다감각성', '소통적 상호작용성'을 기반으로 하는 재현적 담화양식으로 파악한 그녀의 견해는 매우 적절하다. 다만, 스토리텔링을 '구술적 전통의 예술'로 보는 견해에는 동의하기가 어렵다. 그녀도 주장한 바와 같이 스토리텔링은 일종의 담화양식으로 그것이 예술을 이루는 한 부분일 수는 있어도 그 자체로 예술이라고 보기는 어려운 까닭이다. 더구나 논지의 전개 과정에서 그녀가 비교해온 스토리나 내러티브도 그 자체를 예술로 보는 경우는 없다. 스토리텔링을 예술로 규정해 놓을 경우, 문화콘텐츠와의 결합 자체를 기존의 서사 예술과 비교하게 됨으로써 이미 훼손이나 타락의 의미값을 가질 수밖에 없다는 것도 문제가 된다. 즉 스토리텔링을 담화양식으로 보고, 좀 더 가치중립적인 입장에서 바라볼 때, 새롭게 등장한 문화콘텐츠 스토리텔링에 대한 객관적인 평가와 전략적인 탐구가 가능할 수 있다. 이러한 맥락에서 볼 때, '서사적으로 기교화된다'는 표현 역시 다분히 부정적인 의미를 내포하고 있는데, 이것은 오히려 앞에서 언급했던 시공간적, 다감각적, 상호작용적 특성이 향유로 수렴되기 위한 최적화된 통사적 결합으로 보아야 할 것이다. 왜냐하면 서사 역시 스토리텔링을 구성하는 한 요소에 지나지 않기 때문이다. 따라서 구현기술의 발달, 구현 장르의 안정화, 향유계층의 초점화에 따른 특정 요소의 부각이나 전면화 양상은 스토리텔링 전략이라는 거시적이고 유기적인 관점에서 접근해야만 한다.

〈표 1〉 내러티브와 스토리텔링의 상관관계(류은영, 2009, 247)

	내러티브	(디지털) 스토리텔링
미학	형식(문학의 전형적 양식)	소통(구술, 게임의 전형적 양식)
전달방식	일방성(non-interactivity) 화자가 청자에게 이야기를 일방적으로 전달하는 방식	양방향성/상호작용성(interactivity) 화자와 청자가 이야기를 주고받는 방식
결말구조	선형성(linearity) (결말이 닫힌) 선형적 완결구조	비선형성(non-linearity) (결말이 열린) 비선형적 개방구조
특성	(서술적) 시간성, 인과성, 형식성	(재현적) 시공간성, 다감각성, 상호작용성
콘텐츠	만화, 영화, 애니메이션 등 닫힌 이야기 콘텐츠들 포괄	구술 및 다감각 인터랙티브 콘텐츠들 포괄

류은영은 〈표 1〉에서 내러티브와 스토리텔링의 상관관계를 밝히고 있다. 이것은 그동안의 혼란스러웠던 스토리텔링 개념을 총체적으로 규명하기 위하여 기원 및 사적 전개 과정과 현재적 상황을 바탕으로 내러티브와의 대조를 통해 변별화 시키려는 의미 있는 시도이다. 다만, 1) '형식'과 '소통'이 미학의 항목에서 등가적으로 대비될 수 있는 개념인가 하는 의문, 2) 전달방식과 결말구조의 항목에서는 텍스트 중심의 접근으로 인하여 상호작용성과 완결성 개념을 지나치게 협의적으로 파악하고 있다는 점, 3) 콘텐츠의 항목에서는 제시된 장르들을 완결된 형태로 정태적인 양상으로 파악하고 있다는 점,[8] 4) 매체적 관점의 접근이 부재하다는

---

8) 류은영은 자신도 "스토리텔링은 대화나 협상, 연설, 브랜딩, 리더십 같은 구술적 층위의 담화에서부터 만화, 영화, 애니메이션, 극 등의 다감각 콘텐츠 그리고 게임 형식의 인터랙티브 콘텐츠에 이르기까지 감각적 소통을 추구하는 구술 및 다감각, 인터랙티브 콘텐츠를 포괄하는 담화양식"이라고 언급함으로써 '콘텐츠' 항목의 분류가 정태적임으로 드러내고 있다. 더구나 그녀는 "거의 모든 콘텐츠들이 내러티브와 동시에 스토리텔링의 유형이 되고 있"으며, "대부분의 매체가 원리적으로 인과적인 플롯의 구성적 서사와 다감각에 호소하는 모방적 재현을 상보적으로 연계한 이중적 양식을 담화의 기반으로 하"고 있다고 부언함으로써, 스토리텔링이 내러티브를 내재화하고 있음을 주장하고 있다. 기존 장르에 대한 완결적이고 정태적인 파악은 같은 논문(류은영, 2009, 249)의 '문화콘텐츠별 내러티브와 스토리텔링의 속성'에서 더욱 아쉬운 양상을 드러낸다. 각 장르는 그것의 구현 플랫폼에 따라서 매체, 속성, 형식이 달라질 수 있음을 간과하고 있기 때문이다.

점, 5) 향유 체계나 양상에 대한 고려가 부족하다는 점, 6) 생산자 중심의 논의라는 점의 한계가 드러난다.

류은영의 주장은 스토리텔링의 기원을 추적하고, 내러티브와의 차별화를 통하여 의미를 찾아내는 매우 깊이 있고 의미 있는 것임에 분명하다. 무엇보다 스토리텔링의 개념과 상관된 장르의 문제나 리터러시(literacy)의 문제를 다루고 있다는 점도 주목 할 부분이다. 다만, "스토리텔링의 비상은 내러티브 개념 자체의 일반화를 대가로, 단순한 일화(story) 교환과 진정한 서사(narrative) 간의 지속적인 혼동의 대가로 얻어졌다"는 크리스티앙 살몽(Christian Salmon, 2010)의 주장과 같은 맥락에서 문학중심적, 텍스트중심적인 기존의 패러다임 안에 머문다는 점은 분명한 한계다. 이러한 한계는 스토리텔링을 포스트모던 시대의 담화양식으로 파악하는 그녀의 관점[9]과도 연관되어 있지만, 무엇보다 문학중심, 텍스트 중심의 패러다임을 가지고 스토리텔링의 새로운 부면들을 바라본 결과로 보아야 할 것이다.

> 디지털 스토리텔링의 딜레마는 비전 자체가 동시에 한계로 환원된다는 사실이다. 물론 이 한계는 디지털 스토리텔링 자체의 한계라기보다 어쩌면 스토리 밸류가 부재하는 내용과 아직 채 정립되지 않은 형식상의 어느 한 문제일 수 있다. 하지만 ⓑ 디지털 스토리텔링은 내면적이고 통합적인 말의 성스러움과 문자의 사색, 텍스트의 자기 완결성이 결핍된 담화양식임을 부정할 수 없다. 성스러움과 사색 그리고 서사적 자기완결성의 부재는 실질적으로 상상의 자유(상상의 재현 가능성)나 욕망의 실현(가상세계) 혹은 자기표현(인터랙티비티)의 원리라고 할 수 있는, 곧 디지털 스토리텔링의 미학이라고 일컬어지는 사이버 자아를 대리로

---

9) 그녀는 "스토리텔링은 대중, 미디어, 디지털, 해체, 주체, 몸, 감각, 이미지, 허구, 소비 등을 코드로 하는 우리 포스트모던 시대, 일상이 문화가 되어버린 대중문화 시대 필연의 담화양식"(류은영, 2010, 83)이라고 주장한다.

에이전시(agency)와 시뮬레이션적인 변형(transformation) 그리고 몰입
(immersion)의 역기능적 결과이다.(중략) ⓒ **디지털 스토리텔링의 난
제는 내용과 형식의 부재이다.** 값진 비전과 다양한 잠재력에도 불구하
고 디지털 스토리텔링은 현재 자기모순 속에 아직 갈 길을 완전히 정립
하지 못하고 있다. 디지털 스토리텔링은 감각적인 비주얼과 충동적인 인
터랙션으로 포화이다.(류은영, 2010, 90-91)

  류은영은 두 개의 논문을 통하여 내러티브와 스토리텔링의 변별성을
규명하고, 디지털 스토리텔링의 연원을 구술성으로부터 찾아냄으로써,
스토리텔링과 디지털 스토리텔링이 누락하고 있는 요소들을 찾아낸다.
흥미로운 것은 스토리텔링과 디지털 스토리텔링은 앞에서 내러티브와
스토리텔링의 상관성을 규명했던 것처럼 그렇게 섬세하게 구분하지 않
는다는 점이다. 양자를 다르게는 지칭하고 있지만 크게 구분하지 않는
것은 디지털 스토리텔링으로부터 스토리텔링의 현재적 양상을 추론하고
있기 때문이다. 더구나 스토리텔링 사례를 기반으로 귀납적인 추론을 따
르고 있지 않기 때문에 구현 매체, 구현 기술, 구현 목적, 대상 향유자 등
에 따라서 매우 개방적인 양상을 드러내고 있는 스토리텔링의 현재적 양
상을 포괄하지 못하고 있다. 더구나 ⓑ에서는 스토리텔링이 "내면적이고
통합적인 말의 성스러움과 문자의 사색, 텍스트의 자기 완결성이 결핍"
되었다고 주장하는데, 이것은 기준을 내러티브에 놓고 있기 때문이다.
오히려 그녀가 지적하고 있는 "상상의 자유(상상의 재현 가능성)나 욕망
의 실현(가상세계) 혹은 자기표현(인터랙티비티)"을 있는 그대로 파악하
고, 그것 자체가 디지털 스토리텔링의 미학으로 볼 수는 없는 것일까?
그럴 수 있다면 ⓒ도 다른 평가가 가능할 것이다.

  이상에서 살펴본 바와 같이 류은영의 연구는 스토리텔링의 기원과 그
정체를 역사적으로 파악할 수 있는 매우 의미 있는 것이다. 다만, 그것이

내러티브와의 대비에서 드러나듯이 문학중심적, 텍스트중심적인 기존의 패러다임 안에서 논의되었기 때문에 다소 교조적일 수 있다는 아쉬움을 남겼다. 그럼에도 불구하고 그녀가 지적한 스토리텔링에 대한 가치론적 평가의 문제는 향후 스토리텔링이 풀어야할 중요한 과제임에 분명하다.

송효섭(2010)의 연구는 스토리텔링이 갖는 기호학적인 문제를 살피고 스토리텔링이 현재적 상황에서 수행해야할 역할을 점검하기 위한 것이었다. 송효섭(2010, 174-175)은 오늘날 스토리텔링이라는 용어가 서사학의 관점에 충실하게 사용되지 않고 있음을 지적한다. 그는 "오늘날 스토리텔링이라는 말은 이와 같이 스토리로부터 담화를 생성하는 실제적 행위"라고 지적하고, 이 말은 스토리텔링이 "담화의 생성을 의미하며, 스토리텔링에서의 스토리가 그저 담화로 받아들여질 여지를 마련하는 것"이라고 밝히고, 이것은 오늘날의 매체적 상황과 깊은 관련이 있다고 주장한다.

> 기억을 통한 뮈토스의 전승은 곧 스토리의 전승을 의미하는 것이었다. 물론 전승된 스토리의 구연의 산물은 담화이지만, 그것은 구연의 현장에서 곧장 사라진다. 담화화되지 않으면 스토리도 존재할 수 없음에도 불구하고, 적어도 구연의 현장을 통해 이루어지는 스토리텔링에서는 담화보다 스토리가 초점화 될 수밖에 없는 까닭이 여기에 있다. 고대 서사시의 수없이 많은 판본들은 이러한 담화의 유동성을 드러내는 것이며, 상대적으로 스토리의 고정성을 보여주는 것이기도 하다. (중략) 문자 시대로 접어들면서, 문자라는 매체를 통한 스토리의 발현이 이루어지게 된다. 구연을 통해 전달되는 목소리에는 그것의 초월적 기원이 내재해 있다. 그것은 전통일 수도 있고, 발화자의 권위일 수도 있다. 그러나 문자로 쓰인 텍스트에서는 그러한 것을 찾아내기 어렵다. 문자 텍스트의 생성과 수용은 구술 상황처럼 구체적인 컨텍스트에서 이루어지지 않는다. 누군가가 말한 스토리를 기억하여 그것을 재생하기보다는 작가가 스스

로 스토리를 만들어내며 독자는 그 스토리를 담화를 통해 추론해낸다. 이때의 스토리는 어차피 공유된 것이 아니기 때문에 다양한 해석의 가능성 앞에 열려있다. 앞서 논의한 서사의 한 층위로서 스토리는 바로 문자 텍스트에서 추론된 것이며, 이러한 스토리로부터 담화를 생성시키는 기법이 문자시학이라는 영역에서 논의될 수 있다. 형식주의나 구조주의 시학은 이러한 문자 텍스트를 전제한 시학으로 우리가 보편적인 것으로 간주하는 시학이라 할 수 있다.(송효섭, 2010, 175-176)

송효섭의 이러한 주장은 매우 적절한 것이다. 기존 패러다임의 연원에 대한 분명한 지적을 통하여 새롭게 부상하고 있는 매체적 환경에 적합한 시학을 추론할 수 있기 때문이다. 그는 새로운 매체가 갖는 가장 중요한 특징을 "인간의 모든 감각에 호소하는 맥락을 가상세계에 재구해내는 테크놀로지를 보유하고 있다는 것"이라고 분명히 한 후, "디지털매체에는 엄청난 양의 기억을 보존하는 메모리가 장착"되어 있고, 이와 함께 "그러한 스토리를 가상세계에서 다양한 방식으로 실현하는 담화적 방식들이 개발되어 있"고, 이를 "디지털 시학"(송효섭, 2010, 177)이라고 불러야 한다고 했다.

스토리는 해석의 산물이기보다는 생산의 전초기지이며, 이러한 전초기지를 튼실히 하기 위해 스토리는 거대한 용량의 메모리 안에 축적된다. 그리고 그것이 말하여질 때, 즉 텔링을 실현할 때, 그것은 기존의 시학에서 말한 기법의 한계를 초월한 강력한 담화화의 기제를 최대한 활용한다. 그리하여 스토리는 담화를, 텔링은 쇼우잉을 수용한 강력한 스토리텔링의 새로운 기능과 역할이 탄생하게 되는 것이다. (송효섭, 2010, 178)

송효섭은 디지털 문화환경과 상관하여 스토리텔링의 정체에 접근한다. 그가 주장하는 "기존의 시학에서 말한 기법의 한계를 초월한 강력한 담화화의 기제"에 대하여 그의 논의에서는 구체적으로 찾아볼 수 없는 것이 아쉽다. 그가 말하는 "스토리는 담화를, 텔링은 쇼우잉을 수용한 강력한 스토리텔링의 새로운 기능과 역할"의 구체적인 양상과 의미를 사례를 중심으로 분석해볼 때, 그 실체를 파악할 수 있을 것이기 때문이다. 그는 "스토리텔링은 새로운 디지털 매체의 등장과 함께 부각된 개념이며, 수용보다는 생산에 초점을 맞춘 개념"이기 때문에 "무엇인가가 끊임없이 만들어져야 한다는 강박관념이 존재"한다고 지적한다. 그러한 강박과 함께 "스토리텔링은 담화화와 쇼우잉의 기제도 함께 갖춘 더 강력한 스토리텔링으로 거듭났기 때문"에 그 과잉이 빚어낼 부분에 대하여 경계하고, 특히 "스토리텔링을 실용적인 측면이 아닌 가치론적 측면에서 새롭게 보아야"(송효섭, 2010, 178)한다고 주장한다.

송효섭의 논의는 새로운 매체환경에 부합하는 스토리텔링의 독립적인 시학과 그에 따른 미학을 제안하고 있다는 점, 스토리텔링을 실용적 측면과 함께 가치론적 측면에서 접근해야한다고 경계한다는 점에서 의의가 있다. 다만, 스토리텔링에 대한 분명한 정의나 정체에 대한 규명이 부족하고, 스토리텔링의 새로운 시학과 미학에 대한 제안이 선언적 수준에 머문다는 한계를 지닌다.

김요한은 디지털 스토리텔링의 특성을 규명하기 위한 논의에서 스토리텔링은 "이야기 자체보다도 텔링으로서 이야기의 소통방식과 그 과정에 좀 더 무게중심을 둔다"(2004, 420)고 주장한다. 그는 "스토리가 인간의 정보와 기억에 관계된 경험구조를 가지면서 개인적, 집단적 사건의 정태적인 특성을 지닌 반면, 텔링은 이야기를 소통시키는 과정중심의 역동적, 상호작용적 특징을 지닌다"(김요한, 2004, 418)고 보았다. 따라서 스토리텔링은 "같은 이야기라도 어떤 매체를 사용하여 전달할 것인가, 혹은 어떻게 표현할 것인가 하는 이야기의 재현과 전달 문제가 텔링에 관계된 사항"이 더 중요하다고 주장한다. 그는 디지털 도구가 가지고 있는 특성이 이야기의 소통방식에도 영향을 미친다는 점을 근거로 스토리텔링과 디지털 스토리텔링은 분명하게 구분한다. 디지털의 속성인 상호작용성, 멀티미디어의 사용, 시뮬레이션, 내비게이션 등의 특성들이 그대로 이야기 전개 방식에 응용된다고 하였다.

이와 같이 디지털 스토리텔링과 스토리텔링을 구분하는 것은 매우 탁월한 견해다. 스토리텔링이 디지털 문화환경을 배경으로 급부상한 것은 사실이지만 그 자체와 등가의 개념으로 보기는 어렵기 때문이다. 스토리텔링의 가장 뚜렷한 변별적 요소로 꼽고 있는 상호작용성이 디지털의 특성이라는 점과 디지털 문화환경의 도래와 함께 스토리텔링이 부상했다는 점 등을 들어 디지털 스토리텔링과 스토리텔링을 등가의 개념으로 일반적으로 혼용하고 있다는 점을 고려할 때, 그의 이러한 주장은 매우 적절하다. 왜냐하면, 1) 스토리텔링은 매우 다층적이며 다양한 요소의 결합에 의한 복합적인 개념이고, 2) 디지털 스토리텔링의 디지털은 종차적(種差的) 개념이라는 점에서 뚜렷하게 구분되며, 3) 양자가 사용하는 상호작용성이라는 개념의 폭과 깊이가 상이하기 때문이다. 디지털에서 말하는 상호작용성이 물리적인 차원의 구조적 가능성을 바탕으로 즉각성이나 동시성을 구현함으로써 몰입과 변형을 통한 즐거움을 창출하는 구조적 개념이라면, 스토리텔링에서 말하는 상호작용성은 그보다는 다소 광의의 개념으로 파악할 수 있다. 그것은 광범위한 향유 차원의 체험 중심적이고 과정 중심적이며 시간적인 탄력성을 확보할 수 있는 다층적이고 다양한 활동으로 보아야 하기 때문이다.

그는 디지털 스토리텔링을 "이야기를 다양한 매체 즉 디지털 영상, 텍스트, 음성, 사운드, 음악, 애니메이션을 통해 서로 공유하는 과정"이라고 파악하고, 이 과정을 통하여 "이야기를 멀티미디어 작업으로 전환시켜 보는 사람의 관심을 끌어내고 정서적인 경험을 제공"(김요한, 2004, 421)한다고 주장했다.

> 디지털 스토리텔링은 두 가지 차원에서 논의가 전개된다. 상업적인 차원과 교육, 사회, 문화적인 차원이 그것이다. 새롭게 등장한 디지털 매체 속에서는 어떠한 방식의 이야기 전개가 가장 자연스러워 소비자나 관객, 청중의 호응을 받을 것인가 라는 질문에 해답을 구하는 차원이 상업적인 측면에서의 디지털 스토리텔링이다. 교육, 사회, 문화적인 측면에서의 디지털 스토리텔링은 보통 사람들을 위한 개인적 스토리텔링이다.(중략) ⓓ 하지만 디지털의 속성상 교육, 사회, 문화적인 차원에서의 디지털 스토리텔링 역시 언제든지 그 호응도에 따라 상업적인 차원으로 발전할 수 있기 때문에 둘 사이의 커다란 차이는 크지 않다고 할 수 있다.(김요한, 2004, 421)

디지털 스토리텔링의 두 가지 차원을 지적한 그의 주장은 주목할 만한 것이다. 국내에서 문화콘텐츠를 중심으로 한 논의의 압도로 인하여 디지털 스토리텔링의 출발[10]이 되었던 교육, 사회, 문화적인 측면의 논의가 소외되어왔기 때문이다. 하지만 그가 ⓓ에서 주장한 바는 문화콘텐츠의 관점에서 보았을 때는 동의하기 어려운 견해다. 양자는 기획부터 다른 차원에서 시작되며, 창작 과정에서 투입되는 자본의 양과 그 결과로 인

---

10) 캘리포니아 대학교(버클리) 소재 디지털 스토리텔링센터(Center for Digital Storytelling)의 웹 사이트를 통해 확인할 수 있는 것과 같이 미국에서는 디지털 스토리텔링이라는 개념이 주로 개인들의 성찰적 체험담의 디지털화를 뜻하고, 또한 이 디지털 스토리텔러들이 결성하는 공동체, 즉 디지털 클럽하우스 네트워크(Digital Clubhouse Network)를 중시한다. 이와 같은 뜻에서 디지털 스토리텔링은 이미지, 사운드, 비디오를 이용한 개인적 체험 내러티브의 디지털화를 실천한 것인데, 그것은 전통적인 구술적 스토리텔링 예술과 사진, 그래픽, 오디오, 비디오 등을 활용하는 다양한 디지털 미디어 기술을 결합시킨 것으로서 사용자 중심의 미디어를 지향하며, 주제의 민주화와 대중화를 특성으로 하고, 전 세계적으로 온라인을 통해 공유될 수 있다. 현재 고도로 세련된 디지털 스토리는 인터랙티비티도 있지만, 기본적인 디지털 스토리는 대체로 슬라이드와 내레이션, 배경음악으로 구성되어 예술과 교육 분야에서 활용할 가능성이 많다.(정형철, 2007, 14-15)

하여 기대하는 효과가 판이하게 다르기 때문이다. 결과적으로 경제적인 성과를 거둘 수는 있지만 그것이 그가 말하는 교육, 사회, 문화적인 차원에서의 디지털 스토리텔링 자체의 목적은 아닌 까닭이다. 그러므로 디지털 스토리텔링은 그 논의의 성격에 따라서 접근 방법은 물론 논의의 지향점까지 달라져야 한다.[11] 그것은 디지털 스토리텔링이 디지털 문화환경과 상관하여 매우 광범위하게 활용되고 있기 때문이다.

김요한은 디지털스토리텔링의 특성을 몰입(Immersion), 변형(Transformation), 에이전시(Agency), 과정 추론적 글쓰기[12] 등에서 찾고 있다. 이러한 특성을 기반으로 그는 다음과 같은 전망을 내놓는다.

> 무엇을 표현하고, 어떻게 이야기하며, 그것을 다시 어떻게 변형시킬 것인가 하는 문제에서 디지털 매체가 제공하는 잠재력은 크다. 문자중심의 텍스트적 사고에서 벗어나 비물질성(Immaterialität)의 공간으로 이야기를 위치시키는 노력이 필요하다. 그리고 이야기 자체에 대한 개발, 즉 이야기들의 모티프를 정리하고 그것들을 변형 가능한 형태들을 체계화하여 이를 콘텐츠화시키는 작업도 필요할 것이다. 디지털 스토리텔링이 그 기술적 매체의 발달과 관계가 깊은 것이므로, 매체 환경의 변화와 수용에 대한 지속적인 관심 역시 필요할 것으로 보인다.(김요한, 2004, 430)

김요한의 논의는 디지털 스토리텔링에 대한 접근은 텔링에 비중을 두어야 한다는 점, 디지털 스토리텔링을 스토리텔링과 차별화했다는 점,

---

11) 다만, 그동안 경제적 효과와 상관하여 논의를 선점한 분야가 엔터테인먼트 분야였을 뿐, 디지털 스토리텔링을 담론화하기 시작한 것은 미디어교육과 관련된 분야였다는 점은 무척 흥미로운 사실이다.

12) 김요한은 자넷 머레이(2001)의 견해를 기반으로 "디지털 스토리텔링은 과정 추론적 글쓰기의 연속"이라고 주장한다. 그는 (2004, 429-430) "과정 추론적이라는 것은 이야기 자체가 이야기 참여자들의 동시적인 상호작용이 중요해 가변적이고 즉흥적이어서 언제나 돌발적인 변수를 상정하고 있어야함을 의미"한다고 했다.

디지털 스토리텔링의 변별성을 찾으려 했다는 점 등에서 그 의의를 발견할 수 있다. 다만, 그의 논의가 디지털 스토리텔링을 중심으로 이루어짐으로써 스토리텔링의 정체를 파악하는데는 다소 미흡했다는 점, 그가 들고 있는 디지털 스토리텔링의 특성은 자넷 머레이(Janet H. Murray)의 주장을 대부분 따르고 있다는 점 등의 분명한 한계를 지니고 있다. 그럼에도 불구하고 그가 텔링의 중요성, 디지털 스토리텔링의 독립성 등을 분명히 한 것은 주목해야 할 지점이다.

정형철(2007)은 개인적 체험 표현 예술로서의 디지털 스토리텔링의 특성을 논한다. 그는 개인적 성찰의 도구로서 디지털 스토리텔링이 어떻게 전개되어 왔는지, 그 가능성은 어떤지에 대하여 미국의 사례를 중심으로 검토하고 있다. "디지털 스토리텔링은 사람들이 그들 자신의 이야기를 할 수 있게 하려는 욕망과 디지털 기술의 융합이다"(정형철, 2007, 17)라고 주장한다. 이와 같은 맥락에서 그는 스토리텔링을 다음과 같이 성격화한다.

> ⓔ 스토리텔링이라는 개념 그 자체가 이미 이야기를 들려주는 자와 듣는 자 사이의 양방향성 혹은 상호작용성과 협동적 창조성을 특징으로 하는데, 이 스토리텔링에 대한 이해는 디지털 미디어 기술을 응용하여 텍스트와 이미지의 배합을 시도하는 디지털 스토리텔링의 개발을 위해 필요한 기반이 될 것이다. ⓕ 고대로부터 있었던 스토리텔링은 말, 이미지, 소리 등으로 사건들에 대해 알려주는 예술 혹은 기술로서 오락과 교육의 수단 혹은 문화와 지식, 도덕 등의 유지와 전수의 수단으로서의 기능을 가진다. (정형철, 2007, 15)

스토리텔링의 개념에서 '상호작용성'과 '협동적 창조성'이라는 특성(ⓔ)을 찾아내고, 이것이 디지털 미디어 기술과 만나서 디지털 스토리텔링을 개발하고 있다는 그의 주장은 탁견이다. 특히 스토리텔링의 기원으로부터 다감각성, 다매체성을 지적하며 오락, 교육의 수단이며, 문화 전수 등의 기능을 찾아낸 것(ⓕ)도 주목할 만한 지점이다. 그는 이러한 맥락에서 버나진 포터(Bernajean Poter)의 견해를 수용하여 "디지털 스토리텔링은 구술 스토리텔링이라는, 고대로부터의 예술을 바탕으로 이미지, 그래픽, 음악, 소리 등을 저자 자신의 이야기 목소리를 이용하여 디지털 기술로 결합시킨 것"(정형철, 2007, 22)이라고 정의한다.

개인적 내러티브의 공유가 보다 광범위한 범위로 가능해지고 용이해진 원인을 디지털 인프라에서 찾고 있는 주장이다. 여기서 특히 주목해야할 것은 1) 왜 개인적인 내러티브를 공유하려 하느냐는 점, 2) 디지털 기술의 적용은 스토리텔링에 어떠한 변화를 주었는가 하는 점, 3) 양자의 결합이 활성화되는 이유는 무엇이냐는 점 등이다. 특히 개인적인 내러티브의 공유가 스토리텔링의 근원적인 욕망과 상관되는 것이라면, 디지털 기술의 적용을 통한 스토리텔링 형질변화의 양상은 디지털 스토리텔링의 변별적 특성과 연관되어야 하는 부분이고, 양자의 결합이 활성화되는 이유는 디지털 스토리텔링의 향유적 특성을 드러낼 수 있기 때문이다.

정형철은 스토리텔링을 내러티브와 거의 동일한 개념처럼 쓰고 있다.[13] 그것은 스토리텔링에 대한 변별적 인식을 갖고 있지 못하거나, 내러티브 개념과 혼동하고 있기 때문이라기보다는 스토리텔링을 내러티브의 디지털화된 형태로 파악하고 있기 때문이다. 그는 인간은 자신의 인식과 체험에 선형적 질서(a linear order)를 부여함으로써 형식화하고 의미화하려 하는데, 그것이 내러티브의 형태를 지닌다고 했다. 이와 같은 형식화, 의미화의 시도를 통하여 인간은 혼란스러운 세계에 대

---

13) 그가 "내러티브 그 자체는 지혜, 믿음, 가치 등을 전달하고, 지식, 기억, 학습의 수단"(정형철, 2007, 23)이라고 규정한 것은 앞에서 언급했던 스토리텔링의 기능과 다르지 않다. 그는 자신의 글에서 양자를 거의 동일한 개념으로 쓰고 있다.

한 해석과 해석을 통한 질서화의 욕망을 성취할 수 있기 때문이다. 때문에 그는 "내러티브는 연모-사용(tool-using)만이 아니라, 상징-사용(symbol-using)과 의미-제작(sense-making) 혹은 허구-제작(fiction-making)을 특징으로 하는 인간의 존재양식의 중요한 구성요소"(정형철, 2007, 23)라고 보았다. 이것이 디지털과 결합되면서 "내러티브가 텍스트와 언어의 선형적인 연속성으로부터 비선형적인 시각적 커뮤니케이션 양식으로 변모"(정형철, 2007, 25)했기 때문에 시각적 리터러시가 필요하다는 것이다.

정형철의 논의는 스토리텔링과 디지털 스토리텔링을 구분하지 않고, 내러티브와 스토리텔링 역시 구체적으로 구분하지 않는다. 이것은 그의 글이 디지털 스토리텔링이 지닌 개인적인 성찰 기능에 주목하고, 이를 위한 시각적 리터러시를 제안하기 위한 것이기 때문이다. 그럼에도 불구하고 이 논의에 주목해야하는 이유는 그가 디지털 스토리텔링을 구성하는 각 요소들의 통사론을 제안하고 있다는 점이다. 스토리텔링에 대한 정치한 논의를 위해서는 그 구성요소에 대한 변별적 인식과 함께 그들 사이의 통사론적 결합의 원리와 최적화 방식 등에 대한 실천적인 접근이 필수적이기 때문이다.

기존의 선행 연구에서 김광욱(2008)의 연구는 다소 도발적이며 그만큼 주목할 만한 것이다. 그(2008, 250)는 "문학에서 다루는 이야기뿐만 아니라 다양한 형태로 존재하는 이야기까지 포괄할 수 있는 새로운 관점을 확보해야 할 국면"이라는 문제의식에서 논의를 출발한다.

형상화하는 수단에 따라서 서사는 다양한 양상으로 변화하는데, 이는 '이야기하기'의 제 양상으로 집약된다. 즉 여러 형태의 이야기는 '이야기하기'라는 범주로 묶일 수 있고, 이야기와 이야기하기는 스토리텔링이라는 용어로 귀결된다. 스토리텔링은 원질이라 할 수 있는 이야기와, 그것이 다양한 형태로 실현되는 각각의 과정을 총칭하는 용어로, 언어와 몸짓, 그림 등으로 표현되는 이야기를 아우른다.(김광욱, 2008, 255-256)

그는 이야기는 말로된 것만을 지칭하지 않는다고 보고, 스토리를 구현한 모든 매체를 이야기로 범주화할 수 있다고 주장한다. "언술과 연기, 영상기술과 통신기술이 결합된 형태의 이야기이므로 '언술적인 것들의 집합'이라는 정의가 가능하다"고 했다. 이러한 맥락에서 그(2008, 261)는 "스토리가 담화를 통해 전달되는 내러티브의 개념과 그것이 언술에 국한되지 않고 스토리를 담아낼 수 있는 모든 매체들을 포함하는 개념, 그리고 그 매체들과 행위자들의 유기적인 작용을 일컫는 용어가 필요하다"고 제안한다.

> '스토리텔링'은 '스토리(Story)'와 '텔링(telling)'이 결합된 합성어이다. 이는 텍스트 중심의 '스토리(Story)'를 연구대상으로 삼았던 관점에서 탈피하여 이야기가 연행되는 현상으로 연구관점이 이동하는 과정에서 나온 개념이다. 이러한 이유로 '스토리(Story)'는 텍스트와 같은 정태성에 주목하고, '스토리텔링(Storytelling)'은 상호성과 같은 동태성에 주목하는 것이다. 즉 ⑧ 연구의 대상이 정태적인 '스토리(Story)'에서 동태적인 '이야기하기(Narrating)'로 바뀌는 과정에서 등장한 용어이다. 그렇다면 이야기의 연행, 즉 이야기하기의 양상을 살펴보면 말하기 (telling)로 포괄하기에는 폭이 넓다. ⓗ 전통적 이야기 장르인 설화는 말하기의 영역에 들 수 있지만, 서사시만 하더라도 언어와 음악이 결합된 노래하기(singing)의 영역이고, 소설은 문자로 이루어진 쓰기(writing)의 영역이며, 영화와 연극은 언어에 영상이나 연기가 결합된 보여주기 (showing)의 영역이다.(김광욱, 2008, 262)

이러한 맥락에서 그는 스토리텔링은 "새로운 매체와 결합하면서 이야기하기의 양상이 어떻게 달라지는지에 초점"(김광욱, 2008, 263)을 둔다

고 했다. ⓖ에서 주목한 바와 같이 '이야기하기(Narrating)로 바뀌는 과
정'에 주목함으로써 스토리텔링의 체험·참여·과정중심의 성격에 주목
한 것이다. 또한 ⓗ를 통해 각 장르별 구현 문법의 변별성을 시사하고 있
는 것도 중요한 점이다. 스토리텔링이 단일 개념처럼 사용되지만 그것은
구현 대상, 구현 과정, 구현 단계 등에 따라서 매우 구체적이고 다양한
형태로 드러날 수 있음을 알 수 있는 것이다.

　김광욱은 스토리텔링의 구성 요소를 고찰해야하며, 그것은 스토리텔
링을 재개념화하기 위한 필수적인 과정이라고 했다. 이것은 그동안 스토
리텔링의 정체를 그 기원에서 찾거나, 언어적 연원을 추적하거나, 스토
리나 내러티브와의 상관성 속에서 진행해왔던 연구들의 토대가 되는 패
러다임 자체를 바꿀 수 있는 제안이다.

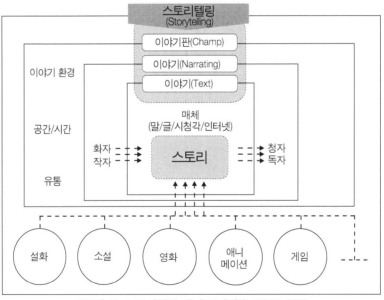

〈그림 1〉 스토리텔링 개념도(김광욱, 2008, 269)

김광욱(2008, 266)은 "스토리텔링은 텍스트, 주체의 행위, 시·공간이 핵심요소"라고 주장하며, 이것을 "이야기, 이야기하기, 이야기판"으로 규정했다. 매체와 결합된 스토리를 이야기로 보고, 주체들의 행위를 통한 상호작용을 이야기하기(Narrting)라고 하고, 이야기를 보장하기 위한 환경을 이야기판이라고 주장했다. 이야기판은 "물리적인 공간의 의미만이 아니라 이야기판에 참여하는 주체들의 의지가 행위로 구체화되며, 구체화되는 과정에서 원리와 구조까지 포괄하는 장(場, Champ)"이며, "이야기의 유통이 가능하도록 갖추어진 인프라와 제도까지 이야기판의 층위"에 포함된다고 주장했다.

김광욱의 이러한 주장은 스토리텔링을 텍스트의 공간에서 탈피시키면서, 매체와 향유자 그리고 이야기가 성립되는 장을 고려하고 있다는 점에서 탁견임에 틀림없다. 다만, 그것이 좀 더 구체적이고 세분화되어 깊이와 넓이를 확보할 수 있어야 한다는 아쉬움은 남는다. 즉 그가 제안한 이야기의 구성요소, 이야기하기의 과정, 이야기판의 구체적인 구성 요소들에 대한 제안이 있어야지만 스토리텔링의 정체가 보다 분명하게 드러날 수 있으며, 그것을 기반으로 구현 전략을 기획할 수 있기 때문이다.

이상에서 살펴 본 바와 같이 스토리텔링에 대한 논의의 성과와 한계를 바탕으로 다음 장에서는 문화콘텐츠 스토리텔링의 정체와 구성을 시도해볼 것이다.

3. 문화콘텐츠 스토리텔링의 정체와 구성

높은 관심과 다양한 탐구 시도에도 불구하고 스토리텔링의 개념 및 정체에 대한 뚜렷한 합의에 이르지 못한 것은 앞에서 살펴 본 바와 같다.

그것은 스토리텔링의 정체를 규명하기 위하여 어원을 탐구하거나, 유사 개념과의 비교를 통하여 대타성(對他性)을 견지하거나, 새롭게 등장하는 매체나 구현 기술과의 상관을 논하거나, 그것의 현재적 전개 과정을 추적함으로써 그 실체를 규명하려는 노력이었다. 흥미로운 것은 이러한 시도가 통합적인 차원에서 전개되지 못했다는 점, 스토리 → 내러티브 → 스토리텔링 순의 전개과정을 논리적 맥락으로 전제하거나 기존의 서사론에 기반하여 텍스트 중심으로 이루어졌다는 점, 디지털과 같은 매체환경의 특성을 스토리텔링의 특성으로 등가적으로 환치했다는 점 등의 한계를 드러내고 있음에도 불구하고 나름의 상당한 설득력을 지니고 있다는 사실이다. 그것은 스토리텔링이 이러한 개개의 특성을 모두 지니고 있으며, 동시에 그러한 특성의 화학적 결합을 통해 새로운 형질의 복합체로서 드러나고 있기 때문이다. 그럼에도 불구하고 대부분의 연구들이 스토리텔링의 구성 요소, 구현 매체, 구현 기술, 구현 목적, 그 효과 등을 혼용함으로써 규명하려는 대상의 혼란을 자초하고 있다는 점은 주목해야할 지점이다.

〈그림 2〉 Storytelling의 성격

위에서 보았던 혼란들은 〈그림 2〉에서 볼 수 있듯이 스토리텔링의 성격이 매우 복합적이라는 데서 기인한다. 스토리텔링의 개념을 제대로 파악하기 위해서는 서사 구현 요소는 물론 장르에 대한 이해, 구현 매체의 특성 및 구현 기술의 장점 등을 모두 포함하는 '광범위성'을 이해할 수 있어야 하며, 끊임없이 자신의 영역을 확장하고 있는 문화콘텐츠와 같이 지속적인 개방적 포식성을 보이고 있는 현재진행형의 영역으로서의 스토리텔링의 '조형성'을 전제해야 하고, 오감을 전략적으로 취사선택하거나 통합적으로 구현하는 복합감각에 대한 충분한 전략적 이해는 물론 장르, 미디어, 비즈니스 등의 성격을 종합적으로 파악할 수 있는 '통합성'의 영역까지 아우를 수 있어야 하기 때문이다.[14]

이와 같이 스토리텔링은 '광범위성', '조형성', '통합성'의 영역이 어우러진 개방성을 지니고 있다는 점에서 확정적인 의미 규정보다는 논의의 합의를 위한 전제와 성격에 대한 파악이 우선이다. 즉 새로운 구현 기술의 등장에 따른 새로운 영역이나 분야의 등장과 확장을 통하여 스토리텔링의 영역이 끊임없이 확장되고 있기 때문에 그것을 실체적 개념으로 파악하는 것은 한계가 분명하다. 따라서 그것에 접근하기 위해서는 먼저 스토리텔링의 전제와 성격을 파악하고, 이를 기반으로 현재진행형인 스토리텔링의 개방성을 이해해야만 한다.

스토리텔링은 그 자체로 독립적인 장르나 자족적인 실체라기보다는 하나의 담화양식으로, 독립적인 텍스트를 구조화하기 위한 하나의 구성 요소일 뿐이다. 즉 스토리텔링은 텍스트를 구성하는 필요조건임에는 틀

---

14) 이러한 스토리텔링의 복합적인 성격은 스토리텔링을 기획하거나 창작 및 유통하기 위한 전략을 고민하는 일이나 혹은 리터러시(literacy)와 상관된 분석 작업이 혼자서 이루어지기 매우 어렵다는 사실을 함께 말해주고 있다. 결국 문화콘텐츠와 상관된 대부분의 일들이 그러하듯이 스토리텔링에 대한 접근 역시, 다양한 분야의 전문가들이 다차원적으로 접근할 때 비로소 효과적인 전략을 구성할 수 있다.

림이 없지만 필요충분조건은 아니다.[15] 결국 스토리텔링은 나머지 구성
요소들과의 최적화된 결합방식을 찾았느냐에 따라 성취가 결정되는 특
성을 지닌다.

스토리텔링은 그것이 구현되는 텍스트의 구현 목적과 상관하여 텍스
트의 완성도를 측정할 수 있는데, 그 과정에서 향유의 활성화 여부, 정
도, 지속 및 확산의 기간과 범위 등은 텍스트의 내적인 성취만큼이나 중
요한 요소로서 작용한다. 물론 구현 텍스트의 종류에 따라서 상당한 편
차를 가질 수 있겠으나, 스토리텔링이라는 용어의 급부상을 가져온 문
화콘텐츠를 전제로 할 경우, 향유의 활성화와 관련된 일련의 지표들
은 스토리텔링의 성취와 상관하여 매우 중요한 가늠자가 된다. 이 가늠
은 문화콘텐츠의 종류에 따라 수익 창출, 브랜드 구축, 확산, 강화, One
Source Multi Use 활성화 등의 효과와 관련된다.

결국, 스토리텔링은 그것이 구현될 텍스트[16]의 목적에 의해 지향하는
성격이 결정되며, 그 성격은 텍스트를 구성하는 각 요소들의 구조적 통
합을 통하여 성취될 수 있기 때문에, 스토리텔링은 그러한 성취를 최적
화하기 위한 담화 전략이 되는 것이다.

스토리텔링에 대한 다양한 관점과 다차원적인 논의가 합의하고 있는
것은 스토리텔링이 'story'와 'tell' 그리고 'ing'의 영역으로 구분할 수 있
고, 소위 'tell'과 'ing'의 영역이 이전에 비해 상대적으로 강화되었다는 점

---

15) 이 말은 스토리텔링의 목적이 스토리텔링 자체가 아니라는 의미다. 스토리텔링은
주요 콘텐츠를 구성하는 중요 요소로서, 그 궁극의 목적은 성공적인 콘텐츠를 기
획-개발-유통하는 과정에서 긍정적으로 기여하는 것이다. 스토리텔링이 반드시 텍
스트의 완성도, 향유의 활성화 가치 창출 여부 등과 상관하여 논의되어야만 하는 까
닭이다.

16) 대부분 문화콘텐츠로 구현되기 때문에 문화콘텐츠의 구현 목적과 상관되어 있다고도
볼 수 있으나, 스토리텔링이 구현되는 수다한 분야를 고려할 때는 객관적인 의미에서
의 텍스트로 표기하는 것이 타당하다. 중요한 것은 스토리텔링은 텍스트의 구현 목표
와 밀접하게 상관하여 평가할 수 있다는 점이다.

- tell이나 ing으로 인하여 '강요된 변화' 또는 '보편성의 제한' 등에 의한 형질 변환이 강요됨
- '최적화의 렌즈' 안으로 재맥락화, 재의미화 필수

- 구현 매체와 구현 기술의 다양화로 인한 다층화, 다성화
- 복합적 감각의 구현을 통한 향유 영역 확대

- 참여중심, 체험중심, 과정중심의 향유적 담화성 강화
- 상호 작용성의 의미 재규정

〈그림 3〉 Storytelling의 통합적 상관관계

이다. 박기수는 스토리텔링을 '가치 있는 즐거운 체험을 창출하기 위한 전략'이라고 전제하고, story와 tell과 ing이 탄력적이고 유연한 통합적 상관관계를 지향한다고 주장한다.

〈그림 3〉에서 드러난 바와 같이, 스토리텔링에서 'story'와 'tell'과 'ing'는 통합적인 상관망을 구성하며, 형질변환을 통하여 향유자의 '참여중심', '체험중심', '과정중심'의 향유적 담화양식을 강화한다.

이러한 통합적인 상관관계 안에서 'story'는 내용의 대중적인 지지나 소구력에 대한 논의나 원형의 보편성을 어떻게 특수한 이야기로 만들어 세계적 보편성을 획득할 것인가와 같은 분리적 차원의 고민뿐만 아니라, tell과 ing와의 유기적 통합의 최적화 방안과 같은 통합적 차원의 모색을 지속적으로 시도한다. 가치 있는 정서적 체험으로 가늠되던 story는 이제 어떻게 즐길만한 것으로 구현할 것인가(tell)와 향유를 어떻게 창출하고 강화하고 확산시킬 수 있는가(ing)하는 맥락에 의해 변화를 강요당하고 있다. 또한 보편성이라는 모호한 양상을 탈피하여 구체적이고 체험가능한 형질로의 변환을 요구받고 있는 것이다. 그동안 tell과 ing는 story를 보다 잘 구현하기 위한 종속적인 위치였다면, 이제는 그 자체로서 독립적이고 주도적인 위치를 확보하고 오히려 story의 형질변환을 강요하는 양상을 보여주고 있다. 이러한 맥락에서 story는 tell이나 ing의 효과를 극대화할 수 있는 '최적화의 렌즈'에 의해 평가됨으로써 재맥락화, 재의미화하는 양상을 드러낸다.

이러한 대표적인 예는 제임스 카메론의 영화 〈아바타〉를 통해 확인할 수 있다. 〈아바타〉는 최신 3D 기술을 즐기게 하면서도 가장 전통적인 이야기 구조를 지향하고 있고, 향유가 활성화 되고 지속·확장될 수 있도록 수정주의 서부극과 같이 이데올로기적 무게를 지닌 내용을 복합감각적 스펙터클 안에서 녹임으로써 '팬시화'해 버리는 전략을 구사하고 있다. story는 tell과 ing와의 상관에 의한 전략적 유효성을 기반으로 선택되고 조정되며 평가되는 국면에 접어든 것이다.

'tell'은 구현 기술의 발달과 구현 매체의 다양화로 인하여 구현 방식의 다양화, 다층화, 다성화가 가능해졌고, 복합감각화와 더불어 감각을 활용한 즐거움을 극대화할 수 있게 됨으로써, 스토리를 전달하거나 구현하는 수단으로서의 tell이 아니라 그 자체가 향유의 중심 요소로서 전면화할 수 있었다. 향유자 중심이라는 문화콘텐츠의 특성과 함께 구현 기술이나 구현 매체의 다양화가 이러한 특성을 가능하게 한 것이다. 결국 tell의 실현 영역이 확대되고 구현 가능성이 확장됨으로써 tell이 향유의 대상으로 활성화될 수 있었고, 이를 통해 스토리텔링 개념이 급부상하는 결과를 낳은 것이다.

ing는 향유 강화라는 목적뿐만 아니라 상호작용(interaction)의 범위와 층위를 확장하고 다양화하였다. 일반적으로 ing를 물리적인 상호작용성의 수준에서 논의하는 것은 디지털 문화환경의 특성을 제대로 이해하지 못한 결과다. 상호작용성의 층위는 공간과 시간의 다양한 영역을 통해 보다 다채롭게 구현될 수 있는 것이다. 따라서 ing에 대한 고찰은 상호작용성과 향유라는 키워드를 중심으로 종합적인 검토가 필요하다. 더구나 최근에는 향유자들의 참여중심, 체험중심, 과정중심적인 텍스트 밖의 향유가 story와 tell에 절대적인 영향을 끼침으로써 스토리텔링의 정체 전체를 재맥락화하고 재의미화하는 데 결정적인 역할을 하고 있다는 점에 주목해야 한다.

앞에서 살펴본 바와 같이 그동안의 스토리텔링에 대한 논의는 문학을 기반으로 텍스트 중심으로 이루어져 왔다. 스토리텔링의 언어적 기원을 찾아서 스토리와 내러티브와의 연장선상에서 그 정체를 파악하려는 시도는 상당한 설득력을 가지고 영향력을 행사해왔지만, 문화콘텐츠 스토리텔링과 만나면서 해소되지 않는 많은 문제들을 남겼다. 즉 문학중심의 논의로서는 문화콘텐츠 스토리텔링의 전략을 마련하기에 분명한 한계를 지녔고, 뿐만 아니라 문화콘텐츠의 목적 중에 하나인 수익 실현의 부분과 충돌하는 결과를 낳기도 하였다. 그러다보니 문화콘텐츠 스토리텔링은 가치론적인 평가에서 열등하고 훼손된 것으로 평가받곤 하였다. [17]그러나 이것은 전혀 다른 패러다임의 문제였다는 점에서 지극히 부당한 평가가 아닐 수 없다. 더구나 이런 방식의 접근으로는 디지털 문화 환경 하에서 다양한 양상으로 전개되는 담화현상을 제대로 설명할 수 없다. 또한 텍스트 중심의 논의로는 기획-창작-유통의 전 과정에 두루 관계되는 스토리텔링 전략을 설명할 수 없으며, 가

---

17) 크리스티앙 살몽(2010)의 지적이 대표적인데, 그의 논리는 상당한 설득력을 가지고 있으며 스토리텔링이 지향해야 하는 가치와 비판적 거리에 대한 정당한 지적임에도 불구하고, 지나치게 문학중심의 교조주의적 특성을 지녔다는 것은 부정하기 어렵다. 기준을 예술에 두고 실생활의 담화전략을 가치론적으로 평가하는 것은 이미 결론을 정해놓고 논의하는 것과 같은 일이기 때문이다.

장 직접적인 영향력을 미치게 되는 수익 실현과 관계되는 부분을 충분히 설명할 수 없기 때문이다.

지금 이곳에서 전개되고 있는 스토리텔링은 새로운 패러다임을 기반으로 하고 있다. 비록 언어적 기원이야 문학의 오랜 전통에 토대를 두고 있다고 해도, 현재적 양상은 그것과 상당한 거리를 둔 것임에 틀림이 없다. 즉 우리의 관심은 그것이 재현적 담화냐 서술적 담화냐 하는 식의 다소 이론적이고 제도화된 결론을 내리기 위한 것이 아니라 새로운 형질의 향유적 담화양식을 얼마나 효과적으로 구현할 것인가에 있기 때문이다.

스토리텔링이 참여중심, 체험중심, 과정중심의 향유적 담화양식이라고 규정할 수 있다면, 그것은 1) 서사, 장르, 매체, 구현 기술 등의 텍스트 중심 논의와 2) 향유자의 소구 및 향유 활성화 양상 및 방안에 대한 향유 중심 논의, 그리고 3) 구현 목적에 따르는 스토리텔링의 성격에 대한 논의(주로 수익, 유통, 비즈니스 등의 성과에 대한 기대와 효과) 등을 포함해야만 한다. 또한 스토리텔링의 목적, 분야, 영역, 층위에 대한 섬세한 고찰도 좀 더 진지하게 진행해야만 한다.

> 스토리텔링은 향유자의 체험을 창조적으로 조작하는 전략적 구성과 그 실천을 말한다. 스토리텔링은 이야기(story), 이야기하기(tell), 향유하기(ing)로 구성되는데, 이것의 조합은 그것이 구현해야할 문화콘텐츠의 정체와 지향, 상/하위 장르별 특성, 구현할 미디어, 중심 향유자 등의 특성에 따라 탄력적인 양상으로 드러난다. 더구나 이야기, 이야기하기, 향유하기 등의 요소 역시 각각 다시 세분화됨으로써 스토리텔링으로 구현될 때에는 이 요소들이 총체적으로 수납됨으로써 중층결정(over-determination)된다는 특성을 지녔다. 즉 스토리텔링은 문화콘텐츠 구성요소로서 1) 구성 요소들의 중층결정과 2) 그것이 구현해야할 문화콘텐츠적 속성을 전략적으로 내재화한 개념으로 파악할 수 있다. 스토리텔

링이 문화콘텐츠의 대중성과 작품성의 성패를 좌우하는 근간이 되는 이
유가 바로 여기에 있는 것이다.(박기수, 2009A, 216)

  인용을 기반으로 지금 이곳에서 전개되고 있는 스토리텔링의 정체를
통합적으로 살펴보기 위해서 새로운 스토리텔링 모델을 〈그림 4〉와 같
이 제안할 수 있다.

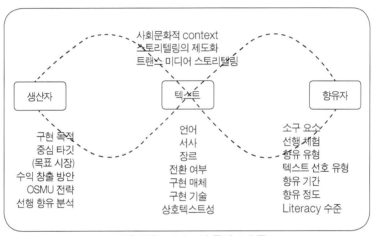

〈그림 4〉Storytelling의 구성 요소들

  이것이 기존의 모델들과 가장 변별되는 것은 텍스트 중심에서 탈피
했다는 점이다. 생산자의 영역에서는 스토리텔링 구현 목적(텍스트 구
현 목적과 연동), 구체적인 목표 시장을 전제로 한 중심 타깃, 기대 수
익 창출 방안, 장르전환, 창구효과, 상품화, 브랜드화를 포괄하는 One
Source Multi Use 전략, 중심 타깃의 선행 향유 분석 등이 고려되어야
할 구성 요소들이다. 텍스트의 영역에서는 중심 언어(중심 코드 포함),
서사 구성 요소들, 구현 장르의 문법, 원천콘텐츠 존재 여부 및 전환 전
략, 구현 매체의 특성, 구현 기술의 특성, 상호텍스트성의 활성화 여부

등을 핵심으로 고려해야한다. 향유자의 영역에서는 초기에 텍스트에 접
근에 대한 접근을 가능하게 하는 소구요소들,[18] 텍스트와 관련된 향유
자의 선행 체험, 향유 유형과 향유 지속 시간 및 향유 정도, 리터러시
(literacy) 수준 등을 염두에 두어야 한다. 여기에 생산자와 향유자는 물
론 텍스트까지 포함된 사회문화적 컨텍스트, 스토리텔링에 대한 제도
화 여부, 트랜스미디어 스토리텔링 여부까지 종합적으로 고찰해야할 부
분이다. 〈그림 4〉에서 제안한 이러한 개개의 구성요소들은 스토리텔링
논의에 모두가 다 포함되어야 하는 것은 아니며, 동시에 구현되어야 하
는 것도 아니다. 또한 각 영역이 기계적으로 분명하게 구분된다기보다
는 상호 연결되어 있는 구조라는 점도 유의해야할 부분이다. 다만, 이러
한 수다한 요소들이 향유자의 향유를 극대화함으로써 즐거움을 창출하
기 위한 구조라는 점은 분명하다. 이러한 주장이 설득력을 지닐 수 있다
면, 스토리텔링은 참여중심, 체험중심, 과정중심의 향유적 담화양식이
며, 그것에 대한 논의는 그 구현을 효과적으로 수행하기 위한 전략적 성
격을 지향해야할 것이다.

이와 같은 스토리텔링의 형질변화는 《해리포터 시리즈》[19]의 스토리텔
링 속에서 잘 드러나 있다. '해리포터 시리즈'는 양질의 원천콘텐츠이며

---

18) 소구 요소로서는 제작사, 감독, 배우, 홍보 및 관련 기사, 트레일러, supplement, 각
종 이벤트, 관련 부가상품 등이 모두 해당된다. 이러한 소구 요소를 스토리텔링의 한
요소로 효과적으로 활용하고 있는 예는 디즈니 애니메이션이나 지브리 애니메이션에
서 쉽게 찾아볼 수 있다. 스튜디오 지브리의 대표인 스즈키 도시오(Suzuki Toshio,
2009)는 지브리의 성공을 분석하면서 1) 작품의 높은 완성도, 2) 과거에 쌓아올린 실
적, 3) 확고한 방침에 따라 이루어지는 대대적인 홍보를 꼽았는데, 2)와 3)이 소구요소
로 기능하여 1)을 뒷받침해준다. 예를 들어, 지브리의 〈벼랑 위의 포뇨〉에서는 지브리
작품이라는 점, 미야자키 하야오의 복귀작이라는 점, 주인공 소스케는 나쓰메 소세키
의 《문》이라는 소설의 주인공과 이름에서 따왔다는 것, 《인어공주》 모티프를 활용했
다는 점, 바그너의 오페라 〈니벨룽겐의 반지〉에서는 사랑을 위해 마법을 버리는 '브륀
힐트'가 포뇨의 본명으로 등장한다는 점 등을 통해 텍스트에 대한 관심과 작품성에 대
한 신뢰를 강화하는 효과를 거두고 있다.
19) 소설과 영화 등을 통칭할 때에는 '해리포터 시리즈'라고 표기할 것이다.

전환에 성공한 거점콘텐츠로서 10여 년 간 One Source Multi Use를 활성화시켰을 뿐만 아니라 브랜드 가치[20]를 지속적으로 확장해온 대표적인 콘텐츠이다. 그것은 이러한 성공의 선순환 구조를 가능하게 할 수 있었던 강력한 스토리텔링을 가지고 있었기 때문이다.

'해리포터 시리즈'의 스토리텔링의 힘을 심경석(2006)은 향유자의 은밀한 욕망에서 찾았다. 즉 어른들의 권력에 의해 지배받는 평범한 어린이가 강력하게 사용하는 마법은 아이들의 비범하고자하는 비밀스런 욕망을 만족시키기 때문이라는 것이다. 더구나 이런 판타지의 요소들이 매권마다 탐정소설, 고딕소설, 공포소설, 학교소설, 운동소설 등의 대중문학적 서사구조와 교묘하게 결합하면서 독자들을 매혹시켰다는 주장이다. 반면, 손향숙(2005)은 노이즈 마케팅도 성공에 일조했다고 주장[21]하고, 앤드류 블레이크(2002)는 해리포터 현상을 텍스트 외적인 요소에 주목하고 영국의 사회문화적 배경[22]과 연관 짓는다. 또한 수잔 기넬리우스(2009)는 '해리포터 시리즈'의 성공의 요인으로 1) 우수한 제품, 2) 감정적 개입, 3) 티저 마케팅과 지속적 마케팅, 4) 브랜드의 일관성과 확산의 자제를 들고 있다. 중요한 것은 이러한 다양한 주장이 가능할 수 있을 정도로 '해리포터 시리즈'에는 이와 같은 요소들이 스토리텔링 안에 모두

---

20) 2006년《비즈니스 위크》와《인터브랜드》의 추정에 따르면 해리포터의 브랜드 가치는 40억 달러로 코카콜라(670억 달러), 디즈니(278억 달러), 혼다(170억 달러). 애플(91억 달러), 할리 데이비슨(77억 달러) 다음 순위였다. (박기수, 2010B, 188)

21) 손향숙(2005)에 의하면, '해리포터 시리즈'는 마케팅의 승리일 뿐 문학작품으로서의 가치는 없다는 혹평에서부터 표절시비, 이단에 대한 찬미라는 기독교계의 반발에 이르기까지 해리포터와 관련된 악성루머와 평자들의 혹평은 오히려 노이즈 마케팅 효과를 낳음으로써 해리포터 열풍을 더욱 증폭시켰다고 주장한다.

22) 앤드류 블레이크(2002)의 주장에 의하면, 해리포터 현상은 영국의 공공교육이 위기를 맞고, 키덜트의 양산 시작과 노스탤지어가 분출된 시기와 연관되어 있다고 한다. 그는 "해리포터 이야기는 미래와 과거가 선명하게 연결되어 있는 세계를 상상하려고 노력함으로써, 과거와 미래에 대한 사유를 적절하게 섞어 놓았고 역혁명적 성격"을 지닌다고 지적한다. 각박하고 불안한 현실에서 어떤 위안과 마법을 간절히 요청하던 사람들에게 폭발적인 인기를 끌게 되었다는 주장이다.

내포되어 있다는 점이다. 심경석이 텍스트 영역의 고찰이라면 손향숙은 생산자 중심 영역이고 앤드류 블레이크는 사회문화적 컨텍스트와 상관하고 있다. 수잔 기넬리우스의 주장은 종합적인 고찰로 볼 수 있다.

〈표 2〉《해리포터 시리즈》의 거시서사 구조

권	주제	중심, 내용 및 모티브
1권 마법사의 돌	희생, 용기, 우정, 사랑	살아남은 자 퀴렐의 반전 마법사의 돌, 미시갈등 볼드모트와의 거시갈등 배경과 중심인물 제시
2권 비밀의 방	겸손, 용기, 진실	집요정 도비 서사 록허트의 허세 톰 리들의 정체 비밀의 방, 미시갈등 비밀일기장(호크룩스)
3권 아즈카반의 죄수	우정, 신의, 진실, 용기	해리의 디멘토 극복 시간여행의 반전 아즈카반의 죄수, 미시갈등 피터 페티그루의 배신
4권 불의 잔	우정, 명예, 공정, 윤리, 선택	볼드모트의 부활, 거시갈등 트리위저드 게임, 표면적 미시갈등 매드아이 무디의 반전 바티 크라우치 주니어의 서사
5권 불사조 기사단	용기, 선택, 배려, 우정	볼드모트의 귀환, 거시갈등 덤블도어의 군대의 조직과 훈련 불사조 기사단의 정체 마법부, 엄브릿지의 횡포 시리우스 블랙의 죽음
6권 혼혈 왕자	용기, 명예, 신의, 희생	혼혈왕자의 책과 필요의 방의 서사 알버스 덤블도어의 죽음 호크룩스의 정체와 찾기, 거시서사 스네이프의 깨트릴 수 없는 맹세, 거시서사
7권 죽음의 성물	겸손, 희생, 책임, 사랑	볼드모트 제거 해리포터, 자기희생의 반전 호크룩스 파괴 죽음의 성물 추적 덤블도어의 내력과 유언의 정체

박기수(2010B)는 소설 《해리포터 시리즈》의 성공원인으로 1) 전 7권의 미시서사와 거시서사의 절묘한 조화(표 1-2)[23], 2) 북구신화, 영국 기숙학교, 학교소설, 각종 마법 등의 이질적이지만 익숙한 요소들을 활용하여 다원적 가치와 전통적 가치 지향의 성장담을 중심으로 수렴함으로써 세계적인 보편성 확보, 3) 각종 마법과 주문, 다양한 마법의 세계, 퀴디치, 낯선 동물, 머글 같은 신조어(新造語) 등을 통해 새롭게 고안된 참신한 세계의 매력, 4) 조앤 롤링의 신데렐라 스토리[24]와 철저한 자기 관리를 통한 향유자들의 감정 이입과 충성도 제고 등을 들었다. 뿐만 아니라 영화 〈해리포터 시리즈〉의 성공은 1) 강력한 대중적 지지 기반을 얻은 원천콘텐츠 확보,[25] 2) 향유를 극대화할 수 있는 다양한 요소들을 내재한 원천콘텐츠 보유,[26] 3) 콘텐츠 구현 기술의 발달로 향유의 강화가 가능,[27] 4) 소설과 영화의 상호 프로모션을 통한 발표 시기 조절, 5) 원천콘텐츠의 후광효과를 극대화하기 위한 티저 마케팅과 지속적인 마케

---

23) 박기수(2010B)는 처음부터 전 7권으로 기획된 《해리포터 시리즈》는 일 년을 단위로 하는 각 권마다 미시 갈등의 해소 과정이 독립적인 서사를 이루며, 이러한 미시서사의 축적을 통하여 전 7권 전체의 거시서사와 유기적인 조화를 이루고 있고, 이와 같이 미시서사와 거시서사의 조화는 시리즈물로서 소설뿐만 아니라 거시콘텐츠에 해당하는 영화나 게임 등에서 매우 효과적인 향유의 활성화 요소로 기능할 수 있었고, 이것이 '살아남은 자'의 성장담과 '선택된 자'로서의 미션 수행담으로 성격화되면서 그 효과를 배가했다고 보았다.

24) 영국에서 《해리포터와 마법사의 돌》이 발매되고 나서 3일 만에 10만 5천 달러에 스콜라스틱의 아서 레빈이 미국 내 판권을 사들였고, 그 사실이 입소문을 타고 퍼지면서 언론의 주목을 받게 되었다. 가난한 미혼모 작가 조앤 롤링이 어려운 환경을 극복하고 분투하는 좋은 사람이었고, 결국에는 놀라운 성공을 거두게 되는 신데렐라 스토리에 많은 향유자들은 쉽게 감정을 이입하고 감동하게 됨으로써 콘텐츠에 대한 호감을 급상승시킬 수 있었던 것이다.

25) 해리포터 현상을 일으킬 정도의 폭발적인 지지를 받고 있는 원천콘텐츠를 확보하고 있었기 때문에 원작의 후광 효과 강력하게 받을 수 있었다.

26) 전환 과정에서 체험의 감각적 호소력을 높이고 새로운 체험 창출을 시도할 수 있는 이야기 요소를 풍부하게 가지고 있었다는 점도 주목할 부분이다.

27) 퀴디치, 낯선 동물이나 괴물들, 마법의 구현 과정에서 감각을 통합적으로 자극함으로써 향유를 강화할 수 있는 구현 기술이 확보되었다는 것이 영화의 중요한 성공 요인 중에 하나다.

팅,[28] 6) AOL 타임워너[29]의 해리포터에 대한 통합 마케팅 전개[30] 등에서 그 이유를 찾았다. 흥미로운 것은 성공요인들이 모두 스토리텔링의 영역에 속하는 것들이며, 스토리텔링을 통하여 유기적으로 최적화된 구조를 지향하고 있다는 점이다. 특히 6)의 통합 마케팅 양상을 살펴보면 (〈그림 5〉) 텍스트 내/외의 스토리텔링이 얼마나 효과적으로 유기적 구

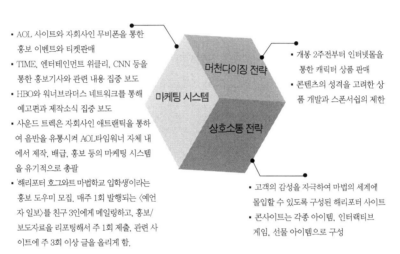

- AOL 사이트와 자회사인 무비폰을 통한 홍보 이벤트와 티켓판매
- TIME, 엔터테인먼트 위클리, CNN 등을 통한 홍보기사와 관련 내용 집중 보도
- HBO와 워너브라더스 네트워크를 통해 예고편과 제작소식 집중 보도
- 사운드 트랙은 자회사인 애트랜틱을 통하여 음반을 유통시켜 AOL타임워너 자체 내에서 제작, 배급, 홍보 등의 마케팅 시스템을 유기적으로 총괄
- '해리포터 호그와트 마법학교 입학생'이라는 홍보 도우미 모집. 매주 1회 발행되는 〈예언자 일보〉를 친구 3인에게 메일링하고, 홍보/보도자료을 리포팅해서 주 1회 제출, 관련 사이트에 주 3회 이상 글을 올리게 함.

- 개봉 2주전부터 인터넷몰을 통한 캐릭터 상품 판매
- 콘텐츠의 성격을 고려한 상품 개발과 스폰서쉽의 제한

- 고객의 감성을 자극하여 마법의 세계에 몰입할 수 있도록 구성된 해리포터 사이트
- 콘사이트는 각종 아이템, 인터랙티브 게임, 선물 아이템으로 구성

머천다이징 전략

마케팅 시스템

상호소통 전략

〈그림 5〉 〈해리포터와 마법사의 돌〉 통합 마케팅 전략

28) 원하는 시간에 물건을 구할 수 없을지도 모른다는 불안감을 유포함으로써 구매 욕구를 자극하였다. 작품에 대한 어떤 평도 책이 팔리기 전까지는 일절 공개되지 않았고 작가의 인터뷰도 금지시켰고, 정보차단이라는 반소비자적인 블룸즈베리와 스콜래스틱의 마케팅은 해리포터에 대한 독자들의 관심을 배가시키면서 폭발적인 수요층을 창출하는데 일조하였다.(손향숙, 2005)
29) AOL 타임워너는 CNN, TBS, TNT 등의 텔레비전 네트워크와 카툰 네트워크, 〈피플〉, 〈포춘〉, 〈머니〉 등의 잡지를 보유함으로써 미국 내 1억 가구 이상의 시청자와 구독자를 확보하고 있다는 점을 충분히 활용하였다. AOL 타임워너의 수직적 판촉 및 홍보 광고를 이용함으로써 온라인 홍보, 텔레비전 광고, 인터뷰와 잡지 기사들이 브랜드, 책, 영화를 둘러싼 버즈와 추진력을 생성하기 위해 동시에 또는 전략적으로 연속해서 공개될 수 있었다.(수잔 기넬리우스, 2009)
30) AOL 타임워너는 마케팅 위원회를 결성하여 AOL 타임워너 계열의 영화, 방송, 케이블, 음반, 잡지, 인터넷 등의 모든 미디어를 동원하여 통합적인 마케팅 전개 시스템 구축하였다. AOL 타임워너의 거대 미디어 조직을 총동원한 마케팅시스템과 One Source Multi Use의 머천다이징 전략, 소설 향유자들이 문자로 상상했던 마법의 세계를 '해리포터 사이트'를 통하여 구현함으로써 상호소통을 활성화하였다.

조를 이루고 있는가를 알 수 있다.

이와 같이 '해리포터 시리즈'에서 살펴볼 수 있듯이 '지금 이곳'에서 진행되는 스토리텔링 전략은 단지 서사 중심의 텍스트에만 국한되지 않고 전방위적으로 전개된다. 따라서 스토리텔링에 대한 논의의 효용성을 극대화하기 위해서는 각 영역을 구성하는 개별 요소에 대한 천착과 영역별 통합 논의 그리고 그것의 구조적 통합이라는 거시적 차원의 논의가 필수적이다. 이러한 논의는 연구자 개인 차원에서 온전히 수행될 수 있는 수준의 것들이 아니다. 각 분야별 전문가들에 의한 협력 작업을 통해서 총체적인 모습을 규명할 수 있을 것이다. 결국 스토리텔링을 통한 콘텐츠의 구현이 그러하듯이, 스토리텔링 역시 장기적으로는 협업시스템의 구축이 필수적이다.

트랜스미디어 스토리텔링(Transmedia Storytelling)[31]은 향유를 지속, 강화, 확산하기 위하여 복수의 매체와 장르를 가로질러 스토리월드(story world)를 확장적으로 구축해나가는 스토리텔링 전략 혹은 그러한 세계를 의미한다.

여기서 말하는 향유[32]는 자발성, 개방성, 수행성의 즐거움에서 출발하는 참여적 수행으로, 읽고-생각하고-생각을 나누고-덧붙여 쓰고- 다시 쓰는 일련의 과정뿐만 아니라 텍스트를 매개로 자발적이고 개방적인 수행(performance)을 전제로 즐거움을 창출할 수 있는 일체의 행위를 의미

---

31) 헨리 젠킨스(2008, 187)는 트랜스미디어 스토리텔링을 대중담론으로 사용되기 시작한 것은 영화 〈블레어 위치〉(The Blair Witch Project, 1999)부터라고 이야기한다. 영화의 중심 콘셉트로 활용되었다는 말은 이미 트랜스미디어 스토리텔링에 대한 인식과 그것의 확산 가능성이 나름 공유되어 있다는 것을 알 수 있다. 이 말은 그 이전부터 사용되어 왔다는 말이다.

32) 향유는 1) 의미는 해석하는 것이 아니라 생산하는 것이라는 의미화 과정에 대한 신뢰, 2) 텍스트는 완결된 의미의 보존소가 아니라 자유로운 체험의 장이라는 점, 3) 텍스트는 체험화 과정을 통해 의미 지평을 지속적으로 확장한다는 점 등을 전제로 한다. (박기수, 2004, 35)

한다. 지금 이곳의 문화 환경[33] 안에서 향유는 가장 강력한 문화적 유인자(cultural attractor)이자 문화적 활성자(cultural activator)의 역할(피에르 레비, 2002)을 한다.

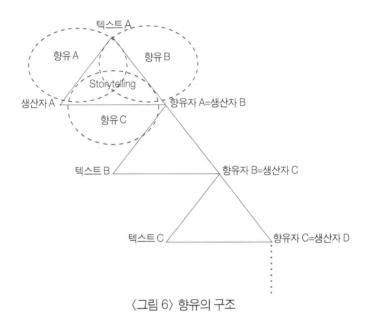

〈그림 6〉 향유의 구조

향유는 〈그림 6〉에서 보듯이 생산자–텍스트–향유자의 삼원구조 사이의 상호 대화과정을 통하여 미시적 향유가 발생하고, 이것들의 총합으로서 1차적인 향유가 성립한다. 2차 향유에서 향유자A는 생산자B가 되어 텍스트 B를 생산하여 향유자B의 향유를 유도한다. 이 때 향유자B는 다시 생산자C가 되는 전개가 얼마나 지속될 수 있느냐가 향유의 활성화 정도라고 말할 수 있다. 향유의 과정은 존 피스크가 팬문화가 지니는 생

---

33) 여기서 말하는 문화환경은 디지털이라는 기술적 토대와 포스트모던이라는 사상적 배경을 모두 포괄하는 문화환경을 의미하는 개념이다.

산성으로 말한 기호학적 생산성(semiotic productivity), 언술적 생산성(enunciative productivity), 텍스트적 생산성(textual productivity)의 전개 과정과 유사하다. 기호학적 생산성은 콘텐츠의 기호학적 자원들로부터 사회적 정체성과 경험의 의미를 만들어내는 것을 말하며, 언술적 생산성은 향유자들이 만들어낸 기호학적으로 생산한 의미들을 타자와 공유함으로써 공적으로 승인하고 공론화하는 것을 의미한다. 텍스트적 생산성은 향유자의 적극적인 향유행위로서 새로운 작품을 만들어내는 행위를 말한다.(홍종윤, 2014, 3-4) 이러한 생산성의 세 양상은 향유의 전개과정의 동인을 설명할 수 있는 단서가 된다. 이러한 향유의 지속적인 활성화가 중요한 까닭은, 향유가 콘텐츠를 계속 살아 있게 할 수 있고, 살아 있는 만큼의 가치를 창출할 수 있기 때문이다.

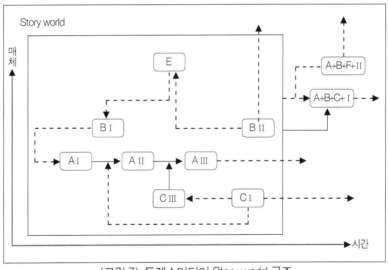

〈그림 7〉 트랜스미디어 Story world 구조

스토리월드는 다수의 매체 전개 과정을 통하여 이야기를 지속적으로 확충하는 현재진행형의 증식성과 개방성을 지향한다. 스토리월드는 "다양한 미디어 플랫폼을 통해 공개되며, 각각의 새로운 텍스트가 전체 스토리에 분명하고도 가치 있는 기여를 하고, 프랜차이즈로의 진입은 자기 충족적이어야 하며, 어떤 상품이든지 전체 프랜차이즈로의 입구가 되어야 하고, 새로운 수준의 통찰과 경험을 지속적으로 제공해야만 한다."(헨리 젠킨스, 2008, 149) 개별 미디어와 장르를 통해서 자족적인 형태의 콘텐츠가 창작되지만, 그것은 보다 거시적이고 총체적인 세계로서의 스토리월드의 구성요소로서도 기능한다.

〈그림 7〉은 종축에는 매체, 횡축에는 시간을 놓고 트랜스미디어 스토리텔링을 구성하는 스토리월드를 구조화한 것이다. 일반적으로는 콘텐츠의 프랜차이즈화 전개 양상은 시간의 축에 따라서 AⅠ→AⅡ→AⅢ로 진행하며, 그 중심에는 해당 스토리의 원천인 AⅠ을 중심에 둔다. 하지만 트랜스미디어 스토리텔링의 경우에는 그것이 순차적인 양상이든 전체 기획에 의한 동시적인 양상이든 간[34]에 〈그림 7〉처럼 탈중심적이고 자기증식적인 양상을 드러낸다. 트랜스미디어 스토리텔링은 선행콘텐츠의 성공을 지속–확장시키려는 프랜차이즈의 일반적인 사례는 물론, 자발적이고 적극적인 향유에 의한 참여의 다양한 양상이 매우 개방적인 형태로 수렴/확장되고 있으며, 그 안에서의 이합집산 역시 지극히 자유롭다. 텍스트 창작 및 발표의 시기와 프리퀄(prequel), 시퀄(sequel) 등의 시기가 뒤섞이고(스타워즈의 예), 독립적인 완성태로서의 텍스트가 필요에 따라 경계를 허물고 이합집산하고 있으며(어벤저스의 예), 팬픽이나 다른 매

---

34) 라이언은 매체 전환 스토리텔링을 크게 두 가지 유형으로 구분한다. 하나는 특정 스토리가 많은 인기를 누리거나 문화적 중요성을 갖게 되어 동일 매체 혹은 크로스미디어 프리퀄(prequel), 시퀄(sequel), 팬픽션, 각색물들을 발생시키는 것이다. (중략) 다른 유형은 비교적 최근에 나타난 경향으로서 특정 스토리를 기획 초기부터 다양한 미디어 플랫폼에 걸쳐 전개하는 것을 목표하고 유기적인 트랜스미디어 시스템을 설계하는 것이다.(Ryan, Marie–Laure, 2013, 363, 서성은, 2015, 280재인용)

체의 스토리를 전제로 프랜차이즈화 되는 양상(매트릭스의 예), 향유자의 발견-경험-탐험(서성은, 2015, 297)의 참여를 기반으로 텍스트의 전개를 보여주는 예(마리카에 관한 진실의 예) 등이 끊임없이 종합적으로 수렴/발산하는 장(場)이 스토리월드다.

'해리포터 시리즈'의 스토리월드를 살펴보면, 우선 소설《해리포터 시리즈》에서 영화〈해리포터 시리즈〉로 전개되는 과정에서 게임, 테마파크, 캐릭터 상품 및 각종 MD상품 등에 의해 구축된다. 이러한 전개는 조앤 K. 롤링과 워너브라더스가 브랜드 가디언의 역할을 충실히 해냄으로써 가능했다. 아울러 향유자들의 참여 열망이 텍스트적 생산성으로 발현되어 나타난 각종 팬픽, 소규모 놀이공동체, 퀴디치 게임의 오프라인 실현 등도 스토리월드의 일부를 구성하는 매우 중요한 요소가 되었다. 따라서 '해리포터 시리즈'의 스토리월드는 이 모든 것들이 자유롭게 상호작용하며 이합집산하는 총체를 말한다. 원작자의 권위를 인정하지만 절대시하지 않으면서 향유자의 적극적인 참여적 수행과 텍스트적 생산성의 결과물들이 창출한 이야기를 모두 수렴함으로써 스토리월드를 보다 심화/확장하는 결과를 낳았다. 뿐만 아니라 이미 공식적으로 완성된 텍스트를 잠정적인 완결로 돌리고 지속적으로 살아있게 만드는 효과를 거둘 수 있었다.

트랜스미디어 스토리텔링의 가장 큰 특징은 ⓐ 향유의 지속, 강화, 확산 즉 활성화를 지향함으로써 콘텐츠의 가치를 늘 현재진행형 상태로 유지하려 한다는 점이다. 향유의 활성화는 생산자와 향유자라는 전통적인 경계를 붕괴시키고, 향유 행위 자체가 생산의 잠재태이자 동시에 구체태로서 기능하며, 향유공동체를 통하여 향유자들 간의 향유와 인정이 생산의 기반을 만들기도 한다. 이와 같은 향유의 활성화라는 영원한 유예의 상태를 궁극의 지향으로 삼기 때문에 ⓑ 집단지성(collective intelligence

의 실천적 참여를 적극 긍정하고, ⓒ 스토리월드를 구성하는 핵심의 정체성을 제외한 나머지 부분의 개방성과 자율성을 최대한 보장한다. 그 결과 ⓓ 텍스트는 완성되는 것이 아니라 하나의 모듈로서만 완결될 뿐이며 ⓔ 끊임없는 자기증식과 구현 매체 및 기술 그리고 주변 장르와의 융합(convergence) 가능성을 열어놓게 된다.

헨리 젠킨스의 견해에 따르면 트랜스미디어 스토리텔링 이해하기 위해서는 급진적 상호텍스트성(radical intertextuality)과 멀티양식성(multimodality)을 먼저 파악해야 한다.[35] 급진적 상호텍스트성이란 단일 매체 안에서 다수의 텍스트가 존재하거나 혹은 텍스트 구조 간의 상호텍스트성을 말한다. 가령 동일한 텍스트 안에서 캐릭터에 따라서 상호연관된 여러 가지 서사가 존재할 때 급진적 상호텍스트성을 지녔다고 말하며, 이것이 현재와는 상이한 또다른 매체로 구현될 때 트랜스 미디어스토리텔링을 구성했다고 할 수 있다. 멀티양식성이란 다양한 매체들이 가지고 있는 변별적인 어포던스(affordance)[36]를 의미하며, 그것은 독립적인 매체들이 각각 지니고 있는 변별적인 재현 양태를 말한다. 예를 들어 동일한 서사라도 그것을 구현하는 매체 — 만화, 영화, 애니메이션 등에 따라서 상이한 어포던스를 나타낸다는 것이다. 그 결과 각기 다른 독립적인 매체를 통해서 구현되는 서사는 차별적이고 상이한 고유의 양식성을 갖게 되는 것이다. 헨리 젠킨스는 트랜스미디어 스토리텔링은 급진적 상호텍스트성과 멀티양식성을 동시에 지니고 통합적으로 구현되어야 한다고 주장했다.[37] 이 말은 트랜스미디어 스토리텔링이 디지털

---

35) http://henryjenkins.org/2011/08/defining_transmedia_further_re.html

36) 어포던스(Affordance)는 다양한 분야의 UI나 UX 등에 적용되는 '행동 유도성'을 의미한다. 일반적으로 향유자가 콘텐츠를 체험하는 과정에서 직관적으로 사용방법이나 체험 구조를 이해할 수 있을 때, 어포던스가 탁월하다고 평가한다.

37) 급진적 상호텍스트성과 멀티미디어성은 김수철 외(2013)의 번역어를 빌린다.

문화환경과 포스트모던의 인식을 바탕으로 적극적인 참여의 다양한 양상들을 전제로 리터러시와 평가는 물론 덧붙여 쓰기, 뒤틀어 쓰기, 새로 쓰기와 같은 자발적인 실천과 적극적인 공유 및 유포의 일련의 과정을 동반함으로써 활성화할 수 있다는 의미다.[38]

　최근 문화콘텐츠를 비롯한 다양한 분야에서 트랜스미디어 스토리텔링의 전략적 유효성을 주목하고 있다. 그것은 디지털 문화 환경 속에서 상호작용, 집단지성, 참여를 통한 즐김, 공유 등이 일상화되고, 웹과 모바일 기반의 SNS가 소통의 장(場)으로서 절대적인 영향력을 갖게 됨으로써 생산, 텍스트, 향유의 경계가 허물어지고 자발적인 참여, 적극적인 체험, 지속적인 향유가 가능한 구현 기술 및 문화 환경이 조성되었다는 점에서 그 이유를 찾을 수 있다. 거기에 포스트모더니즘의 영향으로 작가중심주의, 원본중심주의, 텍스트중심주의의 신화들이 자연스럽게 붕괴되고 탈중심적인 사고를 기반으로 즐거움을 강화할 수 있는 체험과 참여가 일상화된 것도 트랜스미디어 스토리텔링의 부상에 크게 기여하였다.

　이상에서 살펴본 바와 같이 스토리텔링은 텍스트중심의 서사 차원을 이미 넘어서고 있으며, 문화콘텐츠와 상관한 전략적 차원에서 논의될 문제이다. 더구나 스토리텔링이 참여중심, 체험중심, 과정중심의 향유 지향의 성격을 가지고 있다는 점에 주목하여야 하며, 향유를 극대화할 수 있는 실천 방안에 대한 구체적인 전략이 필요하다는 것이다.

---

38) 한혜원은 트랜스미디어 스토리텔링의 아홉 가지 조건을 들고 있다. 1) 각각의 콘텐츠는 독립된 기능을 수행하되, 부분의 전체로도 기능한다. 2) 콘텐츠의 결과물은 끝이 아닌 또 다른 출구로 기능한다. 3) 다양한 미디어들을 활용하되, 특정 미디어가 중심을 차지하지 않는다. 4) 미디어의 특성을 고려하되, 미디어 결정론적으로 사고하지 않는다. 5) 미디어 간 특성을 고려한 융합을 지향하되, 동화되지 않는다. 6) 개발자들은 문제 기반의 스토리텔링을 제시한다. 7) 사용자의 스토리텔링과 개발자의 스토리텔링이 어긋날 경우, 사용자의 우발적 스토리텔링을 존중한다. 8) 일시적 마케팅 기법에서 나아가, 문화적 가치를 부여한다. 9) 이를 통해서 사용자에게 총체적 경험을 제공한다.(류철균, 한혜원, 2015, 18)

4. 문화콘텐츠 스토리텔링의 변별적 특성

　문화콘텐츠 스토리텔링의 변별적 특성에 대한 인식은 필수적이다. 문화콘텐츠의 변별성을 전제로 앞에서 논의했던 다양한 스토리텔링 구현 요소들을 종합함으로써 문화콘텐츠 스토리텔링의 변별적 특성을 확보할 수 있다.

　첫째, 문화콘텐츠 스토리텔링은 스토리텔링의 새로운 구조(앞의 그림 1-4)에 대한 전복적인 인식 전환을 전제로 그 변별성을 찾아야 한다. 기존의 문학 중심 논의와 텍스트 중심 논의에서 탈피해야지만 문화콘텐츠가 지향하는 목표에 충실할 수 있다. 따라서 앞에서 살펴 본 바와 같이 생산자 영역, 텍스트 영역, 향유자 영역 그리고 사회문화적 컨텍스트 등의 개별적인 요소들이 지니고 있는 특성을 파악하고, 이것의 영역별 종합을 시도해야 하며, 영역별 종합을 거시적 구조에서 통합할 수 있어야만 한다. 이러한 시도는 기존의 패러다임에서 벗어나 새로운 스토리텔링의 구조를 만드는 일과도 같다. 따라서 앞에서 언급한 바와 같이 다양한 협력작업을 통하여 장기간에 걸쳐 시도하고 지속적으로 수정해감으로써 그 유용한 실체에 접근해야할 것이다.

　둘째, 문화콘텐츠 스토리텔링에 대한 논의는 기존 서사론과 변별되는 지점에서 출발해야 한다. 여기서 기억해야할 것은 문화콘텐츠 스토리텔링에 대한 논의는 기존 서사 연구와 같이 해석 중심의 의미 탐구가 아니라 생산을 위한 전략적이고 구체적인 차원에서 실천적 차원에서 전개되어야 한다는 점이다. 즉 그것은 문화콘텐츠 개발을 위한 기획과 스토리텔링 창작 과정에서 적극 반영할 수 있는 구체적인 전략을 찾는 노력이어야만 한다. 전략적 차원에서 스토리텔링을 중심으로 선행 콘텐츠의 성공과 실패 사례를 분석하고, 그 결과를 바탕으로 해당 전략의 적실성과 효율성 등을 탐구함으로써 새로운 스토리텔링 전략 수립의 적합성과 효과를 극대화해야만 한다.

셋째, 문화콘텐츠 스토리텔링에 대한 논의는 문화콘텐츠의 변별적 특성에 대한 충분한 이해를 기반으로 해야 한다. 문화콘텐츠는 '문화'와 '콘텐츠'가 생산적으로 결합된 형태이기 때문에 두 요소의 특성은 물론 그것의 결합 양상에 대한 변별적 인식이 필수적이다. 문화콘텐츠는 1) 문화적 특성과 콘텐츠적 특성이 상보되기도 하지만 기본적으로 상충되는 이율배반적인 특성을 지녔다는 점, 2) 참여적 수행을 기반으로 향유[39]를 활성화시키고 지속·확장시킴으로써 무형의 자산을 계속적으로 창출할 수 있어야 한다는 점을 고려할 때, 통합적이고 전체적인 관점에서 스토리텔링 전략은 수립되어야 하기 때문이다.

넷째, 문화콘텐츠 개별 장르의 구현 원리와 특성에 대한 분명한 인식을 바탕으로 장르별 스토리텔링 전략 수립이 필요하다. 문화콘텐츠는 변별적 특성을 지니는 개별 장르의 집합적 개념이다. 더구나 문화콘텐츠는 범주가 광범위할 뿐만 아니라 개념이 지극히 개방적인 속성을 지니고 있는 까닭에 보다 생산적인 결과를 이끌어내기 위해서는 개별 장르의 특성에 대한 변별적 인식이 선행되어야만 한다. 따라서 문화콘텐츠 스토리텔링에 대한 논의는 개별 장르의 특성에 대한 분명한 인식에서 출발해야하며, One Source Multi Use를 활성화하기 위한 스토리텔링 중심의 장르 간 전환 전략에 대한 논의 역시 개별 장르의 스토리텔링 특성을 전제로 해야만 하는 것이다. 가령, 만화, 애니메이션, 영화, 드라마, 심지어 캐릭터 등은 모두 스토리텔링을 기반으로 창작되지만 장르

---

39) 문화콘텐츠의 공공재적 특성, 즉 어떤 사람의 소비가 다른 사람의 소비를 방해하지 않고 여러 사람이 동시에 편익을 제공받을 수 있는 비경쟁성, 비선택성, 대가를 지불하지 않은 어떤 사람을 소비에서 제외시키기가 기술적으로 어렵다는 비배제성 등을 고려할 때, 개인적 차원의 자유로운 향유는 반드시 주목해야할 부분이다.

적 특성은 물론 구현 매체, 향유 방식, 수익 구현 방식 등에서 현격한 차이를 드러낸다. 이 말은 앞에서 예시한 다양한 장르별로 구사되어야할 스토리텔링 전략이 판이하게 다르며 차별적일 수밖에 없음을 의미한다. 그러므로 이러한 문화콘텐츠 스토리텔링에 대한 탐구가 생산적인 작업이 되기 위해서는 거시적으로는 '문화'와 '콘텐츠'에 대한 개별적 특성과 통합적 특성에 대한 종합적인 이해와 전략이 필요하고, 미시적으로는 장르별 특성을 전제로 한 각각의 스토리텔링 구현 전략에 대한 분명한 인식이 필요한 것이다.

다섯째, 스토리텔링은 문화콘텐츠의 필요조건일 뿐이지 그 자체가 필요충분조건은 아니라는 점이다. 문학 분야에서 스토리텔링이 갖는 자족적이고 우월적인 위치를 문화콘텐츠에서는 기대할 수 없다. 즉 문화콘텐츠 스토리텔링은 양질의 문화콘텐츠를 생산하기 위한 매우 중요한 요소이긴 하지만, 그 역시 하나의 구성요소에 지나지 않는다는 의미다. 이와 같이 스토리텔링은 문화콘텐츠를 구성하는 다양한 요소들과의 유기적 상관을 통해서만 그 기능과 의미를 확보할 수 있다는 점에 주목해야만 한다. 문화콘텐츠 스토리텔링에 대한 평가 역시 이러한 맥락 위에 있다. 즉 스토리텔링의 성취나 완성도 그 자체가 중요한 것이 아니라 그것이 종합적 차원에서 문화콘텐츠의 완성도에 얼마나 기여할 수 있느냐에 있는 것이다. 따라서 스토리텔링과 문화콘텐츠와의 관계는 매우 탄력적이며 전략적인 차원에서 그 상관성이 결정되어야 할 부분이다.

여섯째, 문화콘텐츠 스토리텔링은 문화콘텐츠 기획−창작−마케팅의 종합적인 관점에서 논의되어야 한다. 문화콘텐츠 스토리텔링은 기획 단계부터 전략적으로 개입하여 마케팅적인 요소들을 내재화할 수 있도록 창작 과정에 적극적으로 반영해야만 한다. 문화콘텐츠 스토리텔링이 중요한 이유가 바로 이와 같은 기획이나 마케팅의 전략적 요소들을 유기적으로 내재화할 수 있는 중심 매개라는 점이다. 따라서 문화콘텐츠 스토리텔링의 평가는 이와 같은 관점을 전제로 진행되어야한 하는 것이다.

  결국 생산적인 문화콘텐츠 스토리텔링 전략을 수립하기 위해서는 기존 서사 장르와 뚜렷한 변별성을 확보해야만 한다. 이러한 논의는 문화콘텐츠의 변별성과 밀접한 상관을 갖고 있기 때문에 1) 스토리텔링을 통한 향유의 활성화 전략, 2) 문화콘텐츠의 한 요소로서의 스토리텔링의 정체성에 대한 분명한 인식, 3) 문화콘텐츠 개별 장르의 스토리텔링 전략에 대한 세분화와 변별성 확보, 4) 문화콘텐츠 기획·생산·유통의 전반적인 과정 안에서 스토리텔링의 역할 등에 대한 실천적이고 생산적인 접근이 요구되는 것이다.

걷지 않고서 앞으로 갈 수는 없다. 원리를 알려면 분석에 충실해야 한다. 분석이 꼼꼼하고 섬세할수록 당신은 더 크고 깊은 텍스트와 마주하게 될 것이다.

2장
문화콘텐츠 스토리텔링 분석 방법

　문화콘텐츠 스토리텔링에 대한 분석 방법에 대한 논의는 아직 구체적으로 논의된 바가 없다. 다만, 기존의 내러티브 분석방법론을 토대로 부분적으로 논의가 진행된 바가 있지만 만족할만한 수준에 이르지는 못하고 있다. 문화콘텐츠 스토리텔링은 앞에서 논의한 바와 같이 다양한 요소들이 상관적으로 연쇄되어 있는 복합적이고 다층적인 담화 전략이기 때문에 특정 방법론을 중심으로 단일한 관점의 분석은 그 효과를 기대하기 어렵다. 따라서 이 글에서는 〈그림 1〉과 같은 분석 과정을 시론(試論)으로 제안한다. 이러한 분석과정은 다분히 시론적인 성격을 띠고 있으며, 실제 분석과정을 통하여 지속적인 수정 · 보완 작업이 필요하며 그러한 과정을 통하여 보다 설득력 있는 분석 모델을 구성해낼 수 있을 것이다.

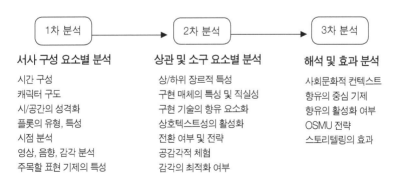

〈그림 1〉 문화콘텐츠 스토리텔링 분석 과정

이 장에서는 문화콘텐츠 스토리텔링 분석 과정을 세 단계로 나누어 살펴볼 것이다. 각 단계별 구성 요소들에 대한 상론과 그 실제 사례를 들어서 논리적 설득력을 점검해볼 것이다.

1. 1차 분석: 서사 구성요소별 분석

1차 분석은 서사 구성 요소에 중심을 둔다. 1차 분석에서는 텍스트 전체의 시간 구성, 캐릭터 구도, 시간/공간의 성격화 여부 및 양상, 플롯의 유형 및 특성, 시점 분석, 텍스트 내의 영상, 음향, 기타 감각의 활용 및 효과 분석, 주목할 만한 표현 기제의 특성 등이 중점 분석 요소이다. 1차 분석은 텍스트를 구성하는 요소들을 중심으로 문화콘텐츠 스토리텔링 분석의 가장 기반이 되는 단계이다.

시간 구성은 스토리텔링 전략에서 매우 중요한 요소로서, 장르별 제도화된 시간을 전제로 그 시간 안에 얼마나 효과적인 시간 구성을 이루어내고 있는가를 측정하는 것이다. 대부분의 문화콘텐츠의 경우 해당 장르별 제도화된 시간이 정해져있다는 점에서 이 요소의 분석은 서사 구성 단계에 있어서 매우 결정적인 역할을 한다. 영화의 경우, 할리우드 시스템에 의해 정착된 3막 구조라든가, 즐거움을 강화하기 위한 시간 구조의 탄력적 적용으로 유명한 디즈니 애니메이션의 시간 구성 방식 등은 이미 주지하는 바와 같다.[1]

〈그림 2〉에서 보듯이 〈니모를 찾아서〉는 할리우드 스타일의 전형적

---

[1] 최근에서는 멀티플렉스의 상영시간을 효율적으로 운용하기 위하여 영화의 길이가 점점 짧아지고 DVD에서는 감독편집본이라는 이름으로 추가 영상을 삽입함으로써 창구효과를 극대화할 수 있는 전략을 구사하기도 한다.

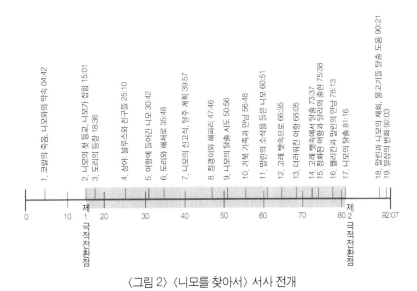

1. 쿠럴의 죽음, 니모와의 약속 04:42
2. 니모의 첫 등교, 니모가 잡힘 15:01
3. 도리의 등장 18:36
4. 상어: 블루스와 친구들 25:10
5. 어항에 들어간 니모 30:42
6. 도리와 해파리 35:48
7. 니모의 신고식, 탈주 계획 39:57
8. 정겡이와 해파리 47:46
9. 니모의 탈출 시도 50:56
10. 거북 가족과 만남 56:48
11. 말린의 소식을 듣는 니모 60:51
12. 고래 뱃속으로 66:35
13. 더러워진 어항 68:05
14. 고래 뱃속에서 탈출 73:37
15. 정화된 어항과 딸리의 술헌 75:38
16. 딸린과 딸린의 만남 78:13
17. 니모의 탈출 81:16
18. 말린과 니모의 재회, 물고기들 탈출 도움 90:21
19. 일상의 변화 92:03

〈그림 2〉 〈니모를 찾아서〉 서사 전개

인 3막 구조[2]는 아니어도 즐거움을 극대화하기 위한 탄력적 서사를 구사했던 디즈니 클래식에 비해 상대적으로 안정적 서사 전개를 선택하고 있음을 알 수 있다. 이 작품은 니모가 인간에게 잡혀감으로써 첫 번째 극적전환을 이루고, 니모가 탈출함으로써 두 번째 극적전환을 이루는 단순한 구조다. 니모를 찾으려는 말린의 서사와 어항에서 탈출해서 집으로 돌아오려는 니모의 서사가 병치된다. 전형적인 3막 구조의 시간배분이 앞뒤로 각각 1/4 지점(이 작품의 경우 23분, 69분)에서 이루어진다고 보았을 때, 제1 극적 전환점(15:01)[3]과 제2 극적 전환점(81:16)의 위치로 보아 이 작품은 3막 구조의 전형에서는 벗어나 있음을 알 수 있다. 갈등과 성장을 보다 구체화하고 말린과 니모의 모험

---

2) 설정(1막)-대립(2막)-해결(3막)의 3막 구조는 할리우드에서 자주 활용되는 전형적인 서사구조다. 제1 극적 전환점과 제2 극적 전환점을 기준으로 구분되는 2막은 짧은 시간 안에 선명한 갈등과 그 해결을 보여줄 수 있으며, 다양한 향유요소를 제공할 수 있고, 이미 향유자들이 충분히 학습된 구조이기 때문에 적극적으로 활용되고 있다.

3) 괄호 속의 숫자는 서사의 진행 시간을 의미한다. 이하 동일.

을 각각 구현하기 위해 2막이 다소 길어진 까닭이다. 디즈니 클래식의 경우에 뮤지컬적 요소, 각종 슬랩스틱, 다양한 스펙터클에 비중을 둠으로써 서사 구조나 완결성을 상대적으로 약화시키는 경향을 박기수(2004, 357) 는 '즐거움을 극대화하기 위한 탄력적 서사'라고 부른 바 있다. <니모를 찾아서>의 경우, 시간의 배분은 디즈니의 그것과 크게 다르지 않으면서도 상대적으로 안정적인 3막 구조라고 부르는 것은 그것이 설정−대립−해결이라는 서사 구조에 중심을 두고 있기 때문이다. 이 작품은 말린과 니모의 성장을 병치적으로 제시하는 과정을 통하여 아내의 죽음으로 인한 트라우마 벗어나기(말린)와 독립적인 주체로 홀로서기(니모)의 두 문제를 동시에 2막에서 구체화함으로써 서사의 깊이를 확보한다. 더구나 2막의 경우 말린과 니모에게 위협의 강도가 강해질수록 그들의 성장이 촉진되는 아이러니의 구조를 지니고 있다는 점도 이 작품의 서사적 완성도를 보여주는 지점이다. 이와 같은 3막 구조 중심의 안정적인 서사 지향은 디즈니 클래식이 보여주었던 즐거움을 극대화하기 위한 탄력적 서사의 불안정성을 지양하려는 픽사의 전략과 맥을 같이한다. 디즈니의 서사가 다양한 즐거움의 요소를 강화하기 위한 탄력적인 서사를 운영함으로써 안정적인 향유는 가능했지만 극적 긴장의 상실이라는 한계를 지녀야 했다. 극적 긴장의 상실은 지속적인 서사 생산과 서사의 깊이 확보라는 측면에서는 치명적 결함이 될 공산이 크다. 이러한 한계를 극복하기 위해서 〈니모를 찾아서〉에서는 3막의 전형적 시간 배분을 지향함으로써 갈등의 구체화를 통한 극적 긴장 고조와 주제의 깊이 확보하였다.(박기수, 2006A) 이 작품의 사례에서 알 수 있듯이 시간구성 분석은 서사의 정치한 파악과 분석을 위해 필수적이며, 하위 장르별로, 제작 지역이나 스튜디오별로 관행적으로 활용하는 시간 구조를 전제로 개별 작품의 차별성을 파악할 수 있는 첫 단계로서 충분한 의의를 지난다.

　캐릭터 구도는 플롯과 주제를 이해하는데 핵심적인 기능을 담당하며, 특히 시간적 제한으로 인하여 캐릭터 중심의 서사가 대부분인 경향을 고려할 때, 캐릭터 구도는 전략적인 고민이 우선되어야 할 지점이다. 캐릭터 구도를 이해하기 위해서는 캐릭터 장을 파악해야 한다. 박기수(2014B)는 캐릭터 장(場)은 캐릭터 구현 구도이자 구현 관계를 의미한다고 했다. 캐릭터 장은 캐릭터가 캐릭터 간의 관계를 형성하는 과정에서 구현되는데, 이것은 갈등의 최소 단위인 3자 관계를 전제로 해야만 한다. 갈등은 두 주체가 동일한 대상을 서로 다른 방식으로 욕망하는 과정에서 발생하는 까닭에 대립적인 2자 관계와 욕망의 대상과의 관계가 전제되어야 하기 때문에, 캐릭터 장은 3자 관계를 바탕으로 한다. 이렇게 성립된 중심적인 캐릭터 장을 구성하는 개개의 구성 주체는 각기 다른 캐릭터와의 개별적인 관계마다 변별적 관계 구도를 확보해야 하며, 이 과정에서 비로소 캐릭터는 변별적인 캐릭터성을 확보할 수 있다. 미야자키 하야오 애니메이션의 경우, 캐릭터 구도는 정형화된 요소들을 바탕으로 부분적인 변형을 가함으로써 텍스트의 독립성과 차별성을 확보하는 전략을 활용한다. 신이한 능력이 있거나 신비한 일을 당한 소녀와 소녀를 돕는 소년, 그들을 돕는 정신적인 조력자, 그들과 갈등하는(악인과는 다른) 욕망의 주체들, 소녀와 소년을 지지하는 그들이 속한 공동체 등이 전형화된 요소로 등장한다면, 그것들을 작품별로 추가하거나 누락시킴으로써 개개 작품의 독립성을 확보하고 차별성을 부각시키는 전략이다. 이것을 정리하면 〈표 1〉과 같다.

<표 1> 미야자키 하야오 극장용 애니메이션의 캐릭터 분석(박기수, 2010A)

구분 / 제목	중심 캐릭터	거울 캐릭터	대립 캐릭터	현명한 조언자	주변 캐릭터	비고
바람계곡의 나우시카	나우시카	아스벨	크샤나	유파, 대모	오무, 거신병	부해
천공의 섬 라퓨타	시타	파즈	무스카	도라	도라 보이즈, 로봇 병사	라퓨타
이웃의 토토로	사츠키 메이	토토로	–	간타할머니	간타, 엄마, 아빠	
마녀의 특급 배달	키키	톰보	–	우르슬라, 오소노	노부인	마녀
붉은 돼지	마르코	피오 지나	–	–	커티스, 맘마 유토 갱단, 공중해적 연합, 페라린	파시즘
모노노케 히메	아시타카	산	에보시	히이	지코, 옷코토누시, 타타라장 사람들	시시가미의 숲
센과 치히로의 행방불명	치히로	하쿠	유바바	가마할아범 제니바	가오나시, 보, 유버드, 돌머리 삼총사	온천장
하울의 움직이는 성	소피	하울	황무지 마녀 마담 셔리반	–	가루시파, 마르클, 순무허수아비	전쟁
벼랑 위의 포뇨	포뇨	소스케	후지모토	그란만마레 리사	양로원할머니들 포뇨동생들	쓰나미

레이 프렌샴(2005, 112)이 언급한 '거울 캐릭터'는 중심 캐릭터와 동급의 비중을 차지하며, 중심캐릭터를 도와주거나 혹은 같은 상황을 겪는 과정을 통하여 중심캐릭터를 반영하거나 투영하는 캐릭터이다. 미야자키 하야오의 애니메이션에서 거울 캐릭터는 중심캐릭터를 돕는 일방적인 조력자가 아니라 같은 상황을 함께 겪으면서 중심캐릭터와의 상관망을 형성하여 스스로의 캐릭터 비중을 확대하는 경향이 두드러진다. 이와 같이 복수의 중심 캐릭터를 설정하는 것은 캐릭터 각각의 지향 가치나 세계관을 다원화하고 그들 사이의 상충을 통해 서사를 구체화하거나, 동위소적 관계를 강화함으로써 주제의 다양한 부면을 드러내거나, 갈등에

대한 각기 다른 해결방식을 제안함으로써 향유자의 참여를 유도하기 위한 것이다.

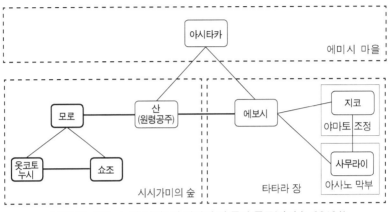

〈그림 3〉〈모노노케 히메〉의 캐릭터 및 공간 구도(박기수, 2010A)

〈그림 3〉에서 보듯이 〈모노노케 히메〉에서는 중심캐릭터와 거울캐릭터 그리고 대립캐릭터의 균형을 유지함으로써 복수의 중심캐릭터를 설정하고, 세 캐릭터 각각의 지향 가치나 세계관을 다원적으로 인정하고 그들 사이의 상충을 통해 서사를 전개하는 전략을 쓰고 있다. 이 작품의 중심 갈등은 시시가미의 숲을 보전하려는 산과 숲의 신들을 제거하고 자원화함으로써 타타라 장을 더욱 풍요롭게 하려는 에보시 그리고 이 둘이 함께 살아갈 공존의 방안을 모색하려는 아시타카의 대립이다. 이와 같은 중심 갈등을 구조적 차원에서 거시적 갈등이라고 할 때, 거시적 갈등의 핵을 이루는 세 캐릭터는 다시 미시적 갈등의 중심에 놓인다. 산을 중심으로 한 미시적 갈등은 시시가미를 보호하며 에보시로 대표되는 인간에 전략적인 대응을 주장하는 모로와 정면대결을 주장하는 옷코토누시 그리고 인간을 먹어 인간의 지혜를 얻고자 하는 쇼조들 사이의 갈등으로

드러나는 시시가미 숲의 내부의 갈등이다. 에보시를 중심으로 한 미시적 갈등은 민중중심의 자립적인 공동체를 구현하려는 타타라 장과 그들의 철과 화승총을 노리는 아사노 막부 그리고 시시가미의 목을 얻어 영생을 누리고자 하는 야마토 조정의 갈등으로 인간 세계 내부의 갈등이다. 아시타카를 중심으로 한 미시적 갈등은 마을을 구하기 위하여 나고 대장을 죽일 수밖에 없던 불가피한 선택으로 인한 재앙신의 저주와 상관되어 있다. 아시타카의 이러한 갈등은 에미시 마을 공동체를 구해야한다는 개인적 갈등과 재앙신의 저주에 대한 내적 갈등이 섞임으로써 드러나며, 이것은 거시적 갈등이 초개인적 갈등으로 전개할 수 있는 바탕이 된다.(로버트 맥기, 2002, 224) 아시타가는 내적 갈등과 개인적 갈등을 극복하는 과정을 통하여 초개인적 갈등을 해소하기 위해 산, 모로, 옷코토누시, 쇼조 등으로 대표되는 시시가미 숲의 세계와 타타라 장, 야마토 조정, 아사노 막부 등을 대표하는 인간문명의 세계를 화해시키고 공존의 방안을 찾기 위해 두 세계를 오고가는 메신저의 역할을 한다. 산과 에보시, 양측 모두의 정당성을 동반자적 시점으로 구현함으로써 특정 가치를 차별적으로 대상화하거나, 옳고 그름의 문제로 치환을 하거나, 향유자를 계몽하려는 시각을 지양하고, 그럼에도 불구하고 살아야한다는 최소의 원리만을 제시하여 해결 방안은 삶 속에서 향유자 스스로 찾을 수 있도록 열어두고 있다. 이 작품의 가치는 둘의 정당성을 인정할 수밖에 없는 이율배반적인 세계임을 인지하고 그 안에서 살아내기 위한 의지와 공존 방안의 탐구에 주목하고 있다는 점이다. 다만, 그것이 산이나 에보시의 경우가 아시타카에 비해 깊이 있는 고민에 이르지 못하는 한계는 분명해 보인다.

　시간/공간의 성격화 여부 및 양상은 시간적 제약과 함께 최근에 더욱 두드러지는 현상이다. 향유의 활성화를 위해 특정 요소를 전면화하기 위해서는 시간적 제약과 제시할 수 있는 공간적 제약에서 자유로울 수 없기 때문에, 시간과 공간을 효과적으로 조직화하는 방식이다. 시간/공간의 성격화가 자주 활용된다. 이것은 시간/공간의 성격화란 대조되거나 서로 다른 시간/공간을 제한적으로 제시하고 이것들을 뚜렷하게 차별화시킴으로써 각 시간/공간이 지향하는 성격을 드러내는 전략이다. 특히 공간의 성격화는 짧은 시간 안에 즐거움을 중심으로 정서적 가치를 효과적으로 내재화시킬 수 있는 방법으로 디즈니 애니메이션은 물론 일본의 미야자키 하야오(宮崎 駿)도 즐겨 사용하는 방법이다. 다만, 디즈니 애니메이션에서 공간의 성격화는 변별적인 공간의 제시를 통해서 이루어지지만, 미야자키 하야오의 경우에는 수평적으로 공간을 분리하고, 중심공간을 다시 수직으로 구분하면서 성격화한다는 점에서 다소 차이가 난다. 미야자키 하야오는 '수평공간과 수직공간의 교직'을 통하여 '공간의 성격화'를 효과적으로 성취하여왔다. 하늘—지상—지하의 수직 공간은 자유와 스펙터클의 공간으로서의 하늘, 부조리와 온갖 갈등의 지상, 지상의 문제를 해결할 실마리를 제공해주는 지하로 성격화한 수직공간은 서사의 테마에 따라서 부분적인 변형을 이루면서 상투성과 참신성의 교직을 통해 향유가 용이한 '익숙한 새로움'을 보여주었다. 수평공간의 경우 갈등의 주체들을 공간별로 성격화하고 이들 사이의 갈등을 중심 공간에서 수직공간과 교직시킴으로써 공간의 성격화 전략을 효과적으로 구사해왔다. 디즈니의 경우 〈벅스 라이프〉에서 공동체적 삶을 지향하는 개미마을, 폭력적 위계에 의한 약탈을 지향하는 메뚜기 마을, 개인적인 경쟁과 기만의 공간인 도시가 대비적으로 제시된다. 개미마을의 공동체적 삶의 모습을 제시하고, 그것을 파괴하는 하퍼 일당의 등장과 함께 메뚜기마을의 삶을 보여주고, 플릭이 자신들을 구해줄 사람들을 데리고 오기 위해 도시로 가서 도시의 삶을 보여줌으로써 세 공간을 대비적으로 살펴

볼 수 있는 기회를 준다. 더구나 각각의 공간적 특성이 구성원들의 캐릭터로 구현되고 있다는 점에서 차별화된다. 흥미로운 것은 디즈니와 대립각을 세우고 있는 드림웍스의 경우에도 공간의 성격화를 전략적으로 활용하고 있다는 점이다. 〈슈렉 I〉의 경우, 슈렉의 자족적인 공간 늪, 파콰드 영주의 불모의 공간인 둘락, 그리고 드래곤이 피오나 공주를 지키는 공간인 성이 그것이다. 오우거 슈렉이 겉보기에는 더럽고 잔인한 자신만의 방식으로 모든 것을 즐길 수 있는 공간인 늪과 현대적이고 깔끔한 공간이지만 불모와 기만의 공간인 둘락의 대비적 성격화가 이 작품의 서사적 동인이 되기 때문이다. 둘락에서 쫓겨난 디즈니 애니메이션의 동화 속 주인공들이 슈렉의 늪으로 오고, 그들을 내보내고 자신만의 늪에서 살기를 원하는 슈렉이 둘락의 파콰드 영주로부터 미션을 부여받으면서 서사가 전개되는데 그 과정에서 두 공간에서 삶의 모습이 상반되게 그려짐으로써 성격화가 이루어진다. 패러디를 서사의 중심 기제로 활용하고 있다는 점을 염두에 둘 때, 늪과 성 그리고 탈동화적 공간으로 그려지는 성의 성격화는 매우 성공적인 전략이었음을 알 수 있다.(박기수, 2006B)

플롯의 유형 및 특성은 장르적 특성과 상관되어 논의될 수 있으며, 이를 통해 향유자들의 선행 체험을 소환하여 추체험을 활성화할 수 있다는 미덕이 있다. 이러한 예는 소설《해리포터 시리즈》에서 쉽게 찾을 수 있다. 소설《해리포터 시리즈》는 익숙한 서사 구조를 최대한 활용하면서 대중성이 검증된 모티프를 전략적으로 배치하고 유기적으로 구조화한다.(박기수, 2010B) 익숙한 서사 구조로는 신화와 같은 보편성을 지닌 이야기 구조나 학교라는 제도 안에서 또래문화와 공동체적 삶을 지향하며 성장하는 19세기 영국에서 유행하던 학교소설의 구조를 활용하고 있다. 또한, 이 작품에서는 업둥이 모티프, 사생아 모티프, 아비 찾기 모티프 등의 대중성이 검증된 모티프를 판타지적 요소와 미스터리적 요소와 결합하여 극적 흥미를 배가시킨다.

시점[4] 분석은 텍스트 전체가 누구의 시점으로 전개되느냐는 것인데, 시점은 태도와 연결되고, 태도는 주제에 대한 공유의 기본 회로라는 점에서 서사의 심층구조를 이해하는 중요 단서이다. 〈디 아더스〉(2001)나 〈식스센스〉(1999)의 반전의 동력은 중심 캐릭터를 동반자적 시점으로 따라가고 있는 향유자의 시점이다. 〈메멘토〉(2000), 인썸니아(2002), 〈다크 나이트〉(2008) 등과 같은 크리스토퍼 놀란(Christopher Nolan) 감독의 일련의 영화들이 바로 시점을 다각화, 복수화, 다층화함으로써 심층적 의미를 천착함으로써 호평을 받았던 예들이다. 소박한 의미에서 시점이 누가 누구에게 이야기하는가라고 한다면, 그것이 왜 누가 누구를 보아야 하는가 혹은 그때 향유자는 어느 위치에서 보고 있는가 등을 고민하게 하는 것이 시점의 심층적 의미라고 할 수 있다. 그것은 즉물적으로 몸을 바꾸어 시점의 변환을 꾀하는 〈아바타〉(2009)에서 잘 드러난다. 제이크가 인간과 나비족의 공간을 오가면서 시점의 변화는 관점의 변화를 야기함으로써 나비족의 삶을 이해하게 된 향유자는 나비족의 삶과 대비되는 인간의 탐욕과 폭력을 성찰하게 됨으로써 텍스트에 대한 몰입을 강화하고 심정적 참여를 극대화한다. 특히 시점의 변주인 비디오 로그를 통해 그동안 제이크와 동반자적 시점을 견지하던 향유자들은 시점의 분리를 경험하며, 이를 통해 제이크의 심경변화 과정을 알게 되고 그의 내적 갈등을 이해할 수 있게 된다. 향유자들은 반복되는 비디오 로그의 자기진술 과정을 통하여 제이크의 감정 흐름에 관객은 자연스럽게 동참할 수 있게 되는 효과를 갖는다. 서사 전개 과정에서 제이크 캐릭터 변화는

---

4) 시점에 관한 가장 기본적인 학습은 조엘 마니(2007)가 좋은 안내가 될 것이다.

행위 동기가 다소 약하다는 약점이 있는데 이것을 극복하기 위한 방편으로 비디오 로그를 적극적으로 활용한다.

텍스트 내의 영상, 음향, 기타 감각의 활용 및 효과 분석은 개별 요소들의 특성은 물론 서사 구현 과정을 통하여 어떻게 구조적으로 통합되고 있는지에 대한 분석이다. 특히 스토리텔링이 단순한 서사가 아니라 참여중심, 체험중심, 과정중심의 향유적 담화전술이라고 할 때, 이와 같은 영상, 음향, 기타 감각 등의 통합적 구현은 기존 서사와 변별되는 핵심 전략이라는 점에서 그 중요성을 더한다. 피터 그리너웨이(Peter Greenaway) 감독의 〈영국식 정원 살인 사건〉(1982), 〈요리사, 도둑, 그의 아내 그리고 그녀의 정부〉(1989), 〈필로우 북〉(1996)처럼 이러한 요소들을 향유의 지배소(dominant)로 제시한 것은 물론이지만, 대부분의 경우 텍스트 구현의 심층적 표현요소로서 활용한다. 왕가위(王家卫) 감독의 〈아비정전〉(1990), 〈중경삼림〉(1994), 〈동사서독〉(1994), 〈화양연화〉(2000), 〈마이 블루베리 나이츠〉(2007), 〈일대종사〉(2013) 등의 작품에서 이러한 요소들이 서사의 흐름과 긴장을 유지하며 전략적으로 활용되고 있는 것이 좋은 예이다. 좀 더 구체적으로 본다면 〈아바타〉의 시각적 스펙터클은 이러한 효과의 적절한 예이다. 이노한(2010)의 연구에 따르면, 〈아바타〉의 시각적 스펙터클은 내부적 요소와 외부적 요소로 나눌 수 있는데, 전자는 형태, 규모, 색채로 구성되며 후자는 향유자의 시선을 유도하는 방향성이나 속도감을 만들어내는 촬영, 편집과 같은 영상 기법과 입체적인 스펙터클의 형성을 위한 음향적 요소 등을 포괄한다. 〈아바타〉 스펙터클의 내부적 요소는 ⓐ 새롭게 창조된 형상과 변용(變容)된 실재 오브제의 혼용, ⓑ 대상의 물리적 확대와 광각 쇼트에 기반한 규모의 강조, ⓒ 색채의 명도와 채도 조절 방식을 활용한 신비감의 강조다. 〈아바타〉 스펙터클의 외부적 요소는 ⓐ 카메라워크로써 창조되는 액션의 역동성 강화, ⓑ 다중 컷 분할을 활용하여 나타나는 긴박감, 박진감 고조에서 찾을 수 있다. 결국 텍스트 내의 영상, 음향, 기타 감각의 활용 및 효과를 서사와의 유기적인 상관망 속에서 얼마나 리터러시(literacy)할 수 있느냐가 텍스트 읽기 수준을 결정한다는 점에서 기본적인 학습[5]과 다양한 텍스트를 활용한 연습이 필요한 지점이기도 하다.

음향은 영상과는 다르게 비가시적, 비실체성을 가지고 있기 때문에 내면에 더욱 큰 영향을 끼친다. 영상이 어떠한 인식과정을 통해 정서를 만든다면 음향은 직접적으로 다가와 인간의 정서를 움직일 수 있다. 음향은 영상의 한계를 보완하고 감성 정보 전달의 기능을 수행한다. 영상은 스크린이라는 일정한 틀로서 경계를 설정하기 때문에, 화면이라는 한정된 공간만을 보기 때문에 선택되어진 부분 이외에는 볼 수 없으며 본 것 이상의 사실을 추가할 수 없는데, 음향은 이러한 한계를 인지할 수 있도록 한다. 음향은 관객에게 그 장면 속 상황을 구체적인 리얼리티를 통해 경험케 하며 나아가 우리의 상상력이 스스로 그 상황을 그리게 함으로써 시각영상을 대신한다.

이와 같은 서사 구성 요소별 분석과 이에 기반한 통합적인 분석 작업이 1차 분석을 구성한다. 다만, 여기서 제시된 부분은 가장 대표적인 요소들만을 언급한 것으로서 추가될 수 있는 요소가 얼마든지 있으며, 동시에 이 요소들은 모두 다 구현되는 것이 아니라 선별적으로 채택되고, 그 정도에 있어서도 상당한 차이를 드러낸다는 점이다. 따라서 문화콘텐츠 실제 사례 분석을 통하여 그 문법을 파악하는 것이 무엇보다 중요한 일이라 하겠다.

---

5) 이러한 리터러시의 기본적인 요소들의 학습은 허버트 제틀(2010)과 제니퍼 밴 시즐(2009)이 좋은 길잡이가 될 수 있다.

2. 2차 분석: 상관 및 소구 요소별 분석

2차 분석은 상관 및 소구 요소별 분석으로 상/하위 장르적 특성, 구현 매체의 특성 및 적실성, 구현 기술의 향유 요소화, 상호텍스트성의 활성화, 전환 여부 및 전략, 공감각(synesthesia) 체험, 감각의 최적화 여부 등으로 구성된다.

상/하위 장르적 특성은 스토리텔링의 기획 단계부터 반드시 고려해야 할 사항이다. 상위 장르는 영화, 애니메이션, 게임, 드라마, 캐릭터, 만화 등과 같은 장르를 의미하는 것이고, 하위 장르는 그 안에서 다시 나눠지는 세부 장르를 말하는 것이다. 대부분의 문화콘텐츠의 경우 상위 장르마다 하위 장르를 분류할 수 있으며, 그 하위 장르별 향유 코드를 가지고 있다. 경험재인 문화콘텐츠의 특성을 고려할 때, 향유자의 선택은 선행 체험을 통해 파악하고 있는 장르별 코드나 특성에 의지하게 된다. 따라서 스토리텔링 전략을 기획할 때에는 반드시 장르적 특성인 구현 시간, 중심 향유 요소, 향유 비용, 문화적 가치, 구현 매체, 구현 기술 등을 종합적으로 고려해야 한다. 또한 분석단계에서는 상위 장르별 스토리텔링의 변별적 특성을 먼저 파악하고 개별 텍스트가 속해 있고 구체화된 하위 장르의 문법을 동시에 이해할 수 있어야 한다. 드라마의 경우, 일일드라마, 아침 드라마, 미니시리즈, 주말드라마, 단막극, 시트콤 등은 서사의 길이, 향유 자층, 향유 주기, 중심 갈등의 내용, 구현 매체, 시장 규모 및 제작비의 규모, One Source Multi Use의 활성화 등에서 현격한 차이를 드러낸다. 이러한 차이는 곧 스토리텔링 전략과 연동되는 까닭에 상/하위 장르별 특성을 기반으로 개별 텍스트의 스토리텔링 전략을 파악해야만 한다.

구현 매체의 특성 및 적실성은 콘텐츠를 구현할 매체의 특성을 파악하고 그것을 스토리텔링 내부로 수렴하여 전략화해야 한다는 의미다.

애니메이션의 경우에는 극장용 애니메이션과 텔레비전용 애니메이션의 문법이 완전히 다르다. 그것이 비중을 두고 있는 중심 창구(window)가 어디냐에 따라 스토리텔링 전략이 달라지는 것은 자명한 일이다. 최근 뉴미디어의 급성장으로 인한 새로운 매체들의 등장이 이어지고 있는데, 이것은 단지 창구 하나가 늘어난 것이라기보다는 그 매체에 최적화된 스토리텔링 전략을 하나 더 요구하는 것으로 보아야 한다. 웹툰의 경우가 대표적인 예이다. 웹툰은 ICT(Information and Communications Technologies)와 향유자의 요구가 결합하여 만화의 형질을 변화시킴으로써 변별성을 확보하고 있는 현재진행형 장르다. 웹툰은 웹(web)의 속성과 툰(toon)의 속성이 창조적으로 결합한 장르다. 웹툰은 웹을 통해 구현된다는 점에서 색·소리·움직임의 다양한 감각적 자극과 사진, 음악, 동영상 등 다른 장르를 수렴적으로 결합시킴으로써 멀티미디어를 통합적으로 활용할 수 있다. 또한 댓글, 클릭수, 모작(模作) 등 상호작용성을 기반으로 한 향유가 활성화되었고, 캡처와 펌질 등이 용이해짐으로써 SNS 등을 활용한 공유 가능하다. 아울러 웹툰은 툰의 속성을 대타적(對他的)으로 수용하면서 동시에 차별화하는 이율배반적인 변별화의 노력을 해왔다. 웹툰은 카투닝 기법, 글과 그림의 이코노텍스트, 내러티브 등의 만화적 특성을 그대로 계승하면서 칸 파괴, 멀티미디어적 요소들의 수렴과 활용, 향유자와의 상호작용 강화 등을 통해 변별적인 모습을 구축해왔다. 만화 고유의 접근성과 이해의 용이성이 웹의 공유·참여·개방의 특성을 적극 수용함으로써 웹툰은 이용자중심 콘텐츠로 급부상하였고, 그 결과 창작—유통—향유가 적은 비용으로 즉각적으로 이루어짐으로써 최적화된 원천콘텐츠로서의 각광을 받고 있다. 웹툰은 향유자의 참여가 다양한 양상으로 실현되고, 그것이 텍스트의 안팎으로 영향을 줄 수 있는 매우 실험적이고 역동적인 장르다. 댓글, 클릭수, 펌질, 모작 등의 다양한 상호작용이 활성화되었다는 점, 그것이 안팎으로 텍스트의 확장을 가져왔다는 점, 상호작용의 결과가 대중적인 지지와 충성도를 판가름한다는 점, 동시에 텍스트의 다양한 가치를 평가하는 지표가 된다는 점 등을 고려할 때, 웹툰의 역동성은 스토리텔링을 매개로 한다. 아울러 웹툰은 ICT 발달에 매우 적극적으로 대응해 왔다는 점도 주목할 지점이다. 관련 기술을 텍스트 구현 과정에서 적극 반영함으로써 텍스트의 형질 변화는 물론 향유 방식도 변화시켰고, 그것이 웹툰의 변별성[6] 확보는 물론 산업적 확장에 결정적으로 기여할 수 있었기 때문이다. 이와 같이 웹툰은 매체적 특성이 스토리텔링 구현에 직접적인 영향을 끼친 사례이며, 특히 웹툰이 최근 다른 장르로의 전환(adaptation)이 활발해짐으로써 One Source Multi Use를 전제로 한 스토리텔링 전략이 구사되기도 한다. 이와 같이 매체의 특성이 콘텐츠에 영향을 미칠 수밖에 없기 때문에, 문화콘텐츠 스토리텔링 전략을 파악하기 위해서는 매체의 변별적 특성을 반드시 파악해야 한다.

구현 기술의 향유 요소화는 새롭게 등장한 구현기술이 문화콘텐츠 스토리텔링으로 내재화되고, 이것이 향유의 한 요소로서 기능할 수 있다는 점에 착안한 것이다. 〈아바타〉는 3D기술을 전면화하고 이를 창조적으로 스토리텔링화함[7]으로써 성공한 대표적인 사례이다. 〈아바타〉는 테크놀로지가 단지 표현하고 싶은 것을 구현하기 위한 수단이 아니라 테크놀로지가

---

6) 지금까지 합의된 웹툰의 변별적 특징은 "1) 종 스크롤을 활용한 탄력적인 서사 속도 조절, 2) 칸 윤곽선 생략을 통한 감정 이입 강화, 3) 색의 적극적 활용을 통한 표현력 강화, 4) 인터랙션을 활용한 텍스트 확장"(김효정, 2011)이다. ICT의 발달과 대중적인 지지에 힘입어 감각의 공감각적 자극을 위한 멀티미디어적 요소의 최적화된 통합과 참여적 수행에 기반한 상호작용의 극대화 등으로 수렴할 수 있는 다양한 시도들이 웹툰 스토리텔링을 통하여 전개되고 있다.

7) 〈아바타〉는 ⓐ 모션캡처를 넘어서 이모션 퍼포먼스 캡처 방식을 도입했고, ⓑ 3D기술의 미덕을 효과적으로 수렴할 수 있는 서사 구조를 채택했으며, ⓒ 새로운 지각의 현상학을 구축할 수 있도록 '신체적 확장으로서의 3D'효과를 강조했다.

즐겨야할 향유의 중추가 될 수 있음을 보여준 영화로 평가 받는다. 이와 같이 〈아바타〉의 가장 큰 미덕은 단지 신기한 새로운 테크놀로지로서의 3D 기법차원을 넘어서 영화 텍스트 안에서 하나의 화법을 만들었다는 점이다. 〈아바타〉는 "신기하게 보이기에 놀라운 것이 아니라 너무나 자연스레 적응 되도록 하기에 놀라움, 결국 중요한 건 기법이 아니라 화법"이라는 주장이다.[8] 더불어 〈아바타〉는 총체적인 감각을 효과적으로 통합하여 새로운 지각의 현상학을 구축함으로써 그 자체를 하나의 즐길 수 있게 만들었다는 평가다. 더구나 자칫 첨단 기술의 과잉으로 인하여 기술은 살고 영화는 죽을 수 있는 위험을 영리하게 피하고 있다. 〈아바타〉에서 "영상기술이라는 목표를 위해 영화의 다른 구성요소들이 배치되는 방식이 아니라 영화의 내러티브를 강조하고 살리기 위해 영상기술이 절제되며 사용되었다"는 최익환(2009)의 주장처럼, 오히려 〈아바타〉는 다른 요소들과의 최적화에 중심을 두기 위해 첨단기술을 절제하고 조절하는 전략을 택한 것이다. 이와 같이 구현 기술의 특성과 스토리텔링의 일부로 최적화될 수 있는 방안에 대한 탐구가 구현 기술에서 고려해야할 핵심이다.

상호텍스트성의 활성화는 향유와 상관하여 논의될 수 있는 지점이다. 줄리아 크리스테바(1969, 85)는 "모든 텍스트들은 인용문들의 모자이크이며 모든 텍스트는 다른 텍스트의 병합이자 변형"이라고 하고, 상호텍스트성을 설명하면서 "텍스트는 작가에 의해 완전히 새롭게 창조된 것이 아니라 전승된 텍스트, 즉 전 텍스트가 인간의 머릿속에 이미 존재해 있

---

8) 제임스 카메론 감독은 〈아바타〉가 최신 테크놀로지의 창조와 연동되고 있다는 점에서 중요한 성취는 이야기를 통해 얻을 수 있었다고 기회가 있을 때마다 언급한 점에 주목해야 한다. 이 말은 잘못해석하면 그러니까 이야기가 중요하다가 아니라 첨단 테크놀로지가 이야기와 창조적으로 연동할 수 있었다는 의미에서 새로운 화법의 개발과 일맥상통하는 말이다. 뿐만 아니라 〈아바타〉는 특수효과 자체가 곧 내용의 일부가 될 수 있도록 기획되었다. 즉 인간이 외계인의 모습을 빌린 아바타를 조종하며 신세계를 배운다는 이야기는 인간 배우의 연기를 디지털 액터가 가상 세계 안에서 연기하는 영화제작 과정과 매우 흡사하기 때문이다.

고 이것들로부터 그것이 구성 또는 텍스트가 역사를 읽고 그것과 관계하
는 방식의 증빙이 되는 개념"이라고 주장했다. 솔레스(1967, 75)는 상호
텍스트성을 설명하면서"모든 텍스트들은 여러 텍스트들의 합류점에 위
치하며, 하나의 텍스트는 다른 텍스트들에 대한 재독이고 강조이며 응축
이자 깊이화"라고 주장했다. 김호영(2007, 31)은 상호텍스트성을 영화의
경우로 한정하여 ⓐ 한 편의 텍스트가 같은 장르의 다른 텍스트를 포함
하는 경우와 ⓑ 한 편의 영화 텍스트가 다른 예술 장르(문학, 연극, 미술
등)의 텍스트를 수용하거나 혹은 기호체계(신화, 팜플렛, 사회 상황 등)
의 텍스트와 관련을 맺는 경우로 구분하였다. 박기수(2010A)는 김호영
의 의견에 동의하며 다만, ⓑ에서 '기호체계의 텍스트와 관련을 맺는 경
우'는 프로모션의 과정에서 제공되는 텍스트 내적/외적 정보들로 인하
여 텍스트의 지평을 넓히거나 보완해주는 역할을 하고 있다는 점에서 상
호텍스트성에 포함시켜야 한다고 주장한 바 있다. 이러한 개념을 전제로
할 때, 스토리텔링은 상호텍스트성을 반드시 전략화하게 된다. 〈아바타〉
의 경우, 상호텍스트성을 활용하여 성찰을 상품화하는 전략을 구사했다.
그것은 할리우드식 관용적 요소들의 상호텍스트성,[9] 사회적 컨텍스트와
의 상호텍스트성[10]으로 대별해볼 수 있다. 〈아바타〉는 상호텍스트성의

9) 기존의 할리우드 영화나 일본 애니메이션의 주요 요소들을 창조적으로 수렴하여 새롭
   게 조합함으로써 흥행 요소들을 살리면서 텍스트는 상호텍스트성을 활성화할 수 있는
   전략은 평론가들에 의해 텍스트가 보다 확장될 수 있는 여지를 풍부하게 갖게 되며, 그
   과정에서 대중적 인지도를 확보할 수 있다는 강점을 지닌다.

10) 나비족의 파란 피부는 붉은 색으로 표현되는 아메리카 인디언에 대한 강력한 은유다.
    단지 외모뿐만 아니라 나비족의 생활 모습, 자연과 소통하는 모습, 의견을 수렴하고 전
    투하는 모습들은 상당한 유사점을 지니고 있기 때문이다. 하지만 미국인들에게 불편한
    진실로서 아메리카 인디언의 모습은 할리우드 영화 속에서 신비주의로 포장되어 팬시
    상품처럼 판매되기 시작한 것은 새로울 것도 없는 사실이다. 단, 사회적 컨텍스트를 적
    극 활용하고 있다고 하여 그것이 사회적 메시지를 생산하거나 비판하기 위한 것은 아니
    라는 점에 주목해야 한다. 바로 이 이점이 제임스 카메론이 다양한 사회적 컨텍스트를
    활용하고 사회참여적인 메시지를 영화에 담고 있음에도 불구하고 반성을 상품화한 것
    으로 보아야 한다.

탄력적 활용하고 있는데, 이 과정에서 〈아바타〉가 표절했다는 혐의[11]를 받고 있음에도 그러한 혐의에도 불구하고 표절이라고 부를 수 없는 이유는 〈아바타〉가 확보하고 있는 수다한 상호텍스트적 요소로 인한 것이다. 이와 같이 상호텍스트성을 효과적으로 활용함으로써 선행체험을 내재화함으로써 향유를 더욱 풍성하게 하게, 다양한 담론의 생산 가능성을 열러놓음으로써 향유의 활성화를 촉진할 수 있는 것이다.

전환(adaptation) 여부 및 전략은 최근 스토리텔링 전략에서 매우 중요하게 다루어지는 분야다. 스토리텔링을 구축하려는 콘텐츠가 원천콘텐츠를 가지고 있는가, 있다면 어느 정도의 인지도를 확보하고 있는가, 원천콘텐츠의 어떤 요소를 전환할 것인가, 얼마나 전환할 것인가, 무엇을 즐길 수 있게 전환할 것인가 등이 전략의 핵심이다.

복합감각적 체험이나 감각의 최적화 여부는 스토리텔링이 향유에 좀 더 비중을 두게 되면서, 체험 과정을 통하여 어떠한 감각을 전면화할 것이며, 이 때 마너지 감각들과의 최적화 결합 방식은 무엇을, 어떻게 채택할 것인가에 대한 논의다. 아직 감각의 스토리텔링에 대한 논의가 초기 단계이기 때문에, 이 부분에 대한 논의는 앞으로 지속적으로 개진되어야 할 부분이다. 이 부분에 대한 논의도 〈아바타〉의 경우를 살펴보면 쉽게 시사점을 얻을 수 있을 것이다. 〈아바타〉의 가치를 이야기하면서 대부분 3D라는 시각적인 요소만을 이야기하지만, 텍스트를 분석해보면 청각(음향), 촉각 등의 시각과 어우러져 상호 최적화를 추구함으로써 서사의 진

---

11) 혐의의 대상이 되고 있는 것들은 미야자키 하야오의 애니메이션, 〈지옥의 묵시록〉, 〈포카혼타스〉, 〈미션〉, 〈늑대와 춤을〉 등의 작품들이다. 하지만 외계 행성에 값비싼 지하자원이 있고 지구인들이 원주민을 공격해 그 자원을 뺏는다는 이야기 구조는 여러 소설과 애니메이션에서 발견할 수 있는 것으로 서구 열강이 제국주의 시대에 보였던 전형적인 스토리이며, 미국이 수행해온 베트남, 이라크, 아프카니스탄 전쟁을 소재로 한 할리우드의 단골 메뉴에 속하는 전형적인 스토리의 원형이라는 점에서 표절에서 상당히 자유로워지는 것이다.

행 필요에 따라서 지배소가 달라지거나 최적화 방식이 달라지는 것을 발견할 수 있다.

이상에서 살펴본 바와 같이 스토리텔링은 다양한 요소가 문화콘텐츠 구현 목적에 맞추어 최적화되기 위한 전략이다. 따라서 서사만이 전면화되거나 지배소가 되는 것이 아니며, 같은 맥락에서 첨단 기술이나 매체 역시 그렇게 될 수는 없다. 따라서 각 요소별 변별성을 먼저 파악한 뒤, 그 조합 방식에 대한 탐구가 연쇄적으로 진행되어야지만 분석의 제대로 된 의미값을 찾을 수 있을 것이다.

3. 3차 분석: 해석 및 효과 분석

3차 분석은 해석과 효과에 대한 평가 분석이다. 3차 분석은 사회문화적 컨텍스트의 개입 및 활용, 향유의 중심 기제, 향유의 활성화 여부, One Source Multi Use 전략, 스토리텔링의 효과 등으로 구성된다.

사회문화적 컨텍스트는 생산자나 향유자 그리고 텍스트가 연계되어 있는 사회문화적 컨텍스트를 말한다. 이 세 요소들이 모두 같은 사회문화적 컨텍스트를 공유하지는 않으며, 일치와 불일치의 사이에서 서로 다른 층위의 의미가 발생한다는 점에 주목해야 한다. 특히 사회문화적 컨텍스트는 구현 서사의 층위를 다양화할 수 있으며, 다양한 층위의 소통과 충돌, 상호간섭을 통하여 담론을 풍성하게 하는 효과를 거둔다. 또한 스토리텔링의 문화적 가치와 상관하여 수다한 기존 담론들(정신분석학, 마르크시즘, 기호학, 구조주의, 포스트모더니즘 등등)이 개입할 수 있고, 그것을 활용한 해석 작업이 진행될 수 있는 지점이 바로 여기다. 이러한 다양한 요소들이 풍성한 담론을 생산할 수 있도록 기획 단계부터 충분한 고려가 필요하다.

향유의 중심 기제와 향유의 활성화 여부는 One Source Multi Use 전략과 상관하여 논할 수 있다. 스토리텔링의 핵심은 향유의 활성화 여부이며, 그것을 촉진하기 위해서 어떤 중심 기제를 어떻게, 어느 정도로 활용할 것인가 하는 문제를 해결해야 한다. 그 과정에서 One Source Multi Use의 네 가지 범주를 어떻게 효과적으로 조합해 나가느냐가 핵심이다.

해석 및 효과 분석의 핵심은 스토리텔링이 얼마나 효과적으로 구현되었느냐와 그것의 효과가 기대치를 충족시켜주고 있느냐에 있다. 앞에서 상론한 바와 같이 이러한 다양한 요소들이 바로 이 문제로 수렴되어야 한다는 점에서 매우 복잡하고 어려운 문제이다. 더구나 수다한 분야를 모두 아울러야 하기 때문에 협력 작업이 필수적이라는 점과 많은 시간과 자본이 필요하다는 점도 염두에 두어야겠다. 문제는 제대로 요소별로 읽지(literacy) 못하면 제대로 된 스토리텔링을 구현할 수 없다는 것이다. 때문에 스토리텔링의 시작은 리터러시에 기반한 향유와 분석에 있음도 너무도 자명한 사실이다.

길의 끝을 알고 가는 길은 좀처럼 즐겁지 않다. 길이 있어서 따라 걷는 길의 주인은 대부분 내가 아니다. 내가 아니면 갈 수 없는 길, 아무도 가지 않았기에 가볼만한 길, 나만의 보폭으로 자유로운 길을 우리는 즐겁게 주인이 되어 가는 길이라 부른다.

3장
스토리텔링을 매개로 한 One Source Multi Use 구조와 전략

One Source Multi Use는 문화콘텐츠와 상관하여 가장 많이 쓰이는 용어지만 문화콘텐츠라는 용어만큼이나 합의되지 않은 모호하고 포괄적인 개념이다. 모두가 이해하고 안다는 전제에서 사용되지만 사용하는 사람이나 사용하는 맥락에 따라 지극히 자의적으로 사용하고 있는 것이 현실이다. 그동안 One Source Multi Use에 대한 개념, 구조, 구현 전략 등에 대한 정치한 논의가 부족했던 까닭이다. One Source Multi Use는 문화콘텐츠의 경제적 가치를 극대화하기 위해 고안된 지극히 전략적인 개념이다. 따라서 그것에 대한 개념, 구조, 구현 전략 등에 대한 정확하고 구체적인 인식 없이는 One Source Multi Use의 성공적인 구현을 기대할 수 없다.

특히, 이 글에서 주목하는 것은 One Source Multi Use가 당위적 차원이 아닌 실천적 차원으로 어떻게 전략화할 것이냐의 문제다. One Source Multi Use의 개념이나 구조가 중요한 것은 그것을 통해 콘텐츠의 가치를 극대화할 수 있을 것이라는 기대 때문이며, 이 과정에서 구현 전략은 매우 실천적이고 생산적인 차원에서 논의되어야만 한다. 이런 맥락에서 임종수(2006, 268)는 One Source Multi Use에서 "정작 중요한 것은 '다양한 이용'에 걸맞게 콘텐츠 자체를 어떻게 전략적으로 매개 혹은 재매개해낼 것인가"라고 했다. 이 글은 여기서 한 발 더 나아가 미디어를 변환하거나 장르를 전환(adaptation)하거나, 부가 상품을 개발하는 과정에서 가장 핵심적으로 고려해야할 매개가 스토리텔링이라는 데 주목했다. 마케팅적 관점에서 고려해야할 다양한 요소, 즉 향유자의 기대 지평과 선행 체험, 사회역사적 맥락, 트렌드나 사회적 이슈와 같은 공시적 요소가 있지만, 핵심적인 원인 요소가 문화콘텐츠라고 보았을 때, 텍스트를 논의의 중심에 놓아야 한다. 텍스트는 스토리텔링을 중심으로 기획되고 구현된다는 점에서 One Source Multi Use 활성화 방안을 전략적으로 모색하기 위해서는 스토리텔링에 주목해야 한다.

1. One Source Multi Use의 정의와 분류

One Source Multi Use는 창구(window)를 확장하거나 다른 장르로 전환(adaptation)하거나 관련 상품 판매(merchandising)와 연계 판매(tie-in) 등을 활성화시킴으로써 문화콘텐츠의 부가가치(value added)를 극대화시키려는 일련의 활동을 의미한다. 원천소스(One Source)는 대중성이 검증된 소재나 텍스트를 의미한다는 점에서는 크게 이견이 없지만, 멀티 유즈(Multi Use)는 미디어, 장르, 관련 상품 등의 영역에서 포괄적인 개념으로 사용되고 있는 까닭에 의미의 폭과 쓰임의 층위가 매우 다양하게 드러난다. 이런 이유로 One Source Multi Use가 모호하고 포괄적인 개념으로 인식되며, 당위적 수준에서 요구될 뿐, 기대에 부응하는 실천적 결과를 가져오지 못하고 혼란만 가중시켜 왔다. 그러한 혼란의 예는 다음의 세 경우에서 쉽게 발견할 수 있다.

A) 하나의 원작(source)이 다양한 분야나 장르에서 활용되면서 고부가가치를 만들어내는 비즈니스 구조를 일컬으며, 창구효과(Windows effect)라고도 불린다.(단락 앞의 알파벳은 인용자, 이하 동일)

이 글은 웹에서 One Source Multi Use의 의미를 묻는 질문에 KOCCA21[1]이 답한 글이다. 이 답변은 '다양한 분야나 장르에서 활용되면서 고부가가치를 만들어낸다'는 언급에서 다양한 분야와 장르가 하나로 묶임으로써, 관련 상품과 장르 전환의 경계가 무너져버리고, 이로 인해 고부가가치 창출의 구체적인 전략 수립이 불가능해졌다는 뚜렷한 한계를 지니고 있다. 특히 이것이 '창구효과'라고도 불린다는 언급은 잘못된 것이다. 창구효과(window effects)는 창구화(windowing)의 결과에 따른 경제적 효과를 의미한다. "창구화 전략은 특정매체별로 소비자들의 지불의사가 높은 매체 순으로 시간적 간격을 두면서 공급하는 프로그램 순환방식을 의미한다."(최용배 외, 2005, 9-10) 이것은 홀드백(Holdback)[2]을 통하여 각각의 창구가 수익을 실현할 수 있도록 보장함으로써 콘텐츠의 수익을 다변화하고 극대화하는 방안이다. 따라서 위의

---

1) kocca21은 한국문화콘텐츠진흥원이 웹상에서 문화콘텐츠관련 홍보 및 질의에 대한 답변을 전개하는 대표ID다.

2) 홀드백(Holdback)은 영화, 애니메이션, 드라마 등이 다른 수익 창구로 중심을 이동할 때까지 걸리는 시간을 의미한다. 즉 홀드백 기간은 창구별 유통 기간이라고 볼 수 있다. 극장에서 보통 3개월, DVD를 통해 9-12개월, 케이블에서 3-8개월, 공중파에서 3-4년 정도가 일반적인 예(최용배 외, 2005, 10)이나 최근에는 새로운 창구의 등장(VOD, 위성 DMB, 지상파 DMB, 와이브로, IPTV 등)에 따라서 순서가 바뀌고, 부가 창구 간의 경쟁 심화로 인하여 라이프사이클은 짧아지고 있다. 〈왕의 남자〉가 대표적인 예인네, 첫 창구인 극장에서 대부분의 향유가 이루어졌기 때문에 창구화의 전개가 관례대로 이루어지지 않았다. 즉 〈왕의 남자〉의 경우에는 이미 극장에서 1230만 명이 향유했기 때문에 DVD와 PAY TV 등을 통한 기대 수익이 낮을 수밖에 없었다. 이런 이유로 종영 6개월만에 지상파(SBS)로 바로 넘어갔고, 〈라디오 스타〉는 종영 4개월만에 KBS에서 방영되었다. 결국 창구화의 기본 목적이 수익의 극대화에 있다고 본다면, 창구화의 관례적 순서는 콘텐츠의 성격에 따라서 달라질 수 있음을 보여준 사례라 할 수 있다. 홀드백을 구분하는 기준을 김현정(2008, 5)은 유료/무료, 지불가격 수준, 출시 시기, 제작비 규모, 극장관객 동원 수준, 해당 플랫폼의 시장규모, 플랫폼의 발전 가능성 등으로 보았다.

인용은 앞과 뒤의 내용이 일치하지 않는 모순을 가지고 있다.

> B) 하나의 콘텐츠를 영화, 게임, 음반, 애니메이션, 캐릭터상품, 장난감, 출판 등의 다양한 방식으로 판매해 부가가치를 극대화하는 방식이다. 특히 하나의 인기 소재만 있으면 추가적 비용부담을 최소화하면서 다른 상품으로 전환해 높은 부가가치를 얻을 수 있다는 점에서 각광받고 있다. 이처럼 원 소스 멀티 유즈는 마케팅 비용을 상대적으로 줄일 수 있을 뿐만 아니라 한 장르에서의 성공이 다른 장르의 문화상품 매출에도 영향을 끼치는 시너지 효과를 낸다.[3]

B)는 네이버 용어 사전의 내용이다. 위 인용문에서 '영화, 게임, 음반, 애니메이션, 출판' 등은 장르 전환의 결과라고 볼 수 있지만, '캐릭터 상품,[4] 장난감'은 관련 상품으로 볼 수 있다. 장르 전환과 관련 상품을 구분하지 않고 있다는 점에서, 이것 또한 인용 A)의 오류를 반복하고 있다. 뿐만 아니라 창구효과에 대해서는 전혀 고려하지 않고 있다는 점도 두드러진 한계로 지적할 수 있다.

> C) 한 편의 영화 작품을 다양한 윈도우, 즉 극장 상영, 비디오, DVD, 공중파 방송, 케이블 TV, 위성 TV 등에서 사용할 수 있다. 이는 좁은 의미의 원 소스 멀티 유즈다. 보다 넓은 의미의 원 소스 멀티 유즈는 영화라는 하나의 상품을 영화 이외의 파생 상품에 적용시켜서 영화의 상품성을 기초로 다양한 측면에서 이익을 창출할 수 있음을 의미한다. 이를테면 어떤 영화를 기초로 하여, 컴퓨터 게임, 캐릭터, 음반 등 다양한 파생상품을 창출하고 이로써 다양한 경로로부터 이윤을 극대화할 수 있는 특성을 말한다. 진정한 의미에서의 원 소스 멀티 유즈는 파생상품으로의 발

---

3) http://terms.naver.com/item.nhn?dirId=706&docId=5356
4) 캐릭터 상품의 경우는 ① 캐릭터라는 독립적인 장르, ② 여타 콘텐츠와 관련된 캐릭터 상품이라는 두 가지 의미로 모두 사용될 수 있다. One Source Multi Use라는 논의의 성격상, 여기서는 ②로 보고 관련 상품으로 분류한다.

전을 의미한다. (최봉현 외, 2005, 46)

C)는 협의와 광의로 나누어 창구효과와 장르 간 전환을 전체적으로 언급하고 있다는 점에서는 A)나 B)에 비해 비교적 폭넓은 이해라고 볼 수 있다. 다만, 파생상품이라는 용어를 사용은 하고 있지만, 정작 관련 상품에 대한 언급이 누락됨으로써 온전한 이해라기에는 부족함이 있다.

이상의 세 경우에서 살펴 본 바와 같이 One Source Multi Use의 개념은 합의되지 않고, 맥락의 의미에 따라서 지극히 막연하고 자의적으로 사용되고 있다. 그 원인은 용어의 도입 과정에서 찾을 수 있다. 조성룡 외(2007, 424)의 연구에 따르면, 1980년대 초 일본에서 이 용어를 사용하기 시작할 때에만 해도, One Source Multi Use는 주로 '콘텐츠 매니지먼트', '디지털 자산관리'를 전제로 한 개념이었는데, 1998년 (주)한글과컴퓨터가 글로벌 전략의 일환으로 이 용어를 사용하면서부터 국내에 알려지기 시작했다고 한다. 이후 한국문화콘텐츠진흥원(현 한국콘텐츠진흥원)에서 문화콘텐츠의 산업적 효용과 상관하여 사용하면서부터 광범위하게 사용되기 시작했던 것이다. 문제는 원래 모호했던 개념이 소박한 수준에서 축자적 의미(literal meaning)로 해석되거나 맥락에 따라 편의적으로 활용됨으로써 오히려 지금은 문화콘텐츠의 경제적 가치 창출 전반을 의미하는 수사적 의미(rhetorical meaning)로 지나치게 폭넓게 활용되고 있다는 것이다. 그렇다고 그동안의 One Source Multi Use에 대한 논의나 개념을 부정하려는 것은 아니다. 오히려 현재까지 활용된 범례들의 살피고 그것을 포용할 수 있는 개념 규정이 필요하다는 것을 강조하려는 것이다. 왜냐하면 One Source Multi Use 개념에 대한 논의는 그 자체로 의미가 있다기보다는 구체적인 실천 전략을 마련하기 위한 과정의 일부이기 때문이다.

이 글에서는 "각기 다른 가치 실현의 연쇄로서 가치사슬(value chain)

구조"(임종수, 2006, 268)로 One Source Multi Use를 파악하고, One Source Multi Use를 구현 창구(매체), 장르 전환, 관련 상품, 브랜드 창출 효과 등의 관점에서 통합적으로 논의할 것을 제안한다. 보다 명확하게 이것의 개념을 규정하자면, One Source Multi Use는 원천소스(One Source)의 창구 다변화, 장르 전환, 관련 상품 판매, 브랜드 창출 효과 등을 통해서 부가가치를 극대화하는 일련의 활동을 의미한다. One Source는 원천소스 그 자체와 원천콘텐츠를 모두 포괄하는 개념이다. 가치 있는 이야기와 체험을 창출할 수 있는 잠재력을 지니고 있는 원천소스를 발굴하여 향유할 수 있는 콘텐츠의 형태로 만든 것이 원천콘텐츠이다. 원천콘텐츠는 거점콘텐츠와 대립쌍(binary opposition)을 이루는 개념이다. 일반적으로 원천콘텐츠는 적은 시간과 경제적 비용을 들여 대중들의 선호 여부를 파악할 수 있는 소설, 웹소설, 만화, 웹툰 등의 콘텐츠를 말하고, 거점콘텐츠는 원천콘텐츠의 후광효과를 기대하고 대규모 자본을 투자하여 매스미디어 기반으로 큰 부가가치 창출을 기대하는 영화, 게임, 드라마 등의 콘텐츠를 말한다. 원천콘텐츠와 거점콘텐츠는 대부분 순차적으로 발생하지만, 경우에 따라서는 동시 다발적인 형태의 미디어 믹스(media mix)를 꾀하기도 한다.

One Source Multi Use는 콘텐츠의 가치를 제고함으로써 부가가치를 극대화하여는 일련의 활동이라는 점에서 그 영역은 창구화, 장르 전환, 상품화, 브랜드화 외에도 얼마든지 확장될 수 있다. 중요한 것은 어떻게 One Source의 가치를 창출할 수 있느냐와 그것을 얼마나 효과적으로 Multi Use할 수 있느냐이다. 따라서 One Source Multi Use에 대한 논의는 1) 콘텐츠를 구현하는 미디어를 중심으로 창구화(windowing) 전략, 2) 개별 장르의 변별성 탐구와 이를 기반으로 하는 장르 간 전환(adaptation) 전략, 3) 관련 상품 및 부가 상품과 연관된 상품화(merchandising) 전략,

4) 브랜드 창출 전략 등의 실천적 관점에서 접근해야만 한다.[5]

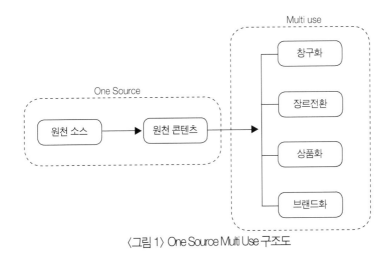

〈그림 1〉 One Source Multi Use 구조도

'창구화'는 콘텐츠를 시간적으로 계열화함으로써 수익을 창출하는 방

---

5) 이러한 분류는 조성룡 외(2007, 426)이 시도한 바 있다. 'CCL Marketing에 따른 방송 콘텐츠 One Source Multi Use의 분류'라는 명시에서 알 수 있듯이 방송콘텐츠를 중심으로 한 논의였지만 One Source Multi Use의 특성을 효과적으로 반영한 탁견이다.

〈표 3〉 CCL Marketing에 따른 방송콘텐츠 One Source Multi Use의 분류(조성룡 외, 2007, 426)

종류	세분류	내용
Re-Created Contents	Post-Media Mix Contents 미디어 믹스된 부가비즈니스	콘텐츠 또는 프로그램 부가판매, 배급, 디지털화 (Ch. Sales(Cable, Internet, video, DVD, DMB, etc) & O.S.T.
	Applied Contents 타문화콘텐츠로의 응용	타문화콘텐츠와의 응용, 융합된 콘텐츠 (Publishing, Animation, Game, Performance, Movie, Cartoon, etc)
Merchandise Licensing	Licensed Goods 소재를 기획화한 상품	콘텐츠 자체 또는 내용의 소재를 기획 상품화 (Food, Fashion & Accessory, Character Biz. Mobile Contents etc)
	Licensed O.P.B. 콘텐츠가 상품화된 기업브랜드	콘텐츠 내 PPL과 콘텐츠 자체 또는 소재를 일반기업의 문화마케팅과 접목한 상품 (The Cultural Marketing) * O.P.B(Other People's Brand)

이 글은 조성룡 외의 견해를 참고하면서, 대상을 문화콘텐츠 일반으로 확장했다. 또한 One Source Multi Use를 콘텐츠를 구성하는 매체, 장르, 관련 상품, 브랜드 등으로 세분화하지만, 통합적으로 논의하기 위한 상호 연관성에 비중을 두어 접근한다.

식이다. 동일한 콘텐츠를 창구별(매체별)로 노출시키는 시점을 달리하여 수익을 극대화하는 방식으로, 장르 전환에 비해 변환 비용이 적게 들어 위험도(risk)를 줄일 수 있지만, 신규시장 창출 효과가 없기 때문에 기대할 수 있는 수익은 상대적으로 크지 않은 수익 창출 방식이다. 이와 같은 창구화의 결과를 창구효과(Window Effects)라고 하며, 이것은 시간적·지리적 노출의 차별화를 통하여 배급효과를 높이고, 개별 창구 간의 충돌을 전략적으로 피하면서 수익을 극대화하는 방식으로 콘텐츠의 수익 창출 기간을 연장하는 효과가 있다.

'장르 전환'은 콘텐츠를 장르 별로 계열화시켜 신규 시장을 개척함으로써 수익을 극대화하는 방식이다. 만화를 애니메이션(공각기동대, 신암행어사, 바람계곡의 나우시카 등)이나 드라마(궁, 다모, 풀 하우스, 타짜, 식객 등)나 영화(올드보이, 미녀는 괴로워, 타짜, 스파이더 맨, 300 등)로 전환한다거나, 소설을 드라마(연애시대, 달콤한 나의 도시, 불멸의 이순신, 하얀 거탑 등)나 영화(반지의 제왕, 해리포터, 도쿄 타워, 싱글스 등)나 게임(삼국지, 반지의 제왕 등)으로 전환한다든지, 드라마를 애니메이션(장금이의 꿈 등), 만화(주몽, 겨울연가 등)로 전환하거나, 애니메이션을 게임으로(라그나로크, 크레용 신짱, 나루토, 베르세르크 등) 혹은 게임이 애니메이션(포켓몬, 파이널 판타지 등)으로 전환한 예에서 보듯이, 장르 전환은 장르 간 계열화를 통하여 수익을 창출하는 전략이다. 장르 전환은 향유자들이 전환 전후의 콘텐츠로부터 동일한 정체성을 확보할 수 있어야 한다는 제약 조건이 있다. 장르 전환은 동일한 정체성을 전제로는 하지만 독립적인 콘텐츠를 제작하는 것이므로, ① 변환비용(Conversion Cost)이 많이 들고, ② 선행콘텐츠의 성공이 전환하는 콘텐츠의 성공을 반드시 보장하는 것이 아니라는 점에서 창구화에 비해 위험도가 높지만, 그만큼 신규시장 창출 효과가 크기 때문에 수익을 극대화할 수 있는 방식이다.

'상품화'는 콘텐츠 내용이나 소재를 상품으로 기획·개발하여 수익을 창출하는 과정을 말한다. 상품화는 원천소스인 콘텐츠를 관련 상품과 부가 상품 등으로 다양하게 활용함으로써 부가가치를 극대화하는 방식이다. 상품화는 캐릭터, 중심 소재, 배경, 이미지, 소품 등과 같이 콘텐츠와 밀접한 연관을 가진 관련 상품(merchandised goods)과 직접적 연관은 없으나 물리적으로 덧붙여진 PPL(Product Placement)과 같은 부가 상품(tie-in)으로 나누어 볼 수 있다. 상품화는 콘텐츠의 성공을 전제로 하지만, 기획 단계부터 상품화 전략을 수립하여 콘텐츠와 유기적인 상관관계를 유지할 때 성공 가능성을 높일 수 있다. 더구나 TV용 애니메이션의 경우에는 상품화를 전제로 하지 않고서는 수익을 맞추기 어려운 산업 구조라는 점에서 상품화가 필수적이다. 글로벌 마켓을 전제로 퀄리티를 높이는 과정에서 제작비 규모가 방송국이 지불할 수 있는 규모를 이미 넘어선 드라마의 경우에도 상품화의 다양한 시도가 이루어지고 있다.[6] 상품화의 결과인 관련 상품은 원천소스인 거시콘텐츠 안에서 미시콘텐츠로 활성화된 것들이다. 이러한 이유로 거시콘텐츠(macro contents)의 기획 단계에서 활성화시킬 미시콘텐츠(micro contents)[7]를 충분히 고려하고, 미시콘텐츠가 거시콘텐츠와 유기적인 상관관계를 형성할 수 있도록 치밀한 전략을 마련한다.

브랜드화는 콘텐츠의 성공을 통해 확보한 브랜드 가치를 국가나 지자

---

6) 〈겨울연가〉, 〈주몽〉, 〈황진이〉 등이 대표적인 예인데 〈겨울연가〉를 빼고는 기대만큼의 수익을 거두지는 못했지만, 그럼에도 불구하고 최근에는 좀 더 적극적인 상품화를 시도하고 있다. 뿐만 아니라 관련 상품을 통한 수익을 전제로 기획을 시도하는 것이 보편화되고 있다.

7) 여기서 사용하는 거시콘텐츠와 미시콘텐츠에 대한 논의는 백승국(2004)의 논의를 참고하여 부분적인 수정을 가한 것이다. 가장 큰 차이는 백승국의 논의에서 거시콘텐츠와 미시콘텐츠의 가장 중요한 기준이 되었던 교육적 기능을 여기서는 제외하고 향유의 활성화 여부를 그 기준으로 삼은 것이다.

체 혹은 기업 등이 자신들의 이해와 상관하여 활용하는 것을 말한다. 특히 브랜드화는 국가 인지도 및 이미지 제고는 물론 문화에 대한 이해를 촉진하며, 문화적 향기(cultural odor)[8]의 효과를 발휘함으로써 경제적 부가가치를 극대화하기도 한다. 드라마나 대중가요를 중심으로 한 한류 열풍으로 인하여 국가 이미지 제고 및 한국 문화에 대한 이해와 학습이 촉진되었고, 특히 한국 관련 상품에 대한 판매가 증진되는 것도 바로 이와 같은 브랜드화의 결과로 보아야할 것이다. 브랜드의 지향점을 확보하고 철저한 관리를 전제한다면, 브랜드화는 문화콘텐츠의 수명과 상관없이 장기간 지속적인 효과를 기대할 수 있다는 장점을 가지고 있다. 조엔 K. 롤링이 스스로 브랜드 가디언의 역할을 맡아 엄정한 잣대로 《해리포터 시리즈》의 라이센스를 관리한 것도 브랜드 관리의 좋은 예이다.

이상의 네 요소는 유기적인 상관 속에서 그 효과를 발휘한다. 창구화는 콘텐츠의 수명을 연장시키면서 장르 전환을 위한 대중의 관심과 지지를 유지할 수 있도록 해주며, 동시에 다양한 매체를 통한 노출은 상품화를 촉진하고 자연스러운 상품 홍보 효과를 발휘한다. 이러한 일련의 과정을 통해 브랜드 창출 효과를 확보할 수 있다. 장르 전환 과정에서도 장르별로 독립적인 콘텐츠가 생산됨으로써 그것과 연동할 수 있는 다양한 상품을 파생시킬 수 있다. 이와 같이 One Source Multi Use를 구성하는 네 요소의 상호 연동을 통해 해당 콘텐츠를 둘러싼 향유의 장이 활성화됨으로써 부가가치를 창출을 극대화하는 결과를 낳는다.

이상에서 살펴 본 바와 같이, One Source Multi Use는 문화콘텐츠 기

---

8) 이와부치 고이치(2004)가 사용한 문화적 향기(cultural odor)란 특정 상품의 소비과정에서 그 상품이 어떤 국가의 문화적 모습 그리고 그 국가의 삶의 방식에 대한 이미지나 개념이 긍정적으로 연상되는 방식을 말한다. 생산국가의 라이프스타일에 대한 이미지가 그 상품의 소구력으로서 강하게 소구될 때, 그 상품의 문화적 향기가 있다고 설명하는 것이다. 이 말은 문화적 무취(cultural odorless)와 상대 개념으로 쓰인다.

획—개발—유통의 전 과정과 상관되는 매우 복합적인 개념이다. 거기에 한창완(2003, 236)의 지적처럼 "One Source Multi Use 전략의 실현은 기존 시장의 규모가 일정 수준 이상의 수익성을 담보하고 있어야 하며, 느슨한 네트워크라고 할지라도, 잠재적 연계성의 확대 가능성이 검증된 시스템 내에서 작동될 수 있"어야만 한다. 이 말은 One Source Multi Use의 활성화 과정은 문화콘텐츠 기획—개발—유통의 전 과정과 상관될 뿐만 아니라 시장의 규모나 수준도 어느 정도 성숙되어야만 가능하다는 의미다. 이러한 이유로 이와 관련된 다양한 요소들을 통합적으로 고려해야하며, 동시에 전략적인 차원에서 각 요소별로 심도 있는 논의가 필요하다. 그러나 무엇보다 선행해야할 것은 One Source Multi Use를 활성화시킬 수 있는 구체적이고 실현 가능한 전략을 마련하는 것이다. 이것을 위해서는 One Source Multi Use의 가장 지배적인 요소인 스토리텔링을 중심으로 전략을 탐색하는 것이 효과적일 것이다.

2. 스토리텔링을 활용한 장르 전환[9]

볼프강 가스트(1999, 126)는 전환(adaptation)을 크로이처의 정의에 기대어 "책으로 된 허구적 텍스트를 극장이나 텔레비전에서 상영할 수 있도록 영화화"하는 것이며, 여기서 '영화화'란 전혀 다른 기호체계로의 전이를 포괄하는 것이라고 규정한 바 있다. 전환은 기존에는 각색이라

---

9) '스토리텔링을 활용한 장르 전환'은 4장 문화콘텐츠 스토리텔링 전환 전략에서 상론하게 될 것이다. 따라서 여기서는 One Source Multi Use의 한 요소로서만 소략하게 다룬다. 스토리텔링 전환 전략은 문화콘텐츠업계의 중심 화두라는 점에서 이목을 집중시키고 있는 것은 사실이나 그것에 대한 이론적인 논의는 물론 실천 전략을 탐구하려는 노력은 매우 적은 편이다. 따라서 스토리텔링 전환에 대한 이론적 논의와 실제 사례 중심의 실천 전략은 4장에서 상론할 예정이다.

는 말로 사용되어 왔다. 각색은 "원안(Original)을 한 매체에서 다른 매체로 전환시키는 작업"(시드 필드, 1998, 170)을 총칭하는 말로 "연극, 소설, 자서전 등 기존의 여타 장르로 발표된 작품을 영화로 만들기 위해서 재창작하는 일"(이승구 외, 1990, 16)을 의미한다. 각색과 전환이 큰 의미상의 차이가 없음에도 불구하고 여기서 굳이 구분하는 것은 각색이 원전에서 개작으로의 일방성과 일회성이 강조되며, 원전의 예술적 가치에 비해 개작의 대중성이 강조되는 용어인데 반해, 전환은 원전과 개작 사이의 독립적이고 등가적인 상호 변환에 비중을 두고 있고,[10] 아울러 One Source Multi Use를 전략적으로 선택하는 문화콘텐츠 스토리텔링에 보다 적합한 용어 판단되기 때문이다.

그렇다면 이렇게 문화콘텐츠 스토리텔링의 장르 전환이 중요하게 대두되는 이유는 무엇인가?

〈표 1〉의 경우 웹툰만을 사례로 들고 있지만, 그 전환 사유에 대한 추론을 시사해주고 있다. 전환의 표면적인 이유는 장르 전환을 통해 다수의 성공작들이 등장[11]했고 이것을 벤치마킹하여 또 다른 시도들이 계속되고 있다는 데에서 찾을 수 있다. 이러한 표면적인 이유 외에 보다 심층적인 이유는 뉴미디어의 증가로 인하여 다수의 채널이 확보됨으로써 양질의 스토리텔링에 대한 수요가 증가했기 때문이다. 이러한 현상은 문학 원작을 활용하여 양질의 소재를 확보하고, 이미 예술적 가치를 확보

---

10) 볼프강 가스트(1999, 127)는 "원전과 개작 중 어느 것이 더 가치 있는가에 대한 판단은 오직 개별적인 작품의 질의 문제"라고 주장함으로써 전환이 원전과 개작 사이의 독립적이고 등가적인 상호 변환임을 분명히 하였다.

11) 문학작품을 원전으로 하는 〈반지의 제왕〉, 〈해리포터〉, 〈나니아 연대기〉, 〈황금나침판〉, 〈베어울프〉 등의 텍스트와 만화를 원작으로 하는 〈스파이더맨〉, 〈엑스맨〉, 〈씬시티〉, 〈300〉, 〈아이언 맨〉 등의 텍스트와 같은 외화 대작들은 물론 국내에서도 전환의 시도는 지속적으로 전개되고 있다. 희곡을 원작으로 했던 〈살인의 추억〉, 〈왕의 남자〉, 〈박수칠 때 떠나라〉, 〈웰컴투 동막골〉 등과 만화를 원작으로 했던 〈식객〉, 〈타짜〉, 〈미녀는 괴로워〉, 소설을 원작으로 한 〈공동경비구역 JSA〉, 〈밀애〉, 〈서편제〉, 〈스캔들〉, 〈주홍글씨〉, 〈우리들의 행복한 시간〉 등이 있다.

〈표 1〉 웹툰을 원작으로 장르전환 된 사례 (김효정, 2011, 2를 부분 수정)

번호	작가명	웹툰	장르전환 된 작품
1	강풀	순정만화 (2003.10.24~2004.04.07)	2008년 영화 개봉 2005년 연극 상연
2		아파트 (2004.05.25~2008.1.15)	2006년 영화 개봉
3		바보(2004.11.08.~2005.04.19)	2008년 영화 개봉
4		타이밍(2005.6.20~ 2005.10.28)	2014년 애니메이션 개봉
5		26년(2006.4.10~2006.9.28)	2012년 영화 개봉
6		그대를 사랑합니다 (2007.4.17~2007.9.6)	2005년 연극 상연 2010년 영화 개봉
7		이웃사람(2008.6.9~2008.10.29)	2012년 영화 개봉
8		어게인(2009.7.6~2009.11.20)	영화 제작 논의 중
9	윤태호	이끼(2008.8.20~2009.7.2)	2010년 영화 개봉
10	강도하	위대한 캣츠비 (2005.3.2~2005.10.31)	드라마:tvN(2007) 뮤지컬: 2008년 초연 후 2010년 재공연 모바일 게임:(2007.10)
11	b급 달궁	다세포소녀(2006년) 재연재 (2008.1.9~2010.8.19)	2006년 영화 개봉
12	구아바	연(2009.7.11~2010.2.2)	영화화 논의 중
13	고영훈	트레이스(2007.4.3~2009.2.15)	영화: 최종 시나리오 작업 중
14		장마(2009.10.26~2010.10.5)	영화: 제작 논의 단계 중
15	홍작가	고양이 장례식 (2009.05.23~2009.07.04)	영화 제작 논의 단계
16	원수연	메리는 외박중 (2009.2.6~연재중)	드라마:KBS(2010.11)
17	제피가루	아리동 라스트 카우보이 (2010.4.5.~2010.8.13)	드라마:KBS(2010. 8)
18	이익수	새끼손가락(2008.5.2~2009.10.6)	드라마:2010 하반기 방영
19	연우	핑크레이디(2007.5.2~2009.2.23)	드라마 제작 논의 중
20	김용회 · 이종규	대작(2010.4.19~연재중)	드라마 제작 논의 중
21	지강민	와라 편의점(2008.7.2.~연재중)	TV애니메이션 방송 (2012년 투니버스)
22	하일권	두근두근두근거려 (2009.5.6.~2009.11.25)	애니메이션 총 30부 제작 예정
23	STUDIO 해닮	tvN 조선X파일 기찰비록 (2010.8.21~연재중)	TV무비와 웹툰, 번외 소설을 동시 연재

하고 있던 문학 원작의 후광을 기대했던 초기 영화의 경우에서부터 지속되어온 현상이다. 근래에는 소재 고갈과 소재 발굴의 어려움을 극복하려는 동기 외에도 향유자들이 이미 학습한 바 있는 익숙한 서사 구조를 뉴미디어 콘텐츠에서 적극 활용함으로써 스토리텔링을 안정적으로 정착시키는 또 다른 동기를 가지고 있다. 하지만 무엇보다 스토리텔링 전환의 중요성이 강조되는 것은 대중적인 지지를 이미 확보한 원천콘텐츠[12]를 활용하여 제작의 위험부담을 줄이려는 리스크 헷지(risk hedge)전략 때문이다. 신화, 전설, 민담과 같이 누대에 걸쳐서 대중성을 검증 받은 소재들이나 작품성과 대중성이 검증된 소설, 희곡 등의 문학 작품 또는 만화 등은 저렴한 비용으로 향유자들의 향유 취향, 향유 구조, 향유 패턴 등을 파악하고 대중적 지지를 확인할 수 있기 때문에 오리지널 스토리텔링에 비해서 상대적으로 제작의 위험부담을 줄일 수 있다. 이와 같은 스토리텔링 전환의 양적인 증가와 전략적 수요가 많아지면서 그것을 성공적으로 수행할 수 있는 전환 전략의 필요성이 더욱 증가하였다.

"콘텐츠 스토리텔링 전환 전략에서 가장 중요한 것은 향유자들이 전환 전후의 콘텐츠로부터 동일한 정체성을 느낄 수 있어야 하며, 동시에 두 콘텐츠가 독립적인 스토리텔링을 구현함으로써 그 개별성을 인지할 수 있어야 한다는 점이다. 이 말은 두 콘텐츠가 동일한 정체성을 지향하면서도 장르별 변별성, 구현 매체, 향유자, 향유 패턴 등을 통합적으로 반영한 독립성을 스토리텔링을 통해서 확보해야 한다는 의미다." (박기수, 2007A, 17-18)

---

12) 원천콘텐츠는 독립된 콘텐츠로서 대중성을 검증 받아 이미 브랜드 가치를 확보한 콘텐츠를 말하는데, 수직적 Multi Use를 활성화시킬 수 있는 요소들을 콘텐츠 내부에 포함하고 있어야만 한다. 일반적으로 원천 콘텐츠로서 활용되는 만화, 소설, 신화 등의 경우에서 확인할 수 있듯이 상대적으로 적은 비용으로 대중성 검증이 가능한 것들로서 그 자체만으로도 독립적인 콘텐츠로서의 완성도를 확보하고 있어야만 한다.(박기수, 2007A, 16)

스토리텔링 전환 유형을 각색 양식의 구분에 기대어 살펴보면 네 가지 견해로 수렴된다. 루이스 자네티(2003, 399-400)는 원전의 자료들을 얼마나 충실하게 반영했느냐에 따라서 대략적(loose) 각색, 충실한(faithful) 각색, 축자적(literal) 각색으로 나누었다. 더들리 앤드류(1998, 145-149)는 영화와 원작 텍스트 사이에서 가능한 관계 양식을 기준으로 차용(borrowing), 교차(intersection), 변형(transformation)으로 나누었다. 볼프강 가스트(1999, 133-139)는 문학작품을 원자재로 보는 전환, 도해로서의 전환, 변형으로서의 전환으로 분류했다. 박기수(2006A, 194)는 원작의 변형 정도에 따라서 원작 그대로, 부분 개작, 전면 개작, 스핀오프(spin-off)로 분류하면서도 각각 전환의 전략 포인트를 설정하였다.

이상에서 살펴본 전환 유형에 대한 주장들은 원작에 대한 충실도, 원작과의 관계, 원작의 변형 정도 등을 기준으로 하고 있다. 하지만 문화콘텐츠 스토리텔링 전환 전략은 원작에 대한 충실성이나 원작과의 관계보다는 전환의 효과나 전략적 유효성을 중심으로 접근해야만 한다. 앞에서 언급한 바와 같이 스토리텔링 전환의 중요성이 강조되는 것도 바로 그러한 전략적 유효성을 극대화하기 위한 것이기 때문이다.

장르 전환은 스토리텔링 전환 전략과 밀접한 상관을 갖고 있다. 스토리텔링은 문화콘텐츠의 근간이므로 장르 간 전환은 기본적으로 스토리텔링 전환을 전제로 하기 때문이다. 스토리텔링을 통하여 전환 전후의 콘텐츠 간에 동일한 정체성을 유지해야 하지만, 동시에 전환은 "전혀 다른 기호체계로의 전이(볼프강 가스트, 1999, 126)"기 때문에 전환 전후의 콘텐츠 간의 등가적이며 독립적인 관계를 유지한다. 따라서 전환 전후의 콘텐츠 간의 동일한 정체성을 유지하면서 동시에 차별성을 부각시키는 것이 스토리텔링 전환 전략의 핵심이 된다. 이 말은 같은 작품이라는 의식과 동시에 새로운 버전이라는 의식이 함께 가야한다는 의미이며,

범박하게 말하면 전환 후 새로운 즐길거리가 있어야 한다는 말이다. 이것은 장르별 변별성, 구현 미디어, 중심 향유자, 향유 유형, 시장의 규모와 수준, 장르별 수익 모델 등을 통합적으로 반영한 스토리텔링을 통해서 비로소 구현 가능하다.

장르 전환은 스토리텔링의 관점에서 원천소스(원천콘텐츠 포함)의 발굴 전략, 거점콘텐츠화 전략, 거점콘텐츠 확장 전략 등으로 세분화할 수 있다.

'원천소스의 발굴'은 장르 전환의 시작으로 신화, 소설, 민담 등의 원천소스를 최적화된 형태의 원천콘텐츠로 개발하기 위한 전략을 마련하는 단계다. 또한 이미 원천콘텐츠로서 개발된 것은 보다 광범위한 대중적 지지가 가능한 거점콘텐츠로 개발하기 위한 전제 조건을 탐색하는 단계이기도 하다. 좋은 원천소스의 조건은 ① 스토리텔링의 내용이 규모의 경제를 지향할 수 있도록 보편적 정서와 체험에 호소해야 하며, ② 국내 시장에서 1차적 지지를 획득할 수 있는 현재적 특수성을 확보하고 있어야 하며, ③ 다양한 콘텐츠로 전환 및 확장이 용이한 구조나 요소들을 내재하고 있어야 한다.

거점콘텐츠는 원천콘텐츠가 확보한 대중성을 기반으로 대중적인 호응을 확장시킬 수 있도록 장르 전환한 콘텐츠를 말한다. 거점콘텐츠는 타깃의 규모와 범위, Multi Use의 범위와 기대 정도, 자체의 대중성 확보 방안 등을 전략적으로 섬세하게 검토하여 스토리텔링에 반영해야만 한다. 그러므로 '거점콘텐츠화 과정'에서는 메인 수익 창구 선정, 창구화 전개 순서와 범위, 홀드백의 최적화 모델, 전환 장르의 변별적 특성에 따라서 스토리텔링 전략은 변화한다. 거점콘텐츠는 원천콘텐츠에 비해 다수 대중에게 노출될 수 있는 드라마, 영화, 애니메이션, 게임 등과 같은 장르를 선택하게 된다. 이러한 장르들은 공통적으로 ① 서사적 요소들을 갖추고 기본적인 서사 라인을 전면화하고 있으며, ② CG나 상호 작용(interaction)의 다양한 요소들과 같은 몰입과 향유를 활성화시킬 수 있는 새로운 말하기(telling) 방식을 적극적으로 활용함으로써 장르 자체의 확장과 진화를 촉진하고 있고, ③ 향유자들의 '체험 → 공유 → 창작'의 선순환 구조가 가능할 정도의 노출 기간을 확보하고 있으며, ④ 이러한 요소들을 구현하기 위하여 상당한 자본을 요구한다는 특징을 가졌다.

많은 자본의 투여는 필연적으로 리스크 헷지(risk hedge) 전략을 요구한다. 리스크 헷지 전략의 일환으로 새로운 것보다는 대중성이 검증된 콘텐츠를 선호하는 것은 One Source Multi Use 중 장르 전환의 부분에서 가장 두드러진다. 뿐만 아니라 텍스트 안에서 스토리텔링의 소재나 구조도 실험적이고 낯선 것보다는 안정적이고 익숙한 것을 선호하는 것이 일반적이다.

> 영화는 100–120분 내외의 시간 동안 극적 갈등을 제시하고 해결해야한다는 측면에서 3막 구조와 같은 전형적인 틀에서 벗어나기가 어렵다. 향유자는 이미 선행체험을 통해서 이와 같은 극적 구조와 시간조절에 은연중에 노출되고 학습하게 됨으로써 그것으로부터 벗어난 구조들에 대해서는 쉽게 몰입하지 못하는 경향을 드러낸다. 이러한 구조에서 벗어난 것들은 강력한 시청각적인 효과나 스펙터클 등으로 그것을 상쇄시킴으로써 낯설게 느껴지는 부분을 의식하지 못하고 몰입할 수 있도록 돕는 것이 일반적인 경향이다. 디즈니 애니메이션의 경우 전통적인 서사 구조에서 벗어나 뮤지컬적인 요소나 스펙터클을 강화하여 즐거움을 극대화하는 전략을 사용하는 것이 대표적인 예라고 할 수 있다.(박기수, 2008A)

영화, 애니메이션, 드라마 등과 같이 시간적 제약이 분명한 장르에서는 극적 갈등의 설정 → 대립 → 해결의 과정은 일정한 전형을 벗어나기 어려우며, 그 대표적인 사례로 제시된 것이 3막 구조의 유형이다.

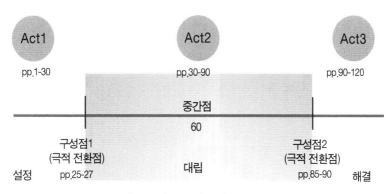

〈그림 2〉 3막 구조(시드 필드, 2001, 49)

〈그림 2〉에서 보듯이 극적 전환점 I [13]과 극적 전환점 II는 시작과 끝으로 부터 각각 1/4지점에 설정이 됨으로써 갈등의 제시와 해결이라는 극적 갈 등을 구조화 하고, 각각의 막은 정보를 제시할 수 있는 일정 시간을 확보 할 수 있다. 장르별(구현 창구와도 상관) 시간적 제약과 극적 갈등의 설정– 대립–해결의 과정이라는 극적 서사의 특성으로 인하여 향유자들은 장르 별 스토리텔링에 대한 선행학습을 가지고 있으며, 선행학습은 향유 기대 로 드러나는 보수적인 향유 취향을 갖게 된다. 이러한 향유 취향은 극적 구 조에만 국한되지 않고 장르별 컨벤션(convention)이나 모티프[14]에서도 쉽게 발견할 수 있다. 그러면서도 향유자들은 이러한 익숙한 요소들의 상투

---

13) 시드 필드의 plot point를 박지홍(2001)은 구성점으로 번역했지만 이 책에서는 극적 전환점으로 통일한다.

14) 이러한 경향은 이미 〈겨울연가〉, 〈지금, 만나러 갑니다〉 등과 같은 콘텐츠의 예에서 보듯이 보편화된 전략이다. 〈겨울연가〉의 경우, 첫사랑, 돌아온 연인, 기억상실증, 이 복남매, 사생아 모티프, 친자 확인, 연인의 죽음(혹은 투병), 아비 찾기 등의 익숙한 모티프를 적극 활용하면서도, "익숙한 요소들을 하나의 서사 안에서 동시적으로 구조 화하는 낯선 형태를 지향"하면서, 동시에 "장르적 고유성을 훼손시켜가면서 트렌디와 멜로적 요소 위에 미스테리적 요소를 전체적으로 섞어감으로써 멜로나 트렌디 드라마 의 식상함을 극복하고 극적 긴장을 획득"(박기수, 2005, 303)함으로써 익숙함의 미덕 은 취하면서도 상투성으로 전락하지 않은 대표적인 예이다.

성을 상쇄할만한 참신한 요소들을 원하며, 이것이 효과적으로 어우러질 때, 가장 효과적인 스토리텔링 전략을 마련할 수 있는 것이다. 따라서 장르 전환의 스토리텔링 전략에서는 장르별 구현 어법의 상이성과 장르별 컨벤션의 특성 등을 고려하여 사례별로 섬세하게 탐구되어야 한다. 특히 콘텐츠의 양이 상대적으로 자유로운 소설, 만화 등을 거점콘텐츠화하는 전환 과정에서는 구조적인 압축과 생략(때에 따라서는 확장까지)이 반드시 필요하다.

'거점콘텐츠 확장'은 원천소스 발굴을 통한 거점콘텐츠화 과정을 수행한 이후에, 개발된 거점콘텐츠를 중심으로 또 다른 장르의 거점콘텐츠로 확장하는 것을 말한다. 방학기 원작의 만화《茶母》가 원천콘텐츠가 되어 드라마 〈다모〉로 거점 콘텐츠화되고, 이것의 인기에 힘입어 영화 〈형사〉로 전환된 사례가 거점콘텐츠 확장의 예이다. '다모'라는 다소 특이한 소재를 발굴했지만, 만화 스토리텔링의 특성[15]과 다소 정태적인 화면 구성이라는 작가적 특성을 고스란히 지니고 있던 방학기 원작에 비해 드라마는 퓨전 사극이라는 새 장르를 제시할 만큼 새로움을 가미했다. 드라마 〈다모〉는 겹 삼각 구조를 기반으로 멜로 라인을 서브 플롯으로 설정하고, 화려한 복식과 스펙터클한 화면 구성 그리고 역동적인 사건 전개 등을 통하여 성공적인 스토리텔링 전환을 성취한다. 이것이 영화 〈형사〉로 확장될 때에는 〈다모〉의 가짜 돈 모티프만 가져오고 캐릭터 구도나 사건의 구조 등은 모두 폐기한다. 그 대신 화려한 색감과 조명을 통해 영상미의 극치를 이루면서 서사 구도도 다모인 남순과 살수인 슬픈 눈의 대결 구도로 전환한다. 시장의 평가면에서는 거점콘텐츠의 확장이 성공적

---

15) 만화 스토리텔링의 특성은 발표 방식의 차이에 따라서 전개나 구조가 달라진다는 점, 칸과 칸 사이를 상상력으로 극복한다는 점, 이미지의 연속성을 통해 서사를 전개한다는 점 등을 지적할 수 있다.

이었다고 볼 수는 없으나 1차 전환, 2차 전환의 새로운 시도였다는 점에서는 시사하는 바가 많다는 것은 부정하기 어려운 사실이다. 아울러 이명진 원작의 만화《라그나로크》가 게임 〈라그나로크〉로 거점콘텐츠화되고, 이것이 다시 애니메이션 〈라그나로크 더 애니메이션〉으로 전환된 것도 대표적인 확장 사례로 볼 수 있다.[16]

이와 같이 거점콘텐츠 확장은 이미 원천소스와 거점콘텐츠를 통하여 대중적인 인지도를 확보하고 있다는 점에서 후광효과를 기대할 수 있다는 장점이 있다. 하지만 대중적 인지도가 높을수록 충성스러운 향유자를 이미 보유하고 있기 때문에 거점콘텐츠 확장은 선행하는 앞의 두 콘텐츠와 대타성(對他性)을 견지해야만 하는 부담을 갖는다. 더구나 거점콘텐츠화 과정에서 이미 상품화가 진행되기 때문에 이들의 정체성을 훼손하지 않아야 한다. 게임으로의 확장을 전제로 개발된 애니메이션의 경우에는 단계 구조(stage structure), 집단 캐릭터 등을 스토리텔링의 기본 구도로 삼는 것도 이와 같은 배려의 결과다. 하지만, 무엇보다 전환 전후의 장르에 대한 변별적 특성의 적실한 파악과 동일한 정체성을 유지하면서 효과적으로 차별화할 수 있는 방안을 탐구하는 것이 가장 중요하다. 따라서 스토리텔링을 활용한 거점콘텐츠 확장 전략은 거점콘텐츠화 과정에서 고려했던 요소들을 보다 지속적으로 탐구해야만 하는 어려움이 항존할 수 밖에 없다.

---

16) 게임을 중심으로 한 장르전환의 사례는 다양하며, 향후 더욱 활발해질 것으로 전망할 수 있다. 그럼에도 불구하고 성공 사례가 드문 것은 영화를 게임으로 만든 경우는 탄탄한 스토리가 미덕인 반면 게이머의 자유도가 제한되며, 게임이 영화로 전환된 경우는 게이머가 할 수 있는 행위중심 서사를 영화로 제대로 구현하지 못하는 단점을 극복하지 못했기 때문이다.(이자혜 외, 2008, 73)

3. 스토리텔링을 활용한 창구효과

창구효과(window effects)는 시간의 계열화를 통해 문화콘텐츠의 수익을 창출하는 방식을 말한다. 즉 동일한 콘텐츠를 매체별로 노출시키는 시기를 달리하는 방식으로 장르 전환에 비해 변환 비용이 적게 들어 신규 제작에 따른 위험도를 줄일 수 있지만, 장르 전환과 같은 신규시장 창출 효과는 기대할 수 없기 때문에 기대 수익이 적은 수익 창출 방식이다. 창구효과는 시간적 · 지리적 노출의 차별화를 통하여 배급효과를 높이고,[17] 개별 창구(window) 간의 충돌을 전략적으로 피하면서 기대 수익을 극대화하는 방식으로 콘텐츠의 수익 창출 기간을 확장하는 효과가 있다.[18]

창구화(windowing)의 경우에는 스토리텔링과는 그동안 직접적인 연관이 없는 것처럼 보였지만, 최근 멀티플렉스의 확산으로 인하여 상영 시간의 상대적 제약이 심해지고, DVD의 구매력을 높이기 위한 흥미로운 시도들이 활성화되면서 감독편집본이나 메이킹 필름과 같은 새로운 스토리텔링 텍스트가 등장하고 있다는 점에 주목할 때, 창구화와 스토리텔링의 연

---

17) 김희경(2005, 121-122)에 따르면, 영화의 경우 이와 같은 창구화(windowing) 전략을 효과적으로 구사하여 수익을 극대화하고 있다. 좀 더 구체적으로 살펴보면 미국의 경우, 첫째 주에 영화관 상영수입의 80-90%, 둘째 주에 50-60%, 셋째 주에 30-40%가량을 배급사가 가져가기 때문에, 상영 초반에는 극장주에게 불리하고 한 달 정도 지나야 영화관이 유리해지는 구조를 갖는다. 따라서 영화가 개봉 첫 주에 반짝하고 사라져도 배급사는 별로 아쉽지 않고, 오히려 인지도와 흥행성만 갖추고 있다면, 영화관 상영기간이 짧아질수록 DVD와 비디오, 케이블TV에서의 유료상영 등을 빨리 시작할 수 있어서 오히려 배급사가 유리해지는 구조이다. 창구효과를 효율적으로 활용하는 예라고 할 수 있다. 반면, 우리나라의 경우에는 영화사가 외화는 60%, 한국영화는 50%로 가져가는 것으로 고정시켜 놓았다. 이와 같이 고정비율로 수익을 배분하기 때문에 극장주는 오래 상영할 이유가 없으므로 흥행작으로 빨리 바뀔수록 유리한 구조이다. 따라서 홍보와 배급방식에 대한 섬세한 전략을 제대로 구사하지 못할 경우 영화의 질과 상관없이 단명할 수밖에 없는 구조이다.

18) 국내 영화의 홀드백 기간을 살펴보면, 극장 개봉 후 90일 이후 DVD가 출시되고, 270일 이후 케이블TV에서 방송되며, 360일 이후에 공중파에서 방송되는 관례화된 구조를 지니고 있다. 하지만 최근에는 흥행 정도, 콘텐츠의 성격, 새로운 플랫폼의 활성화 등에 따라서 홀드백의 전개 순서가 수익을 극대화할 수 있는 순서로 최적화되기도 한다.

관성이 점점 증가하고 있다고 할 수 있다. 아직은 적극적인 형태의 개입이라고 보기는 어렵지만, 뉴미디어의 증가와 함께 새로운 창구를 통한 다양한 향유[19]가 활성화될 것이라 보며, 이에 따라 향유를 활성화시킬 수 있는 다양한 형태의 스토리텔링이 시도되고 있다는 점은 분명하다.

ⓐ 제작과정, 미술, 배경, 의상, 고증, 실제의 제지소, 특수효과들이 담당 스텝 분들의 설명영상 다큐들, 심지어는 정신과 전문의 분께서 설명해주시는 혈의누 속 인물들의 정신 분석학적 해석들 등으로 꽉 꽉 채워진 DVD 부록들의 만족스러운 퀄리티와 처음 열었을 때 입에서 헉~ 소리가 나올 정도로 고급스러운 자개농 모양의 케이스들은 아마 다른 DVD 관련 사이트들에서 앞으로 충분히 다루어질 것 같으니 굳이 언급하지는 않겠습니다.(중략) ⓑ **본편 2시간에 5시간짜리 부록디스크 도합 7시간을** (중략) 오늘 밤에는 김대승 감독, 민언옥 미술감독 음성 해설/ 김대승 감독, 조영욱 음악감독 음성 해설에 도전해 보려고 합니다. ⓒ **한 편당 2시간 씩이니 도합 4시간이** 걸리겠군요. 제가 이 DVD 에 관심을 가졌던 주 목적은 일단은 영화속에서 너무도 고급스럽게 나왔던 때깔 넘치는 미술과 제지소, 포구마을 등의 ⓓ **배경과 제작과정들을** 좀더 자세하게 알고 싶다는 욕구였지만 두번째 이유는 (어쩌면 주된 이유), ⓔ **감독님이 속도감 넘치는 스토리를 위해 무참하게 잘라버렸** 다는 인권과 소연의 삭제된 러브씬들과 기타 다른 삭제 장면들을 보고 싶었기 때문입니다.[20]

위 인용은 〈혈의 누〉 DVD에 대한 네티즌의 평가다. ⓐ는 텍스트와 상관하여 향유를 강화시켜주는 요소들을 텍스트 밖에서 스토리텔링으로 만든 예이고, ⓑ는 ⓐ의 내용이 본 텍스트보다 2.5배 길다는 내용이며,

---

19) 향유는 참여적 수행을 통하여 텍스트를 주체적으로 즐기는 능동적 해석과 자기화 과정(박기수, 2006B, 49)이다. 상세한 논의는 박기수의 논문(2006B)을 참고하라.

20) http://blog.naver.com/jmin826?Redirect=Log&logNo=100016406988

ⓒ는 즐길 수 있는 것들이 4시간 분량이나 남았다는 진술이다. 흥미로운 것은 ⓑ와 ⓒ는 본 텍스트가 아니라 그것과 상관된 향유 요소들이라는 점이며, 이것이 텍스트와 상호텍스트성을 확보하면서 즐길만한 스토리텔링을 생성하고 있다는 점이다. ⓓ와 ⓔ는 DVD에서 기대했던 것들에 대한 내용인데, ⓓ는 본 텍스트의 부분을 추가적으로 심도 있게 향유하려했다는 것이고, 특히 ⓔ는 극장상영본과 감독편집본의 상호텍스트성을 전제로 한 향유 활성화의 뚜렷한 예라고 할 수 있다.

이와 같은 예에서 알 수 있듯이, 창구화는 동일한 텍스트를 창구만을 달리해서 향유하는 것이 아니다. 〈추격자〉(2008)의 예에서 보듯이 '합법 다운로드(프리미엄 다운로드)'와 같은 새로운 창구가 개발되고, 홀드백 기간이 수익 극대화에 따라 탄력적으로 적용되는 현실을 고려할 때, 창구 간의 콘텐츠 스토리텔링의 차별화 전략은 매우 유효할 것으로 보인다. 즉 극장에서 본 영화를 DVD를 통해서 보고 싶게 만드는 요소가 스토리텔링에 좀 더 적극적으로 반영되어야 한다는 것이다. 그것이 감독편집에 의한 추가분이든, 제작 과정의 이야기를 다룬 메이킹 필름이든, 텍스트와 상관하여 향유를 강화할 수 있는 일체의 요소들이 DVD 창구에서는 추가가 얼마든지 가능할 것이기 때문이다. 이러한 흐름은 욘사마 브랜드와 일본 시장의 특수성을 반영하여 극장에서 상영을 시도했던 드라마 〈태왕사신기〉의 경우도 그러한 예라고 할 수 있다.

다만, 엄밀한 의미에서 텍스트를 중심으로 보면 아직은 창구화를 활성화시키기 위해서 스토리텔링을 활용했다기보다는 창구화의 결과에 따른 스토리텔링의 변형이라는 측면이 강하다. 하지만 DVD의 경우, 이제는 보편화된 메이킹 필름, 특수효과나 스타일과 상관된 설명, 텍스트에서 발견된 의문점에 대한 추후 설명, 극장용에서 누락된 부분 등이 모두 향유를 활성화시키는 요소가 된다는 점은 분명하다. 따라서 이와 같이 새로운 창구의 등장과 특정 창구의 활성화에 주목해야하며, 관습적인 홀드백 구조의 답습이 아니라 콘텐츠의 특성과 시장에서의 반응이 종합적으로 고려되는 창구화 전략이 요구되며, 그것은 스토리텔링을 기반으로 구체화되어야 할 것이다.

4. 스토리텔링을 활용한 상품화

상품화를 위해서는 "거시콘텐츠(macro contents)의 스토리텔링 구현 전략 안에서 미시콘텐츠(micro contents)의 효과적인 노출과 인지도 확보 등이 필수적"(박기수, 2008A)이다. 향유자들은 단지 관련 상품이기 때문에 흥미가 있는 것이 아니라 그것이 향유를 활성화시키는 요소를 지녔기 때문에 구입을 하는 것이다. 향유는 체험을 전제로 하며, 거시콘텐츠의 유기적인 구조 안에서 효과적으로 구현된 미시콘텐츠는 체험을 매개함으로써 향유를 강화한다. 강화된 향유를 통하여 미시콘텐츠는 상품화 가능성을 갖게 되며, 상품화된 미시콘텐츠는 다시 거시콘텐츠의 향유를 강화하고 수명을 연장시키는 역할을 한다. 이 과정에서 스토리텔링의 다양한 구성 요소들의 활성화 정도가 상품화 가능성 및 성과를 좌우하게 된다. 캐릭터, 배경, 중심 소재 등의 완성도나 대중 소구력에 따라 미시콘텐츠가 활성화되고, 이것이 상품화되는 구조이다.

〈겨울연가〉가 생산한 이미지 상품들인 바람머리, 꽈배기목도리, 폴라리스 목걸이, 촬영지, OST앨범 등은 대표적으로 상품화에 성공한 것들이다. 바람머리, 꽈배기목도리, 안경 등이 준상/민형의 캐릭터를 만들고, 변하지 않는 사랑의 상징인 폴라리스 목걸이는 유진의 캐릭터를 구축한다. 남이섬, 오대산, 월정사 전나무 숲, 중도, 용평 리조트, 추암해수욕장 같은 배경은 시뮬라시옹 효과를 극대화하고, 타로 카드는 이 둘의 운명을 예견하며, 퍼즐은 함께함으로써 완성되는 결말의 장치로서 결정적인 역할을 한다. 이처럼 스토리텔링의 구성 요소들이 미시콘텐츠로 활성화됨으로써 성공적인 상품화를 이뤄낸다. 뿐만 아니라 거시콘텐츠의 반복적인 향유를 통해 미시콘텐츠의 선별적인 향유를 강화할 수 있고 그 결과 거시콘텐츠에 대한 충성도를 제고하는 부가효과를 갖기도 한다. 아울러, 〈신세기 에반게리온〉처럼 텍스트 전체를 향유자 스스로 풀어야할 문제로 만드는 스토리텔링 전략을 구사함으로써 의문을 해결하기 위한 관련 자료들이 상품화된 특이한 경우도 있다.

하지만 무엇보다 중요한 것은 "상품화 가능성이 높은 미시콘텐츠들이 거시콘텐츠의 스토리텔링의 문맥 속에서 새로운 성격화 과정을 거친다는 점"(박기수, 2007A, 21)이며, 이 말은 스토리텔링 전략에 기초해야한다는 의미다. 기획 의도와 목표에 적확한 스토리텔링 전략을 구축하고, 이를 기반으로 성격에 맞는 거시/미시콘텐츠 스토리텔링 전략이 마련되어야 하는 것이다. 그렇지 않으면 콘텐츠가 성공을 해도 상품화를 통한 부가수익은 기대하기 어렵다.

5. 스토리텔링을 활용한 브랜드화 전략

스토리텔링을 활용한 브랜드화는 One Source Multi Use의 나머지 셋보다 가시적인 성과가 잘 드러나지 않는다. 그래서 브랜드화는 일견 콘텐츠 성공 이후의 부가적인 효과처럼 보이기도 하지만, 실제로는 스토리텔링 기획 단계부터 전략적으로 구성한 결과이다. 앞에서 언급했던 것들이 경제적 수익의 극대화라는 성격이 분명한 반면, 브랜드화의 경우는 브랜드라는 무형의 가치 창출을 목표로 한다는 점에서 스토리텔링 전략에서 차별화될 가능성은 있다. 하지만 스토리텔링은 다양한 구성 요소들이의 총체로서 콘텐츠라는 통합적 단위 안에서 하나로 구현되는 까닭에 전략적인 수용이 가능하다. 다만, 목표가 브랜드화라고 하여 브랜드 자체가 전면화될 필요는 없다. 오히려 브랜드를 지향하는 다양한 스토리텔링 전략이 필요한 것이다.

농림부에서 60억 지원을 받아 장성군에서 의욕적으로 추진한 '홍길동 문화콘텐츠사업'은 CSC(Contents Syndication Company)인 디아이스페이스가 진행을 주관하여, TV애니메이션(홍길동 어드벤쳐)을 중심으로 출판, 모바일게임, OST 및 캐릭터 등 명실상부한 One Source Multi Use를 추진한 바 있다.[21] TV용 애니메이션이나 출판의 성과에도 불구하고, 브랜드화의 관점에서 보면 상당한 아쉬움이 남는 프로젝트다. 애니메이션이나 출판 만화 등에서 지자체가 기획했던 지역문화 및 지역경제 활성화에 기여하며 홍길동을 장성군의 대표 브랜드화할 수 있는 요소들을 가지고 있었는지 의문이다. 이러한 요소들은 스토리텔링의 전개 과정에서 자연스럽게 노출이 되어야 하는데, 홍길동을 장성군 출신의 실존 인물로 만들어 다른 자치단체와 개인이 소유해온 15개의 홍길동 상표권에 대한 상표등록취소심판에서 모두 승소해 44개의 상표권을 확보하는 데는 성공했지만, 그것의 통합적인 정체성을 구현할만한 스토리텔링을 확보하지는 못하고 있다. 상표권을 지니고 있다는 것과 그것을 통한 사업화나 브랜드화에 성공했다는 것은 전혀 별개의 문제기 때문이다. 이러한 예는 장성군에서 운영하고 있는 길똥클럽(http://www.gildongclub.com)의 캐릭터와 TV용 애니메이션 〈홍길동 어드벤쳐〉

---

21) TV용 애니메이션 〈홍길동 어드벤쳐〉를 중심으로 장성군이 추진하는 One Source Multi Use의 내용은 http://hongildong.kr를 참고하라.

의 캐릭터 라인업이 전혀 다르다는 점, 전자 캐릭터는 SD캐릭터(Super Deformation character)인데 반해 후자의 그것은 5등신 3D 캐릭터로 동일한 정체성을 확보하는 것을 오히려 방해하고 있다. 더구나 이러한 혼란은 홍길동 생가를 복원하여 테마파크화 하려는 시도와 부딪혀 또 다른 혼란을 가져올 가능성이 높다. 동일한 정체성을 지향하며 거시적으로 추진될 브랜드화의 성격을 고려할 때, 성공적인 브랜드화가 이루어질 리 없다. 이것은 스토리텔링 전략을 통하여 서사 구조와 전략의 합의가 전제되지 않고 사업이 추진된 결과이다. 이외에도 〈하얀 마음 백구〉나 〈바다의 전설, 장보고〉의 경우에도 애니메이션은 성공을 했지만, 제작을 지원했던 지자체의 경우에는 별다른 성과를 거두지 못했다. 스토리텔링의 기획 단계에서 고려해야할 기획의 목적과 추진 전략이 스토리텔링을 통해 구현되지 못했기 때문이다.

위에서 살펴본 창구화, 장르 전환, 상품화, 브랜드화의 스토리텔링 전략은 유기적인 상관 관계를 갖는다. 창구화를 통해 활성화 될 수 있는 콘텐츠가 장르 전환의 대상이 되며, 창구화와 장르 전환 과정에서 상품화가 추진되고, 이러한 일련의 과정이 성공적으로 수행될 때, 비로소 브랜드화가 성공할 수 있는 것이다. 스토리텔링은 바로 이러한 일련의 과정에서 정체성을 유지할 수 있게 하고, One Source Multi Use를 매개하는 중추이다. 이 과정에서 스토리텔링이 제 기능을 담당하기 위해서는 기획 목적, 중심 향유자, 장르별 변별성, 구현 매체의 특성, One Source Multi Use의 순서와 범위 등에 대한 선행 합의가 있어야 하고, 이를 기반으로 스토리텔링 전략이 마련되어야만 한다. 그동안 One Source Multi Use의 다양한 시도에 비해 뚜렷한 성과가 미흡했던 이유가 바로 여기에 있는 것이다.

변하지 않는 것은 죽은 것이다. 죽은 것은 소멸의 외길을 지닐 뿐이다. 끊임없이 변화하는 것은 살아있음을 부단히 증거하는 일이다. 사고의 유목과 새로운 풍경의 꿈 그리고 매 순간 스스로 성찰하여 갱신하는 것이 변화다.

4장
문화콘텐츠 스토리텔링 전환 전략

1. 전환의 정의와 유형

전환은 매우 다양한 요소들이 개입되어 상호 영향을 주고받으며 통합체적 상관망을 이루고 있기 때문에 그 논의 역시 매우 다양한 접근의 복잡한 양상으로 드러날 수밖에 없다. 그럼에도 불구하고 그동안 전환에 관한 논의는 문학(예술) 중심주의의 일방적인 가치평가와 범주화에 초점을 맞춤으로써, 전환의 현재적 요구에 적확한 대응을 하지 못하는 분명한 한계를 드러냈다. 그것은 전환이 아직 용어적 혼란을 겪고 있으며, 이론적 체계를 갖추지 못했고, 논의 역시 매우 제한적으로 이루어지고 있기 때문이다.

극장의 오프닝 크레딧에서는 상영되는 영화가 각색임을 알리기 위해 '번안(adaptation)'이라는 단어가 공통적으로 사용되는 반면, 이론의 장에서는 '번역(traduction)', '전사(transcription)', '전환(transposition)', '변형(transformation)'과 같은 다양한 용어들이 공존한다. 이는 각색의 정의와 관련해 연구자들의 입장 차이를 반영하고 있는데, 문제는 동일한 단어라고 하더라도 사용자에 따라 그 의미가 달라 개념적인 혼동을 초래할 여지가 있다는 것이다. 가령 '번역'은 앙드레 바쟁에게서는 기존의 문학 작품을 스크린으로 옮긴 영화를 가리키는, 보다 일반적이고 중성적인 의미를 띠고 있지만, '신-형식주의'와 커뮤니케이션 이론의 영향을 받은 파트릭 카트리스에게서는 각색의 특수한 한 형태, 즉 '다시 쓰는' 자의 소통적 상황이 적극적으로 반영된 각색 스타일을 일컫는다. 또한 '변형'은 줄리아 크리스테바의 '상호텍스트성(intertextualité)' 모리스 블랑쇼의 '다시쓰기(réécriture)' 제라르 주네트의 '트랜스텍스트성(transtextualité)' 등의 이론이 영화 연구에 도입되면서, 각색 영화에 대한 유일한 판단 기준으로 사용되던 '충실성의 원칙'을 대체할 새로운 용어로 인정받고 있는 반면, 알랭 가르시아는 최근의 논의에서 '변형' 대신 '전환'을 그에 준하는 가치로 새롭게 끌어들이고 있다. 이 같은 용어들의 혼란스러운 사용은 결국 각색 정의에 대한 합의 도출을 어렵게 만든다.(박지회, 2004, 1)

인용에서 보듯이 그동안 '전환'은 다양한 용어를 사용해 왔다. 이것은 단지 번역상의 문제가 아니라, 전환과 관련된 다양한 관점의 논의가 가능하다는 뜻이다. 그동안 전환은 일반적으로 '각색'이라는 말로 써왔지만, 위 인용의 맥락에서 볼 때, 그 논의가 지극히 소박했음을 알 수 있다.

전환의 기원에 대한 정확한 기록은 알 수 없으나 본격적인 논의는 영화의 등장 이후로 보는 것이 타당하다. 신화를 비극이나 서사시의 형태로 바꾸거나 민담을 대중극 형태로 옮기거나 셰익스피어가 반델로의 단편 소설을 연극으로 올렸던 예가 없었던 것은 아니었지만, 전환에 대한 자의식을 갖기 시작한 것은 영화의 등장 이후로 보아야 한다.[1] 영화가 예

---

1) 뤼미에르 형제의 〈열차의 도착〉(The arrival of a Train at the Station, 1985) 등장 이후 1903년까지 단순 기록물 수준이었던 영화는 조르쥬 멜리어스(George Melies)에 의해 비약적인 발전을 이루게 됨으로써 1905년에 등장한 5센트 극장(the nickelodeon)이 1908년에는 5만개에 이를 정도로 대중적인 지지를 받게 된다.(데이비드 보드웰·크리스틴 톰슨, 1997, 541~546참고) 이러한 초기 영화 단계에서 그리피스(D.W Griffith)의 〈국가의 탄생〉(The Birth of Nation, 1915)이 등장하는데, 이 작품은 교차편집 등의 선구적인 영화 기법을 창시한 것은 물론 토마스 딕슨(Thomas Dixon)의 3류 소설《동향인》(The Clansman)을 원작으로 하여 부족한 이야기성을 확보한 전환의 사례로 꼽힌다. 아이러니한 것은 이 작품은 영화적 탁월함에도 불구하고 3류 소설을 원작으로 함으로써 인종차별의 편향적 시각으로 비판을 받았다. 그럼에도 불구하고 이후, 예술적 가치를 탁월하게 인정받은 문학작품들을 전환함으로써 영화의 권위를 그들과 같은 수준으로 견인하고자 하는 노력은 지속적으로 전개되었다.

술성을 확보하기 위하여 문학작품들을 영화화하는 과정에서 전환에 대한 논의가 본격화되기 시작했기 때문이다.

문학작품을 영화로 전환하는 과정에서 1) 본질적으로 다른 모드의 영화를 문학과 같은 서사로 볼 수 있는가, 2) 영화는 원작을 존중하며 그 권위를 얼마나 인정하고 있는가, 3) 텍스트 간의 상이한 기호체계를 극복하고 영화는 문학적 구현 요소를 어떻게 전이할 수 있는가, 4) 원작을 얼마나 영화적 언어로 새롭게 해석하고 변형하여 구현하고 있는가 등의 다양한 관점과 다양한 층위의 문제가 제기된다.

1)의 문제는 서사학의 차원에서 논의된 문제로서 '서사란 무엇인가'라는 근원적인 문제를 제기하였다. 이것은 "서술 정보가 피서술자에게 어떤 방식을 통해 전달되었는가에 초점"을 맞추어 영화는 언어적 화자를 갖지 않는 재현매체라는 점에서 서사가 될 수 없다고 주장한 '표현의 서사학' 이론가들과, 영화는 허구적 논리의 결과이며 시간적 변형과 의미 있는 사건들의 연속이라는 측면에서 당연히 서사라고 주장하는 '내용의 서사학[2]' 이론가들의 대립과정에서 분명하게 드러난다. 1)이 문학에서 영화로의 전환 정당성에 대한 문제라면, 2)는 '충실성의 원칙'에 대한 해석과 그 정당성에 대한 논의를 야기하였다. 형식과 내용의 분리 가능성 여부 등과 상관하여 원작에 대한 충실성 여부를 중심으로 전개되던 전환의 문제는 앙드레 바쟁(André Bazin)에 이르러 '등가성의 원칙'을 통하여 논의의 진전을 이룬다. 3)은 그러한 '등가성의 원칙'과 관련된 논의다. 문학만의 변별적인 구현 특성들이 어떻게 영화로 표현될 수 있는가에 주목한 것이다. 등가성의 원칙은 충실성의 원칙을 비판적으로 극복하는 논리로

---

2) 주네트(Gérard Genette)로 대표되는 '표현의 서사학'과 그레마스로 대표되는 '내용의 서사학'은 옐름슬레브의 용어를 앙드레 고드로가 나눈 것을 박지회(2004, 6-7)는 서사학의 한계를 규명하는 과정에서 활용하였다.

서 비로소 전환의 가치를 독립적으로 인식한 것으로 평가할 수 있다. 바쟁뿐만 아니라 볼프강 가스트(1999, 127) 역시 "원전과 개작 중 어느 것이 더 가치 있는가에 대한 판단은 오직 개별적인 작품의 질의 문제"라고 주장함으로써 전환이 원전과 개작 사이의 독립적이고 등가적인 상호 변환임을 분명히 하였다. 각기 다른 두 장르의 기호체계나 언어적 특성을 종속적 관계가 아닌 대등한 관계로 설정하고 있다는 점과 그럼에도 불구하고 전환의 과정을 통해 재코드화되는 과정에서 원작과의 대타성(對他性)을 전제로 한다는 점 등은 등가성의 원칙을 통해 규명된 특성이라고 할 수 있다.[3] 이와 같은 3)의 논리를 기반으로 4)는 전환 전후의 관계를 변형의 관계로 파악한 것이다. 이 관점은 전환을 단지 원작의 내용을 영상으로 재현한다는 소박한 개념을 넘어서 독립적인 두 기호체계의 변형으로 파악하는 것이다. 즉 "원작의 담론적 소여들을 해체해, 해체된 담론의 구성요소들을 전환해야 할 매체의 형식적인 구조 안에서 재분배하고 재구축하는 것"(박지희, 2004, 25)이다.

이와 같이 전환과 관련된 논의는 원작의 가치와 권위에 대한 훼손 문제와 두 장르 간의 상이한 기호 체계의 전환 가능성 여부 그리고 그것이 가능하다면 그것의 효과적인 수행과 미학적 가치의 문제 등을 중심으로 전개되어 왔다. 이러한 성과에도 불구하고 기존의 선행 논의들은 지나치게 원작 중심적이고, 서사학 중심적이며, 텍스트 중심적이라는 한계

---

3) '충실성의 원칙'은 향유과정에서 원작의 선행체험을 상기하거나 전환된 콘텐츠의 향유과정에서 일정 부분 대타성을 확보하기 위한 원칙으로 파악할 수 있다. 충실성의 원칙을 폐기하는 것은 전환의 주요 향유축인 원작과의 관련성을 무시하는 결과를 낳기 때문에 전환의 주요한 향유축을 훼손하는 결과를 가져 올 수 있기 때문이다. '등가성'의 원칙은 전환 전/후의 텍스트가 종속적인 관계를 넘어서 각각의 독립성을 전제로 텍스트 간의 상관을 유지하면서 전환을 통한 가치 창출에 주목한 논의로 재의미화할 수 있다. 특히 등가성의 원칙에서는 전환 전/후의 텍스트 간에 전이 과정 자체가 어떤 향유적 가치를 생산하는지, 개개 텍스트의 변별적 가치와 그것의 구현 토대 등에 주목한 것으로 볼 수 있다.

를 드러냈다. 전환에 대한 논의는 이미 미학적 가치의 전이 과정이나 상이한 두 장르 간의 변별성을 파악하는 수준을 넘어서 지극히 다양한 관점의 요구와 결부되어 있기 때문이다. 특히 전환이 단지 미학적인 재창작의 동기로만 시도되는 것이 아니고 구현 매체나 기술의 발전, 사회문화적인 요구, 수익을 극대화하고 브랜드를 구축하기 위한 산업적인 동기 등이 복합적으로 작용한 결과라는 점을 고려할 때, 전환은 이러한 문화콘텐츠적 관점에서의 요구를 수렴해야할 시점에 이르게 된 것이다.

현재적 의미에서 전환은 개념적 이해나 이론적 규명 수준에서 머물지 않고 실천으로서의 전환을 요구한다. 실천으로서의 전환은 전환의 대상이 되는 원천콘텐츠의 선별 기준, 원천콘텐츠와 거점콘텐츠의 각각 장르별 변별적 특성, 전환의 전개 순서 및 범위, 기대 효과, 상이한 기호체계 및 향유 요소들의 전이 과정, 전환 단계별 전략, 중심 타깃의 기대 등의 세분화되고 구체화된 연구가 필요하다.

전환은 각기 다른 '장르별 변별성'을 확보하고 있는 독립적인 장르 간의 상호 전이 과정을 말한다. 여기서 말하는 '장르별 변별성'은 장르의 구현 목적, 사용하는 기호 체계, 구현 매체, 구현 기술, 주요 향유층, 수익 구조 등이 통합체적 상관망을 통해 확보한 차별성을 의미한다.

장르의 구현 목적은 전환 과정에서 가장 결정적으로 작용하는 요소다. 장르의 구현 목적은 대부분 경제적 수익, 브랜드 확보, 프로모션, 사회문화적 영향력 등등의 다양한 구현 목적을 예상할 수 있지만, 문화콘텐츠의 특성상 대부분 경제적 수익을 그 목적으로 한다. 장르의 구현 목적에 따라서 텍스트의 성격이 달라지는 예는 텔레비전용 애니메이션을 통하여 쉽게 파악할 수 있다. 국내 텔레비전 애니메이션의 경우에는 그 자체로 수익을 낼 수 없는 구조이기 때문에 One Source Multi Use를 전제로 기획 · 제작될 수밖에 없기 때문에 One Source Multi Use가 용이한 스토리텔링 전략을 채택할 수밖에 없다. 이와 같이 실현되는 장르 그 자체가 독립적인 수익구조를 확보하지 못하고 있을 때, One Source Multi Use 의 전개 과정을 통해서 수익을 보전하게 되는데, 이 경우 가장 큰 수익을 낼 수 있는 장르나 창구의 특성에 맞추어 원천콘텐츠의 성격이 기획 단계부터 조정되기 때문이다.

장르별로 사용하는 기호체계가 다르고, 각각의 기호체계는 각기 다른 구현 방식과 리터러시 구조에 따라 고유한 미학적 원리를 지니고 있기 때문에 장르별 변별성을 드러내는 핵심요소라고 볼 수 있다. 기존의 전환 논의는 대부분 이 부분과 상관하여 전개되었다. 전환 전/후의 텍스트 간의 기호체계의 상이성에 주목하고, 전환 전 텍스트의 고유한 기호체계와 표현 방식 등을 어떻게 전환 후의 텍스트가 어떻게 구현하는지, 그러한 전이는 과연 가능한 것인지 등에 대한 논의를 통하여 전환 연구가 본격화된 것이다. 특히 이 요소로 인하여 서사학의 기존 논의를 적극적으로 수용함으로써 전환 연구의 토대를 마련할 수 있었지만, 동시에 문학 중심적, 텍스트 중심적 논의와 평가 기준 설정이라는 뚜렷한 한계를 드러내기도 하였다.

구현 매체가 무엇이냐에 따라 인터페이스(interface)와 구현하는 최적화 방식이 다르고, 비용 지불 여부와 그 규모에 따른 향유자의 접근 용이성이 결정되는 까닭에, 구현 매체의 특성은 장르별 변별성에 지대한 영향을 끼친다. 드라마와 영화, 만화와 웹툰, 극장용 애니메이션과 텔레비전용 애니메이션 등의 차이를 비교해보면 구현 매체의 변별성이 장르별 변별성에 얼마나 큰 영향을 주는지 쉽게 파악할 수 있다.

구현 기술은 영화의 역사에서 보듯이 텍스트에 직접적인 영향을 미치며, 이것을 구현하기 위한 텍스트 외적인 제한을 강화하기도 한다. 3D 기술을 활용한 콘텐츠의 경우, 3D의 특성을 최적화된 양태로 즐기게 하기 위하여 스토리를 조정하고, 감각적인 자극의 최적화 조합을 찾으려는 시도가 계속되는 것이 전자의 예라면, 전용관이나 전용단말기를 갖추어야지만 향유가 가능하게 함으로써 향유의 차별화를 꾀하는 것은 후자의 대표적인 예라고 할 수 있다. 뿐만 아니라 구현 기술의 정체는 스토리텔링의 향유 과정에 직접적인 영향을 주기도 한다. 단지 스토리를 구현하기 위한 종속적인 위치의 기술이 아니라 'telling' 그 자체를 즐길 수 있는 향유요소로 바꾸어주는 것이 구현 기술이기 때문이다. 따라서 해당 장르에 지배적인 구현 기술, 향유를 극대화할 수 있는 기술 등의 개발이 지속적으로 이루어지고 있다는 점에서, 구현 기술은 장르별 변별성을 구성하는 한 요소가 될 수 있다.

주요 향유층의 향유 방식, 향유의 지속 여부, 경제적 능력 등등에 따라서 향유 패턴이나 중심 창구가 결정되고, 수익구조가 달라지기 때문에 주요 향유층의 정체는 장르별 변별성을 결정짓는 필수 요소다. 수익 구조의 측면에서 본다면, 수익을 극대화하기 위한 One Source Multi Use의 범위, 전개 순서, 수준 등을 결정하게 되며, 이것은 해당 장르의 기획에서 필수적으로 고려해야만 하는 중심요소이다.

이와 같이 '장르별 변별성'을 결정짓는 다양한 요소들이 구현하는 콘텐츠로 수렴됨으로써 유기적인 통합체를 이루게 되는데, 이 과정에서 각요소는 구현 목적에 따라서 상호 간섭하고 조절됨으로써 최적화된다. 이러한 최적화의 상관망으로 보편성을 획득한 것들을 장르별 변별성이라고 말한다. 결국 전환은 이러한 장르별 변별성을 확보하고 있는 독립적인 장르들 간의 상호 전이를 의미하는 것이다.

이와 같은 전환의 정체를 바탕으로 구체적인 전환의 구조 및 전개과정을 살펴보면 <그림 1>과 같다.

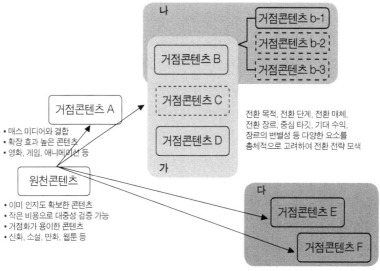

<그림 1> 전환의 구조 및 단계

일반적으로 전환은 이미 인지도를 확보하고 있고 대중적인 지지를 받고 있는 원천콘텐츠를 발굴하면서부터 시작된다. 원천콘텐츠로는 적은 비용으로 대중성 검증이 가능하고 거점콘텐츠화가 용이한[4] 신화, 소설, 만화 등이 선호되고 있으며, 최근에는 반응이 즉시즉시 드러나는 웹툰이 각광을 받고 있다. 이러한 대중적인 지지를 받고 있는 원천콘텐츠들을 매스미디어와 결합하여 보다 많은 향유자들이 즐길 수 있도록 바꾼 것은 거점콘텐츠[5]라고 하는데 영화, 드라마, 게임, 애니메이션 등이 여

---

4) 거점콘텐츠화의 용이성은 전환과정에서 원천콘텐츠가 지닌 장르적 특성이나 이야기 가치 등이 거점콘텐츠의 장르적 변별성에 부합하고 이야기 가치의 확대가 가능한지 여부에 따라 결정된다. 물론 영화, 드라마, 애니메이션 등으로 전환이 선호되는 만화나 웹툰처럼 전환 전/후의 장르가 근접성을 확보하고 있으면 전환이 용이하다.

5) 물론 거점콘텐츠가 모두 대규모 자본을 필요로 하거나 매스미디어를 요구하는 것은 아니다. 가령 드라마 〈주몽〉은 주몽신화를 바탕으로 제작된 드라마로서, 여기서 원천콘텐츠 역할을 하는 것은 드라마인데, 이 작품이 인기를 얻자 출판콘텐츠로 전환이 이루어졌다. 이 경우 원천콘텐츠인 드라마에 비해 출판콘텐츠가 미디어 포지션이나 자본면에서 열세인 것은 분명하나, One Source Multi Use의 일환으로 전개된 출판콘텐츠를 거점콘텐츠로 보기도 한다.

기에 해당한다. 거점콘텐츠로의 전환은 원천콘텐츠의 성격이나 폭발력에 따라서 원천콘텐츠와 동시에 기획되는 경우[6]도 있지만 대부분은 경쟁력 있는 장르를 중심으로 순차적으로 전개된다. <그림 1>의 '가'의 영역은 동시에 거점콘텐츠화가 이루어지는 영역으로 동시에 여러 장르로 전환되기 때문에 상호 프로모션은 물론 폭발력을 지닐 수 있지만, 시장에서 실패할 경우 상당한 타격을 입게 된다. '나'의 영역은 이미 1단계 전환을 이룬 작품이 큰 성공을 거두었을 경우, 그것을 다시 원천콘텐츠로 하여 2차적인 거점콘텐츠화 과정을 전개하게 되는 것을 말한다. '다'는 단계별 전환의 전개가 이루어지고 있는 것을 말하는데, 이 경우에는 일반적으로 선행 전환을 통하여 충분히 대중성 검증은 물론 인지도가 높아져서 안전하지만 동시에 시간이 지날수록 원천콘텐츠의 후광효과(Halo effect)가 약해지는 특성이 있다. 물론 이러한 전개는 원천콘텐츠의 성격도 성격이지만 거점콘텐츠로 전환하는 장르의 성격, 전환 주체의 구현 능력과 의지 등에 의해 결정된다. 따라서 '가', '나', '다'의 영역은 선택적일 수도 있지만, 무엇보다 전환 결과에 따라 전개의 규모나 수준이 결정되게 된다.

이러한 전개 과정을 좀 더 미시적으로 살펴보면, <그림 1>의 각 단계마다 전환의 정체에서 규명한 장르의 구현 목적, 사용하는 기호 체계, 구현 매체, 구현 기술, 향유자, 수익 구조 등 각 요소가 상호 간섭하며 전환 목적에 맞추어 선택적으로 개입함을 발견할 수 있다.

스토리텔링 전환의 핵심은 전환 전/후 텍스트의 장르별 변별성을 얼마나 효과적으로 확보 할 수 있느냐와 그 전환 과정이 충분히 향유되고 있느

---

6) 대표적인 사례로는 디즈니 애니메이션이 있다. 극장용 애니메이션 출시 전부터 O.S.T.와 캐릭터 상품 등을 판매하고, 애니메이션 개봉과 함께 게임, 출판물 등을 선보임으로써 프로모션의 효과는 물론 애니메이션을 중심으로 한 전환, 그리고 그 과정에서 자연스럽게 One Source Multi Use의 활성화가 이루어지는 것이다.

냐에 달렸다. 따라서 스토리텔링 전환에 있어서 가장 중요한 것은 장르별 변별성의 요소 중 스토리텔링의 특성과 상관하여 지배소를 결정하는 일이며, 결정된 지배소와 나머지 요소 간의 최적화 조합 방식을 찾는 것이다. 이 때 장르별 상이한 기호체계와 관습화된 서사 규범, 구현 매체의 범위와 창구화 전개 순서 및 중심 매체의 특성, 소구력을 확보한 기술의 경우 이에 따른 스토리를 비롯한 텔링 방식의 조정, 사회문화적 전환 동기에 따른 텍스트적 대응, 전환 전/후 텍스트별 중심 향유자, 향유 방식, 향유 기간 등의 특성, 이전에 전환 여부 및 전환 단계[7] 등의 요소를 상관적으로 고려해야만 한다. 아울러 전환은 장르별 계열화를 중심으로 독립적인 단위로 전개되기 때문에 원천콘텐츠의 성공이 거점콘텐츠의 성공 가능성을 높일 수는 있어도 보장하지는 못한다. 따라서 원천콘텐츠의 후광 효과를 극대화하면서 거점콘텐츠의 차별성을 강화하는 전략을 모색해야만 한다.

2. 원천 소스의 스토리텔링 전환 전략: 신화의 경우

신화를 활용한 문화콘텐츠 전환 전략을 찾는 것은 그리 어려운 일이 아니다. 다만, 그것을 어떻게 유형화 할 것이며, 그것의 장단점을 분석하

---

7) 이전의 전환 여부는 해당콘텐츠가 이미 브랜드를 확보하고 있으며 지속적으로 전환되고 있는 콘텐츠인가에 대한 파악이다. 할리우드의 수퍼히어로물의 경우에는 대부분 마블 코믹스(Marvel Comics)와 디씨 코믹스(D.C. Comics)의 만화를 원천콘텐츠를 전환하여 제작이 된다. <베트맨>, <스파이더맨>, <수퍼맨> 등과 같이 원천콘텐츠와 캐릭터를 제외하고는 큰 상관성을 보이지 않지만, 원천콘텐츠와 프랜차이즈 필름으로 시리즈가 전개됨으로써 확보한 브랜드 가치는 매우 높다. 특히 이전에 전환이 이루어졌음을 향유자가 인지하고 있을 경우, 전작에 대한 신뢰나 불신으로 인하여 전환 이후의 작품에 대한 기대나 포기의 반을 드러내기 때문에, 이전에 전환했는지, 그 성취는 어떠했는지를 파악하는 것은 매우 중요하다. 뿐만 아니라 일련의 전환 과정에서 해당 장르가 어느 단계에 있는지에 따라 향유자의 지지 및 피로도가 결정된다는 것도 주목해야 할 부분이다.

여 보다 새롭고 생산적인 방식을 어떻게 찾아낼 것인가의 문제는 그렇게 간단한 것이 아니다. 먼저 최근 신화를 활용하여 성공한 문화콘텐츠를 유형화하여 보면, ① 신화 그 자체를 전환시킨 경우와 ② 신화의 구조나 소재를 활용한 경우, 그리고 ③ 현재적 문제를 치유하기 위한 원형으로서의 활용 등으로 나누어 볼 수 있다.

우선, 신화 그 자체를 대중적인 문화콘텐츠로 바꾼 경우다.[8] 신화 그 자체를 대중적인 문화콘텐츠로 전환한 대표적인 예는《만화로 보는 그리스 로마신화》가 될 것이다. 이 콘텐츠는 20권까지 2천 3백만부 이상의 판매량을 보이며 또 다른 신화열풍을 주도하였다. 이것은 학습만화라는 틈새 콘텐츠에 주목하고, 이윤기를 중심으로 불고 있던 신화 열풍을 중심 트렌드로 파악하여 그것을 콘텐츠 개발에 적극 반영한 결과였다. 신화를 원천콘텐츠로 하고 있는 이 경우는 학습만화를 통해 대중성을 검증하고, 이를 기반으로 애니메이션 〈올림푸스 가디언〉으로 발전적 전환을 시도함으로써 국내에서 장르 간 시너지 효과(cross over effects)를 성공적으로 극대화한 첫 콘텐츠가 되었다. 특히 눈여겨 볼 전략은 《만화로 보는 그리스 로마 신화》는 그리스 로마 신화를 원천 소스로 한다는 양날의 칼을 전략적으로 충분히 활용했다는 점이다. 이 작품은 우선 그리스 로마 신화라는 누구나 알고 있는 대중적인 브랜드를 적극 활용하였다. 동시에 그리스 로마 신화에 대해 구체적으로는 상세하게 알지 못한다는 약점을 누구나 쉽게 접근하여 즐길 수 있는 만화와 결합시키는 탁월한 전환을 시도했기 때문이다. 더욱이 그리스 로마 신화는 서구문화의 정신적 뿌리라는 점과 각 대학교 논술 고사 등에서 신화를 지

---

8) 이것은 조지프 켐벨식으로 신화를 대중화하여 문자텍스트로 제공하는 경우가 가장 흔하며, 우리나라에서도 이윤기의 신화 열풍도 이러한 맥락이다. 그러나 이 경우에는 신화를 향유의 중심에 두고 있다는 점, 기존의 향유 방식과 다르지 않다는 점에서 굳이 신화의 문화콘텐츠화라고 할 수 없기 때문에 본 논의에서는 제외시킨다.

문으로 하는 출제가 빈번했다는 점 등에 주목하여 이것을 학습만화로 바꾼 전략이 주효한 것이다. 당시 이윤기를 중심으로 불고 있던 신화 열풍을 만화라는 가장 대중적인 콘텐츠로 기민하고 효과적으로 전환시켰다는 점도 주목해야한다.

만화의 성공에 힘입어 제작된 애니메이션 〈올림포스 가디언〉의 경우도 이러한 맥락에서 이해할 수 있다. 더구나 〈올림포스 가디언〉은 만화의 인기로 인하여 자칫 식상할 수 있는 소재라는 점과 누구나 알고 있는 유명 신화라는 위험요소를 새로운 브랜드 네임을 만들고, 애니메이션의 One Source Multi Use를 통해 시장의 규모를 키우는 쪽으로 라이센스 마케팅을 전개함으로써 극복하였다. 철저한 향유자 분석과 그들의 향유 수준과 취향에 맞는 제작 방향을 설정하였고, 초기 시나리오와 스토리보드를 일본에 발주하여(뒤에는 한국에서 창작하였지만) 제작 노하우 전수 및 창작 수준 향상을 도모했고, 캐릭터를 원작 만화의 캐릭터와 변별시키는 과감한 시도로 특화시켰다. 또한 사실성을 높이기 위해 삽화체를 사용하면서도 캐릭터 라이센싱을 활성화시키기 위해 SD 캐릭터(Super Deformation character)[9]를 부분적으로 활용했고, 원작의 과감한 생략 등을 통해 애니메이션의 극적 긴장을 강화하고, PD시스템을 도입하여 각 파트 전문가들의 역량을 극대화할 수 있었다. 이상에서 살펴본 바와 같이《만화로 보는 그리스 로마신화》나 〈올림포스 가디언〉의 성공은 신화를 만화와 애니메이션으로 전환하기 위한 장르별 특화 전략을 구사하였고, 기획 의도를 분명히 함으로써 정확한 향유자의 설정과 그들의 향유 수준과 취향에 대한 적극적인 고려 등을 시도할 수 있었기

---

9) SD캐릭터(Super Deformation character)는 일본에서 발달된 인물캐릭터로서 인체의 실제비율을 무시하고, 머리를 몸의 1/2로 표현함으로써 인상을 강조시키는 캐릭터를 말한다. 대부분 실제 인물의 디자인은 이 SD캐릭터를 활용하며 머리가 크기 때문에 귀여운 이미지나 특징적인 표정들을 묘사할 수 있는 장점이 있다.

때문이다. 하지만 무엇보다 성공의 가장 큰 요소는 원천콘텐츠의 미덕과 전환시킬 콘텐츠의 특화 요소를 분명히 파악하고 이것을 전략적으로 부각시켰다는 점이다.

《만화로 보는 그리스 로마신화》나 〈올림포스 가디언〉의 예에서 보듯이, 신화를 그대로 문화콘텐츠로 전환시키는 경우에는 장르별 특성을 적극 반영하고, 전환 목적에 따른 전략 수립이 필요하다. 원천콘텐츠로서 신화를 어떤 수준으로 얼마만큼 반영할 것이냐도 향유자의 설정과 그들의 향유 수준에 따라 결정될 문제지만, 콘텐츠의 성격과 기획 목적을 분명하게 설정하고 그것을 우선적으로 반영해야 할 것이다. 즉《만화로 보는 그리스 로마신화》는 학습만화기 때문에 신화에 대한 정보전달과 만화적 요소의 효과적 결합에 중심을 두었고, 〈올림포스 가디언〉의 경우에는 만화를 통해 신화를 학습한 향유자들의 접근임을 염두에 두고, 애니메이션의 장르적 특성을 적극 반영하였을 뿐만 아니라 애니메이션의 수익 창출에 중점을 둔 기획이 이루어졌기 때문에 성공을 거둘 수 있었다는 점을 눈여겨보아야 할 것이다.

신화적 구조나 소재를 활용하여 문화콘텐츠화한 대표적인 예는《해리포터 시리즈》,《반지의 제왕》을 비롯하여 각종 게임 등과 같은 판타지물을 대표적인 예로 들 수 있다. 특히 북구 신화가 자주 활용되며 다른 판타지적 요소와 결합함으로써 그 환상성을 극대화한다. 여기서는 신화 그 자체에 대한 천착이나 정보 제공이 목적이 아니라 환상적 공간과 이야기의 창출을 위하여 신화를 전략적으로 활용할 뿐이다. 이러한 경우 신화는 현재적 서사물의 한 구성 요소로서 기능하며, 신화의 상징성이나 의미 맥락이 부재하는 양상으로 구현된다는 점에 주목해야한다. 이러한 특성은 "신화가 의미를 갖는다면 그 의미는 신화의 구성에 들어오는 개개의 요소가 아니라 신화의 의미가 결부되어 있는 방식에 바탕을 두고 있다"는 레비스트로스(1987, 200)의 관점에서 본다면 신화적 범주 밖에 있다. 하지만 신화가 누대의 필터링 과정을 통하여 걸러진 문화적 정수로서 존재해왔다는 점에서 이러한 시도는 새로운 맥락으로 신화적 요소가 결합되는 일종의 혼종화 현상으로 볼 수 있다. 더구나 향유 과정에서는 신화적 맥락에서 학습했던 의미를 토대로 리터러시가 이루어지고 있기 때문이다. 광범위한 대중적 지지와 지속적인 충성도를 요구하는 문화콘텐츠의 속성을 고려할 때, 신화적 구조나 소재의 활용은 매우 유용하고 효과적인 전환의 한 축이라 할 수 있다.

> 《해리포터》는 주제에 있어서 권력과 법, 선과 악, 옐로 저널리즘과 스타, 스포츠와 광고, 인종과 혈통, 계급과 노동문제 등 현대 문화의 제반 문제를 망라하고 있으며, 장르에 있어서도 학원물, 환타지, SF, 블록버스터, 애완동물의 세계, 코믹, 멜로, 추리, 범죄, 서스펜스, 미스터리, 법정, 스펙터클, 스포츠 등의 전 요소를 혼용하고 있다. 이처럼 《해리포터》는, 끊임없이 새로운 창(윈도우)으로 안내하며 새로운 이야기를 이끌어가는 하이퍼텍스트문학처럼, '환상'이라는 거대한 동화적 형식 속에서 현존하는 다양한 장르를 포섭하는 서사물이다.(최기숙, 2001, 397)

위 글의 논리에 의지한다면, 신화도 '현존하는 다양한 장르'의 이야기 중 하나라는 점이다. 《해리포터 시리즈》의 경우 모험을 일상적으로 유희화하는 과정에서 필요한 원천 소스와 서사적 기제를 개방적으로 사용하고 있다. 더구나 그것이 영화로 거점콘텐츠화 되면서부터는 수익창출을 위한 다양한 요소들이 삽입됨으로써 수익을 거둘 수 있는 거의 전 분야로 수익 창구가 확장되었다. 흥미로운 것은 신화적 요소들을 작가가 부분적으로 변형하거나, 또는 구체적인 설명과 맥락을 제시하지 않고 등장하는 경우가 대부분이기 때문에 향유과정에서 이차적인 향유활동이 활성화되고, 이로 인해 부가적인 지식들이 함께 제공됨으로써 콘텐츠에 대한 관심과 흥미를 배가시킨다는 점이다. 예를 들면,《해리포터 시리즈》에서 등장하는 히포그리프(Hippogryph), 케르베로스(Cerberos), 트롤(Troll), 켄타우로스(Centaurs), 멘드레이크(Mandrake), 픽시(Pixies), 피닉스(Phoenix), 페가수스(Pegasus) 등에 신화적 기원의 설명을 향유자가 찾아 상세한 설명과 그것의 새로운 맥락까지 친절하게 정리하는 형태 등이 그것이다. 이러한 현상은 성공적인 문화콘텐츠 개발의 중요한 요소인 '향유의 활성화' 전략에 정확하게 부합하는 것이라 할 수 있다. 일종의 상호텍스트성을 활용한 향유의 극대화 전략이라고 볼 수 있는데, 구술언어나 문자적 상상력으로 학습한 내용을 작가의 이차적 세계(another world)의 상상력 위에서 재탄생한 형태를 만나고, 더 나아가 영상언어로 구현된 것을 접하는 과정에서 향유자의 충성도에 따라서 몰입과 반발 등 다양한 반응을 유도할 수 있기 때문이다.

하지만 신화적 구조나 소재를 그 고유의 맥락을 누락시키고 활용할 경우, 신화가 지니고 있는 풍부한 문화적 의미들을 모두 탈락하게 되고 판타지에 경사된 결과를 가져온다. 최근 MMORPG(Massively Multi-Player Online Role Playing Game)가 그러한 경향을 보이며, 이것은 신화가 지진 문화적 정수는 모두 빼버리고 단지 기능만을 활용하는 매우 빈약하고 소박한 활용이라고 할 수 있다. 문화콘텐츠 입장에서도 기획했던 광범위한 대중성이나 지속적인 충성도를 기대하기 어렵고, 같은 이유로 콘텐츠의 One Source Multi Use는 불가능하거나 빈약해진다. 결국 문제는 어떻게 신화적 구조나 소재를 보다 효과적으로 전환시키는가에 달렸고, 그것은 문화적 가치를 그대로 함유한 상태로 신화적 구조나 소재가 얼마나 창조적인 현재성을 확보할 수 있느냐의 문제로 집약될 것이다. 이것은 보다 구체적인 사례를 중심으로 문화콘텐츠의 다양한 관점에서 실천적인 연구와 논의가 진행될 때, 보다 생산적인 결과를 얻을 수 있을 것이다.

신화의 생산적 전환의 또 다른 예는 미야자키 하야오에게서 발견할 수 있다. 〈바람계곡의 나우시카〉, 〈원령공주〉, 〈센과 치히로의 행방불명〉 등의 연작[10]을 통해 드러나고 있는 신화의 생산적 변용이 그것이다. 이 방식은 보다 적극적인 의미에서 신화적 요소를 활용하여 현재적 유용성을 높이는 방식이다. 그것은 단순히 소녀 구원자의 신화, 다양한 이야기를 가지고 있는 온갖 잡신들 등이 등장하기 때문은 아니다. 그것은 오히려 그것들을 활용하여 현재적 문제의 해결과 치유의 방안을 찾고 있는 까닭이다. 마틴(Martin S. Day)의 견해에 따라 신화를 고대적 신화, 중개적 신화, 파생적 신화, 이념적 신화로 나누어 볼 때,[11] 신화의 변형과 지속적인 생산성을 파악할 수 있다는 점에서 이러한 미야자키 하야오의 시도는 주목할 만한 것이다.

신도에는 '이미'라는 관념이 있다. 일본어의 '이미'는 일종의 신성 관념을 가리키는데, 이 말에는 청정한 것을 특별 취급하여 격리 시키는 '이미(齋)'와, 부정한 것을 특별 취급하여 격리하는 '이미(忌)'라는 의미가

---

10) 박기수(2004)는 이 세 작품이 미야자키 하야오 작품의 전형적인 특성이라고 할 수 있는 10대 여자주인공, 비행을 통한 창공의 스펙터클, 기발하지만 지극히 인간적인 메카닉, 역동적인 화면 그리고 생명사상에 대한 계몽적 서사 등을 총체적으로 구현한 작품들이기 때문에 연작으로 보자고 주장한 바 있다. 뿐만 아니라 〈바람계곡의 나우시카〉가 종말론적인 미래를 그리고 그 안에서 어떻게 살아낼 것인지를, 〈원령공주〉가 과거를 배경으로 인간과 자연, 인간과 인간이 어떻게 조화를 이루며 살아갈 것이냐는 근본적인 고민을 수행했다면, 〈센과 치히로의 행방불명〉에서는 현재 일본을 배경으로 '지금 이곳'의 문제를 일본 고유의 정신을 통한 극복을 시도하고 있는 까닭이다. 따라서 이 세 작품은 작가사적 전개를 고려할 때, 각기 느슨한 형태의 연작이지만 주제적 차원에서는 매우 긴밀한 상관성을 보이는 작품이라고 할 수 있다.

11) 고대신화는 "문자 없는 부족사회의 신화로서 진실임을 집단적으로 수용"하고, 중개적 신화는 "문자 시대에 작가에 의해 의식적으로 재구성된 신화"를 말하며, 파생적 신화는 "더 이상 신성한 것으로 간주되지 않으며 단지 미학적이고 세속적인 관심의 대상으로서의 이야기"를 말하고, 이념적 신화는 "신성한 것은 아니라 하더라도, 현대인의 삶을 지배하는 믿음"을 의미한다. (송효섭, 2005, 34).

함께 담겨 있다. (중략) 그런데 '이미'의 경우, 그것은 단순한 공존이 아니다. 거기에는 상반되는 두 요소, 즉 ⓐ청정 관념과 부정 관념이 일종의 생명력에 대한 특이한 감각을 매개로 하여 연결되어 있다. 말하자면, 신도의 경우 신성한 것과 부정한 것이 하나의 뿌리에서 동일한 생명력을 갖고 생겨나와 서로 긴밀하게 연결되어 있는 셈이다. (중략) 케가레에서 '케'는 살을 성장시키고 열매를 맺게 하는 생명력으로 해석될 수 있다. 이것은 민간에서 공동체의 일상적 삶을 가리키는 관념으로 바뀌게 되었다. 이런 일상(케)에 반해 비일상은 '하레'라고 칭해졌다. 그러니까 '케'가 말라버렸다는(枯) 걸 뜻하는 '케가레'란 말은 결국 일상을 살아가도록 해주는 생명력이 고갈된 상태를 뜻한다. 이와 같은 삶의 위기는 주기적으로 인간의 삶에 엄습한다. 그럴 때마다 인간은 '케', 즉 생명력을 회복함으로써 일상적 삶의 질서로 되돌아가지 않으면 안 된다. 이처럼 쇠퇴한 생명력에 다시 에너지를 주입시키는 과정이 곧 '마쓰리(祭り)'라 불리는 신도 의례이다. 이때 마쓰리란 신도에서 행해지는 제사를 가리키기도 하고 동시에 축제를 뜻하기도 한다. 이런 마쓰리의 신도의례는 일상과는 질적으로 다른 비일상으로 여겨졌는데, 그것이 '하레'라는 관념이다. 요컨대 마쓰리의 신도의례를 행하며 사는 일본인의 삶은 ⓑ"일상(케) → 일상의 쇠퇴(케가레) → 비일상(하레: 마쓰리) → 일상으로의 복귀"라는 반복적인 내적 구조를 지닌다고 볼 수 있다.(박규태, 2001, 53-54)

ⓑ는 〈센과 치히로의 행방불명〉의 전개와 일치하며, 특히 정령의 세계에 들어와서 펼치는 치히로의 모험담은 일상을 살아갈 생명력을 회복시키는 '마쓰리(祭り)'와 다르지 않다. 즉 지극히 무기력하면서도 이기적이고 탐욕적인 욕망의 과잉 상태(일상의 쇠퇴)에서 낯선 정령의 세계로 들어와 온갖 모험 속에서 성장함으로써(비일상) 다시 일상으로 복귀하는 전개(일상)는 크리스토퍼 보글러(2005, 277)가 제시했던 '일상 → 특별한 세계 → 일상'과 다르지 않다. 중요한 것은 '비일상'의 배경이 일본 전

통문화와 신화적 세계관에 입각해 있다는 사실이다. 또한 그 신도의례의 동력은 선과 악을 구분하지 않고 아우름에 있으며, 이러한 선악의 경계를 넘어서는 생명력(ⓐ)은 이 작품의 중요한 서사 전략인 '양가적 캐릭터의 동시적 공존'으로 구현된다.(박기수, 2004, 331) 이와 같이 〈센과 치히로의 행방불명〉은 일본 전통의 신화적 구조와 세계관을 바탕으로 '선악 구분을 넘어서는 화해와 공존'과 '타자에 대한 이해와 사랑'을 통하여 현재 일본의 문제를 풀고 있다는 점에서 탁월하다.

이러한 시도는 최근 우리 문화콘텐츠에서도 발견되는데, 〈주몽〉, 〈연개소문〉, 〈태왕사신기〉 등의 경우, 중국의 동북공정과 잃어버린 남성성에 대한 향수라는 공분모를 지니고 있다. 중국의 동북공정과 잃어버린 남성성이 현재적 문제라고 했을 때 그것을 신화나 신화화된 인물을 통해서 극복의 양상을 보여줌으로써 향유자들 지지와 충성을 유도할 수 있기 때문이다. 이러한 경향은 단지 신화뿐만 아니라 역사적 사실의 재조명을 통해서도 자주 등장하고 있다. 팩션(Faction)이라는 신조어가 등장할 정도로 이러한 작품들은 펙트와 픽션의 장점인 역사성과 오락성을 섞는 전략을 구사하고 있다. 〈주몽〉이 고구려 건국신화에 사실성을 부여하는 전환을 시도하고 있다면, 〈연개소문〉과 〈태왕사신기〉는 역사적 영웅의 신화화하기 위한 전환이라는 차이가 있지만, 세 작품 모두 현재성을 중심에 두고 있다는 공통점이 있다.

〈그림 2〉는 시간의 변화에 따라 좀 더 경쟁력 있는 형태의 드라마로 진화하기 위하여 각 장르별 특성들이 혼용되며 장르별 혼성화 과정이 드러남을 보여준다. 여기서 h1을 임의로 신화적 요소라고 할 때, h1은 좀 더 경쟁력 있는 형태로 진화하기 위한 필요소로서 제공되는 것이다. 앞에서 언급한 바와 같이, 신화 혹은 신화적 요소는 이와 같이 문화콘텐츠 구현의 필요소로 제공되며, 제공 여부는 제작 당시의 현재성과 밀접한

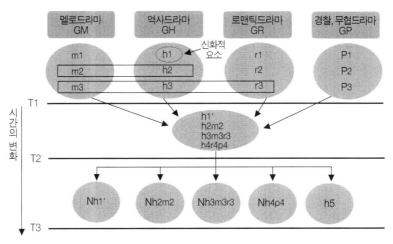

〈그림 2〉 텔레비전 드라마 장르 형성과 혼성과정(주창윤, 2004, 178)

연관을 갖는다.

> 신화는 "천지창조 이전"이라든가, "태초"에라든가, 어쨌든 "옛날 옛적
> 에"하는 식으로 언제나 과거에 일어났던 일과 관련된다. 그러나 신화에
> 게 들려지는 고유의 가치는 어떤 시점에 있어서 전개하는 것과 전개되
> 는 일이 항상적(恒常的)인 구조를 이룬다는 데에서 온다.(레비스트로스,
> 1987, 199)

앞에서 논의한 세 방식에서 볼 수 있듯이, 신화를 활용한 문화콘텐츠
로의 전환의 전제는 현재성이다. 레비스트로스의 지적처럼 신화의 항상
적(恒常的) 구조는 지속적으로 현재성을 확보하기 위한 노력이다. 따라
서 신화가 어떤 역할로 특화되든 그것은 현재성을 기반으로 발현될 수밖
에 없고, 현재성은 대중적 요구와 지지라는 전제를 갖는데, 대중성의 중
심에는 얼마나 효과적인 향유를 구현할 수 있느냐가 있다. 따라서 신화
의 문화콘텐츠화 전환 과정에서 주목해야 할 또 하나의 요소는 향유를
활성화 시킬 수 있는 미시콘텐츠의 효과적 활용 여부다. 그것이 역사적

사건이 되었든 특유의 복식이나 음식문화가 되었든 그것만으로도 향유할 수 있는 다양한 미시콘텐츠를 얼마나 효과적으로 제공되었느냐가 대중성 확보에 중요 요소가 되기 때문이다. 따라서 신화가 문화콘텐츠에서 그 쓰임을 확대·지속하기 위해서는 현재성에 대한 탐구와 전환 방식에 대한 구체적인 연구가 필수적이다.

카렌 암스트롱(2005, 16-17)은 "신화는 사실에 입각한 정보를 주기 때문이 아니라, 유효하기 때문에 진실"이라고 했다. 신화의 유효성은 앞에서 언급한 신화의 본래적 기능과 현재성과 상관되는 말이다. 신화는 이 세상과 함께 존재하는 다른 어떤 세상에 대해 이야기한다. 그것이 직관적으로 감지하는 것에 구체적 형태를 부여하는 일이든, 일상적 경험 너머의 숭고한 순간들에 대한 설명이든, 말 그대로 우리와 다른 신들의 이야기든 이 세상과 함께 존재하나 다른 곳의 이야기라는 점에 주목하자. 다른 곳의 이야기를 통해 신화는 미처 깨닫지 못한 세계의 진실을 드러낸다. 때문에 작품의 의식적 차원에서는 설명되지 않는 다양한 요소들이 신화적 구조와 이해를 통하여 그 의미가 선명하게 드러나는 것이다.

> 아더왕 문학은 중세인들이 앞선 시대의 해체된 신화적 잔재들을 가지고서 새로이 이룩한 문학적 자산이다. 서양 중세는 서구 문화가 자기정체성을 획득해 가는 시기로, 비록 기독교 사회였다고는 하지만 이전 시대의 유산들을 자기 것으로 소화하고자 애썼고, 그러면서 고대 이교 문화의 유산인 그리스로마 신화나 서구의 토착신화라 할 켈트 신화를 모두 자기식으로 해석하고 창조했다. 중요한 것은 그러한 옛 신화의 바탕에서 출발한 이야기들이 새로운 신화, 중세 고유의 신화를 만들어내기에 이른다는 사실이다. 신화라는 것이 인간에게 세계를 이해하고 해석할 수 있게 해주는 일종의 상징체계라고 한다면, 중세인들은 자신들의 세계를 정립하기 위해 고유한 신화를 창출했던 것이다.(최애리, 2004, 177)

이 인용은 서양에서 자주 새롭게 등장하는 아더왕 이야기의 신화적 결합과 재탄생의 예이다. "황무지가 된 세계의 회복, 회복의 관건이 될 세계의 숨은 비밀, 그 비밀이 감추어져 있는 배후의 세계, 그 세계의 주인인 초자연적 존재, 탐색의 여정을 인도해줄 여성 등등은 딱히 그러한 신화적 원형을 의식하지 않더라도 이미 현대인의 상상의 일부를 이루고 있는 것"(최애리, 2004, 205)이다. 이것은 과거의 일어났던 일과 상관되면서 항상적(恒常的) 구조를 지니는 신화의 특성이 반영된 결과이다. 이러한 변화와 항상의 결합을 통하여 "신화적 언어는 그것이 사용되는 사회에 근원적인 은유, 지배적인 이미지를 공급함으로써, 세계의 무작위성들을 잠재우는 코드화의 기제를 제공한다."(송효섭, 2005, 41) 바로 이러한 요소들이 신화를 영원히 살아가게 하는 원천인 것이다.

문화콘텐츠와 상관해서도 신화가 이러한 특성들을 반영하여 얼마나 효율적으로 문화콘텐츠화 할 것인가에 대한 전략적 사고가 요구되는 것이다. 그러한 전략적 사고는 향유 타깃 설정, 취향 파악, 구현 매체, 구현 시기, 수익 기대 규모 등등 다양한 요소들을 적극 반영함은 물론 신화의 전환 양상과 의미에 대해서도 함께 고려해야만 한다. 더불어 반드시 고려해야하는 것은 신화가 이미 왜곡되어 학습된 것임을 드러냄으로써 탈신화화하려는 노력이다.

조지프 켐벨(2006, 7)은 "다양한 신화들의 차이를 지워가는 '하나'가 아니라 다양한 신화들이 공존함으로써 이루어지는 '하나'이며 그 속엔 무수한 우주의 배꼽, 무수한 우주의 중심들이 서로의 얼굴을 마주하고 대화하게 된다"고 했다. 신화의 문화콘텐츠화에 대한 논의에 있어서도 바로 이러한 다원적이며 통합적인 태도가 필수적임은 자명하다. 이제 남은 일은 그것의 신화와 문화콘텐츠를 생산적으로 결합시킬 전략 탐구와 지속적인 실천 방안 모색이다. 문제는 언제나 해석이 아니라 실천이다.

3. 원천콘텐츠의 거점콘텐츠화 전략[12] : 〈지금, 만나러 갑니다〉의 경우

1) 세 가지 상투적 모티프의 전략적 교직

〈지금, 만나러 갑니다〉는 세 가지 익숙한 이야기를 전략적으로 교직시 킴으로써 극적 구조와 극적 긴장을 만들어내는 서사 전략을 구사하고 있 다. 먼저 세 가지 익숙한 이야기를 살펴보면, ① 6주간 돌아온 연인/엄마 (미오), ② 죽은 미오는 어떻게 돌아왔는가 하는 미스터리, ③ 첫사랑의 러브스토리가 그것이다.

먼저, 이 작품의 하이 콘셉트(high concept)인 '① 6주간 돌아온 연인/ 엄마(미오)'는 시간 제한(deadline)을 두어 긴장을 극대화시키는 서사 전 략으로 자주 활용는 기제다. 애니메이션 〈미녀와 야수〉에서는 마녀가 준 장미꽃이 다 떨어지기 전에 라는 시간제한이 주어져 있으며, 〈48시 간〉, 〈아드레날린 24〉, 〈세븐 데이즈〉 등은 아예 그러한 시간제한을 제 목으로 활용할 정도로 전체 서사를 지배하는 극적 조건으로 자주 활용되 는 것이다. 이 작품에는 6주라는 시간 제한말고도, 매년 배달되는 생일 케이크는 18살이 될 때까지라고 제한되어 있고, 미오는 자신이 사랑하는 사람과 행복하게 살다가 죽을 나이로 28살을 알고 있다는 점도 매우 흥 미롭다. 18살은 그 시간 자체로 의미가 있다기보다는 죽은 엄마에게서 배달되어오는 생일 케이크 또는 죽기 전에 미래로 보내는 생일케이크라 는 감성적인 코드를 강화하는 기능을 한다. 28살 역시, 미오 자신이 죽을 시간을 미리 알고 있었다는 사실이 115분의 전체 서사 중에서 114분에

---

12) 장르별 스토리텔링 전환 중에서 문학에서 영화로 전환된 것이 가장 일반적이다. 그것 은 문학과 영화가 1) 서사성(narrativity)이라는 공분모를 지니고 있지만 독립적인 장 르이고, 2) 예술과 대중문화의 결합으로 문화적 가치와 재화적 가치의 상생적 결합이 라는 문화콘텐츠의 특성 반영이 용이하고, 3) 문학의 유구한 역사로 인하여 향후 활용 할 수 있는 양질의 소스가 풍부하며, 4) 오랫동안 지속적으로 시도됨으로써 사례가 많 아, 선행 연구 성과를 참고할 수 있기 때문이다.

드러남으로써 그것을 인지했을 때의 미오와 타쿠미의 감정에 향유자의 몰입을 강화하는 기능을 하는 것이다. 6주라는 시간적 제한은 이 작품의 전체 서사를 지배하는 핵심적인 서사적 제한이 되는 것이다. 6주라는 시간제한이 전체 서사를 지배한다면 18살과 28살은 시간 제한이라기보다는 감성의 소구와 몰입을 강화시키는 극적 요소로 파악하는 것이 옳다.

두 번째, '② 죽은 미오가 어떻게 돌아왔는가의 미스터리'는 돌아온 연인 모티프와 미스터리가 결합한 결과다. 〈마틴 기어의 귀향〉, 〈마농의 샘〉, 〈겨울연가〉 등이 돌아온 연인 모티프와 미스터리가 결합하여 극적 긴장을 강화한 예이다. 〈지금, 만나러 갑니다〉는 이러한 작품들과 유사한 모티프를 지녔지만 그것들과는 다르게 돌아올 것이 예견되어 있었기 때문에 어떻게 돌아왔는가에 관심이 집중될 수밖에 없는 구조다. 더구나 죽은 미오가 돌아오는 것이기 때문에 개연성을 확보하기 위한 방법으로 어떻게 돌아왔는가의 미스터리를 활용하고 있다.

세 번째, 미오와 타쿠미의 러브 스토리도 숱하게 반복된 첫사랑의 이야기 수준을 넘지 않는다. 첫사랑의 애틋한 이야기들은 굳이 〈러브레터〉, 〈세상의 중심에서 사랑을 외치다〉 등의 예를 들지 않더라도 수많은 영화의 소재로 활용되어왔다. 이 작품이 그것들과 변별되는 점은 죽을 줄 알면서도 자신의 사랑을 지키는 미오의 이야기와 둘의 러브스토리를 각각의 관점에서 진술하는 방식을 채택하고 있다는 점이다. 물론 이러한 방식도 〈라쇼몽〉, 〈오! 수정〉, 〈영웅〉, 〈유주얼 서스펙트〉 등에서 이미 보아왔던 익숙한 방식이다.

이와 같은 세 가지 익숙한 요소의 상투성은 소설 원작이 이미 가지고 있던 요소들이며, 이것을 영화가 전환 과정에서 대부분 창조적으로 수용한 결과이다. 그러나 분명한 것은 소설에서 영화로, 문자언어에서 의사(擬似)구술언어로, 문자텍스트에서 멀티미디어로 전환하는 과정에서 서사의 압축과 확장을 위한 취사선택이 이루어졌다는 점이다. 전환 과정에서 취사선택한 내용을 단순하게 대비하는 것은 전환 전략을 규명하는 데 별 도움이 되지 못한다.[13] 그보다는 오히려 이 세 가지의 익숙하고 지극히 상투적인 이야기들이 어떻게 하나의 극적 구조로 통합되고 참신한 텍스트로 재구성돼서 향유를 활성화시키느냐가 중요하다. 이 세 가지 이야기들이 익숙하다는 것은 이와 유사한 선행체험을 통해 학습한 바 있음을 의미한다. 향유자들은 익숙한 것을 매우 선호하는 보수적인 향유 패턴을 가지고 있다.

> 예술가들은 서로 다른 관람객들이 각기 다른 경험을 하게 될 것이라는 가정 하에 작품을 만드는 반면, 엔터테인먼트의 생산자들은 관객들이 특별한 상황을 공동으로 경험하도록 할 뿐만 아니라 관객들이 비슷한 경험을 했다는 것을 보증하기 위해 그들에게 친숙한 말, 이미지, 심볼, 테크닉, 스토리를 사용한다. 이처럼 과거에 반응이 좋았던, 예측 가능한 요소들의 조합을 추구하는 '하이 콘셉트'의 전략은 불특정 다수의 관객을 상대로 하는 엔터테인먼트 자체의 본성과 그 맥락을 같이한다. 엔터테인먼트는 낯설고 불투명한 미래 대신 확인되고 안전한 과거에 기반을 두고 있으며 놀라운 경험 대신 친숙한 재미를 선사하는데 더 익숙하다.(김희경, 2005, 36)

원작 소설에 비해 영화는 시간적 제약이 강하기 때문에 보수적인 향유 패턴을 전제로 한 치밀한 서사 전개 과정을 요구한다. 원작 소설에서는 이와 같은 익숙하고 상투적인 이야기를 타쿠미의 1인칭 시점으로 감각적인 언어를 경쾌하게 사용하며 소소한 일상의 부분을 감성적으로 세세

---

13) 소설에서 미오가 타쿠미에게 전화를 거는데 영화에서는 타쿠미가 미오에게 전화를 건다든가, 그들의 첫 데이트가 소설에서는 여름이었는데 영화에서는 겨울이었다라는 사소한 것에서부터, 농부르가 의사 선생님으로 바뀌었다든가, 타쿠미의 집이 아파트 2층에서 전원의 단독주택으로 바뀌었다든가, 영화에 임의로 첨가된 육상대회에서 미오의 에피소드나 해바라기 밭 씬 등과 같이 영화의 극적 특성을 극대화하기 위해 삽입된 것에 이르기까지 그것을 단순 비교하는 것보다는 장르 변환에 따른 변화의 원인을 규명하고 그것의 효과에 대해서 평가하는 것이 보다 생산적일 것이다.

하게 그려냄으로써 죽은 자의 일시적 귀환이라는 개연성이 떨어지는 부분을 상쇄하려고 시도했다. 동시에 앞에서 언급한 세 가지 익숙한 이야기의 상투성을 죽은 자가 6주간 돌아온다는 하이 콘셉트를 강화하여 종속시킴으로써 역설적으로 극복하고 있다. 즉 죽은 자가 6주간 돌아온다는 동화적인 설정이 매우 압도적이기 때문에 다른 것들의 상투성은 소소한 일상 속에서 감성적으로 수용할 수 있는 것이다.

반면, 〈그림 3〉에서 보는 바와 같이, 영화에서는 3막 구조의 전형적인 전개를 기반으로 '① 6주간 돌아온 연인/엄마(미오)'와 '③ 첫사랑의 러브스토리'가 상호 개입할 수 있도록 구조화하였고 '② 죽은 미오가 어떻게 돌아왔는가의 미스터리'를 후일담 형식으로 전략화하고 있다는 점이다. 특히 ①과 ③은 타쿠미와 미오가 각각의 관점에서 2막과 3막에서 반복 진술함으로써 서사를 완결하고 있다. 영화에서의 이와 같은 상호개입적이고 반복적인 진술을 통한 서사의 구조화는 죽은 자가 돌아온다는 터무니없음을 상쇄하는데 효과적으로 기여한다. 더구나 3막 구조의 안정적인 향유 패턴은 이러한 상쇄에 결정적인 기여를 한다.

이 작품은 1막에서는 미오가 부재하는 현실을 타쿠미와 유지의 생활을 통해 보여주었고, 2막에서는 미오가 돌아와서 그녀와 함께하는 행복한 시간을 러브스토리의 회상과 함께 드러내주고, 3막에서는 미오가 떠나고 세월이 흐른 뒤 타쿠미와 유지의 생활을 보여주며 그녀가 어떻게 돌아올 수 있었나를 다이어리를 통해서 보여주고 있다. 특히 2막은 미오가 본인의 존재가 유령임을 깨닫는 시점(74분)을 기준으로 전/후반부로 나누어 볼 수 있다. 돌아온 미오로 인하여 행복한 시간을 보내며 그들의 러브스토리를 듣는 전반부와 돌아갈 준비를 하는 미오와 걱정하는 타쿠미의 이야기인 후반부로 나눌 수 있다. 전/후반부를 가르는 시점(74분)이 제2 극적 전환점에 이르기 위한 위기 단계를 구성함은 물론이다. 아울러

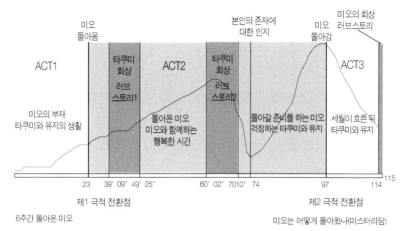

미오
돌아옴

본인의 존재에
대한 인지

미오의 회상
러브스토리

미오
돌아감

ACT1

타쿠미
회상
러브
스토리1

ACT2

타쿠미
회상
러브
스토리2

ACT3

미오의 부재
타쿠미와 유지의 생활

돌아온 미오
미오와 함께하는
행복한 시간

돌아갈 준비를 하는 미오
걱정하는 타쿠미와 유지

세월이 흐른 뒤
타쿠미와 유지

23   39'09" 49'25"   60'02" 7010"74   97   114

제1 극적 전환점   제2 극적 전환점

6주간 돌아온 미오   미오는 어떻게 돌아왔나(미스터리담)

타쿠미와 미오의 러브스토리(타쿠미와 미오의 각각 진술)

〈그림 3〉〈지금, 만나러 갑니다〉의 3막 구조의 전개 과정

'미오의 부재 → 미오가 돌아옴(제1 극적 전환점) → 미오가 돌아감(제2
극적 전환점)'이라는 미오 중심의 메인 플롯(main plot)을 완결적으로 구
성하고 있으면서, '첫사랑의 러브 스토리'와 '죽은 미오가 어떻게 돌아왔
는가의 미스터리'가 서브플롯(sub plot)으로 구축되었다는 점도 주목할
만하다. 메인 플롯의 터무니없음을 서브플롯의 감성적 요소(영상, 음악,
준아이물적 특성 등)와 관점을 달리하는 진술의 반복을 통하여 상쇄하려
는 전략을 사용하고 있다.

  이와 같이 이 작품은 익숙한 요소들을 활용함으로써 준아이(じゅん-あ
い)물의 컨벤션을 극대화하고, 이를 통해 발생할 수 있는 상투성의 한계를
전형적인 3막 구조를 기반으로 안정적인 향유의 활성화와 감성적인 요소
를 유기적으로 교직함으로써 자연스럽게 상쇄시키는 전략을 쓰고 있다.

2) 감성적 미시콘텐츠를 활용한 향유의 극대화

  원작 소설이 영화로 전환되면서 가장 먼저 고려해야할 것은 향유의 활성화 여부다. 향유는 참여적 수행을 통하여 텍스트를 주체적으로 즐기는 능동적 해석과 자기화 과정(박기수, 2006C, 49)을 의미한다. 참여적 수행을 강화함으로써 즐거움을 극대화하는 향유에서 향유자의 체험은 절대적이며, 이 과정에서 체험을 매개할 수 있는 미시콘텐츠의 중요성이 부각되는 것이다.

원천콘텐츠에서 거점콘텐츠로 전환하는 가장 큰 이유는 대중적인 지지를 받는 텍스트를 대중적인 매체를 통하여 접근이 용이하고 향유를 활성화할 수 있는 텍스트로 바꿈으로써 부가가치를 극대화하기 위한 것이다. 즉 거점콘텐츠는 "매체와 장르의 확대를 통하여 타깃의 확장을 도모할 수 있도록 보다 다수 대중의 접근이 용이한 콘텐츠로 전환을 꾀한 것"(박기수, 2007A, 16)을 말한다. 이러한 매체와 장르는 보다 많은 대중들이 손쉽게 향유할 수 있는 것이어야 하기 때문에 상당한 변환비용(Conversion Cost)을 요구한다. 변환비용의 증가는 기대 수익이 그만큼 높다는 것을 의미하며 동시에 그만큼의 수익을 내야만 되는 위험을 갖게 된다는 뜻이다. 따라서 거점콘텐츠화 과정에서 타깃의 규모와 범위, One Source Multi Use의 활성화 기대 정도, 콘텐츠 자체의 대중성 확보 방안 등이 고려 되어야 하며, "메인수익 window 선정, 수평적 창구화의 노출 시기와 빈도, 장르 전환의 다양성, 콘텐츠 브랜드 관리 방안" 등에 대한 콘셉트도 기획단계에서 고려되어야 한다. 또한 이러한 과정에서 거시콘텐츠의 스토리텔링 구현 전략 안에서 미시콘텐츠의 효과적인 노출과 인지도 확보 등이 필수적이다. 〈겨울연가〉의 예에서 볼 수 있었듯이 캐릭터, 배경이 되는 시공간, 중심 소재 등의 완성도나 대중적인 소구 정도에 따라 다양한 미시콘텐츠가 활성화됨으로써 경제적 수익을 창출할 수 있다. 뿐만 아니라 거시콘텐츠의 반복적인 향유 과정을 통하여 향유자들은 취향과 향유 패턴에 따라 성격화된 미시콘텐츠의 선별적인 향유를 수행하는데, 이러한 성격화된 선별적 향유의 반복을 통하여 거시콘텐츠에 대한 충성도를 제고하는 효과를 갖기도 한다.

〈지금, 만나러 갑니다〉는 전환 과정에서 감성적 코드를 강화함으로써 죽은 자가 돌아온다는 터무니없음을 상쇄하고 있음은 위에서 확인한 바와 같다. 고도의 개연성을 확보하려는 서사적 장치가 기본인 영화에서 향유자의 주의와 관심을 모음으로써 향유를 활성화시키고, 이것을 유지·확장시킴으로써 향유의 극대화를 기도하려는 시도는 의미 있는 시도이며, 이러한 과정에서 미시콘텐츠의 활용은 전환 과정에서 필수적으로 고려해야 할 요소이다. 이 작품에서 미시콘텐츠의 활용을 극대화함으로써 감성적 코드의 강화뿐만 아니라 경제적인 부가가치 창출의 효과도 거두고 있다.

〈지금, 만나러 갑니다〉에서 주목할 만한 미시콘텐츠는 동화책, 타임캡슐, 다이어리, 테루테루보우즈(てるてるぼうず) 거꾸로 매달기, 예약 배달되는 생일 케이크 등이다. 흥미로운 것은 이 모든 것들이 어린 유지와 상관되는 것들이거나 미오가 자신의 정체를 파악하는 데 결정적인 역할을 하는 것들이라는 점이다. 유지와 상관되는 동화책, 타임캡슐, 테루테루보우즈, 생일 케이크 등은 이 작품의 동화적 분위기를 조성하여 죽은 미오의 귀환이라는 비사실적 요소들을 상쇄시키는데 결정적인 도움을 준다. 특히 이러한 미시콘텐츠들이 모두 미오의 귀환과 상관된 것들이라는 점도 매우 흥미롭다. 원작 소설에서는 미오가 자신의 정체를 파악하는 단서가 타쿠미가 집필하고 있는 소설이고, 2막에서 벌어지는 사건의 실체를 알려주는 결정적 단서가 미오가 농부르 선생에게 맡긴 편지인데 반해, 영화에서는 이 두 가지 기능을 미오가 타쿠미를 만나던 시절부터 기록해 온 다이어리가 수행한다. 영화에서는 노쇠한 농부르 선생이 등장하지 않기 때문에 편지는 애초에 불가능했고, 타쿠미 관점으로 고정된 소설보다는 미오가 자신의 죽음과 귀환을 예견하고 있는 동화책이 유지의 기다림

에 향유자가 공감할 수 있는 폭이 크고, 미오의 귀환을 자연스럽게 예정할 수 있음으로써 예견된 비극의 효과를 강화하는 복합적 기능을 수행하는데 적합하기 때문이다. 더구나 죽은 자가 돌아와 6주간 머물다 돌아간다는 동화적인 내용을 표현하는 데에는 동화책이 가장 적합했을 것이라는 단순한 짐작까지 가능하다.[14] 또한 누군가가 전달해주는 편지보다는 자신의 실체를 인식하고 2막에서 벌어진 일들의 전모를 알려주는 두 가지 기능을 동시에 수행하게 하는 다이어리가 고도의 개연성을 구축하는데 보다 효과적이라는 점도 쉽게 수긍할 수 있는 지점이다. 날이 개기를 기대하며 만들었던 테루테루보우즈를 거꾸로 매달아 비가 계속 오기를 소망하는 행위는 서사 진행에서 미오의 돌아옴/돌아감의 긴장을 명시적으로 드러내는데 결정적인 역할을 하고 있다. 미오의 등장을 기점으로 그 이전의 것들은 미오의 돌아옴을 기원하는 소재였다면, 이후의 것들은 미오의 돌아감을 연기하고 싶은 소망의 효과적인 표현으로 볼 수 있다. 유지가 18세 될 때까지 예약 배달되는 생일 케이크는 향유자가 어린 아들을 두고 다시 돌아가야 하는 미오의 안타까운 상황에 공감할 수 있는 결정적인 매개이다. 더구나 죽은 자가 보내는 케이크는 뒤에서 논의하게 될 준아이물의 순애 구조에 적합한 효과적인 소재로 파악할 수 있다. 무엇보다이 작품에서 주목할 만한 미시콘텐츠들은 유지와 미오와 상관되고 서사 구조에 유기적으로 결합된 매우 효과적인 미시콘텐츠로 볼 수 있다.

3) 준아이(じゅん-あい)물의 상호텍스트적 활용

준아이(じゅん-あい)물은 "순결한 사랑(純愛)이며 사랑을 위해 몸

---

14) 이 작품의 원작자인 이치카와 다쿠지가 아카이브별에 대한 동화를 출간한 사실도 매우 흥미로운 연관이다.

바치고 희생하는 극진한 사랑(殉愛)"[15]의 유일하고 영원한 세계를 그린다. 준아이물의 대표작인 〈세상의 중심에서 사랑을 외치다〉, 〈겨울연가〉, 〈다만 널 사랑하고 있어〉 등의 작품은 극단적인 순애보를 그려낸다. 이러한 작품들의 특성은 둘 간의 사랑은 변하지 않는데 주변의 상황으로 인하여 매우 어렵게 사랑을 성취하기 때문에 갈등 구조 역시 중심인물 간의 갈등이 아니라 세계와의 갈등에 비중을 두고 있다. 〈세상의 중심에서 사랑을 외치다〉, 〈다만 널 사랑하고 있어〉에서는 불치병이 둘의 사랑을 갈라놓으며, 〈겨울연가〉에서는 부모세대의 잘못된 인연이 원인이다. 문제는 이러한 갈등 요소들이 상투적이고 식상하다는 점이다. 이러한 식상함을 준아이물에서는 상투적 갈등이 아니라 아름다운 사랑에 중점을 둠으로써 극복한다. 준아이물은 세상의 모든 상황을 상대적으로 배제하고 마치 선택 초점을 쓰듯이 둘의 순수한 사랑을 중심으로 극적 구조를 구축하는 특성을 지닌다. 순수한 사랑에 초점을 맞추다보니 갈등을 통한 극적 긴장의 조성과 해소에 중심을 두기보다는 순수한 사랑의 구도와 구현 과정에 더욱 큰 비중을 두고 있고, 이러한 순수한 사랑의 구조는 지극히 감성적인 요소들을 강화시킴으로써 성취된다. 따라서 준아이물의 경우에는 이와 같은 목표를 효과적으로 성취하기 위하여 보다 보편적이고 이미 학습된 체험들의 수용내지는 변형이 중심을 이룬다. 즉 순수한 사랑을 표현했던 기존의 다양한 선행콘텐츠들이 보여줬던 성취를 적극적으로 수용하거나 변형한다.

이와 같은 준아이물의 상호텍스트적 활용은 텍스트와의 접점을 다수 확보함으로써 향유를 극대화하기 위한 전략이다. 〈지금, 만나러 갑니다〉에서도 이와 같은 특성이 잘 반영되고 있다. 소설에서 아파트 2층에 살

---

15) http://www.cine21.com/Article/article_view.php?mm=002001001&article_id=29171

던 타쿠미는 영화에서 전원 속의 작은 주택에 사는 것으로 바뀐다. 호수와 숲과 자전거 통근 등의 감성적인 전원분위기, 잠만 자는 사법 서사, 간단한 일이 주 업무인 직장 일, 사람 좋은 웃음으로 모든 이야기를 들어주는 의사 선생님, 유지의 특이한 행동에도 인형이 귀엽구나하고 인정하는 담임선생님, 아버지 타쿠미를 돌보는 어린 아들 유지, 현실과 비현실의 중간지대로 설정된 5번 창고 등은 보편적인 서사요소라기보다는 순수한 사랑을 극대화하기 위한 배경이며 소품들일 뿐이다.

> 순애의 까다로운 조건을 성취하는 손쉬운 방법은 사랑을 동결 건조하는 것이다. 그러려면 사랑의 당사자 중 한쪽이 젊고 아름다운 시체를 남기고 죽어야 한다. 단, 죽은 자는 살아남은 연인에게 계속 말을 걸어와야 한다. 이 대목에서 '사자(死者)가 보낸 편지'라고 이름 붙일 수 있는 영화와 드라마, 소설들이 멜로드라마의 하위 장르로 가지를 친다. 한국영화 〈편지〉에서는 제목 그대로 죽은 남편의 편지가 도착하고 〈겨울연가〉는 죽은 첫사랑이 '똑 닮은' 남자의 몸을 빌려 찾아온다. 〈세상의 중심에서 사랑을 외치다〉에서 죽은 첫사랑은 카세트테이프를 통해 어른이 된 남자친구에게 연신 속삭인다. 〈지금, 만나러 갑니다〉에서 미오는 아예 되살아난다. 그러고도 모자라 다시 떠날 날을 대비해 아들의 십 수 년 치 생일 케이크를 예약해놓는다. 또, 순애보에서 사랑은 자연의 질서만큼 확고부동하고 위대한 섭리다. 그래서 순애보 영화와 드라마에서 날씨와 계절과 풍경은 결정적이다. 눈과 비, 안개와 태풍, 호수와 바다는 항상 사랑하는 남녀와 함께 웃고 흐느낀다.[16]

이와 같이 사랑을 극적으로 표현할 수 있는 극단적인 다양한 모티프들이 이 작품으로 수렴되고 있다. 순수하고 희생적인 극진한 사랑을 극적

---

16) http://www.cine21.com/Article/article_view.php?mm=002001001&article_id=29171

으로 표현하려다보니 극단적인 모티프를 활용하게 되는데, 문제는 극단적인 모티프가 순애를 표현하기에 적합하기는 하지만 고도의 개연성을 갖추고 극적 긴장을 유발시킬 만큼 극적이냐는 것이다. 순애의 극진함을 극단까지 보여줄 수 있으며 극적인 모티프를 찾는 일은 결코 쉬운 일이 아닌 까닭에 기왕의 것들을 활용하는 것이다. 이 때 가장 중요한 것들은 익숙해져서 상투적이라는 혐의까지 받을 수 있는 이러한 모티프들을 어떻게 새로운 형태로 만들 것이냐이다. 원작 소설과 영화는 모두 죽은 미오가 6주 동안 돌아와 행복한 시간을 보내고 다시 돌아간다는 모티프를 지배적인 위치에 놓고 나머지 모티프들을 종속적인 위치에 배치함으로써 다양한 모티프를 효과적으로 배치하고 있다. 원작 소설에서 영화로 전환하는 과정에서는 이 작품의 지배적인 모티프의 가장 큰 약점인 개연성 부족을, 감성적인 영상과 음악 그리고 시공간적 배경을 활용하여 상쇄시키고 있음은 위에서 살펴본 바와 같다.

동화적인 공간으로 그려진 타쿠미 가족의 공간, 돌아옴과 떠남의 공간이면서 동시에 가족들의 휴식공간인 5번 창고, 환상적인 배경을 이루는 해바라기밭, 육상대회 에피소드, 주머니를 빌려 손을 녹이는 미오, 남편에게 안기는 위치를 말하는 '베스트 포지션' 등은 소위 준아이물의 전형적인 소품들이라고 볼 수 있다. 순수한 사랑에 선택적 초점을 맞추고 있음으로써 다른 요소들은 모두 순수한 사랑을 도와줄 수 있도록 감성적 소구력을 극대할 수 있도록 배치하는 것이다. 이러한 소품들이 영화 텍스트 안에서 비주얼스토리텔링으로 구현되고 있다는 점도 이 작품의 완성도에 결정적으로 일조하는 부분이다. 특히 이 작품에서는 대부분 수평적 구도를 활용함으로써 안정적이고 친숙한 이미지로 수용할 수 있도록 유도하고 있다는 점도 주목해야할 점이다.

이와 같이 〈지금, 만나러 갑니다〉는 준아이물의 컨벤션을 효과적으로 전략화하고 있음을 볼 수 있었다. 이 작품에서는 원작 소설의 플롯을 대부분 활용하면서 향유자들의 감성적 소구력을 극대화할 수 있도록 감성적 모티프들을 적극 활용하고 있으며, 준아이물의 컨벤션을 효과적으로 전략화함으로써 텍스트의 완성도를 제고하였다.

이상에서 살펴본 바와 같이 〈지금, 만나러 갑니다〉는 1) 세 가지 상투적 모티프의 전략적 교직, 2) 감성적 미시콘텐츠를 활용한 향유의 극대화, 3) 준아이(じゅん-あい)물의 상호텍스트적 활용이라는 세 요소가 유기적인 교직을 통하여 상호 개입함으로써 효과적인 전환을 수행하고 있음을 확인할 수 있었다.

문학에서 영화로의 전환 과정에서는 1) 문학적 구조를 어떻게 영화의 시간 구조 내에서 소화할 것인가의 문제, 2) 전환의 목표에 따라서 시청각적 요소와 서사적 요소를 어떻게 유기적으로 결합시킬 것인가의 문제, 3) 영화의 장르적 컨벤션을 전환과정에서 얼마나 효과적으로 반영할 수 있느냐는 문제, 4) 서사 전개 과정에서 미시콘텐츠의 유기적인 생산의 문제, 5) 원천콘텐츠로 활용할 원작의 선택 문제 등이 가장 중요한 관건이다. 이러한 문제에 대한 해결은 당위적인 요구로 해결될 것이 아니라 선행 콘텐츠에 대한 다양한 관점의 분석과 그것의 활용 과정을 통해서 해답을 찾을 수 있는 것이다. 아직도 원천콘텐츠의 대중적 지지가 곧 거점콘텐츠의 성공이라는 단순 논리가 위험한 이유가 여기에 있는 것이다.

앞서 간 자에게 길을 물어 다른 길을 꿈꾸다.

5장
문화콘텐츠 스토리텔링 분석의 실제

1. 해리포터 시리즈, 익숙한 것들의 창의적 통합 가능성

소설《해리포터 시리즈》는 1997년 처음 출간되어 2007년 전 7권으로 완간되는 동안 67개국 언어로 번역되어 전 세계적으로 4억 5천만 부 이상 판매되면서 해리포터 신드롬을 낳은 작품이다. 소설뿐만 아니라 영화 <해리포터 시리즈>는 워너 브러더스에 의해 제작된 총 8편의 영화는 74억 달러 이상의 수입을 거두었으며, 2010년 6월 유니버설 올랜도(Universal Orlando theme park in Orlando)에서 개장한 '해리포터 마법의 세계(Wizarding World of Harry Potter)'는 자체 수익은 물론 해리포터 브랜드의 가치를 더욱 확장시키고 있다.

이러한 성공을 벤치마킹하기 위해서는 성공의 선순환 구조를 구축할 수 있었던 텍스트 내적/외적 요인들에 대한 종합적인 규명이 반드시 필요하다. 이와 같은 규명과정에서, 무엇보다 주목해야할 것은 스즈키 도시오나 수잔 기넬리우스의 주장처럼 '텍스트 그 자체'이며, 그것의 근간을 이루는 스토리텔링이다. 특히 '해리포터 시리즈'의 경우에는 One Source Multi Use의 성공적인 선순환 구조를 이루고 있다는 점에서 One Source Multi Use의 중심 매개인 스토리텔링에 대한 전략적 차원의 탐구와 논의는 필수적이다.

따라서 '해리포터 시리즈'에 대한 연구는 소설《해리포터 시리즈》의 원천콘텐츠로서의 가치, 그것의 스토리텔링 전략 분석, 거점콘텐츠인 영화 <해리포터 시리즈>로의 전환 전략, 영화의 스토리텔링 전략 분석 등이 필수적이다. 다만, 이러한 종합적인 연구의 토대는 소설《해리포터 시리즈》의 스토리텔링 전략 분석이기 때문에, 이 글에서는 소설에 초점을 맞추어 스토리텔링 전략을 규명하기로 한다.

1) 익숙한 서사 구조와 낯익은 모티프의 창의적 조합

《해리포터 시리즈》는 익숙한 서사 구조를 최대한 활용하면서 대중성이 검증된 모티프를 전략적으로 배치하고 유기적으로 구조화한다. 익숙한 서사 구조로는 신화와 같은 보편성을 지닌 이야기 구조나 학교라는 제도 안에서 또래문화와 공동체적 삶을 지향하며 성장하는 19세기 영국에서 유행하던 학교소설의 구조를 활용하고 있다. 또한, 이 작품에서는 업둥이 모티프, 사생아 모티프, 아비 찾기 모티프 등의 대중성이 검증된 모티프를 판타지적 요소와 미스터리적 요소와 결합하여 극적 흥미를 배가시킨다.

《해리포터 시리즈》에서는 신화의 이야기 구조와 학교소설의 서사 구조 모티프와 같은 익숙한 서사구조를 적극 활용하고 있다.

《해리포터 시리즈》 전 7권의 거시서사 구조는 위 그림에 나타난 바와 같이, 조셉 캠벨이 신화의 기본 구조로 이야기한 영웅의 여행담(The Hero's Journey) 구조와 일치한다. 이와 같이 익숙한 신화의 영웅담 구조[1]는 ① 해리포터의 '살아남은 자'로서의 성장담과 '선택받은 자'로서의 '미션 수

---

1) 유사한 사례로는 조셉 캠벨이 <스타워즈>의 기획단계에서부터 참여함으로써 <스타워즈>의 서사 전개가 영웅의 여행담 구조와 일치했던 것에서 찾아볼 수 있다. 이러한 노력은 <스타워즈>가 제작 및 향유의 오랜 기간 동안 텍스트의 완결성과 극적 흥미를 유지하면서, 세계적인 보편성을 얻는데 결정적인 역할을 하였다.

행담'을 자연스럽게 연결할 수 있고, 이를 통해 ② 각 권의 다양한 미시 서사를 해리포터와 볼드모트의 대결이라는 중심 서사로 수렴함으로써 거시서사의 안정성을 확보할 수 있는 효과적인 전략이었다.

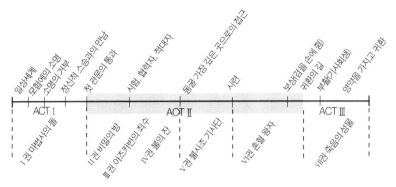

〈그림 1〉《해리포터 시리즈》와 영웅의 여행담 구조와의 비교

이러한 전략은 학교소설의 기본 서사와 결합하여 현재화되고, 판타지적 요소가 첨가됨으로써 서사적 유효성을 극대화한다. 《해리포터 시리즈》에서 드러난 학교소설적 특성[2]은 ⓐ 호그와트라는 기숙학교를 배경으로 한다는 점, ⓑ 미시서사의 단위가 학년 단위로 전개된다는 점, ⓒ 점수제를 통하여 기숙사 간 경쟁을 표면적인 기본 구도로 설정한다는 점, ⓓ 퀴디치 경기나 트리위저드 시합 같은 스포츠 경기가 우수 학생의 덕목으로 매우 비중 있게 다루어지고 있다는 점, ⓔ 우정, 용기, 명예 등과 같은 학교소설의 권장 덕목이 강조되고 있다는 점, ⓕ 중심캐릭터의 신체적 · 정신적인 성장담과 미션수행담을 중심으로 거시서사가 전개된

---

2) 손향숙(2005B, 324)은 학교소설의 특성을 "집단에 대한 충성심의 강조와 편 가르기 문화, 이에 부합하는 단체경기에 대한 애착"에서 찾았으며, "신체의 성장과 도덕적 성장을 병치, 학교라는 제도와 그 안의 조직, 또래문화, 공동체적 삶에 의해 성인으로 단련" 등의 양상으로 드러난다고 보았다. 이러한 점은《해리포터 시리즈》의 서사 전개에 근간이 되는 것들이다.

다는 점 등으로 뚜렷하게 드러난다.

　이 작품의 기저에는 자신의 정체를 모르고 천한 처지에서 어렵게 자라다가 출생의 비밀이나 숨겨진 재능, 부여된 소명을 알게 되고, 그로 인한 일련의 시련을 극복하고 영웅으로 거듭나는 고전적인 영웅담이 있다. 해리포터의 경우에도 ① 살아남은 자(선택받은 자)로 태어났으나 자신의 부모에 대한 정체는 물론 자신의 정체에 대해서도 알지 못하고 성장하며, ②해리와 그의 부모를 비정상이라고 여기는 이모네 가족에 의해 온갖 구박 속에서 양육되며, ③ 호그와트에 입학함으로써 이모네를 떠나고, ④ 지속적인 볼드모트의 도발을 물리치면서 내면적으로나 마법능력 면에서나 모두 성장함으로써 궁극에는 그를 물리친다는 영웅담의 전형적인 전개를 보인다. 뿐만 아니라, 좀 더 구체적으로 손향숙(2005B, 323)은 이 작품이 C.S. 루이스(Lewis)의 《나니아 연대기》나 톨킨(Tolkien)의 《반지의 제왕》, 어슐라 르귄(Ursula Le Guin)의 《어스씨 이야기》와 질 머피(Jil Murphy)의 《엉터리 마녀 시리즈》로부터의 영향을 받았다고 주장하며, 최기숙(2001, 257)은 그리스 로마 신화, 영국의 민간전설, 시저 이야기, 《톰 소여의 모험》, 《이상한 나라의 앨리스》, 스핑크스와 아더왕 전설 등의 모티프와 대사를 패러디함으로써 문학사의 전통과 대화적 관계로 생성되는 텍스트의 의미화 과정을 보여준다고 주장한다.

　그러나 여기서 주목해야할 것은 '어느 작품의 영향을 얼마나 받았는가' 하는 사실 확인의 문제가 아니라 그토록 다양하고 상이한 텍스트와 요소들을 '어떻게 창조적으로 수용하고 통합적으로 창작했느냐'이며, 그 과정에서 '익숙한 서사 구조의 활용은 어떻게 활용되었고, 그것은 효과적으로 기능했느냐'에 있다.

　이와 같은 익숙한 서사 구조의 활용은 ⓐ 서사를 구조적으로 안정화시킬 수 있을뿐더러 ⓑ 독서 과정에서 선행 체험되었던 텍스트의 추체험(追體驗)을 활성화시킬 수 있으며, ⓒ 유사 텍스트와의 상호텍스트성 (intertextuality)을 구축하고 강화하는 효과가 있다. 더구나 이야기의 향유는 매우 보수적인 성격을 지니고 있어서 익숙한 서사 구조를 얼마나 효과적으로 활용할 수 있는지가 대중적 소구를 결정짓는 중요 요소라 할 수 있다.

디즈니 애니메이션의 경우 널리 알려진 동화, 신화, 민담 등을 자주 활용하는데, 이는 이미 대중성을 검증받는 이야기를 활용하기 위한 것이기도 하지만, 누구나 알고 있는 이야기 내용과 전개이므로 서사를 구성하고 그 안으로 소구하는 과정이 상대적으로 용이하기 때문이다. 이러한 전략은 이야기의 안정성을 유지하면서 이야기의 전제나 세계에 대한 추가 설명을 생략할 수 있기 때문에 그만큼의 분량을 다양한 향유요소에 배정할 수 있다는 장점이 있다. 일본은 만화나 소설 등의 원천콘텐츠가 전제되지 않으면 영화나 애니메이션 혹은 드라마 같은 거점콘텐츠를 대부분 만들지 않는다. 그것은 거점콘텐츠화 과정에서 리스크 헷지 (risk hedge) 전략의 일환으로 향유자들이 이미 인지하고 있는 이야기의 후광효과를 기대하거나 익숙한 서사 구조를 활용하기 위한 것이다. 특히 거점콘텐츠의 경우에는 대부분 시간적 제한이 엄격하게 제시되기 때문에 효과적인 전환(adaptation)을 이루기 위해서는 서사의 전략적인 취사선택이 필수적이다. 따라서 익숙한 서사구조를 새로운 향유요소와 창의적으로 결합할 수 있다면, 그것은 매우 효과적인 서사 전략이 될 수 있다.

《해리포터 시리즈》에서는 대중성이 검증된 모티프를 전략적으로 배치하고 있는데, ⓐ 업둥이 모티프와 사생아 모티프의 활용, ⓑ 아비 찾기 모티프, ⓒ 판타지적 요소와 미스터리적 요소와 결합 등이 그것이다.

업둥이 모티프는 사생아 모티프와 함께 동서양을 막론하고 신화나 민담에서 자주 활용되는 모티프다. 마르트 로베르[3]는 업둥이는 오이디푸스 이전의 잃어버린 낙원으로 돌아가길 원하며 부모 양쪽을 모두 부정하며 세계와의 싸움을 교묘하게 피하고 밖으로부터의 변화를 기대하지만, 사생아는 오이디푸스의 투쟁과 현실을 수락하며 아버지를 부정하고 어머니를 인정하여 아버지에 맞서 투쟁하는 성향을 보이며 부조리한 세계에 정면으로 대응하며 스스로의 힘으로 변화시키려 시도를 한다고 주장한다. 해리가 자신의 기원을 모르고 친부모가 아닌 이모 부부의 손에 의해 자라다가 자신의 내면에 숨겨진 힘을 깨닫고 자신의 능력을 계발하는 《해리포터 시리즈》의 거시서사는 '업둥이 모티프'와 '사생아 모티프'의 변형된 상보관계로 파악할 수 있다.

'업둥이 모티프'는 ⓐ 해리가 친부모가 아닌 이모 부부 밑에서 미움과 구박을 받으며 성장하는 부정하고 싶은 현실을 배경으로 한다는 점, ⓑ 현재의 부모(이모 부부)를 부정하고 죽은 친부모와 행복했던 시절을 꿈꾼다는 점 등에서 반복적으로 드러난다. 특히 이러한 업둥이 모티프는 마법과 같은 놀라운 사건을 통해 답답한 일상에서 탈출하거나 힘든 현실에서 벗어나 새로운 세계에서 자신의 존재를 확인하고 정체성을 찾고 싶은 욕망을 공유하는 향유자들을 소구할 수 있는 강력한 기제다.

'사생아 모티프'는 해리 안의 또 다른 아버지 역할인 볼드모트를 극복하고 어머니로 상징되는 '희생'과 '사랑'의 긍정적 가치를 지향하는 과정에서 드러난다. 《해리포터 시리즈》에는 긍정적 가치와 부정적 가치를 상징하는 해리의 대리 아버지들이 복수(複數)로 등장한다. 물론 생물학적 아버지인 제임스 포터는 볼드모트 손에 살해되었지만, 그의 정신적 아버지 역할을 하는 해그리드, 덤블도어, 시리우스 블랙이 긍정적 가치의 아

---

3) 업둥이 모티프와 사생아 모티프에 대한 상론은 마르트 로베르의 책(1999)을 참고하라.

버지 역할을 담당하고, 해리와 여러 가지 측면에서 유사성⁴⁾을 보이는 볼드모트는 부정적 가치의 아버지라고 할 수 있다. 특히 긍정적 가치의 아버지들은 자기희생과 사랑으로 상징화된 해리 어머니와 의미적 상동성(相同性)을 갖게 되며 각권의 미시서사가 지향하는 가치를 생산하는데, 이러한 지향 가치의 반복적인 강화과정을 통해 해리는 정체성을 확립하고 스스로 긍정적 가치를 선택할 수 있게 된다.

'아비 찾기'는 사생아 모티프의 변형이기도 한데, 이는 자기 안에 내재된 아버지를 발견하고, 이해하며, 이를 수락하거나 익힘으로써, 혹은 이를 거부하거나 극복함으로써 성장하는 과정을 의미한다. '아비 찾기' 모티프는 <주몽>, <겨울연가>, <스타워즈> 등에서 본 바와 같이, 아버지를 인지하고 행적을 추적하는 과정에서 자기 안에 아버지를 확인하고 긍정하거나 부정함으로써 자신의 정체성을 발견하고 세워가는 과정을 그린다. 《해리포터 시리즈》에서 부모가 살해된 이후 해리는 부모의 마법학교 동기들로부터 부모의 정체를 구성하며, 그 과정을 통해 해리는 부모 혹은 대리아버지들의 지향가치를 확인하고 배움으로써 성장한다. 아버지에 대한 기억이 전무한 해리가 자기 주변의 다양한 대리 아버지들을 통해서 자신을 투사(projection)하고 동일시(identification)하거나 거부(denial)하는 과정이 해리의 정신적 성장과 밀접하게 결부되어 있으며, 이것은 각 권의 미시서사를 구성하는 주요 동력 역할을 한다.

이런 의미에서 1권에서 등장하는 '소망의 거울'(the Mirror of Erised)은 매우 중요한 모티프다. 라깡의 '거울 단계'(stade du miroir)는 거울에 비친 자신의 모습을 이상화시켜 표상하는 자신과 동일화하려는 욕망이다. 이 작품에서 이것은 해리의 현재적 결핍, 즉 이미 실재가 아닌 어머

---

4) 뱀의 언어를 구사한다거나 비상한 재치, 결단력, 규칙 위반 등 슬리데린이 높이 평가하는 덕목을 지녔다거나 볼드모트와 정신적으로 연결되어 있다는 것 등이 그것이다.

니(죽은 부모)와의 행복했던 순간에 대한 자기 욕망의 표현일 뿐이다. 하지만 해리가 '선택받은 자'로서 성장하기 위해서는 어머니와 동일시되는 거울단계를 벗어나서 '상징계'(symbolic)로 진입하여 세계의 법칙을 학습하고, 사회적 언어를 익혀야지만 독립적인 주체로 성장할 수 있는 것이다. 이런 맥락에서 본다면, 해리의 '아비 찾기'는 어머니의 세계를 떠나는 것이며, 아버지의 세계로 진입 → 학습 → 선택 → 극복에 다름 아니다. 문제는 해리에게는 어머니와의 분리를 촉진할 아버지의 세계가 존재하지 않으며, 현실에서 아버지 역할을 수행하는 대리 아버지들은 선과 악으로 극명하게 구분되어 더욱 혼란스럽다는 것이다. 따라서 해리의 '아비 찾기'는 죽은 친부모로부터의 독립 과정이며 동시에 극단적인 대리 아버지인 덤블도어와 볼드모트를 넘어서려는 노력이 되어야만 한다. 결국 해리의 '아비 찾기'는 덤블도어나 볼드모트의 정체를 분명하게 파악하고, 선택함으로써 그 안에서 스스로의 정체성을 확보해야만 하는 과정으로 구체화 될 수밖에 없다. 즉 '아비 찾기'는 아버지의 실체 파악 → 학습 → 극복의 과정을 통한 독립적인 주체로의 홀로서기[5] 과정이며, 이 과정이 미스터리의 구조 안에서 성공적으로 전개됨으로써 극적 흥미와 완성도를 높여주었다고 평가할 수 있다.

거시서사의 측면에서 볼 때, 이러한 업둥이 모티프와 사생아 모티프

---

[5] 해리의 홀로서기는 부정적 가치의 아버지인 볼드모트뿐만 아니라 긍정적 가치의 아버지인 덤블도어도 넘어서야 가능하다. 덤블도어는 볼드모트와 함께 해리가 파악 → 학습 → 극복의 과정을 통해 넘어서야할 또 다른 아버지다. 때문에 표면적으로는 볼드모트만 넘어서면 되지만 그것이 가능하기 위해서는 덤블도어로부터도 홀로 서야만 한다. 흥미로운 것은 이러한 특성이 작품 곳곳에서 드러나는데, 해리가 미션을 수행하는 과정에서 덤블도어는 늘 부재하지만, 부재한 상태를 전제로 도울 수 있는 정보나 투명 망토, 불사조, 반 편성모자(The Sorting Hat) 등을 보내어 볼드모트와 대결할 수 있게 돕는다는 점이다. 그들이 함께하는 경우는 6권에서 호크룩스를 찾으려 함께 갔던 것이 유일한데, 이것도 찾은 호크룩스가 가짜였다는 점에서 뒤에 죽음을 먹는 자들의 손에 죽기 위해 덤블도어의 힘을 약화시키기 위한 것일 뿐이다. 결국 볼드모트와의 대결은 온전히 해리의 몫이 되는 것이다.

그리고 아비 찾기 모티프의 변형된 결합은 해리가 자기 안에 있는 볼드모트와의 유사성을 극복하고 용기, 배려, 겸손, 희생을 통한 사랑이라는 대립적 가치를 선택하게 하는 결정적 장치가 된다. 뿐만 아니라 이러한 모티프들은 이율배반적인 관계임에도 불구하고, 해리에게서는 변형된 형태로 동시에 나타나며, 이 세 요소가 상보적으로 기능함으로써 해리만의 다층적이고 독창적인 캐릭터성을 구현할 수 있게 한다.

《해리포터 시리즈》는 판타지적 요소와 미스터리적 요소를 서사 전략으로 적극 활용한다. 판타지는 ⓐ 강력한 향유공동체 제공하고, ⓑ 불가해한 세계를 적극적으로 의미화하며, ⓒ 새로운 현실을 창조하고, ⓓ 정서적 소구를 강화한 환상세계 제공할 수 있고, ⓔ 현실의 개연성을 넘어서는 서사적 자율성 확보가 용이하다는 특성을 지닌다. 이러한 판타지적 특성이 현실에 대한 좌절과 불안을 해소하기 위한 서사적 욕망과 만나서 강력한 대중적인 소구력을 지니게 되는데, 그것의 현재적 예가 《해리포터 시리즈》다. 무엇보다 이 작품의 서사 공간은 논리나 개연성 등의 서사 법칙에 구애받지 않는 마법의 세계를 다루기 때문에 언제라도 새로운 이야기가 시작될 수 있으며, 우연과 반전이 자연스럽게 허용되는 서사적 자율성을 확보할 수 있다. 향유자가 선행 체험한 익숙한 서사 구조와 대중적 지지를 이미 확보한 모티프를 적극 활용하면서도 미시서사의 극적 긴장은 물론 거시서사 전개의 극적 흥미를 유지할 수 있었던 것도 이러한 판타지 서사의 자율성에서 기인한다. 더구나 해리의 아비 찾기를 통한 자기 정체성 찾기로 구성된 전반부가 마법세계를 중심으로 판타지 요소를 강화했다면, 볼드모트의 부활을 기점으로 그를 제거하기 위한 호크룩스의 정체와 파괴 방법 찾기, 죽음의 성물의 정체에 대한 접근, 최후의 호크룩스인 해리를 통한 극적 반전 등의 미스터리적 요소와 결합하여 극적 긴장을 고조시킨다. 그럼에도 불구하고 《해리포터 시리즈》는 현실에 대한 대타성(對他性)을 견지°하고 있는 까닭에 현실도피용 판타지가 아니라 "현실 세계에 대한 흥미로운 대안이자 유쾌한 전복"(최기숙, 2001, 255)이거나 "도덕적 선택, 죽음, 권력 속성과 같은 복잡하고도 쉽게 해결될 수 없는 여러 주제를 치밀한 서사구성"(심경석, 2006, 333)에 담아낸 깊이 있는 문학작품으로 평가할 수 있는 것이다. 이런 맥락에서 볼 때, 《해리포터 시리즈》는 판타지의 전복적 대안을 바탕으로 현실을 회의하고 견제하지만, 그것이 현실로부터 이륙하기 위한 것이 아니라 현실과 긴장을 이루며 현실세계의 의미화를 성취하기 위한 시도라는 점에서 전략적 가치를 지니고 있다. 바로 이와 같은 점, 즉 ⓐ 현실적 논리나 개연성 등에 구애받지 않는 마법의 판타지를 다룬다는 점에서 이야기 전개에서 상대적으로 자유롭다는 이점과 함께 ⓑ 판타지의 세계가 현실 세계에 대한 대타성을 견지하면서 현실과의 긴장 관계를 동시에 추구한다는 점이 바로 《해리포터 시리즈》의 주목할 만한 가치라 할 수 있다.

이상에서 살펴본 바와 같이 《해리포터 시리즈》는 신화, 학교소설, 아동문학 등의 익숙한 서사구조를 바탕으로 업둥이 모티프, 사생아 모티프, 아비 찾기 모티프, 판타지와 미스터리적 요소의 통합 등과 같은 대중적 지지를 획득한 요소들을 창조적으로 결합함으로써 익숙함과 창의성의 절묘한 조합을 성공적으로 이루어내고 있다.

2) 미시서사의 독립성과 거시서사의 극적 조화

《해리포터 시리즈》는 처음부터 전 7권으로 기획된 콘텐츠로서 각 권의 미시서사의 극적 독립성을 바탕으로 전체 거시서사의 선형적 전개가 유

---

6) 이러한 대타성은 단순히 마법세계와 현실세계가 정교하게 병치된다거나, 마법세계가 현실세계의 일상성을 토대로 한 논리 법칙 창조한다거나 하는 점 외에도 계급갈등, 인종차별, 성차별, 스포츠에 대한 맹목적 열광 등과 같은 현실의 모순에 대한 패러디와 비판 속에서도 쉽게 찾을 수 있다.

기적으로 구조화된 작품이다.

　이 작품은 1권에서 '살아남은 자'로서 해리의 정체와 그를 없애려는 볼
트모트를 드러냄으로써 거시적인 갈등 구도를 설정한다. 이에 따라 2권
부터는 해리와 볼드모트의 대결이 확장되는 구조로 전개된다. 그것은 해
리의 경우, 아버지와 어머니의 선생님들과 동료들을 통해서 자기 안의
능력을 발견하고 정신적으로 성숙해가는 과정이라면, 동시에 볼드모트
는 그의 추종자들인 '죽음을 먹는 자들'의 정체, 해리를 없애기 위한 시
도, 톰 리들로 성장하는 그의 내력담(來歷談), 호크룩스의 정체 등과 상
관하여 몰락하는 과정이다. 해리를 비롯하여 불사조 기사단, 스네이프,
덤블도어의 내력담이 볼드모트와의 대결과정에서 차례로 전개되기 때문
에 미시서사의 독립적인 완결성에도 불구하고 선형적 전개와 통합이 향
유과정에서 필수적일 수밖에 없다. 즉 각 권이 독립적인 서사와 갈등을
지니지만, 앞의 권을 읽지 않고서는 다음 권의 내용을 이해하기 어렵도
록 유기적으로 구조화해두고 있다는 점에 주목해야 한다. 이러한 특성은
미시적인 갈등의 해소와 미시서사가 완결될수록 거시서사의 긴장이 고
조되는 선형적 통합을 전제로 한 거시서사 전략에서 기인한다.

　볼드모트가 자신의 몸을 회복하고 그의 추종자들이 세력을 갖추어간
다는 점, 해리가 보호마법이 풀리는 17살이 되어간다는 점, 일곱 개의 호
크룩스를 모두 파괴해야만 볼드모트를 제거할 수 있다는 점, 해리 주변
의 조력자들(해리의 부모, 시리우스 블랙, 덤블도어, 매드아이 무디 등)
이 죽음을 맞이한다는 점 등이 이 작품이 후반부로 갈수록 더욱 긴장을
고조시키고 몰입할 수 있게 만드는 중심 기제로 작용한다.

　흥미로운 것은 아래 그림에 드러난 것처럼, 소설 발표 주기를 영화 발
표 주기와 교차시킴으로써 향유주기를 탄력적으로 조절하고, 각 권의 선
형적 연쇄와 통합을 바탕으로 거시서사를 구조화함으로써 지속적인 관

심의 소구와 향유를 활성화했다는 점이다.

〈그림 2〉 해리포터 소설과 영화의 발표 시기

<그림 2>를 보면 1권부터 4권까지는 1년을 주기로 작품이 발표하였고, 5권부터 7권까지는 2년을 주기로 작품이 발표한 셈이다. 이것은 1999년 말 워너 브러더스와 영화화 계약을 맺고 나서, 2001년 영화 <해리포터와 마법사의 돌>이, 2002년 영화 <해리포터와 비밀의 방>이 1년 주기로 발표되었기 때문이다. 4권까지 책이 발표된 이후에 첫 번째 영화와 두 번째 영화를 발표함으로써 상호 프로모션이 가능하게 되었고, 이를 통해 해리포터의 브랜드 가치를 더욱 확장하고 상승시킨다. 이러한 상호 프로모션 체계를 바탕으로 2003년에 5권을 출간하고, 1년 후에 세 번째 영화를 발표하고, 다시 1년 후 7월에 6권을 발매하고 그해 11월 네 번째 영화를 발표함으로써 해리포터 열풍을 더욱 고조시킨다. 2007년 5월에 해리포터 테마파크 건설계획을 발표하고, 7월 13일에 다섯 번째 영화를 21일에는 7권을 발표함으로써 관심을 극대화할 수 있었던 것도 이러한 전략에서 기인한 것이다.

<표 1> 《해리포터 시리즈》의 주요 미시서사

권	주요 미시서사
Ⅰ권 마법사의 돌	살아남은 자 해리의 내력, 마법 세계 소개, 유니콘 피로 연명하며 퀴렐에게 기생하던 볼드모트, 세 친구의 우정과 용기, 마법사의 돌 파괴
Ⅱ권 비밀의 방	해리에게 위험을 알리는 도비, 록허트의 허세, 뱀의 언어 구사하는 해리, 비밀의 방과 톰 리들, 호크룩스인 비밀일기장 파괴, 말포이 가문으로부터 도비를 해방시켜줌
Ⅲ권 아즈카반의 죄수	시리우스 블랙의 탈옥, 디멘터의 공격, 시리우스 블랙이 자신의 대부이며, 늑대인간인 루핀교수가 해리 아버지의 친구임 확인, 해리 부모를 배신하여 죽음으로 내 몬 웜테일이 스캐버스였고, 그가 배신자임을 확인. 시간여행을 통해 시리우스 블랙을 구하고 그와 가족을 이룰 희망을 갖는 해리.
Ⅳ권 불의 잔	퀴디치 월드컵을 습격한 죽음을 먹는 자들, 집요정의 권익을 위한 운동을 시작하는 헤르미온느, 바티 크라우치 주니어의 매드아이 무디 행세, 트리아저드 시합, 볼드모트의 부활
Ⅴ권 불사조 기사단	볼드모트의 귀환을 은폐하려는 마법부, 덤블도어 군대 조직 및 훈련, 엄브릿지의 횡포, 시리우스 블랙을 구하러 간 덤블도어 군대, 예언 구슬을 찾으려는 죽음을 먹는 자들, 시리우스 블랙의 죽음, 볼드모트의 귀환 확인
Ⅵ권 혼혈왕자	아버지를 대신해 죽음을 먹는 자가 되려는 말포이, 해리는 혼혈왕자의 마법약 책을 얻고 그것에 집착, 볼드모트의 외할아버지인 마볼로 곤트와 엄마인 메로프의 내력, 고아원 시절 등의 내력을 파악함, 슬러그 혼의 기억에서 톰 리들이 호크룩스를 남긴 것 확인, 호크룩스를 찾으러 덤블도어와 갔다가 가짜 호크룩스를 가져옴, 덤블도어의 죽음
Ⅶ권 죽음의 성물	17살이 되어 보호마법이 풀린 해리, 볼드모트의 마법부 장악, 죽음의 성물에 대한 내력과 위력, 호크룩스 파괴, 덤블도어의 내력, 해리의 죽음으로 마지막 호크룩스 파괴하고 부활, 볼드모트의 죽음

이와 같은 전략 구사가 가능할 수 있었던 것은 거시서사 구조가 각 권의 미시서사의 독립성에도 불구하고 상호 긴밀한 통합을 지향하고 있기 때문이다. 각 권의 미시서사는 그 자체로 독립성을 전제로 하고 있지만 각 권은 거시서사의 구조 안에서 선형적 통합을 지향하고 있기 때문에 지속적인 향유를 소구할 수 있는 것이다. 선형적 서사의 통합은 ⓐ 해리

의 인간적 성숙과 마법능력 성장이라는 한 축과 ⓑ 볼드모트의 부활시도 → 부활 → 귀환 확인 → 활동 → 죽음이라는 또 다른 한 축이 맞물리면서 완성되었다. 특히 해리포터의 경우에는 '살아남은 자'의 성장담을 통하여 '선택받은 자'로서의 미션수행담으로 발전함으로써 안정적 구조에서 극적 긴장을 극대화할 수 있는 효과를 거둘 수 있었다.

미시서사의 극적인 독립성은 각각 호그와트를 중심으로 한 학교의 서사를 표면서사로 하고, 그것의 원인이 되는 심층서사로서 해리와 볼드모트를 중심으로 한 서사로 구성되었다.

각 권은 전형적인 학교소설처럼 학기의 시작과 함께 새로운 선생님의 부임, 새로운 행사, 학교 안의 소동을 중심으로 진행되는 표면서사를 지니고 있다. 예를 들어 1권《해리포터와 마법사의 돌》에서는 해리, 론, 헤르미온느의 입학과 함께 트롤과의 싸움을 통해 서로 이해하고, 마법사의 돌을 찾으려는 모험에서 각자 자신의 능력을 발휘하고 우정을 다져가는 전형적 서사 전개를 보인다. 2권《해리포터와 비밀의 방》에서는 학교 안의 비밀 장소, 새로운 방어술 교수인 록허트의 허세와 허위, 학교 안 유령 등이 표면적인 서사로서 기능하고, 3권《해리포터와 아즈카반의 죄수》에서는 새로온 선생님인 루핀교수의 등장, 트릴로니 교수의 예언, 4권《해리포터와 불의 잔》에서는 집요정 권익을 위한 운동, 학교 대항 시합, 5권《해리포터와 불사조 기사단》에서는 학교 안에 비밀 모임, 6권《해리포터와 혼혈왕자》에서는 은밀한 책의 습득 등이 대표적인 표면서사이다.

심층서사의 한 축인 해리의 서사는 '살아남은 자'로서의 내력, 론과 헤르미온느와 함께 성장하면서 마법세계에서 배워가는 것들과 인간적 성숙의 내용들, 부모님의 친구들을 통해 자기 안에 어머니와 아버지를 확인하고 독립해가는 과정, 볼드모트의 공포를 극복하고 그를 제거하기 위한 노력, 성인 남성으로 성장하는 과정에서 겪게 되는 에피소드를 그 내용으로 한다. 반면, 또 다른 한 축인 볼드모트의 서사는 3권까지는 자신의 몸을 회복하기 위한 노력, 해리 제거하기 위한 시도, 추종자들의 단편적 등장이었고, 4권에서 몸을 다시 얻어 부활하고, 5권에서 추종자들과 본격적으로 움직임으로써 자신의 부활을 세상에 드러내고, 6권에서는 덤블도어를 없애고 호그와트와 마법부를 장악하기 위해 자신의 추종자들을 조종하며, 7권에서는 죽음의 성물을 찾고자하지만 호크룩스가 모두 파괴되어 죽음에 이르는 내용이 그 중심으로 한다.

표면서사와 심층서사로 구성된 각 권의 서사는 독립적 구조를 갖는 완결적 서사이다. 그것은 각 권의 제목이 미시서사의 내용을 압축적으로 표현한 것만 보아도 쉽게 알 수 있다. 이 작품의 각권에 드러난 미시서사는 학교와 관련된 표면서사와 해리와 볼드모트의 갈등이라는 심층서사가 각 권을 단위로 독립적인 완결성을 지니고 있기 때문이다.

각 권의 미시서사는 중심 갈등에 따라서 그 지향가치를 창출하게 되는데, 이 가치들은 해리의 성장을 의미하며 동시에 누적된 가치는 볼드모트가 몰락할 수밖에 없는 이유와 해리가 승리할 수밖에 없는 정당성을 부여해주는 기능을 한다.

<표 2> 《해리포터 시리즈》 각 권별 지향가치

권	지향가치
Ⅰ권 마법사의 돌	자기희생, 용기, 우정, 사랑
Ⅱ권 비밀의 방	겸손, 배려, 용기, 진실
Ⅲ권 아즈가반의 죄수	우정, 신의, 진실
Ⅳ권 불의 잔	용기, 공정, 명예, 윤리, 선택
Ⅴ권 불사조 기사단	용기, 선택, 배려, 우정
Ⅵ권 혼혈왕자	용기, 명예, 신의, 희생
Ⅶ권 죽음의 성물	겸손, 희생, 책임, 사랑

1권에서 헤르미온느가 트롤의 습격을 받았을 때 론과 해리가 낸 '용기'나 벌점을 받게 되었을 때 그것이 모두 자기 탓이라고 책임지는 헤르미온느의 '자기희생'은 그들이 마법사의 돌을 찾기 위한 관문을 통과하는 과정에서 신뢰할만한 '우정'으로 발전되며, 특히 론이 마법사 체스에서 보여준 자기희생은 해리의 어머니가 해리를 지키기 위해서 보여준 자기희생과 상동성을 갖게됨으로써 미시서사의 지향가치를 다면적으로 드러내게 한다. 이것이 바탕이 되어 트리위저드 두 번째 시합에서 제일 먼저 도착하고 상대 몫의 사람까지 구하느라 마지막에 수면 위로 올라온 해리의 자기희생도 가능하게 된다. 뿐만 아니라 덤블도어 스스로 스네이프의 손에 죽음으로써 볼드모트가 스네이프를 신뢰하게 하는 자기희생은 최고의 마법사로서 책임에 기반한 것이며 자신이 아닌 해리에 대한 무한 신뢰를 바탕에 둔 것이다. 또한 7권에서 해리로 변신하여 스스로 적의 표적이 됨으로써 해리를 보호하려 했던 사람들의 자기희생도 같은 맥락이다. 이와 같은 자기희생의 선행학습은 작품의 결말로 가면서 누적되고, 이를 통해 해리가 본인이 파괴되어야할 호크룩스라는 것을 알고, 스스로 볼드모트 앞으로 가서 죽음을 선택하는 자세에서 절정을 이룬다. 결국 볼드모트의 주문에 호크룩스만 파괴되고 해리는 부활하는 결과를 낳는 것[7]도 각각 미시서사의 지향 가치가 결말에 수렴됨으로써 거시서사의 지향가치를 통합적으로 구현하는 전략이다.

해리가 '지향 → 습득 → 구현'하는 가치는 볼드모트의 그것과 분명한 대조를 이루면서 거시서사의 주제를 부각시킨다. 해리가 부모나 스승 혹은 친구로부터 자기희생을 통한 사랑의 구현을 학습하고 내면화시킴으

---

7) 자기희생을 통한 사랑의 구현은 기독교적 사랑을 기반으로 한 것으로 서구 동화에서 자주 활용되는 모티프다. 디즈니 애니메이션 <미녀와 야수>에서 야수가 벨을 살리기 위해서 자기를 희생함으로써 벨의 진정한 사랑을 얻게 되고, 그 자신을 야수로 만들었던 오만과 이기심을 극복하게 되는 것도 그 대표적인 사례라 할 것이다.

로써 볼드모트를 없애기 위해 자신을 먼저 희생하겠다는 책임과 사랑을 보여주는 반면, 볼드모트[8]는 오로지 자신이 '절대 권력'과 '죽음의 거부'를 위하여 주변의 모든 것들을 도구화한다는 점에서 두 사람의 극명한 대비가 이 작품의 주제와 연동됨을 알 수 있다. 흥미로운 것은 볼드모트가 그토록 얻고 싶어 했던 '절대권력'과 '죽음의 거부'는《방랑시인 비들의 이야기》에 나오는 '세 형제 이야기'의 죽음의 성물과 극도의 유사성을 보인다는 점이다. 볼드모트는 '절대권력'을 위해 죽음의 성물 중에 하나인 '딱총지팡이'를 원했고, '죽음의 거부'를 위해 호크룩스를 만들고 '부활의 돌'을 원했지만, 해리는 둘 다 거부하고 자신의 것인 '투명망토'만 가짐으로써 죽음으로부터 자유로워진다. 죽음의 성물을 다 모으면 '죽음을 지배하는 자'가 되는데, 볼드모트는 그것을 억지로 얻으려다 죽게 되지만, 모두 얻은 해리는 스스로 그것들을 포기하고 자연의 죽음을 선택함으로써 오히려 죽음으로부터 자유를 얻는다는 점에서 극명한 대조를 이룬다.

또한《해리포터 시리즈》의 서사 전개는 추구의 서사(quest narrative)와 단계구조(stage structure)가 창조적으로 결합하여 전환 용이성을 극대화한다. 전체 서사의 전체적인 갈등 구도가 설정이 되고, 각권마다 제시된 미시적인 갈등은 주어진 미션의 성격에 따라 좌우되며, 해당 미션을 수행함으로써 해리의 능력은 높아지고, 이를 기반으로 다음 권의 미션을 해결하고 갈등을 해소하게 되는데, 이것은 추구의 서사와 단계구조를 효과적으로 활용한 예로 볼 수 있다. 추구의 서사와 단계구조는 게임 서사에서 자주 활용되는 전략으로 서사의 길이와 내용을 반복적으로 늘일 수 있으며, 게임을 즐기는 대부분의 독자들이 게임을 통해 학습한 서사 구조이기 때문에 익숙하게 몰입할 수 있는 구조라는 점에서 장점이 돋보인다.

---

8) 심경석(2006, 336)의 주장에 따르면, Voldemort란 말에는 "flight from death" 또는 "cheating death"라는 의미가 담겨있다고 한다.

이상에서 살펴본 바와 같이 미시서사의 극적 독립성과 거시서사의 선형적 통합의 극적 조화가 효과적으로 이루어졌음을 알 수 있다. 처음부터 전 7권으로 기획되었고, 각 권의 발표 시기도 일정 주기로 간격을 둔 까닭에 미시서사의 극적 독립성이 보장되어야 하고, 지속적인 향유를 유도하기 위하여 거시서사의 선형적 통합이 반드시 전제가 되어야만하기 때문에 이 둘의 극적 조화는 필수적이다. 그 결과 10년에 걸친 발표와 향유의 활성화가 지속적으로 이루어질 수 있었으며, 거점콘텐츠인 영화와의 상호 프로모션도 효과적으로 성취될 수 있었음을 눈여겨보아야 할 것이다.

3) 복수의 중심캐릭터에 의한 다층적 서사 구축

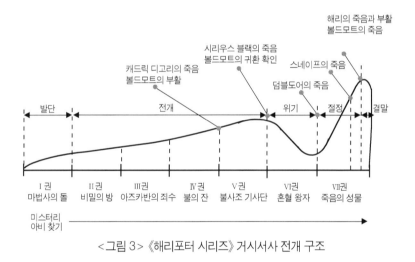

<그림 3> 《해리포터 시리즈》 거시서사 전개 구조

《해리포터 시리즈》의 거시서사 전개 구조는 1권에서 해리와 볼드모트의 대립관계 설정 및 마법세계 소개 등을 '발단'으로, 2권에서 5권까지 볼드모트의 부활과 귀환의 확인 과정이 해리의 '살아남은 자'로서 성장과정과 맞물려 '전개'로 제시되고, 이 과정에서 캐드릭 디고리와 시리우스 블

랙의 죽음으로 긴장을 고조시키며, 6권에서 죽음을 먹는 자들의 호그와 트 진입과 덤블도어의 죽음, 호크룩스 파괴의 미션 제시로 '위기'가 극대 화하며, 7권에서 볼드모트의 도발과 호크룩스 파괴의 시도, 죽음의 성물 에 대한 인지 및 획득이 '절정'을 이루며, 해리의 죽음과 부활을 통해 볼 드모트의 죽음에 이르게 하는 부분이 '대단원'을 이룬다. 이와 같은 거시 구조의 선형적 통합은 호크룩스와 파괴 방법, 죽음의 성물의 정체, 볼드 모트의 부활과 파멸, 덤블도어의 진실, 스네이프의 정체는 미스터리한 구조로 제시되며, 이것은 해리의 성장과 미션 수행 과정을 통하여 '동반 자적 시점'에서 드러나고 해소된다.

〈표 3〉에서 보듯, 중심 캐릭터와 반동 캐릭터가 대응하면서 5권에서 볼드모트의 귀환을 기점으로 각 캐릭터의 전모가 드러나며, 이들의 캐릭 터는 서사가 진행되는 과정에서 개개의 내력담과 캐릭터 상관을 통하여 캐릭터성을 적층적으로 구현한다.

《해리포터 시리즈》는 작품 전체가 해리, 론, 헤르미온느가 덤블도어를 비롯한 주변의 조언을 들어가며 볼드모트의 음모에 대응하는 구도다. 5 권까지의 진행 과정에서 각 캐릭터는 해리의 조력자군과 볼드모트의 조 력자군으로 분류할 수 있으며, 그들이 왜 해리를 지지하고 볼드모트를 추 종하는지에 대한 내력담을 통하여 각각의 캐릭터를 구현한다. 각 캐릭터 는 서사적 비중에 따라 내력담 간의 상관의 밀도가 정해지며, 이렇게 상 관된 내력담은 작품의 대단원에 접근할수록 진실의 실체를 드러내는 구 조로 전개된다. 또한 이러한 캐릭터 구현과정은 각 권의 진행에 따라 적 층적으로 진행되며, 각 권의 중심 모티프나 사건과의 상관을 통하여 구체 화되고 입체화된다. 뿐만 아니라 이 과정에서 각각의 내력담은 해리나 볼 드모트와 상관되어 두 캐릭터를 극명하게 대조시키는 기능을 수행한다. 이와 같은 적층을 통한 캐릭터의 강화는 미시서사의 독립에도 불구하고

<표 3>《해리포터 시리즈》의 캐릭터 구성

권	중심캐릭터	반동캐릭터	주변 캐릭터	중심 모티브
I	해리, 론, 헤르미온느	퀴렐, 볼드모트	스네이프, 덤블도어, 맥고나걸, 해그리드, 더즐리 가족	살아남은 자 엄마의 사랑 마법사의 돌
II	해리, 론, 헤르미온느, 지니, 해그리드, 도비	톰 리들 루시우스 말포이	스네이프, 덤블도어, 맥고나걸, 모우닝 머틀, 질데로이 록허트	비밀의 방 비밀일기장
III	해리, 론, 헤르미온느, 시리우스 블랙, 리무스 루핀, 덤블도어	디멘토 웜테일	마지 고모, 위즐리 부부, 트릴로니, 디멘토, 퍼지	아즈카반 시간여행
IV	해리, 론, 헤르미온느, 시리우스 블랙, 캐드릭 디고리	바티 크라우치 주니어, 웜테일, 볼드모트	윙키, 덤블도어, 매드아이 무디, 위즐리 부부, 리타 스키터, 크룸, 바티 크라우치	트리위저드 시합, 용서받지 못할 세 가지 저주, 볼드모트의 부활
V	해리, 론, 헤르미온느, 불사조 기사단, 덤블도어의 군대, 덤블도어	루시우스 말포이, 벨라트릭스, 볼드모트	퍼지, 엄브릿지	불사조 기사단, 덤블도어의 군대, 예언 구슬
VI	해리, 론, 헤르미온느, 지니, 슬러그혼, 덤블도어, 불사조 기사단	드레이코 말포이, 나시사 말포이, 벨라트릭스, 웜테일, 스네이프, 톰 리들	퍼지, 플뢰르, 빌, 위즐리 부부, 퍼시, 프레드/조지, 비, 마몰로 곤트, 모핀, 크리처, 톰 리들1세, 메로프, 스크림저, 스탠 셔파이크, 먼더구스, 케이티, 라벤더, 루나, 코맥 맥클라건, 해그리드, 에일린 프린스, 로즈메타 부인	깨뜨릴 수 없는 맹세, 혼혈왕자의 책, 덤블도어의 개인수업, 호크룩스, 덤블도어의 죽음
VII	해리, 론, 헤르미온느, 알버스 덤블도어, 불사조 기사단, 덤블더어의 군대, 크리처, 도비	볼드모트, 죽음을 먹는 자들	더즐리 가족, R.A.B, 앨피아스 도지, 퍼시, 올리 밴더, 그립 혹, 그레고로비치, 그린델왠드, 에버포스 덤블도어	알버스 덤블도어의 유언과 내력, 호크룩스, 세형제 이야기, 죽음의 성물

거시서사의 선형적 통합 과정을 요구하는 이 작품에서는 몰입을 지속시키고 캐릭터성을 강화할 수 있는 긍정적 전략으로 평가할 수 있다.

이 작품은 해리의 성장담과 미션수행담으로 단순화할 수도 있지만,

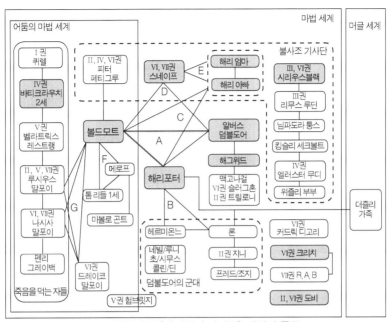

<그림 5-4> 《해리포터 시리즈》 캐릭터 구도
(로마자는 해당 캐릭터가 중요한 역할을 하는 권, 회색 캐릭터는 내력담 보유 의미)

<그림 4>에서 보듯이 각각의 캐릭터가 해리와 볼드모트와 관계를 맺으며 이들의 대립과정에 참여함으로써 스스로의 캐릭터를 구현하는 구도라는 차별성을 갖는다. 캐릭터 각자의 지향가치를 통해 해리나 볼드모트와 관계를 맺는다는 점, 각 권 미시서사의 중심 사건이 독립성을 갖는다는 점, 내력담을 갖는 복수의 캐릭터가 있으며, 그들 간 상관의 밀도가 높다는 점 등에서 이 작품의 '중심 캐릭터의 복수화'라는 특성이 드러난다.

<그림 4>에 회색으로 표시된 캐릭터들은 모두 각자의 내력담을 가지고 있다. 각자의 내력담은 각 캐릭터의 행위동기를 설명해줌으로써 거시서사의 주요 동력이 되고, 동시에 캐릭터의 다양한 부면을 드러냄으로써 다층적인 서사를 생성할 수 있게 해준다.

이 작품의 기본 갈등은 A인 해리–볼드모트–덤블도어의 갈등이다. 이

갈등은 해리에게는 C, 즉 부모를 죽이고 자신도 죽이려하는 볼드모트와의 관계가 전제가 된 것이며, 볼드모트의 직접적 동기는 절대 권력과 죽음을 지배하려는 것이지만 이면에는 F, 즉 머글 아버지의 아들이라는 점을 지우려는 것이고, 이것은 그의 외할아버지인 마볼로 곤트나 말포이 집안 혹은 블랙 집안이 보여주는 순혈주의와도 일치하는 것이다. 이와 같이 각 캐릭터가 관계하는 갈등 장은 메인 갈등인 A의 갈등 내용을 다층화함으로써 이 작품이 단순한 선악 대립을 넘어서 현실문제에 대하여 대타적 긴장관계를 형성할 수 있도록 한다. 이러한 현실에 대한 회의와 전복을 기반으로 하는 대타적 긴장관계는 B, C, D, F, G의 갈등과 연동됨으로써 보다 심화된 철학적 성찰에 이르게 된다. 특히 이 작품의 대립쌍이라고 할 수 있는 해리/볼드모트의 선택에서 드러나는 사랑과 죽음에 대한 성찰은 이 작품이 자본주의의 메커니즘에 의해 확대 재생산된 판타지 대중물을 넘어서 주목할 만한 문학작품으로 평가할 수 있게 하는 주요 단서이다.

B는 해리−론−헤르미온느의 장으로서 이들은 성장의 동료이며, 향유자들이 각자의 취향에 따라서 몰입할 대상으로 제시된다. B는 해리 부모와 친구들(시리우스 블랙, 리무스 루핀, 피터 페티그루, 스네이프)과의 관계와 상동성을 지니지만, B는 해리의 성장과 미션 수행에 중심을 두고 있다는 점에서 구심적이고, 해리부모와 친구들의 관계는 각 캐릭터의 내력담으로 원심적인 양상을 드러낸다는 측면에서 기능적인 차이를 지닌다. 이러한 상동성은 해리 부모세대의 불사조기사단과 해리의 덤블도어의 군대의 관계와 유사하지만, 불사조기사단은 볼드모트의 위협이 현존하기 때문에 현재진행형이라는 점에서 차이를 드러낸다. 여기서 보여주는 유사한 조직의 세대 간 반복은 상호 조응을 통한 서사적 보완과 그들이 추구하는 가치와 문제에 대한 입체적인 조망이 가능하다는 장점을 지닌다.

D는 스네이프−볼드모트−덤블도어의 장으로 작품 후반에서 E가 밝혀

질 때까지 스네이프의 정체와 행위 동기에 대한 의문을 끝까지 유지시킨다. D의 미스터리는 극적 긴장을 극대화할 뿐만 아니라 E가 밝혀짐으로써 스네이프의 캐릭터를 매우 입체적이고 깊이 있게 만드는 역할을 한다. 특히, D는 E와 연계됨으로써 이 작품의 거시적 반전 구조의 한 축을 담당한다. 이 작품은 두 층위의 반전 구조를 지향하는데, 하나는 각 권의 미시서사에서 드러나는 반전[9] 구조이고 다른 하나는 거시서사의 반전 구조다. 거시서사의 반전구조는 스네이프의 반전과 해리가 죽음을 선택함으로써 부활하는 반전으로 구성된다. 스네이프의 반전은 바로 D와 E의 갈등에 기반한 것이다.

이상에서 살펴본 바와 같이 《해리포터 시리즈》의 캐릭터 구도는 복수의 중심캐릭터를 형성하고, 그들 사이의 긴밀한 상호관계를 통해 캐릭터성을 강화하고 캐릭터의 입체성을 강조하여 서사의 다층성 확보를 지향한다. 바로 여기가 이 작품이 단순한 아동용 판타지가 아니라 현실에 대한 견고한 대타성을 견지하며, 삶의 지향 가치에 대한 진지한 성찰을 수행하고 있음을 드러내는 지점이다.

4) 익숙한 것들의 창조적 통합 가능성

'해리포터 시리즈'는 이미 원천콘텐츠로서 뿐만 아니라 거점콘텐츠로서도 뚜렷한 성취를 보여준 콘텐츠다. 전 7권의 거시서사가 각 권별 미시서사의 독립성을 보장하면서 유기적인 통합을 이룰 수 있었던 것

---

9) 1권에서 스네이프가 아니라 퀴렐이 범인이라거나, 2권에서 록허트가 사기꾼이고 지니가 비밀의 방을 연다거나, 3권에서 해리부모를 배신한 사람은 시리우스 블랙이 아니라 웜테일이라거나, 4권에서 매드아이 무디는 바티 크라우치 주니어가 폴리주스로 변신한 것이었으며 트리위저드 시합은 볼드모트가 부활하기 위한 음모였다거나 6권에서 호크룩스가 가짜였고 덤블도어가 스네이프에게 스스로를 죽여달라는 부탁을 한다거나 7권에서 마지막 호크룩스가 해리 자신이었다는 것 등이 《해리포터 시리즈》의 각권마다 드러난 미시적 반전 구조라고 할 수 있다.

은 텍스트 구조에 대한 철저한 사전 기획과 향유자의 취향과 향유 패턴에 대한 충분한 파악이 전제되었기 때문이다. 소설《해리포터 시리즈》와 같은 양질의 스토리텔링을 얻기 위해서는 'Sourcing → Mining → Concepting → Messaging → Storytelling'의 과정이 필수적인데, 무엇보다 선행콘텐츠에 대한 객관적이고 섬세한 분석을 통한 벤치마킹 요소에 대한 전략적 접근이 전제가 되어야만 한다. 이런 점에서《해리포터 시리즈》와 같은 양질의 스토리텔링에 대한 다양한 관점의 세분화된 분석이 시급한 시점이다.

이 글에서는 소설《해리포터 시리즈》의 스토리텔링 전략을 1) 익숙한 서사 구조의 창조적 통합, 2) 미시서사의 독립성과 거시서사의 극적 조화, 3) 복수의 중심캐릭터에 의한 다층적 서사 구축으로 나누어 살펴보았다. 국내 출간본 기준, 전 7권 23책의 방대한 분량에 10년에 걸친 발표라는 원천콘텐츠의 특수성과 그것의 거점콘텐츠화 과정에서 전략적 차원의 통합적인 마케팅이 전개됨으로써 원천콘텐츠와 거점콘텐츠의 상호 시너지 효과를 성공적으로 극대화하고 있다는 특성이 스토리텔링에 매우 적극적으로 반영되어 있다는 점은 특히 눈여겨보아야 할 점이다.

창의성의 덫에 걸려 낯설고 새로운 것만 추수하는 우리 문화콘텐츠업계의 현실에서 이 작품에서 드러난 대중성이 검증된 익숙한 서사 구조와 보편적 모티프의 창조적 통합 양상은 향유자의 보편적 향유의 토대가 무엇인지 반증하는 대표적 사례라 할 것이다. 결국 문화콘텐츠 스토리텔링이 요구하는 창의성은 '특정 상황이나 과제에 관하여 새로우면서도 (novel) 적절한(appropriate) 아이디어를 생성해 낼 수 있는 능력'(최인수, 1998)이라는 것이다. 따라서 문화콘텐츠 스토리텔링에서는 새로운 만큼이나 그것이 적정성을 판단하기 위한 대중적으로 익숙하고 보편화된 스토리와 서사 구조에 대한 실천적인 탐구가 필수적일 수밖에 없다.

소설《해리포터 시리즈》와 같이 전폭적인 대중의 지지를 받은 작품들은 모두, 텍스트는 완결되지만 향유를 통한 스토리텔링은 언제나 현재진행형이라는 공통점을 지니고 있다. 소설《해리포터 시리즈》는 소설이 완결된 이후에도 향유공동체를 통해 끊임없이 해리포터 관련 서사가 생산되고 있고, 영화 향유나 관련 상품 구매를 통해 향유자와의 서사가 지속적으로 생산되었다. 팬덤을 자극할 수 있는 서사적 장치와 요소들이 내재됨으로써 텍스트의 완성 이후에도 자발적인 이야기 생산이 이루어짐으로써 다시 원작에 대한 관심이 고조되는 선순환 구조를 형성한 것이다.

소설《해리포터 시리즈》성공의 토대가 스토리텔링 전략이었음을 상기할 때, 생산을 전제로 한 스토리텔링 전략 분석은 필수적이다. 단지 소설 텍스트를 분석한다는 소박한 관점을 지양하고 보다 다양한 관점에서 벤치마킹 요소 규명이라는 뚜렷한 목표를 견지하며 실천적 분석이 진행되어야 하는 이유가 여기에 있다. 이제 소설은 그 자체로 완성도를 지녀야 하는 것은 물론 원천콘텐츠로서 자신의 가치를 극대화할 수 있는 스토리텔링 전략을 확보하고 있어야만 한다. 뿐만 아니라 영화, 게임, 드라마, 애니메이션 등으로 거점콘텐츠화된 이후에 상호 연동할 수 있는 스토리텔링 전략도 원천콘텐츠가 가지고 있어야지만 그 가치를 극대화하고 텍스트의 수명을 지속·확장할 수 있다.

2. 러브레터, 기억의 소환, 상실의 지연

1) 〈러브레터〉에 주목해야 하는 이유

이와이 슌지(岩井俊二) 감독의 영화 〈러브레터〉(1995)는 다양한 관점에서 문제적인 텍스트다. 후지TV가 제작하고 이와이 슌지가 시나리오와 감독을 맡은 〈러브레터〉는 대중성과 작품성[10] 모두 인정받는 작품이다. 〈러브레터〉는 1997년 전후로 PC통신 영화동호회와 대학가를 중심으로 신드롬을 일으켰다는 점(김혜영, 2009. 61-63)에서 일본영화에 대한 국내 팬덤(fandom) 현상의 단초를 찾을 수 있는 작품이다. 이 작품은 1999년 11월 국내에서 공식 개봉하여 115만의 관객을 모았다.[11] 이 스코어가 놀라운 것은 이미 국내에서는 비공식적인 경로를 통해 〈러브레터〉 열풍이 불고 간 뒤의 결과였기 때문이다. 더구나 선정성과 폭력성의 혐의로부터 자유롭지 못했던 일본영화에 대한 선입견에도 불구하고, 이와 같은 〈러브레터〉의 공식/비공식적인 신드롬은 텍스트의 다양한 함의에서 비롯된 것이다.

또한 〈러브레터〉는 영화와 소설이 감독 자신에 의해서 거의 동시에 창작되었다는 점[12]에서 또 다른 형태의 전환 사례로도 파악할 수 있다. 소설에서 영화로 가는 일반적인 전환 순서를 따르지 않았을 뿐만 아니라 오히려 소설이 영화 창작을 위해 동시에 창작된 특이한 사례이다.[13]

무엇보다 〈러브레터〉에 주목해야 하는 이유는 스토리텔링의 힘에 있다. '죽은 사람에게 편지 쓰기', 동명이인(同名異人)과 닮은 사람의 모티프라는 연쇄적 하이콘셉트(high concept)와 '첫사랑의 소환과 상실'이라는 대중적인 소재에도 불구하고 〈러브레터〉가 순정만화류의 순애물(純愛物)이나 싸구려 멜로물로 추락하지 않은 것은 장르 문법의 의도된 교란과 다층

---

10) 〈러브레터〉는 제17회 요코하마 영화제에서 작품상을 비롯한 6개 부문상을 수상하였다.

11) 개봉 당시의 이러한 성과 외에도 2013년 리마스터링 버전으로 국내에서 재개봉될 정도로 〈러브레터〉는 오랫동안 지지와 충성도 높은 팬덤을 형성하고 있다.

12) 소설 《러브레터》가 1994년 11월부터 1995년 4월까지 《月刊 カドカワ》에 전반부 6장이 발표되었고, 영화 〈러브레터〉가 1995년 3월에 개봉하면서 후반부 6장이 추가되어 단행본으로 출간되었다.(정인영, 2010, p. 232참고)

13) 이와 유사한 예는 임권택 감독의 〈축제〉(1996), 허진호 감독의 〈외출〉(2007) 등에서 찾아 볼 수 있지만, 이 두 작품은 소설가 이청준, 김형경이라는 소설가와 함께 한 작업이라는 점에서 감독이 직접 소설도 쓴 〈러브레터〉와는 다소 차이가 드러난다.

적인 의미를 생산하는 스토리텔링 전략을 구현하고 있기 때문이다.

2) 병치서사의 상호 침투

〈러브레터〉의 서사 구조는 사건단위와 의미단위의 측면에서 나누어 볼 수 있다. 원작을 거의 그대로 영화로 전환했다는 점을 고려하여 서사 구조를 원작 소설[14]의 장 구분에 따른다면 〈그림 5〉에서처럼 1-12까지 나눌 수 있다. 이렇게 나눈 것을 영화의 서사를 중심으로 사건단위로 분류한다면 다섯 개의 미시 서사(A, B, C, D, E)로 묶을 수 있고, 의미단위로 본다면 세 개의 미시 서사(A+B, C+E, D)로 묶을 수 있다. 즉 〈러브레터〉의 사건단위 미시서사는 죽은 사람에게 편지 쓰기(A), 동명이인에게 잘못 전달된 편지를 둘러싼 의문과 그 해소 과정(B), 동명이인 모티프를 중심으로 한 중학교 시절 첫사랑(C), 죽은 이츠키(남)를 떠나보내는 히로코와 아버지의 죽음과 관련한 이츠키(여) 가족 간의 오해 해소 과정(D), 도서대출카드 뒤에 죽은 이츠키(남)가 중학교 시절 그려놓은 이츠키(여)의 모습 발견(E)으로 구성되었다. 이것을 의미단위로 보면 죽은 사람에게 편지 쓰기와 뜻하지 않은 답장을 둘러싼 의문 풀기의 과정(A+B), 동명이인의 모티프를 중심으로 한 중학교 시절 첫사랑(C+E), 기억의 소환과 과거로부터 놓여나기/풀어주기(D)로 묶을 수 있다.

대부분의 사람들이 경험했을 중학교 시절 첫사랑의 보편성을 바탕으로 죽은 사람에게 편지 쓰기, 동명이인, 닮은 사람 등과 같은 순정만화류의 모티프를 창의적으로 결합시킨 〈러브레터〉의 서사는 〈그림 5〉에 드러난 것처럼 표면적으로는 단순하고 담백하다. 의미단위의 구분처럼 A+B, C+E, D로 묶을 수 있는 독립적 서사를 느슨한 형태로 결합·전개

---

14) 이 글에서 언급된 원작소설은 이와이 슌지/ 권남희 역, 《러브레터》집사재, 2013을 기준으로 한다.

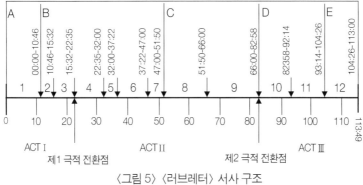

〈그림 5〉〈러브레터〉 서사 구조

하고 있으며, 뚜렷한 갈등의 제시와 해소 과정보다는[15] 기억의 소환에 초점을 맞춤으로써 향유자들의 공감과 여운을 효과적으로 환기한다. 10년이나 흐르고 나서 그것도 이츠키(남)가 죽고 나서 그가 좋아했었다는 것을 깨닫는다는 점도 이 작품이 철저하게 기억의 소환과 그 여운에 무게를 두고 있음을 알려 준다. 누구나 가지고 있을 첫사랑을 소환하고, 그것의 여운에 공명하기 위해서는 갈등중심의 미시 서사보다는 공감 가능한 기억 속의 서사 나열을 통해 선별적 향유를 유도하는 것이 보다 효과적이기 때문이다. 이것은 〈러브레터〉의 가장 압도적인 소구지점인 C+E에서 미시서사 간의 인과적 연쇄보다는 향유자의 공감을 소구할 수 있는 서브텍스트(subtext) 강화로 잘 드러난다. 서브텍스트의 활용과 더불어 텍스트 전체에 걸쳐 극적 아이러니(dramatic irony)[16]가 효과적으로 드러나고 있다는 점도 눈여겨 볼 지점이다. 첫사랑의 모티프를 극적 아이러

---

15) 물론 D에서 이츠키(여)가 고열로 쓰러지자 아버지의 죽음을 상기하면서 그 원인에 대해 할아버지와 어머니의 갈등이 없는 것은 아니나 그것은 본격적인 갈등으로 보기는 어렵다. 그 갈등으로 인해 이사계획이 취소되기는 하지만 그것이 중심 서사의 전개나 주제의 심화에 기여하는 것은 아니기 때문이다. 오히려 그것은 아버지 죽음에 대한 오해의 해소 정도 수준에 그칠 뿐이다. 더구나 할아버지와 어머니의 갈등이 그들 각자의 캐릭터나 가치 변화 등과도 뚜렷한 관련을 찾을 수 없다.

16) 중학 시절 이츠키(여)와 이츠키(남)가 보여주는 서툴고 수줍은 감정은 정작 본인들은 제대로도 드러내지도/느끼지도 못하는 극적 아이러니의 상태로 제시한다.

니로 제시함으로써 향유자 개개인의 기억을 소환하고 추체험을 자극하여 향유를 강화하고자 한 것이다.

다만 이 전략은 순정만화류 소재의 식상함과 갈등의 비중이 축소되어 상대적으로 극적 긴장이 이완될 수밖에 없다는 한계를 낳는다. 이러한 한계를 극복하기 위해서 〈러브레터〉에서는 이츠키(여)와 히로코를 두 축으로 서사를 병치(竝置)하고, 이들의 서사가 상호 긴장/침투할 수 있도록 구조화한다.

〈러브레터〉의 중심 서사를 캐릭터에 주목해서보면, 이츠키(여)와 히로코를 두 축으로 '독립과 연쇄의 교직(交織)'을 만들면서 전개하고 있음을 알 수 있다. 죽은 연인을 잊지 못해서 받지 못할 것을 알면서도 그의 옛 주소로 편지를 쓰고, 그와 동명이인이었던 중학교 동창과 편지를 주고받으며 그녀와 자신이 닮았기 때문에 자신에게 첫눈에 반했었다는 사실을 알게 되고, 그가 죽은 장소를 찾아가 비로소 그의 기억으로부터 벗어나려는 히로코의 축과 난데없는 편지로 중학교 시절에 동명이인이었던 친구와 얽힌 기억을 소환하는 과정에서 그의 첫사랑이 자신이었음을 깨닫는 이츠키(여)의 축이 그것이다. 이처럼 이츠키(여)와 히로코를 두 개의 축으로 하여 독립적인 서사를 전개하고 있지만 이들의 독립된 서사는 동명이인 모티프와 닮은 사람 모티프로 연결되고, 서로 각기 다른 시간대의 동일한 대상의 기억을 소환함으로써 상호 침투한다. 느슨한 형태로 직선적인 전개를 보이는 세 개의 의미단위 안에서 이츠키(여)와 히로코의 두 축을 병치하고, 심층적 의미로서 상호 침투하게 함으로써 서사적 긴장을 유지하는 전략이다. 이와 같은 두 중심캐릭터의 미시서사를 병치하여 상호 긴장/침투시키는 전략은 과거/현재의 교직, 이름/얼굴의 교차라는 대립적 의미요소의 조합을 통하여 다층적인 의미망을 형성하는 효과를 낳는다.

〈그림 6〉 같은 이름의 호명(좌), 닮은 두 사람(우)

이츠키(여)와 히로코의 두 축은 '이름'과 '얼굴'이라는 자기 정체성을 대표하는 소재로 상호 연결되어 있다. 같은 이름의 호명으로 시작하는 중학시절의 이야기(그림 6의 좌)나 이츠키(여)를 찾아와서 그녀의 존재를 확인했으면서도 대면을 피하는 히로코를 같은 앵글에 담는 연출 장면(그림 6의 우)을 통하여 '이름'과 '얼굴'이 소재적 차원에 머물고 있지 않음을 보여준다. 〈러브레터〉에서 이름과 얼굴은 과거와 현재 그리고 죽음과 연결되어 미시서사의 연쇄적인 고리를 만들고, 그 과정을 통하여 의미를 드러내기 때문이다. 이츠키(여)와 히로코가 이름과 얼굴로 교차되고, 이츠키(남, 여)의 중학교시절 회고담을 통하여 두 사람의 서사가 상호 침투하고 있다는 점에 주목해보자.

이 때 중요한 것은 이츠키(남)에 대한 기억이 아니라 그를 기억하는 '지금 이곳'의 두 사람이다. 이 작품의 서사 전개를 따라가다 보면, 아버지의 죽음으로 이츠키(여)가 병원에 대한 두려움을 가지고 있다는 점, 병원에 대한 두려움 때문에 이츠키(여)의 감기 증세가 심해진다는 점, 어머니에게 속아서 병원에 가서 졸다가 이츠키라는 이름의 호명으로 인하여 이츠키(남)를 떠올린다는 점, 이츠키(남)가 죽었다는 소식을 듣고 와서는 감기가 더 심해져서 병원으로 옮겨진다는 점, 폭설로 인하여 이츠키(여)를 아버지와 같은 방법으로 병원으로 옮기는 과정에서 어머니와 할아버지의 과거 오해가 풀린다는 점, 대신 책을 반납해달라고 이츠키(남)가 찾아왔던 날이 아버지의 장례를 마친 후였다는 점, 이츠키(남)가 부탁했던《잃어버린 시간을 찾아서》에 꽂힌 도서대출카드에 이츠키(여)의 얼굴이 그려져 있다는 점 등이 마치 고리처럼 연결되어 있다. 이 고리의 중심에는 그것을 기억하는 이츠키(여)와 그것을 듣고 싶어 하는 히로코가 있기 때문이다.

이상에서 살펴본 바와 같이 〈러브레터〉는 동명이인, 닮은 얼굴, 첫사랑, 연인의 죽음 같은 식상한 소재를 적극 활용하고 있고, 갈등 중심의 서사 전개가 아니며, 세 가지 의미 단위의 단순 전개에도 불구하고 서사적 긴장을 유지하며 다층적인 의미를 생산한다. 이것은 죽은 사람에게 편지 쓰기라는 소재를 새롭게 구현[17]하고 있으며, 이츠키(여)와 히로코의 두 서사를 병치 전개하고, 각기 다른 시간대의 동일한 대상을 소환하는 과정을 통해 두 서사를 상호 침투시킨 결과이다. 특히 병치 서사의 상호 침투 과정을 통하여 미시서사의 연쇄적인 환(環)이 공감과 여운의 정서를 성공적으로 자극할 수 있었기 때문이다.

3) 기억의 소환, 세 층위의 시점

〈러브레터〉는 〈그림 7〉과 같이 모두 다섯 개의 '캐릭터 장(field)'을 가지고 있다. 캐릭터 장은 캐릭터 구현 구도이자 구현 관계를 의미한다. 캐릭터 장은 캐릭터가 캐릭터 간의 관계를 형성하는 과정에서 구현되며,

---

17) 죽은 사람에게 편지 쓰기라는 소재는 미야모토 테루(宮本輝)의 《환상의 빛》(1979)을 원작으로 하는 고레에다 히로카즈(是枝裕和)의 영화 〈환상의 빛〉(1995)에서도 찾아볼 수 있다. 〈환상의 빛〉은 유미코가 죽은 남편에게 보내는 편지글 형식인데, 그리움 상실, 삶과 죽음의 불가해성 등을 담담한 어조로 진술하면서 스스로를 위로하고 있다. 죽은 사람에게 편지 쓰기라는 점에서 유사하고, 원작의 발표 연도로 보아 〈러브레터〉가 영향을 받은 것으로 짐작할 수 있다. 하지만 〈러브레터〉는 죽은 사람에게 편지 쓰기를 통하여 죽은 사람과 서로 다른 시간을 공유했던 두 여인의 기억을 소환하고 공유하여 새롭게 구성하고 있다는 점에 분명한 차별점을 갖는다.

이는 갈등의 최소 단위인 3자 관계를 전제로 한다. 갈등은 두 주체가 동일한 대상을 서로 다른 방식으로 욕망하는 과정에서 발생하는 까닭에 대립적인 2자 관계가 성립되었다는 말은 결국 욕망의 대상을 전제로 한 3자 관계를 의미하기 때문이다. 이때 3자를 구성하는 개개 구성 주체는 각기 다른 캐릭터와의 개별적인 관계마다 변별적 관계 구도를 확보해야 하며, 이 변별적 관계를 수렴한 총합이 개개의 캐릭터를 형성하는 것이다. 따라서 캐릭터 장을 형성하지 못하는 캐릭터는 유의미한 캐릭터로 서사 전개에 기여하지 못한다.

표면구조에서는 전체 서사가 ⓐ를 중심으로 전개되고 있지만 심층구조를 읽어보면 ⓐ와 ⓒ의 대화적 관계가 서사 전개의 중심 동력임을 알 수 있다. ⓐ와 ⓒ를 구성하고 있는 서로 다른 층위의 시점 간의 긴장과 그 긴장 사이의 대화적 관계가 〈러브레터〉의 핵심이라고 할 수 있다. 각기 다른 시간대의 동일한 대상인 이츠키(남)를 소환하여 각각 대화를 시도하고, 그 각각의 대화 결과가 다시 상호 대화를 시도함으로써 다성(polyphony)적인 울림을 만들고 있기 때문이다.

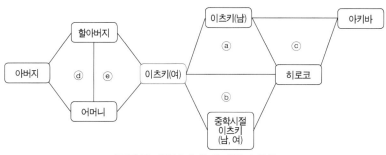

〈그림 7〉 〈러브레터〉의 캐릭터 구도

ⓐ는 히로코―이츠키(남)―이츠키(여)의 장이다. ⓐ는 표면적으로는 죽은 이츠키(남)를 잊지 못하는 히로코가 그의 옛주소로 편지를 보내면

서 이츠키(여)를 알게 되고. 그녀의 진술을 통해 그의 중학시절 첫사랑을 알게 됨으로써 형성되는 장이다. 일반적인 캐릭터 장과는 다르게 ⓐ는 캐릭터 간의 갈등을 중심으로 구현되는 것이 아니라 이츠키(남)와 관계했던 서로 다른 시간 속에 그에 대한 기억을 소환하고 공유함으로써 공감을 강화했다는 점이다. 텍스트 안에서 이츠키(여)와 히로코는 편지를 주고받을 뿐 직접 만나지 못하며, 둘 사이는 갈등이 발생할 정도의 관계조차 맺고 있지도 않다. 이츠키(여)와 히로코는 '편지'를 매개로 상이한 시간대의 이츠키(남)에 대한 기억을 소환하는 까닭에 두 진술자의 시점 개입은 불가피하다. 따라서 ⓐ에서 주목해야하는 것은 이츠키(남)를 둘러싼 갈등이라기보다는 그와 관계했던 상이한 시간을 소환하는 이츠키(여)와 히로코의 시점이다.

ⓑ는 이츠키(여)—중학시절 이츠키(남, 여)—히로코의 장이다. ⓑ는 히로코의 요청으로 이츠키(여)가 중학시절의 이츠키(남, 녀)를 히로코에게 진술함으로써 형성되는 장이다. 중학시절 이츠키(남)의 이츠키(여)에 대한 수줍고 서툴렀던 첫사랑을 10년이 지난 현재 이츠키(여)의 시점에서 이츠키(남)의 약혼자 히로코의 부탁을 받아 진술함으로써 '자기반영성과 기록성의 모순적 결합'(린다 허천, 1998, 110)이라는 변주를 보여준다.

기억은 객관적 기록이 아니라 기억하는 사람의 구성과 해석이 개입할 수밖에 없는 재현의 일환이라고 할 때, ⓑ의 구도는 무척 흥미롭다. 표면적으로는 이츠키(남)의 일방적인 첫사랑의 수줍고 은밀한 구애를 드러내고 있지만, 그것이 이츠키(여)의 기억에 의한 것이라는 점을 놓치지 말아야 한다. 그녀는 히로코에게 이츠키(남)와 같은 이름으로 인하여 친구들의 놀림이 되고, 그의 짓궂은 장난[18]으로 인하여 곤혹스러웠고, 그는 이

---

18) 이츠키(남)의 짓궂은 장난은 영어시험지 에피소드, 자전거 타는데 봉지를 씌우는 장난, 도서대출카드에 후지이 이츠키 이름 적기 등으로 그녀에 대한 서툰 사랑의 표현이었다.

해할 수 없는 구석이 있는 친구였을 뿐 첫사랑의 대상은 아니었다고 완강하게 부정한다. 그럼에도 불구하고 그녀의 진술에 의해 그녀가 그의 첫사랑이었음을 히로코가 알아챈다는 점, 곳곳에서 이츠키(남)를 의식하는 이츠키(여)의 모습이 드러나고 있다는 점 등을 미루어 볼 때, 이츠키(여)의 진술은 드러나지 않은 층위가 있음을 알 수 있다. 의식의 차원에서는 부정하고 있지만 기억으로는 재구하여 드러내고 있는 이츠키(여)의 내면은 현재와 과거 사이에서 진동하는 까닭에 상호 모순된 양상으로 드러나고 있는 것이다. 분명한 것은 이츠키(여)에게 역시 이츠키(남)가 관심의 대상이었다는 사실이다.

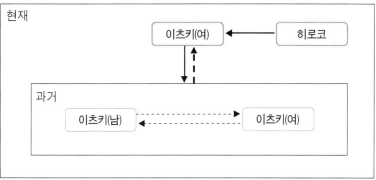

〈그림 8〉 〈러브레터〉에 드러난 세 층위의 시점

〈그림 8〉에서 드러나듯이 ⓑ는 중학시절 이츠키(남)와 이츠키(여)가 얽힌 사연의 층위와 그것을 불러내어 히로코에게 편지로 진술하는 현재 이츠키(여)의 층위 그리고 이츠키(여)로부터 자신이 모르는 이츠키(남)의 또 다른 시간대를 소환하여 기대와 배신 사이에서 진동하는 히로코의 층위로 구성되어 있다. ⓑ의 세 층위는 각각이 독립적인 서사이면서 동시에 상호 연쇄적으로 간섭하는 양상이다. 이러한 이율배반적인 양상이 가능한 것은 각 층위별 시점이 독립적으로 기능할 수 있기 때문이다. 중학

시절의 이츠키(남, 여), 그 기억을 소환하는 현재의 이츠키(여), 그녀의 진술을 들으며 동시에 자신이 기억하는 이츠키(남)와 겹쳐놓고 있는 히로코의 시점이 그것이다. 세 층위의 시점으로 소환한 기억은 층위 간의 긴장으로 대화적 관계를 형성하며 실체적으로 단언하기 어려운 다성적 울림을 만든다. 특히 중학시절의 이츠키(남)과 이츠키(여)의 이야기는 '부재하는 현전'이며, '현전하는 부재'로서 역설적으로 드러난다. 이츠키(여)가 그것을 소환하는 과정에서 점진적으로 깨닫게 되는 첫사랑의 기억, 그것의 진술을 들으며 이츠키(남)와 자신이 공유했던 시간을 겹쳐놓는 히로코의 시점이 각각의 독립적인 미시서사와 상호 연쇄적으로 간섭함으로써 풍부한 다성적 울림을 만든다. 그 다성성만큼 다양한 층위의 대화적 관계가 형성되고, 그 대화적 관계에 의해 향유가 활성화될 수 있는 것이다.

ⓒ는 히로코—이츠키(남)—아키바의 장이다. 일견 ⓒ는 히로코를 사랑하는 두 남자의 갈등처럼 보이지만, 정작 갈등은 각 캐릭터의 내면에 있다. 첫사랑을 닮은 여인을 사랑하지만 청혼조차 제대로 못하고 산악 사고로 죽은 이츠키(남), 죽은 이츠키(남)를 잊지 못하지만 그가 자신을 사랑한 것은 첫사랑과 닮았기 때문이었다는 사실에 괴로워하는 히로코, 사랑을 고백하려했지만 친구가 먼저 고백하는 바람에 사랑하는 여인을 곁에서 지켜만 보고, 그의 친구이자 그녀의 약혼자인 이츠키(남)의 산악 사고 현장에 함께 있었던 사실로 괴로워하면서, 그를 잊지 못하는 히로코를 곁에서 지켜봐야하는 아키바의 갈등이 그것이다. ⓒ의 세 캐릭터의 특이점은 현재 자신 앞에 있는 상대를 사랑하지만 과거의 기억으로부터 자유롭지 못하다는 것이다. 이츠키(남)가 히로코를 사랑했던 것은 분명하지만 중학시절 첫사랑과 닮은 모습에서 시작했다는 점 역시 사실이라는 점, 히로코가 이츠키(남)를 사랑했지만 그의 죽음으로 현재 그가 없

는 상황에서 아키바를 사랑하고 있다는 점, 아키바가 히로코에게 사랑을 고백하려 했지만 기회를 놓쳤었고 이츠키(남)의 죽음 이후 현재는 그녀와 사랑을 하고 있다는 사실을 볼 때, ⓒ의 캐릭터들은 서로 다른 캐릭터 혹은 서로 다른 시간대의 캐릭터와 사랑을 하고 있다.

왕가위(王家卫) 감독의 〈동사서독〉(1994)이 캐릭터 간의 서로 어긋난 사랑에 중심을 두고 있다면, 〈러브레터〉는 오히려 그 어긋난 캐릭터와 어긋난 시간이 각 캐릭터의 '지금 이곳'을 만들고 있다는 데 주목하고 있다. 이런 맥락에서 본다면 〈러브레터〉는 존재중심의 사적 기억과 기억의 소환을 통해 환기하는 '그때 그곳' 그리고 '그 안에 타자와 자아의 기억 나누기'를 통한 정서 환기에 비중을 두고 있다고 보아야할 것이다.

ⓓ는 어머니—아버지—할아버지의 장이다. ⓓ는 지난 10년 동안 아버지의 죽음과 관련하여 말하지 않고 쌓여있던 어머니와 할아버지의 오해가 갈등의 중심이다. ⓓ의 갈등은 '아파트로의 이사'가 중심인 것처럼 전개되지만 이츠키(여)가 고열로 쓰러지면서 그 실체를 드러낸다. 10년 전 사건이 이츠키(여)의 고열로 소환되어 그 실체를 드러내고 있다는 점에서 ⓑ의 그것과 유사하다. 동일한 사건에 대한 어머니와 할아버지의 기억이 다르다는 점은 단지 사실에 대한 오해가 아니라 각자의 입장에서 기억하는 사건이 다르다는 것에 주목해야 한다.

ⓔ는 이츠키(여)—어머니—할아버지의 장이다. ⓔ는 ⓓ의 갈등을 내재화하고 있다. ⓓ의 갈등에서 보았던 어머니와 할아버지의 내재된 갈등, 아버지의 죽음과 상관하여 병원에 대한 이츠키(여)의 트라우마가 아파트로의 이사, 고열로 인한 병원행과 상관하여 고조된다. 따라서 ⓔ는 ⓓ를 내재화한 갈등의 구체태이다. 주로 이사를 둘러싼 갈등으로 진행되지만 그 이면에 아버지의 죽음에 관한 각자의 기억이 있었음을 드러낸다. 이로서 ⓔ뿐만 아니라 위에서 언급했던 모든 캐릭터 장들이 기억의 소환과

연계되어 있음을 알 수 있다.

따라서 〈러브레터〉는 첫사랑이 아니라 기억의 소환에 주목한 텍스트로 읽어야 한다. 〈러브레터〉의 중심소재인 첫사랑도 기억의 소환이라는 맥락 위에서 읽어야 여기서 언급한 다섯 가지 캐릭터 장의 의미값을 온전하게 연결할 수 있다.

기억은 객관이 아니라 기억하는 자의 구성과 해석에 의한 재현이다. 그렇다면 기억은 그 자체로서 뿐만 아니라 기억하는 자의 '지금 이곳'과 함께 읽어야 하는 텍스트이기도 하다. 이러한 맥락에서 본다면 ⓔ와 ⓓ는 ⓑ와 같이 기억의 소환, 소환되는 기억의 실체, 그리고 기억하는 자의 현재를 이야기하기 위한 것임을 알 수 있다.

원작 소설에서는 히로코는 3인칭 시점으로, 이츠키(여)는 1인칭 시점으로 나누어 기술하고 있지만, 영화에서는 두 캐릭터의 시점을 모두 3인칭 관찰자 시점으로 구현했다는 점도 기억의 소환이라는 관점에서 무척 흥미로운 사실이다. 영화에서 이츠키(여)의 시선을 객관화하여 그녀가 구체적으로 진술한 부분과 서브텍스트 사이의 간극을 확인시켜주고, 그 간극의 의미를 향유자가 채우도록 유도한다.

이 간극을 이해하기 위해서는 진술의 주체가 이츠키(여)라는 점에 주목해야 한다. 따라서 그녀가 이츠키(남)에 대한 기억을 편지를 통하여 소환하고 있지만, 이 기억은 이츠키(남)에 대한 객관적인 재현이 아니라 이츠키(여)의 시점을 전제로 한 진술이라는 것이다. 이것은 마치 도서대출카드에 쓰인 이름이 이츠키(남)가 쓴 이름이 자신의 것일 수도 있고, 동시에 이츠키(여)의 이름일 수도 있는 것과 같이 모호성으로 은폐된 이츠키(여) 시점이 개입되고 있음을 의미한다. 이러한 개입은 〈그림 9〉에서 볼 수 있듯이 창가에서 책을 보고 있는 이츠키(남)의 모습을 관찰하는 이츠키(여), 카메라 망원렌즈로 그를 살피거나, 전학 간 그의 책상에 올려놓은 화병을

깨뜨려버리는 그녀의 모습을 통해서 분명하게 드러난다.[19]

〈그림 9〉 이츠키(여)의 이츠키(남)를 향한 시선이 직접 표현된 장면들

자신도 모르게 찾아왔다 사라진 첫사랑, 10년이나 지난 뒤에 그것도 당사자는 죽고 없는 상태에서 그것도 자기 진술의 과정을 통해서 깨닫게 된 첫사랑의 흔적, 이츠키(남)의 지속적인 관심과 다양한 방식의 호명[20]에도 불구하고 미처 알아채지 못했듯이 자신도 그에게 관심과 호감을 가지

---

19) 특히 이것들은 원작 소설에서는 구체적으로 표현하지 않은 부분이라는 점도 흥미롭다. 아울러 기억의 소환 부분에서 이츠키(여)의 내레이션이 자주 활용되고 있는데 이것은 객관적인 진술처럼 보이지만 진술자의 시점에 의한 지극히 주관적인 진술임을 드러내는 증거이기도 하다.

20) 이 텍스트에서 도서대출카드는 무척 흥미로운 소재다. 그것은 구체적인 호명의 흔적이며 동시에 호명의 은폐이기 때문이다. 호명은 부르는 사람과 불리는 사람이 있어야 하는데 도서대출카드에 적힌 이름은 그 자신이면서 동시에 그녀이기 때문이다. 87장 이상에 도서대출카드를 매개로 호명했음에도 불구하고 그녀가 인지하지 못하자 이츠키(남)가 호명의 분명한 흔적으로 남긴 것이 《잃어버린 시간을 찾아서》 도서대출카드 뒷면에 남긴 이츠키(여)를 그린 그림이다. 그 그림으로 인하여 그의 첫사랑은 영원히 중학생 이츠키(여)로 정지시킬 수 있었던 점도 주목할 부분이다. 정인영 (2010, 246)은 히로코가 보낸 것이 러브레터이듯이 도서대출카드도 이츠키(남)가 이츠키(여)에게 보냈지만 10년 늦게 도착한 러브레터라고 보았는데, 상당히 설득력 있는 주장이다.

고 있었음을 미처 깨닫지 못했던 첫사랑의 미숙함을 영화에서는 기억의 소환이라는 테마 위에서 보다 친절하게 구현하고 있는 것이다.

　이상에서 살펴본 바와 같이 〈러브레터〉는 〈그림 8〉에 드러났던 것처럼 기억을 소환하는 세 층위(중학교 시절의 이츠키(남, 여), 현재의 이츠키(여), 히로코)로 구조화되어 있다. 이것은 히로코와 이츠키(여)의 개별 서사와 공유 서사를 통해 구현되는데, 전자가 〈그림 7〉의 ⓒ라면 후자는 ⓑ, ⓓ, ⓔ이고, ⓐ는 전자와 후자가 공유하는 지점이다. 여기서는 이것을 〈그림 8〉을 기반으로 각 층위별 캐릭터 장을 살펴보았다. 기억의 소환을 통해 기억의 대상과 그 시간을 재구하고 있지만, 기억은 기억하는 자의 구성과 해석이라는 면에서 〈러브레터〉는 자기중심적, 현재중심적 서사다. 따라서 소환하는 기억은 사실로서 객관과 그것을 기억하는 사람의 주관 사이에서 진동하며, 진동하는 그것을 읽으려는 노력에 향유자의 리터러시 층위가 위치한다.

4) 상실의 지연, 원심과 구심의 치유

　앞에서 살펴본 바와 같이 〈러브레터〉는 기억의 대상이 아닌 기억하는 자들의 서사다. 이츠키(남)와 아버지의 죽음으로 인한 부재, 그럼에도 불구하고 그들과 관련된 각기 다른 시간대의 각기 다른 성격의 기억을 소환하는 과정을 통해 기억하는 자들끼리 상처를 공유하고 상호 치유하는 이야기다.

　〈그림 10〉에서 보듯이 〈러브레터〉는 거시적으로는 이츠키(여)와 히로코를 중심으로 구심(求心)과 원심(遠心)의 서사가 병치되어 상호 침투하는 양상이다. 이것을 다시 미시적으로 변주하여 서사의 단순한 이분화를 막기 위해서 구심의 서사 안에 다시 원심의 서사를 구성하는 구조다.

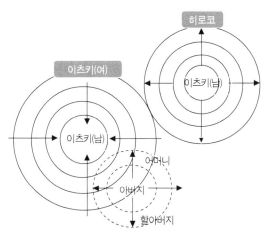

<그림 10> 〈러브레터〉의 서사의 운동 방향

죽은 약혼자 이츠키(남)를 잊지 못하고 그에게 편지를 쓰고,[21] 그와 동명이인인 중학시절 첫사랑 이츠키(여)를 발견하는 히로코의 서사는 이츠키(남)를 놓아주는/놓여나는 원심적 서사다. 자신에게 첫눈에 반했던 이유가 첫사랑과 자신이 닮았기 때문이라는 사실을 깨달음으로써 그를 용서할 수 없다고 이야기하기도 하지만 그 역시도 그가 사랑했던 약혼자의 일부라는 사실을 인정함으로써 그를 놓아줄 수 있고/놓여날 수 있는 것이다. 무엇보다 중요한 것은 이츠키(남)는 이 세상 어디에도 존재하지 않고 자신의 기억 속에만 남았다는 사실이다. 히로코가 이츠키(여)로부터 받은 편지를 모두 돌려보내는 것이나 이츠키(남)가 죽은 곳을 찾아가 그를 놓아줄 수 있는 이유도 여기에 있다. 이것은 중학교 시절의 이츠키(남)가 이츠키(여)의 기억 속에 있고, 자신과 사랑을 나눌 때의 기억이 히로코 자신

---

21) 죽은 약혼자를 잊지 못하면서도 그에게는 사랑하는 아키바가 있다는 사실을 염두에 두면, 히로코의 이러한 행동을 이해하기 어렵다. 이것을 "일본 멜로드라마의 특성인 기리(義理)와 닌조(人情)의 갈등, 개인적인 욕망과 사회적인 구속 간의 기본 모순으로 구성된다는 전제 하에 이츠키(여)의 진술을 통해 약혼자에 대한 의리로부터 자유로워졌기 때문"이라고 보는 견해도 상당히 흥미롭다. (김종수, 2003, 88-89)

에게 있다는 사실, 즉 이츠키(남)의 각기 다른 시간대의 그를 인정함으로써 가능한 일이다. 그래서 오히려 부재하는 지금 이곳의 시간을 인정하고 그를 놓아주는/놓여나는 원심의 서사를 보여줄 수 있는 것이다.

다른 하나는 중학시절 동명이인이었던 이츠키(남)에 대한 기억의 소환을 통하여 호명된 중학교 시절의 이츠키(여)의 이야기를 10년이나 지난 '지금 이곳'에서 이츠키(여)가 진술하는 구심의 서사다. 흥미로운 것은 진술 과정에서 이츠키(남)의 첫사랑의 대상이 자신이었음이 드러나고, 그것도 히로코에 의해 확인한다는 점이다. 자신이 기억하는 내용을 단지 편지를 통해서 진술했을 뿐인데 히로코는 그가 그녀를 사랑했다는 사실을 인지한다는 점은 역으로 이츠키(여) 자신은 의식하지 못하지만 그가 자신을 좋아한다는 것을 느끼고 있었다는 의미기도 하다. 진술의 주체가 이츠키(여)라는 점에서 이것은 분명하다. 아울러 〈그림 9〉에서 제시했듯이 그녀 자신도 그에게 무엇인지 모를 혹은 "억제된 기억 혹은 은폐된 기억"[22]으로 의식하지 못하게 된 감정을 가지고 있었다는 점도 앞에서 밝힌 바 있다. 그렇다면 이츠키(여)의 이야기는 의식하지 못했던 두 이츠키 모두의 첫사랑을 찾아가는 구심의 서사라고 볼 수 있다. 성숙하지 못했기에 사랑의 감정 전달이 서툴렀던 이츠키(남)와 자기감정의 실체조차 몰랐던 이츠키(여)의 첫사랑을 기억의 소환을 통해 보여주는 구심의 서사인 것이다.

더불어 이 구심의 서사에는 10년 전 아버지 죽음을 둘러싸고 할아버지와 어머니 사이의 오해가 이츠키(여)의 병원행으로 해소되는 원심의 서사를 내포하고 있다. 특히 이 원심의 서사는 〈러브레터〉가 단지 첫사랑

---

22) 정인영(2010, 238-239)은 히로코의 편지로 인하여 이츠키(여)의 억제된 혹은 은폐된 기억이 다시 살아난 것으로 본다. 그녀가 동명이인이라는 이유로 놀림거리가 되었고, 이츠키(남)가 전학 갈 무렵에 아버지가 폐렴으로 사망했다는 고통스러운 기억 때문에 기억을 억제하거나 은폐하려는 심리적 경향과 무관하지 않다고 주장한 바 있다. 정인영의 이러한 주장은 텍스트 내에서 직접적이고 명시적인 근거를 찾기는 어려워도 텍스트 전체의 맥락을 고려할 때, 설득력 있는 주장이 아닐 수 없다.

의 서사에 머물지 않고, 기억이라는 코드를 다양하게 변주함으로써 의미를 풍부하게 생산하는 텍스트임을 보여준다.

앞에서 규명한 바와 같이 〈러브레터〉는 병치 서사의 상호 침투와 다층적인 시점의 전개를 통하여 기억의 문제, 상실의 문제를 제기하고 원심과 구심의 서사를 통해 치유를 모색한다. 원심과 구심의 서사는 독립적인 의미구조를 형성하면서 동시에 거시적인 차원에서는 유기적인 통합체(Syntagm)를 구현함으로써 다섯 개의 캐릭터 장 모두 소환된 기억으로부터 치유의 동력을 얻는다.

이런 맥락에서 볼 때, 전학 가기 전 이츠키(남)가 이츠키(여)에게 반납해달라고 부탁하는《잃어버린 시간을 찾아서》의 배치와 메타포(metaphor)는 절묘하다. 아무도 빌려가지 않는, 아무도 보지 않는, 중학생이 읽기에는 너무 어려운 책인, 이 책의 제목이《잃어버린 시간을 찾아서》라는 것은 매우 암시적이다. '잃어버린', '시간', '찾아서'로 나누어도 그 각각의 단서를 텍스트 안에서 찾을 수 있도록 구현하고 있기 때문이다. 이 책은 전학 가기 전 이츠키(남)가 이츠키(여)에게 그림을 주기 위해 대신 반납해달라고 부탁할 때 등장하고, 10년이 흐른 뒤 도서반 후배들이 이츠키(여)를 그린 그림을 발견했을 때 다시 등장한다. 이것은 서툴고 수줍어서 제대로 표현하거나 심지어 제대로 인식하지 못했을 수도 있던 첫사랑의 기억을 소환함으로써 상실된 시간 혹은 잃어버린 시간을 찾는다는 설정을 정교화한다.

《잃어버린 시간을 찾아서》의 메타포는 1차적으로는 도서대출카드 뒤에 그녀를 그린 그림을 전달해서 자신을 마음을 전하고 싶었던 이츠키(남)의 마음을 나타내지만, 2차적으로는 텍스트 전체의 캐릭터 장에 등장하는 캐릭터 개개의 차원에서 의미를 발생시킨다. 이츠키(여)는 억제된 기억(혹은 은폐된 기억) 속 첫사랑의 시간을 소환하며, 이츠키(남)는 서툴고 수줍어서 제대로 표현하지 못했고, 이사로 제대로 표현하지 못했던 시간을 환기하며, 히로코는 약혼자의 죽음 이후에 정지된 시간을 되살리며, 아키바는 사랑을 고백하지 못했고, 이츠키(남)의 죽음 이후에는 어정쩡한 태도로 온전히 사랑하지 못했던 히로코와의 관계를 제대로 시작하게 되며, 아버지의 죽음 이후 오해로 멈추었던 어머니와 할아버지의 시간은 다시 낡은 집과 함께 공유하게 되기 때문이다.

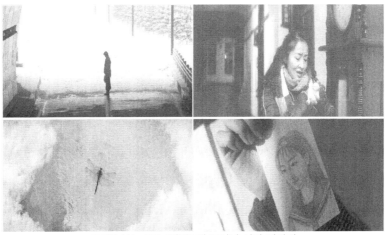

〈그림 11〉〈러브레터〉에 드러난 시간 이미지

〈그림 11〉에 드러나듯 〈러브레터〉에는 시간이미지의 여러 변용이 다양하게 등장한다. 이미 사라져 버린 지번을 찾아간 히로코, 병원까지의 시간을 확인하는(사실은 10년 전의 시간과 비교하는) 어머니, 죽은 채로 동결된 잠자리,[23] 중학시절 그린 이츠키(여)의 모습을 현재의 이츠키가 보는 모습 등이 그것이다. 뿐만 아니라 이츠키(여)의 직장이 도서관이

---

23) 얼음 속의 잠자리 이미지는 기억의 동결로서 기능한다. 아버지의 급작스러운 죽음이라는 충격적인 사실과 이츠키(남)의 전학 등은 이츠키(여)의 중학시절 기억을 억압적이거나 은폐된 형태로 동결시키는 역할을 한다. 이러한 기억의 억압과 은폐는 소환과정에서 왜곡된 형태의 진술, 즉 이츠키에 대한 나쁜 기억만을 환기시키는데 진술 중간중간 그것이 왜곡된 것임을 은연중에 진술하는 이중적인 형태의 진술 양태를 보이는 것도 그러한 이유에서다.

라는 점이나 시간을 현재로 정지시킨 사진의 배치 역시 시간이미지의 변용으로 보아야 한다. 특히 사진은 이츠키(여)가 자신을 증명하기 위해 신분증의 사진을 복사해서 보내는 장면, 히로코가 앨범을 통해 이츠키(여)의 중학시절 사진을 확인하며 자신과 닮았냐고 묻는 장면, 이츠키(남)가 다니던 학교의 사진을 보내달라는 히로코의 부탁에 중학교 사진을 보내는 장면[24] 등은 흥미롭다. 동명이인의 사람에게 사진으로 자기 증명을 하기 위해 사진을 활용한 점, 앨범 속의 이츠키(여) 사진은 중학시절 이츠키(남)의 기억 속 그녀를 찾는 행위이며, 운동장 사진은 이츠키(여)의 시선으로 그의 흔적을 찾는 행위로 의미를 지니기 때문이다.

《잃어버린 시간을 찾아서》의 메타포에서 알 수 있듯이 〈러브레터〉는 기억의 소환을 통한 상실의 확인이며 동시에 그것의 치유 과정이다. 상실은 원래 가지고 있던 것을 잃는 것인데, 〈러브레터〉에서 상실은 원래 자신이 가지고 있었는지도 모르는 상태라는 점, 첫사랑에게 10년 만에 도착한 러브레터라는 점, 약혼자가 사랑한 것이 자신이 아니라 자신이 닮은 첫사랑이었음을 그가 죽은 후에 깨닫는다는 점, 아버지의 죽음에 대한 오해가 10년 만에 풀리게 된다는 점 등을 볼 때, 그것은 '지연된 상실'이다. 지연된 상실은 공감과 여운을 증폭할 뿐 상실의 상처나 통증을 느끼게 하지는 않는다. 지연된 상실은 현재성을 괄호 속에 묶기 때문에 상처나 통증으로부터 상대적으로 자유로울 수 있고, 상실을 인지하면서 동시에 치유가 진행되기 때문이다. 다만 '때늦은 깨달음'이라는 아쉬움의 정서가 첫사랑이라는 보편성과 결합하여 공감과 여운만은 한층 더 강화되는 효과

---

24) 원작 소설에서 히로코는 아키바와 오타루에 갔을 때, 이미 이츠키(남)가 다녔던 이로나이 중학교에 다녀왔다. 그럼에도 불구하고 이츠키(여)에게 카메라를 보내서 그가 달렸던 운동장을 찍어 보내달라는 부탁을 한다. 영화에서는 그들이 이미 방문했다는 설정이 없어서 자연스럽지만 원작 소설에서는 이미 방문한 학교의 운동장을 찍어서 보내달라고 부탁을 한 것이다. 이러한 부탁으로 미루어 정지된 시간, 정지된 현재로서의 사진의 의미를 부여하려는 의도로 보인다.

를 낳는다. 멜로드라마의 일반적인 성격 중에 하나가 과거 일에 대한 캐릭터들의 지속적이고 소란스러운 반응이라면, 〈러브레터〉의 지연된 상실은 멜로드라마의 전형성을 탈피한 세련된 변주라고 할 수 있다.

이상에서 살펴본 바와 같이 〈러브레터〉의 '상실의 지연'은 원심과 구심의 이유와 병행하는 까닭에 상처나 통증보다는 공감과 여운을 강화한다.

5) 첫사랑, 상실과 지연의 치유

이 글에서는 〈러브레터〉의 스토리텔링 전략을 1) 병치서사의 상호 침투, 2) 기억의 소환, 세 층위의 시점, 3) 상실의 지연, 원심과 구심의 치유로 나누어 살펴보았다. 지금까지 선행연구에서는 첫사랑의 보편성을 강화한 감성적 서사 구성과 감각적인 영상 구현에서 〈러브레터〉의 성공 원인을 찾고는 했었다. 하지만 이러한 접근은 심층구조가 지닌 소구력의 실체나 텍스트가 지닌 다성성의 구체에 대한 규명은 미흡할 수밖에 없었다.

이 글에서는 정치한 서사 분석을 바탕으로 〈러브레터〉가 기억의 소환과 연관되어 있으며, 병치 서사의 상호 침투 양상과 다층적인 시점의 유기적인 결합이 성공적이었다는 점, 상실의 지연이라는 매우 독특한 설정과 서사의 두 중심축을 각기 원심과 구심의 서사로 구현함으로써 서사 전체에 균형을 고르고 있다는 점 등을 규명할 수 있었다. 더욱 흥미로운 것은 이름, 얼굴, 기억 등의 소재는 모두 자기존재 증명의 중요 요소라는 점에서 이 작품을 제대로 읽기(literacy) 위해서는 첫사랑의 사후성(事後性, Afterwardsness)에 대한 공감이나 안타까움을 넘어서야만 한다는 것이다. 기억을 구성하는 수다한 요소를 구성하고, 그것을 다양하게 변주하여 드러내고, 다층적인 시점으로 구현함으로써 텍스트를 다층화하여 그 층위 간의 긴장으로 다성적인 울림을 만들고 있음도 주목할 지점이다.

〈러브레터〉는 순정만화류의 소재를 적극 활용하고 있지만 순애물에만 머물지 않는다. 그것은 오히려 첫사랑의 당의(糖衣)를 입힌 기억의 문제, 기억과 상관한 자아와 타자의 문제, 상처와 그 이유의 문제를 제기한다. 천착의 정도에는 차이가 있지만 그것의 기능과 효과에 있어서는 매우 적실함을 확인할 수 있었다. 전략화된 서사로서 스토리텔링이 기능한다고 한다면, 〈러브레터〉의 스토리텔링은 적실하다고 평가할 수 있다.[25] 감각적인 영상 연출이나 공감 혹은 여운의 성공적인 구현이 오히려 〈러브레터〉의 스토리텔링 전략을 제대로 평가하게 하지 못하는 이율배반적인 상황을 낳기도 한다. 따라서 지금까지 살펴본 바와 같이 기억의 소환과 상실의 지연을 병치서사의 상호침투, 세 층위의 시점, 원심과 구심의 서사를 통한 치유로 구현한 이 작품의 성취는 주목할 만한 것으로 평가할 수 있다.

3. 초속 5Cm, 거리와 속도의 영상미학

1) 신카이 마코토, 세카이계, 스토리텔링

신카이 마코토(新海 誠)의 애니메이션 〈초속 5Cm〉(秒速 5センチメートル, 2007)는 다양한 스토리텔링 전략을 발견할 수 있는 텍스트다. 신카이 마코토의 애니메이션에 대한 평가는 일반적으로 각본, 원화, 연출

---

25) 원작소설을 거의 그대로 옮겼다고 봐도 무방한 〈러브레터〉의 전환에 대한 논의는 이 글에서 본격적으로 심도 있게 다루지 못했기 때문에 다른 연구로 미루어야 한다. 다만 한 가지 분명한 것은 스토리의 충실성 여부나 영상화의 적실성 여부는 논의 대상이 아니라는 것이다. 거점콘텐츠인 영화가 이미 독립적인 형태도 충분한 성취를 이루었기 때문이다.

등을 모두 혼자서 담당하는 1인 제작 방식,[26] 빛과 색의 효과에 대한 천착, 섬세하고 미학적인 배경 묘사, 따뜻한 정서와 철학적 감성을 토대로 한 성장 등에 초점을 맞추고 있다. 이러한 평가는 상당한 설득력을 지니고 있음에도 불구하고 애니메이션 구성 요소 각각에 대한 파편화된 평가에 기반한 것이기 때문에 그의 작품을 총체적으로 이해하는 데에는 뚜렷한 한계를 지니고 있다. 더구나 애니메이션의 근간이라고 할 수 있는 스토리텔링에 대한 변별적 인식을 바탕으로 한 본격적인 분석과 평가가 이루어지지 않았다는 점에서 그 한계는 더욱 분명해진다.

스토리텔링에서는 '무엇을 말할 것이냐(story)'만큼이나 '어떻게 즐길 만한 것을 효과적으로 말할 것이냐(tell+ing)'도 중요한 문제이다. 여기서 말하는 '어떻게'와 '즐길만한 것'은 각 장르별 스토리텔링의 변별적 특성과 중심 구현 미디어의 특성을 고려한 향유의 활성화 전략과 상관되는 영역이다. 물론 이러한 영역은 전자의 '무엇을 말할 것이냐'는 문제와 긴밀한 상관속에서 비로소 구현될 수 있으며, 양자의 유기적인 구조화 여부가 스토리텔링의 완성도를 결정하는 요소가 된다. 이와 같은 관점에서 볼 때, 애니메이션 고유의 화법을 변별적으로 탐구하고 있는 신카이 마코토의 작품은 스토리텔링의 관점에서도 시사하는 바가 크다. '애니메이션으로도 표현할 수 있는 것'이 아닌 '애니메이션만으로 표현할 수 있는 영역'을 지속적으로 탐구해온 신카이 마코토가 그동안 성취한 성과들은 대부분 '스토리(story)'와 '텔링(tell+ing)'의 성공적인 유기적 통합에 기초한 것이다. 앞에서 언급했던 '빛과 색의 효과에 대한 천착, 섬세하고 미학적인 배경 묘사, 따뜻한 감성과 감각적 정서를 토대로 한 성장' 등은

---

26) 신카이 마코토는 〈구름의 저편, 약속의 장소〉와 〈초속 5Cm〉에서 1인 제작 방식이 아닌 팀 작업으로 전환하였다. 그는 1인 제작 방식에서 팀 작업으로 전환함으로써 작품의 질과 완성도 면에서 긍정적인 결과를 낳았지만, 상업적인 성과를 내야한다는 부담을 안게 되었다.

각 요소가 독립적으로 성취한 것이 아니라 유기적인 통합의 결과로 볼수 있다.

이러한 맥락에서 볼 때, 감각과 스타일이 살아있다는 평가를 받는 신카이 마코토의 〈초속 5Cm〉의 스토리텔링은 주목할 만하다. 감각적인 언어와 영상 그리고 음악의 통합적 싱크레즈(synchrése),[27] 옴니버스(omnibus) 형식을 활용한 시점의 다양화, 미시 서사와 거시 서사의 독립적이면서도 통합적인 양상의 동시적 구현, 사랑의 거리와 속도를 통해 구현한 존재의 고독과 모노노아와레(物哀れ)[28], 세카이계(セカイ系)[29]의 극복 가능성 등이 감각적으로 구현되고, 서브텍스트(subtext)를 적극 활용하는 스토리텔링 전략을 구사하고 있기 때문이다. 이러한 뚜렷한 성취에도 불구하고 아직 〈초속 5Cm〉의 스토리텔링에 대한 본격적인 분석과 평가는 거의 이루어지지 않고 있는 실정이다.[30]

따라서 이 글에서는 텍스트 분석을 통하여 〈초속 5Cm〉의 스토리텔링 전략을 규명해볼 것이다. 먼저 텍스트 분석을 통하여 존재 간의 거리(distance)와 마음의 속도(velocity)가 어떻게 구현되고 있는지 밝히고, 이를

---

27) 싱크레즈는 미셀 시옹이 제안한 개념으로서 "일정한 청각현상과 시각현상 사이에서, 그것이 이성적 논리와는 상관없이 동시에 맞아 떨어져 생겨나는 즉흥적이고 저항할 수 없는 접합"을 말한다.(미셀 시옹, 2003, 93)

28) 모노노아와레(物哀れ)는 "논리보다는 감정이, 그리고 이성적인 것보다는 심미적인 것이며 더 일차적인 현실을 구성하는 일본문화의 풍토"를 말하는 것으로, "개인적인 차원을 넘어서서 공동체 특유의 슬픔이나 비애, 고독하고 외로운 감정, 통렬함, 허무감, 불안, 자기연민, 소외감, 망상 등을 수반하는 일종의 '체념(諦念)'으로 나타나기도 한다."(박규태, 2010, 43)

29) 세카이계(セカイ系)란 1990년대 중반 이후 일본 서브컬처에 등장한 작품 경향으로, 미소녀전사와 무력한 소년의 순애가 세계의 운명과 직결되어 있으며 그 외의 중간항이 존재하지 않기 때문에 기존의 정의와 우정과 같은 가치관들 소거된 작품들의 경향을 통칭하는 말이다. 세카이계의 기원으로는 〈신세기 에반게리온〉(1995)을 꼽기 때문에 에바계(エヴァ系), '포스트 에반게리온 증후군'이라고도 부른다. 〈최종병기 그녀〉(2002), 〈이리야의 하늘, UFO의 여름〉, 〈스즈미야 하루히의 우울〉(2006)과 함께 신카이 마코토의 〈별의 목소리〉(2002)가 대표적인 작품들이다.

30) 이 작품에 대한 논의는 김재호·박형수(2009)의 것이 있다.

통해 모노노아와레(物哀れ)의 영상미학을 구체적으로 규명할 것이다. 또한 자폐적 감성이라고 비판할 수 있는 세카이계(セカイ系)적 성향의 극복 여부를 가늠해볼 것이다. 이 글에서는 이러한 과정을 통하여 신카이 마코토의 애니메이션 문법과 〈초속 5Cm〉의 스토리텔링 전략을 규명할 것이다.

2) 존재의 거리, 마음의 속도

〈초속 5Cm〉는 〈벚꽃이야기〉, 〈우주비행사〉, 〈Ⅲ. 초속 5Cm〉[31]로 이루어진 3부의 옴니버스 형식으로 구성되어 있다. 전체를 구성하는 세 개의 애니메이션은 각각 독립적인 형태로서 완결성을 지니면서 동시에 전체의 부분 요소로서도 유기적인 완결성을 지닌다. 각각은 3개의 독립적인 완결성을 지니는 텍스트이면서 동시에 3부의 한 요소로서 기능한다는 점을 고려할 때, 〈초속 5Cm〉의 서사 구조를 파악하기 위해서는 각 화의 서사를 먼저 분석한 후, 이를 기반으로 3부 전체의 구조를 파악해야만 한다.

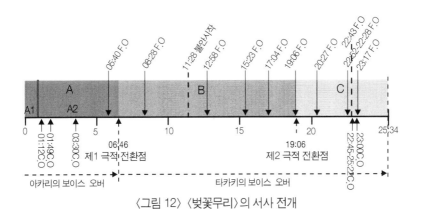

〈그림 12〉〈벚꽃무리〉의 서사 전개

---

31) 전체 제목과 구분하기 위하여 3부 〈초속 5Cm〉는 〈Ⅲ. 초속 5Cm〉로 표기한다. 이하 동일하다.

〈벚꽃이야기〉는 안정적인 3막 구조로 구성되었다. A(00:00‒06:46)는 초속 5Cm의 의미를 알려주고, 아카리의 보이스 오버(Voice Over)와 타카키의 일상이 영상으로 함께 드러나는 부분으로, 아카리를 만나기 위해 출발하는 지점까지다. A는 제목이 등장하는 지점을 기점으로 A1과 A2로 나뉜다. A1(00:00‒00:59)에서 아카리는 타카키에게 벚꽃이 떨어지는 속도가 초속 5Cm라고 알려주며, 내년에도 같이 벚꽃은 볼 수 있었으면 좋겠다고 이야기한다. A1은 C의 후반부와 대응을 이루면서 〈벚꽃무리〉 전체의 주제를 암시하고 동시에 3화의 건널목 쇼트(〈그림 14〉의 G2, G8)와 대구를 이룸으로써 작품 전체의 주제를 함축하는 기능을 한다.

A2(01:08‒06:15)는 아카리가 이미 이와후네로 이사를 갔고, 곧 타카키도 가고시마로 이사를 가게 될 것이고, 둘 사이에 편지가 오고가고 있으며, 타카키가 아카리를 만나 가기 위한 준비와 출발을 보여준다. A2에서는 편지글의 형태로 아카리의 보이스 오버가 등장하는데, 이때 화면으로는 아카리가 아닌 타카키의 생활을 보여줌으로써 외로운 둘의 생활이 크게 다르지 않음을 보여준다.

이러한 소리와 영상의 어긋남을 바탕으로 컷 어웨이(Cut Away)[32]를 효과적으로 활용하여 쇼트의 리듬을 만들고, 보이스 오버를 강조하며, 정지 영상의 감각적 연출에 주목하게 한다. A2에서는 아카리가 이사 가고 난 이후 1년 동안의 생활을 컷 어웨이로 계절의 변화에 맞추어 압축적으로 전개한다. 타카키의 일상과 무심하게 풍경을 그리듯 보여주는 텅 빈 운동장과 복도, 편지함, 세탁기, 조명탑, 텅 빈 거리 등의 짧은 쇼트 등을 컷 어웨이함으로써 쇼트의 리듬이 발생하고, 여기에 아카리의 보이스 오버가 겹쳐지면서 감각적인 화면이 구성된다. 특히 이 과정에서 장면 전

---

32) 컷 어웨이는 쇼트 사이의 불연속적인 편집방식을 의미한다. 일반적 시간을 압축하고, 긴장을 조성하거나 어떤 행위에 대한 상대의 반응을 보여줄 때 주로 활용한다.

환을 위해서 〈벚꽃무리〉에서 총 9회 활용한 F.O.(Fade Out)과는 다르게 순간적으로 암전시키는 컷 아웃(Cut Out)을 써서 아카리의 보이스 오버를 강조한다. 느닷없이 암전된 상태에서 아카리의 보이스 오버가 3회[33] 등장하게 됨으로써 쇼트의 리듬과 컷 어웨이의 불연속적인 전개에 호흡을 조절할 수 있게 한다. 움직임을 창출함으로써 생명을 부여하는 애니메이션의 특징을 역으로 활용하여 정지영상을 제시하고 보이스 오버나 컷 어웨이, 컷 아웃을 활용하여 향유자가 추체험(追體驗)의 시간을 확보할 수 있도록 한다.

B(06:46−19:09)는 타카키가 아카리를 만나기 위해서 가는 과정의 이야기로 타카키의 보이스 오버로 전개된다. B는 두 개의 서사로 교직되어 있는데, 하나는 폭설로 인하여 도착이 계속 지연되는 과정이며, 다른 하나는 두 사람이 어떻게 가까워지게 되고, 이사를 가는 과정에서 서로에게 어떻게 상처를 주었는지에 대한 것이다. 도착이 지연되면서 타카키의 불안은 시작되고, 사과의 편지를 잃어버리고, 4시간 동안 연착되는 과정에서 불안은 고조되는데, 아카리와의 내력담이 중간 중간 소개됨으로써 안타까움이 더해진다. 타카키의 불안은 폭설로 아카리를 만나지 못하게 되고, 늦은 시간까지 오랫동안 기다리며 아카리가 느끼고 있을 불안감 그리고 전화 통화를 하면서 주었던 상처에 대한 사과 등이 복합된 감정이다. 이것은 B에서 뒤로 갈수록 점점 폭설이 심해지고 연착의 시간도 늘어나면서 불안은 한층 고조된다.

B에서는 다섯 번의 F.O.이 사용되는데, 불안이 시작되는 중간점

---

33) 컷 아웃은 1) 01:12에서 첫 편지의 시작을 알리는 "정말 오래간만이구나."라는 보이스 오버와 2) 01:49에서 "나 기억하고 있으려나?"라는 보이스 오버 그리고 3) 03:30에서는 계절의 변화를 알리는 보이스 오버를 강조하기 위하여 사용된다. 컷 아웃은 첫 번째 F.O. 이후에는 활용되지 않으며, 아카리의 이사로 멀어졌을 지도 모르는 두 사람의 거리를 서서히 좁히기 위한 호흡조절의 기능을 한다.

(11:28) 이후에 F.O.을 사용하여 2분 정도의 짧은 시퀀스로 분절화함으로써 내적 시간의 지연이 더욱 강화될 수 있도록 한다. B의 초반에 빈번히 등장하던 전철, 시계, 빛 등의 이미지는 후반으로 갈수록 눈의 이미지로 수렴되는데, 이때 향유자 역시 타카키와 함께 내적 시간의 불안이 고조됨으로써 몰입을 강화하게 된다.

C(19:06-25:34)는 4시간 늦게 도착한 타카키가 아카리를 만나서 첫 키스를 나누고 돌아오는 이야기다. 특히 1화의 클라이맥스인 키스(22:43)를 앞뒤로 백색 F.O(22:25, 22:28)[34]과 두 번의 컷 아웃(22:45-22:52, 23:00) 그리고 F.O(23:17)로 급격한 분절화를 시도한다. 이러한 분절화의 시도 안에 두 번의 컷 아웃을 통해서 A에서 아카리가 그랬듯이 타카키의 보이스 오버가 진행된다.

> 그 순간 영원이라든가 마음이라든가 영혼 같은 것이 어디에 있는 것인지 ⓐ안 것 같은 기분이 들었다. 13년간 살아온 모든 것을 함께 나눈 것 같은 그런 생각을 하고, ⓑ그리고…다음 순간, 견딜 수 없이 슬퍼졌다. 아카리의 그 따스함을…그 영혼을…어떻게 다루면 좋을지 어디에 가져가면 좋을지…그것을 나는 ⓒ몰랐기 때문이다. 우리는 이 앞으로도 계속 함께 있는 것이 불가능 하다는 것을 ⓓ확실히 알 수 있었다. 우리 앞에는 아직도 너무나도 큰 인생이…막연한 시간이…ⓔ어찌할 도리도 없이 가로놓여 있었다.(22:47-23:33)

1화의 클라이맥스인 키스쇼트에서 들려오는 타카키의 보이스 오버다. 첫 키스를 나누고 타카키의 감정이 ⓐ → ⓑ → ⓒ → ⓓ → ⓔ로 전개되는데, 그 흐름에 주목할 필요가 있다. ⓐ에서 영원, 마음, 영혼이 어디 있는지 알 것 같다던 타카키가 ⓑ에서 모든 것을 나눈 것 같음에도

---

34) 일반적인 암전과는 다르게 F.O.을 백색으로 처리한 부분이다. 이것은 겨울 → 봄 → 겨울로 변화되는 쇼트의 앞뒤로 구사되지만, 기능적으로 봄의 벚꽃나무를 보여주기 위한 것으로, 두 번의 등장에도 한 번으로 친다.

불구하고 슬퍼졌는데, 그것은 이렇게 소중한 아카리의 영혼을 어떻게 하면 좋을지 몰랐기 때문ⓒ이고, 더구나 함께 계속할 수 없음을 깨닫게 되었기 때문인데ⓓ, 그것은 자신의 힘으로 어찌할 수 없는 무수한 시간이 남아있다는 것ⓔ을 알았기 때문이다. 그것은 새로운 경험을 통하여 타자에 대하여 '알게 되는' 순간 더 많은 것을 '모르고 있다'는 것을 깨달은 까닭이다.

　서로 '정신적으로 어딘가 많이 닮아있다'고 생각하며 같은 중학교에 가기로 약속했던 두 사람이 아카리의 이사로 떨어지게 된다. 극적인 사건이 아니라 일상 속에서 얼마든지 일어날 수 있는 일로 물리적인 거리를 갖게 된 두 사람은 편지로 소통하고, 만나기 위해서 가는 날 폭설이 내려서 만남이 지연된다. 이사나 폭설은 극적인 사건이라기보다는 일상적으로 벌어질 수 있는 사건이다. 그러한 일상적인 사건으로 두 사람의 물리적인 거리가 발생하고, 만남이 지연된다. 이러한 거리와 지연을 해소하려는 시도가 편지인데, 편지는 늘 과거로부터 오는 '지체된 현재'일뿐이다. 이러한 물리적인 거리와 함께 어리고 미숙하기 때문에 겪게 되는 일들로 인한 상처, 또 그로인한 성장의 속도, 그 속도의 차이가 만들어내는 두 사람 사이의 거리[35] 등이 서사 전개 내내 반복적으로 표현되고 있다. A1에서 노골적으로 드러낸 초속5Cm라는 벚꽃의 떨어지는 속도와 함께 속도와 시간을 나타내는 수다한 모티프들, 즉 벚꽃, 전철, 계절의 변화, 빛, 시계 등이 반복적으로 등장하는 이유가 여기에 있다. 더구나 그것은 정지 영상과 함께 컷 어웨이 방식으로 제공됨으로써 주목하고 사고할 수 있는 시간과 계기를 마련할 수 있게 된다.

---

35) 이와 같은 예는 "타카키 군도 분명 조금씩 변해가고 있겠지?" (02:56), "귀가 아파질 정도로 바짝 대고 있던 수화기 너머로 아카리가 상처 받는 것이 손에 쥘 수 있을 정도로 느껴졌다. 하지만, 어찌 할 수도 없었다."(10:39) 등의 보이스 오버를 통해서 드러난다.

〈벚꽃무리〉는 각기 다른 존재의 속도와 그로 인한 존재 간의 거리를 구현한 것이다. A에서 명시적으로 제시한 제 각각의 존재 속도를 B에서 정지영상과 시간을 함께 구성함으로써 보여준다. 일상을 구성하는 모든 것들이 지닌 나름의 속도를 다양한 방식으로 형상화하고, 그것의 어긋남을 통해 존재 간의 거리(distance)와 그로 인한 실존적 고독을 말하고 있다. 특히 B와 C는 타카키의 보이스 오버로 진행되는데, 이미 어른이 된 이후의 시점이 개입되어 있음을 알 수 있다. 이것은 성인이 된 시점에서 기억을 소환하고 있는 것으로 현재의 시점에서 과거를 구성하고 있다는 의미다. 그리워하는 과거가 애절하면 할수록 현재의 고독과 지리멸렬한 현실이 대비되어 드러나게 되는 것이다. 이것은 '현재'를 명시적으로 드러내지 않으면서 기억의 소환과 대비를 통해서 속 깊은 '현재적 울림'을 만들어내기 위한 것으로 향유자들의 현재적 공감을 강화한다. 소환된 과거에 대한 그리움은 시간과 함께 변해가는 존재들의 모습과 그것과는 무관하게 변함없이 순환하는 계절을 대비함으로써 모노노아와레(物哀れ)를 불러일으킨다.

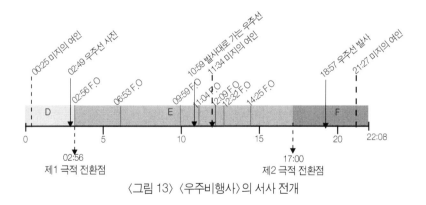

〈그림 13〉 〈우주비행사〉의 서사 전개

〈우주비행사〉는 타카키를 짝사랑하는 카나에의 시점에서 둘의 이야기를 전개한다. 2화도 1화처럼 3막의 안정적인 구조를 지니고 있다.

D(00:00-02:56)에서는 일출을 바라보는 타카키와 미지의 여인을 보여주고, 아침마다 파도타기를 하는 카나에와 활을 쏘는 타카키의 일상을 소개한다. 진로를 결정하지 못하고 있는 카나에의 관심이 오직 타카키에게만 가 있음을 알려준다. 제1 극적 전환점은 파도타기에 성공하는 날 타카키에게 고백을 하리라는 정보를 제공해주는 지점이다. 따라서 제2 극적 전환점은 파도타기에 성공하고 고백을 시도하지만 고백에 실패하는 지점이다. E(02:56-17:00)는 타카키에 대한 짝사랑과 진로로 고민하는 카나에가 보낼 곳 없는 문자를 쓰고 발사될 우주선에 관심을 갖는 타카키를 관찰하는 이야기로 전개된다. F(17:00-22:38)에서는 파도타기에 성공한 카나에가 고백을 결심하지만 시도도 못하고 울 때 우주선이 발사되면서 타카키가 자기 너머의 무엇을 바라본다는 것을 깨닫고 고백하지 않는다. 물론 그럼에도 불구하고 자신은 타카키를 좋아할 것이라고 다짐한다. 또한 타카키와 함께 서 있던 미지의 여인이 아카리임이 드러난다.

〈우주비행사〉라는 제목은 전체 서사와 관련성이 떨어져 보인다. 카나에의 시점에서 타카키에 대한 짝사랑과 진로에 대한 고민이 서사의 두 축을 이루고 있으며, 오히려 우주선 발사는 배경 삽화 정도로 제시되어 있기 때문이다. 그럼에도 불구하고 '우주비행사'를 제목으로 정한 것은 타카키에게 주목하기 위한 것이다.

> 그것은 정말…상상을 초월할 정도로 고독한 여행일 것이다. 진정한 어둠 속을 한결같이…한 수소 원자 조차별로 만나는 일 없이…단지 심연에 있을 거라고 믿는…세계의 비밀에 가까이 가고 싶다는 신념…우리는 그렇게 어디까지 가는 걸까? 어디까지 갈 수 있을까…(11:34-12:09)

세계의 심연과 비밀에 대한 타카키의 관심이 구체적으로 무엇인지에 대해 2화에서 구체적으로 드러나지는 않는다. 다만 3화와 연관 지어 볼 때, 그것은 '올곧은 마음'을 유지하며 사람과의 관계를 원만히 이끌어가는 것임을 유추할 수는 있다. 이러한 유추는 1) 보낼 곳 없는 메시지[36]를 쓰는 행위, 2) 세 번에 걸쳐 등장하는 미지의 여인과 하늘을 바라보고 있는 모습, 3) 미지의 여인이 아카리였음이 드러나는 부분에 근거한 것이다.

세카이계로 분류되는 신카이 마코토의 작품 성향을 고려할 때, 우주의 메타포는 세계와 관계된 것이고, 세계는 다시 사람들 사이의 관계와 연관된 것으로 볼 수 있다. 그렇게 본다면 타카키의 관심은 아카리와의 어긋난 속도와 둘 사이의 거리라고 할 수 있다. 세계의 운명을 둘 사이의 순애(純愛)의 문제로 국한 짓는 세카이계의 특성을 근거로 이러한 메타포는 설득력을 얻는다. 아울러 짝사랑과 진로로 고민하고 있는 카나에가 파도타기에 열중하는 것도 메타포로 읽을 수 있다. 파도타기의 메타포는 혼자서 온전히 해내야 할 자기 약속이며, 동시에 세계의 속도와 자신이 균형을 이룰 때 비로소 가능한 통과의례의 하나인 것이다. 이러한 맥락에서 본다면, '우주비행사'는 카나에의 관점에서 바라본 타카키의 모습임을 알 수 있다. 결국 서사의 중심은 타카키일 수밖에 없고, 카나에의 짝사랑이나 진로의 고민 역시 타카키의 그것과 연관되어 있다고 보아야 한다.

따라서 〈우주비행사〉는 표면적으로는 카나에를 중심으로 그녀의 짝사랑과 진로에 대한 고민을 그리고 있지만, 심층적으로는 본인도 충분히 인지하지 못하는 가운데 아카리에 대한 기억과 그리움을 지니고 있는 타카키에 대한 관찰로 볼 수 있다. 기억 속의 아카리를 현재로 소환하고 있

---

36) 유일하게 향유자들에게 제공되는 메시지의 내용은 "다른 별의 초원을 언제나의 소녀와 걸어. 언제나처럼 얼굴은 보이지 않아. 공기는 어쩐지 정겨워"(12:09-12:32)이다.

는 타카키나 그를 짝사랑하는 카나에나 유추의 관계를 지향한다. 이러한 관찰은 언니 → 카나에 → 타카키 → 아카리의 연쇄로 일어나는데, 관찰이 바라보는 자와 대상 간의 거리에서 시작된다는 점을 고려할 때, 각각의 존재 사이의 거리에 주목하게 된다. 서사가 진행될수록 더욱 분명해지는 극적인 사건의 결과가 아니라 존재가 지닌 속도의 차이와 그로 인한 거리, 거리가 빚어내는 고독임을 알 수 있다. 이러한 맥락에서 카나에의 파도타기나 타카키의 활쏘기가 모두 혼자서 하는 운동이며, 이동을 통해 거리를 제거하는 운동이지만, 각각의 속도[37]를 지니고 있다는 점이라는 점에 주목해야 한다. 또한 카나에와 함께 있으면서도 타카키는 보낼 곳 없는 문자를 반복적으로 쓰고 있다는 점, 둘이 매일 하교를 같이하지만 이름보다는 성으로 부른다는 점[38]도 둘 사이의 거리를 분명하게 드러내주는 부분이다. 결국 〈우주비행사〉 역시 각 존재 간의 거리에 대한 천착이었음을 알 수 있다.

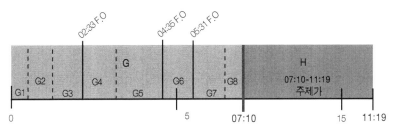

〈그림 14〉 〈Ⅲ. 초속 5Cm〉 서사 전개

---

37) 〈우주비행사〉에서 등장하는 존재의 각기 다른 속도는 카나에 스쿠터와 언니의 자동차, 카나에 스쿠터와 타카키의 스쿠터, 파도타기, 활쏘기, 비, 이동하는 우주선과 발사 이후의 우주선 등으로 매우 다양하게 반복적으로 제시되고 있다.

38) 1화에서 아카리와 타카키는 성이 아니라 이름으로 서로를 부른다는 점을 상기할 때, 둘 사이의 거리를 알 수 있다. 아울러 3화에서 3년간 교제한 연인이 타카키에게 토오노라고 성으로 부르는 것도 이러한 맥락에서 이해할 수 있는 부분이다.

〈Ⅲ. 초속 5Cm〉는 성인이 된 타카키와 아카리의 이야기와 주제가로 구성되었다. 3화는 주제가를 기점으로 G와 H로 나뉜다. G(00:00-07:10)는 과감한 점프 컷(jump cut)을 반복하여 타카키와 아카리의 현재를 압축적으로 보여준다. H(07:10-11:19)는 주제가(One more time One more chance) 부분으로 영상은 1화와 2화 그리고 3화의 후일담을 제공함으로써 각화 사이의 시간을 설명해준다.

G2는 H의 마지막 부분에서 한 번 더 반복되는데, 이것은 1화의 A1과 대구를 이루면서 이 작품 전체의 구조를 수미상관의 형태로 안정시키고, 존재의 속도와 거리에 주목하게 한다. G4는 결혼을 앞두고 고향에 다녀오는 아카리의 모습인데, 이 과정에서 1화의 B에서 초조하고 불안한 마음으로 타카키가 달려갔던 길을 거꾸로 되돌아 나오면서 1화와 대구를 이룬다. G5는 2화에서 카나에와의 관계처럼 3년을 사귀고도 마음을 열지 못하고 헤어진 미즈노와의 거리[39]를 보여준다. G6와 G7에서는 세계와 거리를 두고 지내는 타카키의 생활과 그 이유를 보여준다.

이 수년간…어떻게든 앞으로 나아가고 싶어서 닿지 않는 것에 손을 팔고 싶어서 그것이 구체적으로 무엇을 가리키는지도…대부분 강박적이라고 말할 수 있는 그 생각이…어디서부터 찾아오는지도 알지 못하고, 나는 단지 일을 계속하여…문득 깨닫고 보니 날마다 탄력을 잃어가고 있는 마음이 오로지 괴로울 뿐이었다. 그리고 어느 아침, 이전에 그렇게 까지나 진지하고 올곧았던 마음이 깨끗하게 사라진 것을 나는 깨닫고…이제 한계라는 것을 알게 된 때, 회사를 그만뒀다.(05:36-06:10)

연인과의 관계조차 더 이상 거리를 좁히지 못하고 헤어지고 세계와의

---

39) 미즈노가 타카키에게 보낸 문자다. "그렇지만, 우리들은 분명 1000번이나 문자를 주고받고 아마, 마음은 1센티미터 정도밖에 가까이 가지 못했습니다."(05:19-05:27)

거리도 좁히지 못한 채 올곧은 마음을 잃고 자기 안의 세계로 들어온 타카키의 모습이다. 거리를 좁혀야할 대상이 사라진 까닭이다. 특히 G8에서 타카키와 아카리의 보이스 오버가 교차되면서 끝나고 있는 부분에 주목해야 한다.

> 어제, 꿈을 꿨다. 아주 옛날 꿈…그 꿈속에서는 우리는 아직 열세 살로…그곳은 온통 눈으로 뒤덮인 넓은 정원으로 인가의 불빛은 한참 멀리 보일 뿐으로…ⓕ뒤 돌아본 깊게 쌓인 눈에는 우리가 걸어온 발자국 밖에 없었다. 그렇게…ⓖ언젠가 다시 함께 벚꽃을 보는 것이 가능하다고 나도, 그도 아무 망설임도 없이…그렇게, 생각하고 있었다.(06:36-07:10)

번다한 온 세상이 지워지고 오직 타카키와 아카리만 남는 세계(ⓕ)는 바로 세카이계가 전제하고 있는 세계다. 다만, 여기서 눈여겨보아야 할 것은 세계의 운명이 이 두 사람의 관계에 좌우되는 원심적인 서사 전개가 아니라 세계를 지우고 두 사람만 남게 되는 구심적인 서사 전개를 진행하고 있다는 점이다. 이로 인해 타카키는 어떠한 존재와도 거리를 좁히지 못하고, 열세 살의 기억만을 불러낼 뿐이며, 결혼을 앞두고 있는 아카리 역시 크게 다르지 않음을 ⓖ를 통해 알 수 있다. ⓖ는 일종의 낙관적 체념과 같은 정서로서 너와 내가 공유한다는 것만으로 희망과 기대를 갖게 하지만, 그것이 현실적으로 이루어질 것이라는 생각은 체념한 상태에 이르고 있기 때문이다. 이러한 체념은 H의 마지막에 건널목에서 두 사람이 스쳐지나가는 것으로 암시되어 있다.

이상에서 살펴본 바와 같이 〈초속 5Cm〉는 이뤄지지 못한 첫사랑을 중심으로 존재의 속도와 거리에 대하여 사유한 작품이다. 이 작품은 1화와 2화의 예에서 살펴본 바와 같이 캐릭터 간의 상충이나 뚜렷한 극적 갈등으로 인하여 첫사랑이 이루어지지 못한 것이 아니라 존재 간의 거리는

극복될 수 있는 것이 아니라는 쓸쓸한 깨달음과 그로인한 비애 등을 토대로 한 것이다. 그것은 3화에서 타카키와 아카리의 현재를 통해서 애수 어린 정서로 드러나며, 이는 타카키와 같이 비애가 극단화되거나, 아카리와 같이 애조를 수납하는 두 양상으로 동시에 드러냄으로써 모노노아와레(物哀れ)를 유발시킨다. 존재 간의 거리로 인하여 느끼게 되는 실존적인 결핍의 정서는 옳고 그름의 선택이나 아름답고 추하다는 판단의 문제가 아니라 선험적으로 주어지는 체험에 기반한 알 수 없는 정조(情調)의 성격이 강하다. 따라서 이러한 정조는 언어화 이전이거나 언어화 불가의 영역이기 때문에 논리적인 접근은 어렵지만, 영상을 기반으로 한 통합적 구현은 가능하다. 따라서 신카이 마코토는 〈초속 5Cm〉에서 서정적 영상과 컷 어웨이 그리고 보이스 오버를 통합체 안에서 전략적으로 선택적으로 구사함으로써 효과적인 구현을 성취한다.

이와 같이 〈초속 5Cm〉에서 드러나는 모노노아와레는 각기 다른 속도를 지닌 존재와 존재, 즉 존재 간의 거리는 좁혀지기 어려울 것이라는 체념을 기반으로 발생한다. 〈초속 5Cm〉의 체념의 정서가 기억의 소환을 통해서 현재에서 발생하고 강화된다는 점에 주목해야 한다. 이러한 체념의 정서는 '지금 이곳'으로서의 현재와 '이전의 지금'으로서 현재 그리고 '이후의 지금'으로서의 현재를 연관시킴으로써 일시적인 정서가 아닌 존재 고유의 정조를 형성시키게 된다. 그것은 '지금 이곳'의 현재에서 끊임없이 기억 속의 '지금 이전'을 소환하고, 그것의 이루어질 수 없는 해소를 '이후의 지금'에 지속적으로 기대하기 때문이다. 따라서 모노노아와레는 해소의 대상이 아니라 존재의 개별성과 고유성의 일부로서 존재하게 되는 것이다.

이러한 전략은 〈초속 5Cm〉 전체에 걸쳐 사건보다는 다양한 영상기법을 활용하여 영상 스스로 이야기하게 하는 전략과 맞물린다. 그 결과 텍

스트 안에서 뚜렷하고 분명한 메시지의 제시가 아니라 텍스트가 만들어
내는 영상과 분위기 안에서 향유자 스스로 추체험화를 통하여 완성해낼
수 있도록 만든다.

3) 모노노아와레의 영상미학

〈초속 5Cm〉는 세 편의 독립적인 애니메이션이 매우 느슨한 형태의 통
합체를 구성하고 있다. 이 작품을 구성하는 세 편의 텍스트는 독립적인
완결성을 지니고 있는데, 이것은 존재의 속도와 거리라는 주제로 수납되
면서 매우 느슨한 통합체를 구성하고 있는 것이다. 또한 세 편의 독립적
인 각 텍스트는 3막 구조의 안정적인 구조를 지향하면서도, 극적 갈등의
생성과 해소에 중점을 두는 기존 서사와는 다르게 최소 사건의 기승전결
만을 유지하는 전개를 보여준다. 아울러 서사의 중심이 사건에 있지 않
고 캐릭터 간의 관계와, 활성화된 서브텍스트(subtext) 그리고 일상 사
물의 감각적 영상화에 맞추어져 있다. 이 작품은 일상 세계를 극사실주
의적으로 묘사하고, 그들을 낯설게 조합함으로써 탁월한 미장센(mise-
en-scène)과 몽타주(montage)를 구현한다. 서브텍스트의 활성화와 감
각적인 영상 연출을 통하여 영상 스스로 말하는 텍스트를 만들고 있는
것이다.

인위적인 움직임을 창조함으로써 그것에 생명을 부여하고 그 안에서
즐거움을 창출하는 것은 애니메이션 고유의 특성이다. 그런데 애니메이
션 영상미에 중심을 두고 있는 〈초속 5Cm〉에서는 오히려 정지영상을 빈
번하게 사용한다. 노만 맥라렌(Norman Mclaren)의 말처럼 "애니메이션
은 움직이는 그림의 예술이라기보다는 그려진 움직임의 예술이다. 각 프
레임에서 일어나는 움직임보다 각 프레임 사이에서 일어나는 움직임들
이 훨씬 중요하다."(폴 웰스, 2001, 28-29) 따라서 이 작품에서 성취하

고 있는 감각적인 영상의 실체를 파악하기 위해서는 정지영상은 물론 보이스 오버, 컷 어웨이, 모티프의 반복 등과 같이 통합의 다양한 구성요소들을 함께 살펴보아야만 한다.

움직임이라는 애니메이션의 가장 큰 덕목을 훼손시켜가면서 이 작품에서 활용하고 있는 정지영상은 1) 보이스 오버나 음악 등의 대체 감각을 통해서 생각할 시간을 확보해주고, 2) 극사실주의적 묘사의 즐거움을 강화하며, 3) 빛, 색, 앵글 등을 활용한 고유의 미장센을 구축할 수 있고, 4) 상징화된 모티프의 반복적 활용을 통하여 주제를 부각시키고 있다.

〈그림 15〉 〈초속 5Cm〉의 극사실주의적 영상

〈그림 15〉와 같은 극사실주의적 영상은 그 자체로도 즐거움을 주지만, 일상 속에서 항상 대하는 것들을 새롭게 인식할 수 있게 하며, 낯선 맥락으로 컷 어웨이함으로써 불연속적인 두 쇼트를 연결하는 과정에서 적극적인 사고의 자극을 유도할 수 있다.

①과 ②는 동일한 소재인 자전거를 묘사한 쇼트인데, ①은 출발 전에 비가 내리는 장면이고, ②는 도착해서 아카리와 거리를 나서는 시점으로

쌓인 눈으로 시간의 경과는 물론 쇼트의 분위기가 전환되고 있음을 알 수 있다.(원문자는 사진의 순서다. 이하 동일) 이렇게 정지영상 안에서도 동일한 소재를 반복 묘사함으로써 그 사이의 차이에 주목하고, 그들이 충돌함으로써 만들어내는 의미에 주목하게 된다.

　1화의 시작부분으로 아카리의 편지가 보이스 오버로 제공되면서 전개되는 정지영상이다. ①은 아카리의 편지를 받는 타카키의 모습인데, 편지함쪽 역광으로 프레임 안에 프레임을 만듦으로써 아카리가 그의 유일한 출구임을 표현한 장면이다. 운동장(②)에서 복도(③)로, 다시 교실(④)로 정지영상을 전개시키고 있다. ②와 ③의 텅 빈 운동장과 복도를 통해 ①의 아카리 부재를 점층적으로 강조한다. 이와 같이 〈그림 16〉은 특정 상황의 계열체(paradigm)들을 정지영상으로 전개시키면서 일정한 통합체(syntagm)를 구성함으로써 의미를 구조화를 성취한 예이다.

〈그림 16〉 타카키 학교 생활의 계열체의 구조화

　하지만 모두가 이와 같은 통합체를 지향하는 것은 아니다. 신카이 마코토 특유의 사물의 일부분을 클로즈업하고, 빛을 활용한 정지영상을 컷 어웨이로 자주 활용한다. 연상을 자극하는 돌발적인 쇼트의 삽입이 수시로 이루어지고, 이미지의 분절과 파편화를 통하여 자동화된 이미지를 낯설게 제시함으로써 낯선 맥락을 환기하는 효과가 있다.

〈그림 17〉 컷어웨이를 활용한 영상

〈그림 17〉의 ②, ③, ④는 서사 전개의 맥락과 크게 관계없이 배경처럼 컷 어웨이하는 쇼트들이다. 사물을 부분 클로즈업으로 처리하고, 빛을 낯설게 결합시킴으로써 낯선 맥락을 환기하고 있다. ①은 〈벚꽃무리〉에서 반복적으로 등장하는 새의 컷 어웨이 쇼트(04:42-05:51)로 비교적 길게 진행된다. 만나러 가기 전날을 묘사하는 쇼트에서 아카리의 보이스 오버와 함께 등장하는 영상이다. 이 때 영상은 텅 빈 기표처럼 느껴지고 오히려 아카리의 보이스 오버가 도드라지는 결과[40]를 낳는다. 다만, 이것이 뒤에서 키스 직후에 한 번 더 유사하게 반복(23:17-23:36)될 때에는

---

40) 아카리를 찾아가는 타카키 모습의 메타포로 읽을 수도 있겠지만, 그것은 지나치게 맥락중심으로 읽은 결과이고, 영상만으로는 도시의 상공을 힘차게 이동하고 있는 새일 뿐이다.

키스 이후 새롭게 열리는 세상의 모습과 타카키의 보이스 오버[41]에 등장하는 너무나도 '큰 인생, 막연한 시간'의 형상화로 읽을 수 있다. 동일한 구도나 유사한 상황·영상을 보여줌으로써 앞뒤의 것을 상호 대비하게 하여 의미를 생산하는 전략으로 이 작품에서 자주 활용된다.

〈그림 18〉 동일한 영상이나 상황의 반복을 통한 의미 발생

〈그림 18〉의 ①과 ②는 유사한 프레임을 구성함으로써 두 장면을 상관시키고 있다. 전철의 지체로 불안에 빠진 타카키의 모습(①)과 늘 혼자인 것 같다는 타카키의 생각이 연상한 아카리의 모습(②)이 유사한 배경의 프레임 안에서 구현됨으로써 ①과 ②의 감정이 겹치면서 강조되고 있

---

41) "우리는 이 앞으로도 계속 함께 있는 것이 불가능 하다는 것을 확실히 알 수 있었다. 우리 앞에는 아직도 너무나도 큰 인생이…막연한 시간이…어찌할 도리도 없이 가로놓여 있었다."(23:17-23:36)

다. ③은 어린 시절 타카키가 아카리와 다니던 길이고 ④는 어른이 된 이후에 타카키가 찾아간 그곳의 모습이다. 어리고 순수한 시절 함께하던 ③의 감정과 '올곧은 마음을 잃고 탄력 잃은 생활'을 하며 홀로 걷는 ④의 감정이 동일 공간 연출로 극적인 대비를 이루게 된다. ⑤와 ⑥은 같은 상황의 시간과 공간이지만, 1년 전에 벚꽃이 떨어지는 것을 보며 '마치 눈 같지 않아?'라고 말했던 것을 반복함으로써 그것이 발화된 시점(봄)의 벚꽃나무로 순간 변화된 모습(⑥)이다. 재미있는 것은 현재 눈이 내리고 있는 상황에서 '마치 눈 같지 않아?'라는 모순된 대사를 통해서 둘만의 기억을 소환하고 있다는 점이다.

〈그림 19〉 빛을 활용한 영상미

〈그림 19〉는 이 작품 중에서 최고의 영상 테크닉으로 꼽히는 쇼트인데, 텅 빈 교실에 형광등 불이 들어오는 것을 표현한 부분이다. 시간차를 두고 불이 켜지는 교실의 형광등을 빛만으로 조절하며 표현한 것이다. 신카이 마코토는 '빛의 작가'로 유명한데, 이것은 그가 그동안 1인 제작 시스템을 고수해왔던 것과 연관이 있다. 1인 제작 시스템에서는 혼자

서 모든 것을 해결해야하기 때문에 그림의 장수에 대한 부담이 클 수밖에 없다. 때문에 정지영상을 많이 사용하며 빛을 통한 움직임 등의 효과를 극대화한 것이다.

〈그림 20〉 시계 이미지의 반복 사용을 통한 불안 고조

〈그림 20〉은 〈벚꽃무리〉의 B에서 시계 이미지의 반복적인 사용을 통해서 고조되는 불안을 표현하고, 향유자 역시 이것이 만드는 심리적 시간에 동조하게 한다. 타카키가 이동한 공간의 특성에 맞는 시계를 제시하고, 그 사이에 손목시계가 반복적으로 등장함으로써 불안해하는 타카키의 심리를 구현하고 있는 것이다. 아울러 이러한 노출을 통하여 타카키의 심리에 동조·몰입하게 된다.

특히 ⑨는 손목시계를 풀어놓음으로써 체념상태를 표현하였다. 이외에도 각각의 작품 안에서는 물론 작품 전체를 단위로 해서도 영상의 반복과 변주가 적극 활용되고 있다. 〈우주비행사〉에서도 미지의 여인과 타카키가 서 있는 모습이 3회 반복되고, 마지막에 미지의 여인이 아카리임이 드러날 때까지 그녀의 정체에 대한 궁금증은 물론 이 영상의 역할에 대해서 의문을 갖게 한다. 〈Ⅲ. 초속 5Cm〉의 G2는 A1의 이미지를 변주한 것이며, 이것이 H의 마지막 부분에서 한 번 더 반복됨으로써 각 화가 아카리와 타카키를 중심으로 수렴됨으로써 작품 전체의 거시서사를 표면적으로는 느슨하지만 연결 가능한 맥락으로 만들어 준다.

위에서 살펴본 감각적 영상의 탁월한 성취는 이 작품의 메시지 전달과 밀접한 관련을 맺는다. 이 작품은 뚜렷한 메시지를 분명한 방식으로 전달하지 않는 특성을 드러내고 있다. 물론 보이스 오버를 통해서 메시지를 드러내지 않는 것은 아니지만, 발화된 내용 자체도 지극히 추상적이고 모호하기 때문에 그것 자체만으로는 온전한 메시지를 읽어낼 수가 없다.

〈그림 21〉〈초속5Cm〉에 드러난 존재 간의 거리

〈그림 21〉은 타카키와 아카리, 카나에, 미즈노 사이의 거리를 형상화하고 있다. 아카리에 대한 그리움을 가지고 있는 타카키가 카나에나 미

즈노와 더 가까워지지 못하는 2화의 ②, ③, ④나 3화의 ⑤, ⑥은 쉽게 납득할 수 있다. 더구나 2화는 카나에의 시점에서 좀처럼 가까워지지 못하는 타카키와의 관계를 표현하는 것으로 ②, ③, ④는 성공적이다. 또한 3화에서 3년이나 사귀고도 조금도 가까워지지 못한 미즈노와의 관계를 단적으로 드러낸 ⑥도 효과적인 것으로 볼 수 있다. 다만, 타카키가 그리워하는 대상인 아카리와의 관계를 표현한 ①과 ⑤의 거리는 주목해야 한다. 사실 ⑤에서 그녀가 아카리라는 암시는 주어지지만 확인은 피하고 있는데, 이것은 의문을 남김으로서 여운을 강화하려는 의도이다. 동시에 이미 많은 시간이 흘러서 스쳐 지나면서도 그녀가 아카리인지도 모를 정도의 타카키와 아카리의 거리를 단적으로 표현한 것이다. 이러한 맥락에서 볼 때, ①은 '내년에도 같이 벚꽃을 볼 수 있으면 좋겠어'라는 대사와 함께 둘이 함께할 수 없음을 암시하는 것이기도 하지만, 두 존재 사이의 근원적인 거리를 의미한다.

1화의 A1은 벚꽃이 지는 '속도'와 건널목에서 상징적으로 드러나는 타카키와 아카리가 '거리'로 요약할 수 있다. 벚꽃이 지는 속도는 건널목에서 스쳐지나가는 전철의 속도와 바로 대비가 된다. 이것은 다시 2화에서 발사장까지 우주선이 이동하는 속도가 시속 5Km[42]라는 점과 대비되고, 우주선의 발사 속도와 다시 한 번 대비된다. 결국 '초속 5Cm'는 벚꽃이 지는 속도이며 동시에 모든 존재는 각자의 속도를 지니고 있음을 대유하는 말이 되는 것이다. 결국 타카키와 아카리도 각자의 존재 속도를 지니며, 그 다름의 결과가 거리로 나타나는 것이다. 건널목 쇼트는 그러한 거리를 단적으로 표현한 것이다.

---

42) 정말 벚꽃이 지는 속도가 초속 5Cm인지, 우주선의 이동 속도가 시속 5Km인지는 중요하지 않다. 이 둘의 속도가 다르다는 것을 드러내기 위해서 '5'라는 숫자를 맞추고 있다는 점에 주목해야 한다.

이와 같이 이 작품은 존재의 속도가 다르다는 것, 그로 인해 존재 간의 거리가 발생하고, 그 거리로 인해 고독할 수밖에 없음을 보여준다. 이러한 인식이 아름다운 소멸과 무상함이라는 모노노아와레의 정서를 환기한다. 하지만 거기에 머물지 않고, 그럼에도 불구하고 너와 나의 순애(純愛)를 통해 그 고독을 건널 수 있을 것이라는 희망을 드러내기도 한다. 이 작품의 마지막 대사가 '언젠가 다시 함께 벚꽃을 보는 것이 가능'할 것이라는 낙관적인 기대를 타카키와 아카리가 보이스 오버로 제시하고 있기 때문이다.

〈그림 22〉 〈초속 5Cm〉에 드러난 세카이계의 흔적

〈그림 22〉에 드러난 바와 같이 둘만의 세계(①)이거나 둘 외의 세계는 지워 버린 세계(②)이거나 미지의 공간에 둘만 있으면서 상대를 파악하려는 세계(③)나 네가 없음으로 세계와의 소통마저 단절되어 버리는 세계(④)는 세카이계의 그것과 다르지 않다. 이와 같이 역사성과 사회적 구체성이 제거된 세카이계적 특성은 모노노아와레적인 정서와 극단적인

감상성으로 자폐적인 세계를 재구하고 있다. 이렇게 재구된 세계 안에서 주체는 부재한 채(보이스 오버로만 존재) 끊임없이 그리운 것들을 현재로 소환함으로써 오히려 '지금 이곳'이 사라져버리는 양상을 드러낸다. 따라서 타카키와 아카리의 마지막 보이스 오버가 희망적으로 들리지만 존재의 거리를 끝내 지울 수 없는 각자의 속도가 오롯이 남아 있을 것이라는 예측은 어렵지 않다. 그것은 〈초속 5Cm〉가 탁월한 영상 미학의 성취 위에서 존재의 속도와 거리를 이야기하고 있음에도 불구하고 그것이 어떻게 존재의 고독을 넘어설 수 있을까가 아니라 아름다운 소멸로 이어지는 고독에만 천착하고 있는 까닭이다.

4) 세계의 심연과 자폐의 감성 사이

〈초속 5Cm〉는 움직임이 아니라 움직임과 움직임 사이를 창조적으로 만듦으로써 개성적인 영상 미학을 연출하고 있음은 앞에서 살펴본 바와 같다. 신카이 마코토 스스로 밝히고 있듯이 세카이계의 또 다른 원조로 불리는 무라카미 하루키(村上春樹)의 영향[43]이 곳곳에 드러나며, 직접 분명하게 메시지를 구현하지 않고 영상 스스로 분위기로 말하게 하는 왕가위(王家衛)적 영상화법과의 유사성도 매우 밀접해 보인다. 또한 이 작품은 신카이 마코토를 세카이계로 불리게 한 〈별의 목소리〉의 나르시시즘적인 세계로부터 일정 부분 탈피한 것으로 보인다.

그럼에도 불구하고 〈초속 5Cm〉는 우주로 상징되는 세계의 심연, 즉 존재 간의 상이한 속도와 거리에 대한 구체적인 탐구라기보다는 매우 모호한 자폐적 감성에 갇혀 있다. 자아와 타자가 너와 나만의 관계로 단순

---

43) 혹자는 세카이계의 기원을 〈신세기 에반게리온〉이 아니라 무라카미 하루키의 《세계의 끝과 하드보일드 원더랜드》(1985)로 보기도 한다. 또한 국문학을 전공한 신카이 마코토 자신도 인터뷰를 통해서 무라카미 하루키에게서 가장 큰 영향을 받았음을 밝힌 바 있다.

화되고, 세계와의 어떠한 관계 설정도 거부한 채 둘만의 순애적 관계에만 집착하는 방식으로서는 어떠한 세계와의 화해 가능성도 모색할 수 없기 때문이다. 이러한 자폐적 감성의 세계를 통해서 세계와의 관계를 모색할 수 없는 상황에서 이 작품에서 선택할 수 있는 것은 모노노아와레적인 애수와 무상의 분위기뿐이다.

　신카이 마코토의 〈초속 5Cm〉는 빼어난 영상 미학의 성취에도 불구하고 세카이계 특유의 자폐적 세계를 넘어서지 못하고 있다. 타자들과 관계를 고민하면서도 그들과 부딪히지 않으려하고, 존재 간의 거리를 안타까워하지만 자기를 깨고 나오지 않으며, 지금 이곳의 현실이 아니라 그리운 것의 '지나간 지금'에 대한 집착만으로는 그 특유의 자폐적 감성을 넘어서기는 어려워 보인다. 세계와 관계하지 않으며 세계와의 관계를 개선할 수는 없으며, 타자와의 구체적인 갈등 없이 그와의 거리가 해소될 것을 바랄 수 없는 까닭이다. 다만, 이 작품은 서브텍스트가 활성화 되어 있고, 컷 어웨이를 활용하여 일상의 낯선 맥락을 만들어 내고 있고, 자기 안으로 섬세하게 깊이 천착하고 있으며, 1인 제작 시스템의 세계에서 스튜디오 제작방식으로 전환했다는 점 등을 근거로 볼 때, 그 극복 가능성의 여지를 충분히 기대하게 한다. 더구나 자신만의 화법과 스토리텔링 전략을 이미 확보하고 있는 신타이 마코토의 영상화법의 탁월함 역시 그러한 기대를 강하게 갖게 한다. 문제는 현재 대중적인 지지를 받고 있는 세카이계적 정서로부터 과감하게 벗어나기 위한 과감한 시도가 이어질 수 있느냐는 것이다. 대중들의 지지는 그의 탁월한 영상화법만큼 세카이계적 정서에 몰려 있기 때문이다.

4. 픽사 캐릭터, 자기진화의 중심동력

1) 자기 진화의 중심 동력, 픽사 캐릭터

픽사(PIXAR) 애니메이션은 이미 신화(mythologies)[44]가 되었다. 픽사 애니메이션의 신화는 창조적 상상력, 지속적인 혁신, 깊이 있는 즐거움, 오리지널 스토리 중심, 스스로 역사가 되고 있는 Full 3D 기술 등 다양한 요소들의 종합적인 성취를 바탕으로 한다. 이러한 성취는 1986년 스티브 잡스가 루카스 필름의 그래픽팀을 인수하여 픽사 스튜디오를 설립한 이후, 픽사는 '혁신'이라는 이름으로 스스로 진화하여 왔기 때문에 가능했다.

1995년 <토이 스토리 I> 이후 픽사는 새로운 작품을 발표할 때마다 좀 더 진보된 Full 3D 애니메이션의 기술을 내놓았고, 흥행은 물론 작품성[45] 면에서도 높게 평가 받아왔다. 더욱 흥미로운 것은 픽사 애니메이션은 "디즈니와의 대타적 상관 내지 긴장을 형성하며 그 변별성을 확보하고 있다"(박기수, 2006A, 82)는 점이다. 즉 픽사 애니메이션은 디즈니 애니메이션에 의한 학습 효과를 극대화하면서 동시에 그들이 구축해놓은 애니메이션 문법을 전략적으로 취사선택함으로써 디즈니 애니메이션과 부분적인 차별화를 시도하고 있다는 것이다. 디즈니 애니메이션은 1) 성장담의 효과적 활용, 2) 디즈니 이데올로기의 내재화, 3) 공간의 성격화, 4) 즐거움

---

44) 롤랑 바르트는 《신화론》에서 자본주의 체계나 부르주아 이데올로기를 정당화하기 위해 사회적 역사적 의도를 지우고, 우연을 필연으로 바꾸어 이 모든 것을 당연한 것으로 수납하게 하는 의미전달 방식을 신화로 정의하고 있다. 따라서 픽사 애니메이션이 신화가 되었다는 것은 그것이 이미 개별적인 평가를 넘어서서 하나의 탁월한 브랜드로서 모두에게 당연한 것으로 수납되고 있다는 의미다.

45) 미국 내 애니메이션 흥행 기록 25위 안에 발표한 9편 모두 들어가 있다는 것만 보아도 픽사 애니메이션의 대중성과 그것을 확보하기 위한 픽사 스튜디오의 부단한 노력을 알 수 있다. 작품성 면에서도 가시적으로는 <토이 스토리 I>은 1996년 아카데미 특별공헌상 수상, <토이 스토리 II>(1999)는 골든 글로브 작품상(뮤지컬·코미디 부문), <니모를 찾아서>는 2004년 아카데미 최우수 애니메이션 작품상, <인크레더블>은 2005년 아카데미 최우수 애니메이션 작품상 등을 수상으로 드러나지만, <벅스 라이프>(1998), <몬스터 주식회사>(2001), <Cars>(2006)의 성취 역시 결코 무시할 수 없는 것들임은 재론의 여지가 없을 정도다.

을 극대화하기 위한 탄력적 서사 등과 같은 스토리텔링 전략 등으로 변별성을 확보함으로써 고유의 문법을 구축해왔다(박기수, 2006B).

　'성장담의 효과적 활용'은 디즈니의 부흥을 선도했던 디즈니 클래식이 대표적인 예이다. <미녀와 야수>는 이기적이고 무례하며 불친절한 왕자가 미녀를 통해 희생을 배움으로써 진정한 사랑을 깨닫는 성장담이다. 야수를 둘러싼 캐릭터의 상관관계로서 미녀는 야수에게 자기희생을 통한 사랑을 깨닫게 해주고, 코믹한 조력자들인 루미에르와 콕스웍스는 삶의 방식에 대한 대립적 태도로서 야수의 삶이 무엇을 지향해야할지를 보여준다. <알라딘>은 진실을 통해 자기의 본모습을 발견하고 그 과정에서 진정한 자유와 사랑을 얻어가는 병치적 성장담의 구조이다. 알라딘, 지니, 재스민, 자파의 성장됨이 병치적으로 교직되고 이것이 진실과 자유의 문제로 수렴되는 구조이다. <라이온 킹>은 심바의 개인적 정체성과 사회적 정체성의 구현과 그 과정에서의 갈등을 서사의 중심에 두고 있다. 이와 같은 성장담의 효과적 활용은 중심 캐릭터의 성장 과정을 통해 성숙한 자아로 성장하는데 필요한 미덕을 제시하고 그것을 추구하는 과정에 긍정적 가치를 부여하는 전략을 말한다. 이러한 전략은 그동안 동화적 소재를 원천콘텐츠로 적극 활용했던 디즈니의 대중화 전략과 온 가족이 함께 볼 수 있는 애니메이션을 추구했던 그들의 포지셔닝(positioning) 전략[6]에서 그 이유를 찾을 수 있다. 더구나 성장담은 자기

---

46) 애니메이션의 관람과 DVD 구입을 통한 향유는 아이와 부모의 선택이 일치할 경우에 성립된다. 아이가 보고 싶어 하는 애니메이션이 아이가 볼만한 것인지 부모가 판단함으로써 영화관에서 관람하거나 DVD 구입이 이루어지는 것이다. 특히 영화관에서 관람할 경우 아이들뿐만 아니라 부모가 함께 관람해야하기 때문에 애니메이션이 추구하는 가치와 재미가 부모들까지 즐길 수 있는 것이어야만 한다. 아동용 애니메이션에 대한 규제가 엄격한 미국이나 유럽시장의 경우 부모의 개입 정도는 더욱 높아질 수밖에 없다. 따라서 디즈니 클래식의 경우 익숙한 유명 동화의 부분적 변용을 스토리의 기반으로 설정하고 뮤지컬적 요소와 스펙터클적 요소 등을 전면화함으로써 즐거움을 극대화하는 전략을 구사하는 것이다.

형성 과정을 기반으로 중심 캐릭터의 긍정적 결말을 기대할 수 있다는 점에서 디즈니 애니메이션의 전형적 공식인 행복한 결말을 유도하는데 매우 효과적이다.

'디즈니 이데올로기의 내재화'는 디즈니 이데올로기를 작품 전반에 걸쳐 녹여놓음으로써 향유과정을 통해 학습하게 하는 전략을 말한다. 즉 디즈니 이데올로기로 불리는 청교도적 윤리관과 자본주의 이데올로기의 구현 과정에서 부르주아, 백인, 기독교도, 남성 중심의 가치를 더욱 공고하게하고 확대한다는 것이다. 헨리 지루(2001, 157)는 "디즈니는 사적영역과 공적영역을 조작해내려는, 즉 가정과 국가를 접맥시켜보려는 의욕적인 시도를 통해 문화적 정체성을 만들고 대중들의 소비를 부추긴다. 디즈니는 자본주의, 성, 국가 정체성에 대한 정의를 통해 이념의 단일화를 도모하는데, 그 근저에 깔린 상징은 가정, 특히 핵가족 형태의 백인 중산층 가정이다. 이 가정은 소비주의와 성에 따른 역할 분담, 모성애, 계급적 기사도를 연결하는 윤리적 척도가 된다"고 주장했다. 디즈니 애니메이션은 가족중심주의나 청교도주의와 같은 건전한 가치 포장하고 순수함이나 따듯함이라는 심정적 동화(박기수, 2004, 90) 기제를 효과적으로 활용함으로써 서구(백인, 기독교), 자본(부르주아), 남성중심이라는 지배 이데올로기의 확대재생산에 기여하는 것이다. 디즈니 클래식의 대부분에서 이러한 이데올로기를 발견하는 것은 어려운 일이 아니다. 디즈니 이데올로기의 내재화에 대해서는 다양한 관점의 비판과 관련 서적이 출간되었고, 이러한 비판을 의식해서 그 정도가 완화되기도 하였다. <알리딘>에서 영어의 차별적 사용이나 중동에 대한 왜곡된 인식의 조장이 비판을 통해 다소 완화된 점, 백인중심, 남성중심이라는 비판을 의식해서 제작된 <포카혼타스>, <뮬란> 등의 예만 보아도 그 정도를 가늠할 수 있다.

'공간의 성격화란 〈그림 23〉처럼 대조되거나 서로 차이가 나는 2-3공

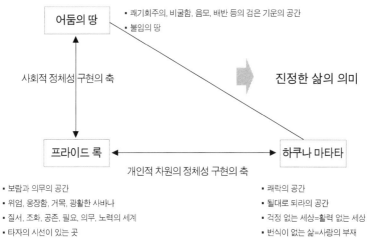

어둠의 땅
- 쾌기회주의, 비굴함, 음모, 배반 등의 검은 기운의 공간
- 불임의 땅

사회적 정체성 구현의 축

진정한 삶의 의미

프라이드 록

하쿠나 마타타

개인적 차원의 정체성 구현의 축

- 보람과 의무의 공간
- 위엄, 웅장함, 거목, 광활한 사바나
- 질서, 조화, 공존, 필요, 의무, 노력의 세계
- 타자의 시선이 있는 곳

- 쾌락의 공간
- 될대로 되라의 공간
- 걱정 없는 세상=활력 없는 세상
- 번식이 없는 삶=사랑의 부재

〈그림 23〉〈라이온 킹〉의 공간구도 (박기수, 2006C)

간을 제한적으로 제시하고 이것들을 뚜렷하게 차별화시킴으로써 각 공간
이 지향하는 성격을 드러내는 전략이다. 짧은 시간 안에 즐거움을 중심으
로 계몽적 담론을 효과적으로 내재화시킬 수 있는 방법으로 디즈니 애니
메이션은 물론 일본의 미야자키 하야오(宮崎 駿)도 즐겨 사용하는 방법이
다.[47] <라이온 킹>에서서 공간의 성격화는 심바의 사회적 정체성과 개
인적 정체성을 구현하는데 가장 중요한 기제로 활용되었다. 프라이드 록
→ 하쿠나 마타타 → 프라이드 록으로 진행되는 심바의 일상 → 비일상
(특별한 세계)→일상으로 돌아오는 신화 속 영웅의 여정(크리스토퍼 보글
러, 2005, 277)과 유사하지만 그 길이와 순서는 큰 흐름을 제외하고는 생
산적 전환을 보여주고 있다. 하쿠나 마타타는 될대로 되라는 쾌락의 공간
으로 사자로서의 정체성만 버린다면 걱정 없이 살아갈 수 있는 공간이다.
반면 프라이드 록은 의무와 보람의 공간이며 질서, 공존, 조화, 필요, 노

---

47) 디즈니 애니메이션에서 공간의 성격화는 변별적인 공간의 제시를 통해서 이루어지지
만, 미야자키 하야오의 경우에는 수평적으로 공간을 분리하고, 중심 공간을 다시 수직
으로 구분하면서 성격화한다는 점에서 다소 차이가 난다.

력을 요구하는 공간으로서 타자와의 관계를 늘 의식해야만 하는 의무의 공간이지만 그로 인한 보람을 성취할 수 있는 공간이기도 하다. 이미 음모와 배반의 공간으로 어둠의 땅을 프라이드 록과 대비적으로 제시한 바 있는 상황에서 개인적 정체성, 과연 네가 무엇이며 무엇을 해야 하는가에 대한 답을 제시하기 위한 공간으로 설정된 것이 하쿠나 마타타인 것이다. 그런 까닭에 프라이드 록과 어둠의 땅의 갈등(심바의 이탈) → 하쿠나 마타타의 삶 제시 → 프라이드 록으로의 귀환 유도(하쿠나 마타타의 삶과 대비) → 프라이드 록으로의 귀환 → 어둠의 땅 세력 제거로 서사가 전개되면서, 프라이드 록/ 어둠의 땅, 프라이드 록/ 하쿠나 마타타의 대비 과정이 자연스럽게 제시하고 있다. 따라서 '공간의 성격화'는 '성장담의 효과적 활용'과 밀접한 관계를 지니며, 두 전략의 상관은 100분 내외의 짧은 서사 안에서 선명한 갈등 부각과 뚜렷한 성격화 과정에 효과적이다.

디즈니 애니메이션 서사의 가장 두드러진 특징은 극적구조 보다는 즐거움을 극대화할 수 있는 구조를 선호한다는 것이다. 디즈니 애니메이션은 상대적으로 단순한 서사와 관습화된 주제를 반복함으로써 결과적으로 최종 의미에 덜 구속된 상태에서 주변모티프(free motif)를 이용한 다양한 조합의 유희를 제공한다. 뮤지컬적 요소나 화려하고 속도감 있는 스펙터클 등 다양하게 주어지는 주변모티프들은 서사의 흐름을 이끌어가는 중심모티프들의 통합체적 결합을 상대적으로 약화시키고, 계열체적 자율성을 높인다. 계열체적 자율성이 탄력적으로 제공됨으로써 주변모티프들은 향유자의 취향이나 능력에 따라 다양한 방식으로 향유되고, 이를 통해 즐거움을 극대화하는 것이다. 디즈니 애니메이션은 대부분이 기존의 동화나 신화, 민담, 전설 등을 기초로 하는 까닭에 서사적 긴장이나 결말에 대한 기대 등으로부터는 자유로울 수 있었고, 그 결과 이야기의 결말이 아니라 이야기가 연행(performance)되는 과정에서 보고 즐길

것을 강화하는 전략을 구사한 것이다.[48]

이러한 디즈니 애니메이션의 고유한 문법은 대규모 자본과 유통망을 이용한 상업적인 성과는 물론 선행 학습효과를 발휘함으로써 애니메이션의 전형처럼 인식되어 왔다.

하지만 디즈니 애니메이션은 "서사의 정형성, 극적 긴장의 부재, 디즈니 이데올로기에 대한 반발, 양질의 다양한 서사를 제공하는 일본 애니메이션의 부상" 등으로 침체에 빠진다.(박기수, 2006A, 85-86) 이러한 디즈니 애니메이션의 한계를 전략적으로 극복하고 있는 것이 픽사 애니메이션이다. 이와 같은 픽사 애니메이션의 변별성을 스토리텔링을 중심으로 살펴본 결과, "1) 성장담을 근간으로 한다는 점, 2) 디즈니 이데올로기의 배타성을 희석시키면서도 건전한 가치를 지향한다는 점 등은 디즈니를 발전적으로 계승하고 있지만, 3) 소재적으로 보다 다양해졌고, 4) 캐릭터의 다수화와 다양화를 꾀하고, 4) 공간의 성격화를 탄력적으로 적용하며, 5) 즐거움을 극대화하기 위한 탄력적 서사보다는 안정적인 3막 구조를 지향한다는 점에서는 뚜렷한 차별성"(박기수, 2006A, 86)이 있다고 주장 한 바 있다.

압도적인 디즈니 애니메이션의 문법과 일정한 거리를 유지한다는 것은 그 자체로 독자적인 문법을 구축한다는 의미며, 동시에 그것이 가능할 수 있는 요소들을 확보했다는 뜻이다. 뿐만 아니라 모든 작품이 시장에서 성공을 거둠으로써 그것의 유효성과 우수성을 실천적으로 증명하였고, 그 결과 유리한 위치에서 디즈니와의 합병도 성사될 수 있었던 것이다. 더구나 픽사 애니메이션은 애니메이션으로서의 성과는 물론 디지털 애니메이션의 정전(canon) 역할을 하고 있다는 점에서 충분히 주목할

---

48) 유독 디즈니 애니메이션에서 뮤지컬적인 요소, 슬랩스틱 코미디적 요소, 속도감 있는 화려한 스펙터클, 스타의 즉흥 연기 등이 자유롭게 구사될 수 있었던 것은 이러한 전략에 의해 그것이 구사될 수 있는 시간과 서사의 구조적 자유를 확보했기 때문이다

만한 가치를 지닌다.

픽사 애니메이션을 가장 돋보이게 하는 것은 스토리텔링이다. 장난감, 곤충, 몬스터, 물고기, 슈퍼히어로, 자동차에 이르기까지 중심 소재와 상관된 신기술 개발의 연이은 개가에도 불구하고 픽사 애니메이션에서 오히려 가장 중요한 것은 '스토리'라고 주장한다. 어떠한 기술도 스토리를 부각시키기 위한 것일 뿐이라는 존 라세터(John A. Lasseter)의 말은 픽사가 스토리에 가장 큰 비중을 두고 있다는 의미기도 하지만 동시에 스토리(story)와 텔링(telling)의 유기적인 구조를 스토리텔링 전략의 전제로 활용하고 있다는 뜻이기도 하다. 즉 픽사 애니메이션 스토리텔링은 '즐길 수 있는 창조적 상상력의 극단'을 구현하기 위해 모든 작품마다 새로운 디지털 애니메이션 기술을 개발하고, 이러한 일련의 과정을 통하여 향유를 활성화하는 전략을 구사하고 있는 것이다.

스토리텔링은 향유자의 체험을 창조적으로 조작하는 전략적 구성과 그 실천을 말한다. 스토리텔링은 이야기(story), 이야기하기(tell), 향유하기(ing)로 구성되는데, 이것의 조합은 그것이 구현해야할 문화콘텐츠의 정체와 지향, 상/하위 장르별 특성, 구현할 미디어, 중심 향유자 등의 특성에 따라 탄력적인 양상으로 드러난다. 더구나 이야기, 이야기하기, 향유하기 등의 요소 역시 각각 다시 세분화됨으로써 스토리텔링으로 구현될 때에는 이 요소들이 총체적으로 수납됨으로써 중층결정(over-determination)된다는 특성을 지녔다. 즉 스토리텔링은 문화콘텐츠 구성요소로서 1) 구성 요소들의 중층결정과 2) 그것이 구현해야할 문화콘텐츠적 속성을 전략적으로 내재화한 개념으로 파악할 수 있다. 스토리텔링이 문화콘텐츠의 대중성과 작품성의 성패를 좌우하는 근간이 되는 이유가 바로 여기에 있는 것이다.

이러한 맥락에서 볼 때, 대중성과 작품성을 동시에 고려한 픽사 애니메이션의 성공 전략을 효과적으로 파악하기 위해서는 그들의 스토리텔링 전략을 실천적으로 분석·규명해야만 한다. 그동안 픽사 애니메이션에 대한 선행 연구는 개별 작품 중심 분석, 디즈니와의 이데올로기적 차별성 부각, 트레일러와 같은 프로모션 툴에 관한 연구, 캐릭터의 성향 분석, 구현 기술에 관한 논의 등으로 각각의 뚜렷한 연구 성과에도 불구하고 스토리텔링의 관점에서는 기대만큼의 성과를 얻을 수 없었다. 이 글에서는 스토리텔링의 관점에서 픽사 애니메이션의 전략을 파악하기 위하여 스토리텔링의 중심 구성 요소인 캐릭터에 주목한다. 픽사 애니메이션이 극장과 DVD를 중심 윈도우로 활용하고 있다는 점, 아동뿐만 아니라 전 연령대의 온 가족을 중심 향유자로 설정한다는 점, 매번 새로운 디지털 신기술을 통해 즐길 요소들을 확충한다는 점, 창조적 상상력을 기반으로 삶의 다차원성(多次元性)과 깊이를 느낄 수 있는 스토리를 중시한다는 점 등은 주지하는 바와 같다. 선행 연구 성과를 수렴하면서 보다 실천적이고 생산적인 논의로 나아가기 위해서는 스토리텔링 구성 요소별 상세 논의가 필요하며, 이 논의를 기반으로 종합적인 분석과 평가가 필수적이다.

따라서 이 글에서는 픽사 애니메이션 스토리텔링의 여러 요소들 중에서 캐릭터에 주목한다. 캐릭터는 플롯, 시간, 공간 등과 함께 유기적인 통합을 이루며 서사를 구성하는 중심 개념이면서 동시에 애니메이션의 산업적 특질을 직접적으로 반영하는 매우 중요한 요소이기 때문이다. 애니메이션의 경우 대부분 One Source Multi Use를 전제로 기획, 창작되는데, 이것이 라이선싱(Licensing) 사업과 연동되는 경우가 대부분이며, 그 중심이 캐릭터이기 때문이다.

단, 이 글에서 이야기하는 픽사 애니메이션은 디즈니와 전략적 제휴 관계에서 제작되었던 7편의 애니메이션, 즉 <토이스토리Ⅰ>(1995), <벅스라이프>(1998), <토이스토리Ⅱ>(1999), <몬스터주식회사>

(2001), <니모를 찾아서>(2003), <인크레더블>(2004), <카>(2006)만으로 한정한다. 픽사가 2006년 디즈니에 합병된 이후 발표된 <라따뚜이>(2007), <월 E>(2008)는 '디즈니/픽사'로 표기된다는 점에서 이전 작품들과 구분하여 여기서는 제외하기로 한다.

2) 픽사 캐릭터 분석

애니메이션 스토리텔링의 중심 구성요소인 캐릭터는 〈그림 24〉에서 제시한 바와 같이 세 가지 요소로 구성된다. 일반적인 캐릭터의 자질(feature)로 불리는 '구현 요소'와 개개의 구현 요소를 서사 구조 안에서 통합시키는 '상관 요소' 그리고 텍스트 외적인 요소로서 텍스트까지 유인해주는 '소구 요소'가 그것이다.

'구현 요소'는 캐릭터의 자질을 구성하는 제 요소를 말하는데, 이것은 서사의 추진력인 캐릭터의 욕망(목표─욕구─욕망), 갈등 과정을 통한 캐릭터의 변화폭을 의미하는 캐릭터 아크(Arc), 캐릭터 내부의 모순을 의미하는 캐릭터 차원, 캐릭터의 극적 기능, 중심캐릭터를 드러내기 위한 캐릭터 간의 상관구도인 캐릭터 휠(wheel) 등으로 구성된다.

'상관 요소'는 개개의 '구현 요소'를 서사 구조 안에서 통합시키는 제 요소를 의미하며, 이것은 플롯, 시점, 시/공간 구도, 시퀀스와 막(Act) 구조 등으로 구성된다. 구현 요소는 상관 요소와의 유기적인 전체를 이룸으로써 제대로 기능하기 때문에, 상관 요소를 배제하고 구현 요소만을 논의하는 것은 지극히 공소한 일이다. 따라서 텍스트 내적 요소를 구성하는 구현 요소와 상관 요소를 구성하는 일체의 것들을 통합적 관점에서 다루어야만 한다.

'소구 요소'는 향유자가 텍스트를 체험할 수 있도록 유인하는 일체의 요소를 뜻한다. 향유자가 애니메이션에서 원하는 것은 '정서적으로 의미 있는 체험'과 '개별 텍스트에 대한 특정한 기대의 만족'이다. 여기서 말하

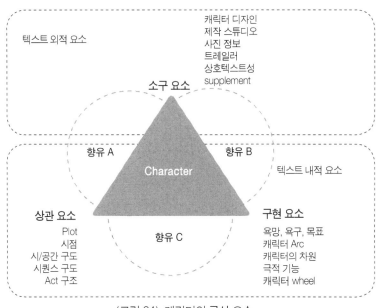

텍스트 외적 요소

캐릭터 디자인
제작 스튜디오
사진 정보
트레일러
상호텍스트성
supplement

소구 요소

향유 A

향유 B

Character

텍스트 내적 요소

상관 요소
Plot
시점
시/공간 구도
시퀀스 구도
Act 구조

향유 C

구현 요소
욕망, 욕구, 목표
캐릭터 Arc
캐릭터의 차원
극적 기능
캐릭터 wheel

〈그림 24〉 캐릭터의 구성 요소

는 '개별 텍스트에 대한 특정한 기대'는 선행 체험을 바탕으로 한 것으로
서 제작사(지브리 스튜디오, 디즈니, 픽사, 드림웍스 등)의 변별성, 하위
장르별 문법, 프랜차이즈 필름(franchise film) 여부, 플랫홈별 향유 방식
의 차이 등을 총체적으로 인지한 향유자가 갖게 되는 해당 텍스트에 대
한 기대감을 의미하는 것이다. 더구나 경험재(experience good)인 애니
메이션의 특성을 고려할 때, 캐릭터 디자인, 제작사, 트레일러(trailers),
사전 정보, 상호텍스트성(intertextuality), 셔플먼트(supplement) 등의
요소는 매우 중요한 소구 요소라고 할 수 있다.

향유 과정에서 체험하게 되는 캐릭터는 바로 이 세 요소가 통합적으로
작용하여 조형적으로 구현하고 있는 것이다. 따라서 캐릭터는 스토리텔
링이라는 거시적 맥락에서 이 세 요소를 통합적으로 상관하여 논의해야
하지만, 이 글의 목적과 성격을 고려하여 여기서는 상관 요소와 소구 요

소를 토대로 구현 요소를 중심으로 탐구할 것이다.

① '자기성찰'을 통한 캐릭터의 성장담

픽사 애니메이션 스토리텔링은 캐릭터 중심이다. 픽사 애니메이션의 제목이 모두 캐릭터 중심으로 만들어졌다는 표면적인 이유뿐만 아니라 캐릭터 창조와 동시에 만들어지는 세계의 특수성이 보편성을 지향하는 지극히 보수적인 이야기 구조 위에서 어우러지는 고유의 문법을 만들어 내고 있기 때문이다.

캐릭터는 '성격을 창조하는 과정'으로 갈등을 통해 구체화되는데, 갈등은 동일한 대상이나 욕망에 대한 각기 다른 방식의 추구가 빚어내는 충돌이다. 갈등을 통해 구체화되는 캐릭터의 자질을 파악하기 위해서는 중심캐릭터의 목표-욕구-욕망을 중심으로 변별적 특성을 규명해야 한다.

캐릭터의 '목표'는 중심인물의 직접적인 핵심 행위 동기를 말하며, '욕구'는 '목표'를 통해 충족시키고자 하는 바이며, '욕망'은 이러한 욕구 충족을 통하여 궁극적으로 도달하고자 하는 것을 의미한다. '목표'는 캐릭터가 전체 서사의 전개를 통하여 표면적으로 이루려는 것을 의미하는데, 이것에 이르지 못하게 하는 방해 요소나 적대 세력과의 대립을 통하여 갈등이 발생한다. 이 갈등을 해소해야지만 '욕구'를 충족시키고 '욕망'하는 바를 성취할 수 있는데, 픽사 애니메이션에서 그것은 캐릭터 자신의 성장을 통해서만 가능하다. 갈등 과정을 통하여 중심캐릭터의 문제점을 드러내고 그것을 해결하려는 노력을 통하여 실천적으로 극복하는 성장담의 근간을 픽사 애니메이션 스토리텔링은 효과적으로 활용하고 있다. 성장담은 "1) 자기형성 과정을 기반으로 중심캐릭터의 긍정적 결말을 기대할 수 있고, 2) 중심캐릭터의 성장 과정을 통해 성숙한 자아로 성장하는데 필요한 미덕을 제시하고 그것에 긍정적 가치를 부여함으로써 보다

〈표 4〉 픽사 애니메이션 중심캐릭터의 목표-욕구-욕망

구분 작품명	중심 캐릭터	목표	욕구	욕망	비고
토이스토리 I	우디	앤디의 집으로 귀가	버즈 및 동료들과 오해를 풀고 시드로부터 탈출	앤디로부터의 지속적인 사랑	우디와 버즈의 버디무비적 성격
	버즈	우주선을 고쳐서 행성으로 귀환	장난감으로서의 자기 정체성 파악		
벅스 라이프	플릭	하퍼 일당의 제거	자기 능력을 발휘하여 평화로운 개미 마을 건설	미숙함을 극복하고 온전한 자기 능력을 드러낼 수 있는 자신감과 용기	아타, 도트, 서커스 단원들 모두 플릭과 동위소적 관계
토이스토리 II	우디	알의 집에서 귀환	장난감으로서의 정체성 탐구	진정한 보물은 친구와 가족의 사랑	자기 정체성의 근간을 친구와 가족에서 찾음
	버즈	우디를 구하여 귀가	우디를 구하려는 우정		
몬스터 주식 회사	셜리	부의 귀환	랜달과 워터누즈의 음모 분쇄하고 웃음을 동력 원으로 활용	인간과의 진정한 우정	미국 중산층의 체제순응적인 낙관주의적 시각 재생산
니모를 찾아서	니모	집으로의 귀환	독립적인 주체로서의 삶	말린과 니모의 소통을 통한 이해와 성장을 기반으로 한 가족의 행복	니모와 말린의 병치적 서사와 성장. 도리의 〈메멘토〉패러디. 120여종의 다양한 물고기 캐릭터 등장
	말린	니모 구출	장애를 지닌 아들이 정상적으로 성장할 수 있도록 보호와 조력		
	밥	신드롬을 격퇴하고 가족들과 무사 귀환	슈퍼히어로로서의 삶 회복	장애를 지닌 아들이 정상적으로 성장할 수 있도록 보호와 조력	
인크레더블	헬렌	밥을 구해 가족과 귀환	가족들의 평온하고 행복한 삶	슈퍼히어로로서의 능력을 발휘하며 행복한 가족들의 삶	양립할 수 없는 욕망의 이율배반 해소
카	맥퀸	피스톤 컵 우승	진정한 승리의 추구	과정으로서의 삶과 함께하는 삶의 가치	100여대의 자동차 캐릭터 창조

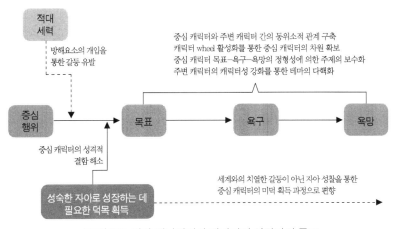

〈그림 25〉 픽사 애니메이션 캐릭터의 성장담의 구조

대중적인 지지를 유도해낼 수 있다는 점”(박기수, 2006B, 31)에서 애니메이션 스토리텔링에서는 자주 활용되는 이야기 형태다.

　독점욕과 이기심(우디), 자기 정체성 오인(버즈), 미숙한 능력과 용기 부족(플릭, 아타, 도트, 서커스 단원들), 체제 순응(셜리), 주체적인 삶을 살만큼의 독립 능력(니모), 아빠 중심의 과보호(말린), 세계에 적응하지 못하는 슈퍼히어로(밥과 헬렌 등), 자기중심의 오만함(맥퀸) 등의 예에서 보듯이, 캐릭터 각자가 갖고 있는 문제점은 욕망과 맞물려 있다. 즉 중심 캐릭터가 갖고 있는 성격적 결함을 긍정적으로 해소해야지만 욕망하는 바를 성취할 수 있다. 이것은 디즈니 애니메이션 스토리텔링의 근간을 이루는 성장담의 구조와 같다. 결국 성장이 세계와의 갈등을 해소하고 조화를 이루는 것이라면, 그 방식은 세계의 부조리나 모순을 개선하거나 자신을 세계에 맞추어가는 양상으로 드러날 수밖에 없다. 세계의 부조리나 모순의 개선을 위해서는 그것의 문제점을 지적하고 그것을 극복할 수 있는 대안을 제시해야하므로 주제의 무게나 접근 방식에 있어서 무거움을 떨치기 어렵다. 반면, 자신을 세계에 맞추는 것은 자신의 한계와 문제를 해소하면 된다는 점에서 비교적 간명한 구조의 서사로서도 소화할 수 있고 전달하고자 하는 바를 명확하게 할 수 있다는 장점이 있다. 다만, 이 때 세계는 다소 위협적이고 부조리하긴 해도 살아볼만한 가치가 살아 있고, 궁극에는 정의가 승리한다는 믿음을 전제로 해야만 한다. 이러한 맹목적인 낙관주의적 세계는 체제 순응적이고 지배이데올로기의 이익에 기여하는 위험을 내포하고 있다는 분명한 한계를 지닌다.

〈표 5〉 개인적/사회적 욕망의 병치

작품명 \ 욕망	개인적 차원(A)	사회적 차원(B)	동위소적탐구	비고
토이스토리 I	사랑받는 장난감 자기 정체성 파악	이해를 바탕으로 한 우정과 장난감 공동체 유지	○	A의 성취를 통해 B를 이루는 전형적 구조
벅스라이프	잠재적인 자기 능력 발휘를 위한 용기와 노력	각자 자기 몫의 능력 발휘를 전제로 한 공동체 추구	○	
토이스토리 II	자기 정체성 탐구	가족과 친구와 같은 소중한 관계적 삶	○	A와 B의 유기적 조합에 의한 동시적 성취
몬스터주식회사	이해와 우정	사회 정의	×	A와 B가 독립적 형태
니모를 찾아서	주체적인 삶	독립적 주체로서의 존중	○	제목과 도리의 메타포
인크레더블	자기 능력 발휘 세계와의 조화	개인 능력과 사회 그리고 가족생활의 조화	○	가족주의를 전면화
카	진정한 승리와 삶의 의미	함께하는 삶의 가치	○	계몽의 전면화

픽사 애니메이션의 성장담에서 가장 중요한 것은 중심캐릭터의 결핍 (성격상의 흠결, 태생적인 장애, 오인 등)과 그것을 극복기 위해 요구되는 성찰의 과정 그리고 필요한 덕목들이다. 이 덕목들은 대체로 가족주의로 포장된 청교도적 윤리관과 건전한 자본주의 이데올로기를 구현하는 과정에서 개인이 갖추어야할 품성적인 요소들로 드러난다. 상호 인정

(우디), 자기 정체성 파악(버즈), 잠재적인 능력의 발휘를 위한 용기와 노력(플릭, 아타, 서커스단원들), 관계적 삶을 통한 자기정체성 탐구(우디, 제시), 이해와 우정(셜리), 주체적인 삶 추구(니모)와 그것의 인정(말린), 자기 능력과 세계와의 조화(밥), 겸손과 감사 그리고 함께하는 삶을 위한 자기 성찰(맥퀸) 등이 그것이다. 픽사 애니메이션 스토리텔링은 〈표 5〉에서 보듯이 갈등 과정을 거치면서 이러한 개인적 차원의 덕목 구현을 통하여 중심캐릭터의 결핍을 해소하고, 사회적 차원의 갈등을 해소하고 욕망을 성취하는 구조이다.

<니모를 찾아서>는 말린과 니모의 성장담이다. 이 작품은 니모를 찾아가는 말린과 수족관 안에서 탈출을 시도하는 니모의 이야기를 병치적으로 전개시킨다. 제목에서도 알 수 있듯이 이 작품의 중심은 말린의 성장이다. 말린의 성장은 사랑하는 아내 코랄과 아이들을 지켜주지 못했다는 정신적 외상을 극복하고, 니모를 독립적이고 주체적으로 성장시키며, 자기만의 세계에서 벗어나 이웃들과도 어울리는 과정으로 드러난다. 이것은 상어에서 크랩까지의 주변 캐릭터(조력자와 방해자)를 만나는 과정이 스펙터클로 전개되면서 성취된다. 니모의 성장은 말린의 과보호에 반발하는 니모의 무모한 행동으로 사건이 시작되고, 사회 구성원으로서 온전히 성장함으로써 탈출에 성공하고, 위기에 빠진 도리와 물고기를 구해내는 용기를 보여줌으로써 그 성장을 증명하는 구조이다. 이러한 성장은 표면적으로는 니모의 독립적 성장처럼 보이지만 서사 구조적으로는 말린의 성장에 비해 주변적이고 종속적이다. 즉 니모의 성장은 그 자체로도 의미가 있지만, 말린의 성장에 동기를 부여하고, 양육방식을 성찰하게 하는 기능을 수행하기 때문이다. 말린의 시드니까지 여행과 니모가 탈출에 성공하기까지 여정이 각각 진행되면서 성장이 이루어지고, 그물에 걸린 도리와 물고기를 탈출시키는 과정을 통해서 이 둘의 성장을 동시에 확인하는 것이다.

이처럼 성장담의 구조는 긍정적 결론을 이끌어내고 비교적 안정된 서사를 전개할 수 있다는 점, 디즈니 애니메이션을 통해 오랜 학습을 거친 서사라는 점에서 픽사 역시 선호하고 있음을 알 수 있다. 다만, 디즈니의 성장담에 비해서 픽사의 차별점은 성장의 지향이나 그것으로 인해 얻게 되는 가치 등의 범위가 무척 개방적이고, 그것에 대한 부담에서 상대적으로 자유롭다는 것이다. 픽사 애니메이션의 서사는 구현해야할 이데올로기로부터 상대적으로 자유롭기 때문에 다양한 소재를 활용할 수 있고, 보다 다양한 향유 요소를 제공하는 전략을 구사할 수 있다. 그럼에도 불구하고 픽사 애니메이션이 건전한 가치에 대한 지향을 포기하지 않고 있다는 점에 주목해야 한다. <니모를 찾아서>에서도 자립, 가족, 세계와의 조화 등에 긍정적 가치를 부여하고 있다. 이러한 가치들은 아이들을 독립된 주체로서 제대로 키우는 방식의 문제라든가, 자기 정체성의 일정한 훼손을 감수하면서까지 세계와 어우러지기 위한 상어들의 노력, 삶의 난관을 헤쳐 나가는 도리의 낙관적 태도와 적극성, 거북에게서 배우는 자립의 육아법, 서로에 대한 신뢰가 사랑이라는 말린과 니모의 성장 메

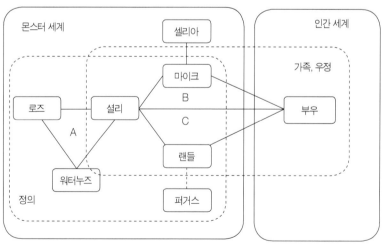

〈그림 26〉〈몬스터주식회사〉 캐릭터별 상관 구도

시지 등을 통하여 구체화된다.

〈몬스터주식회사〉는 〈그림 26〉에서 보듯이 두 가지 서사 전개를 보이는데, 하나는 마이크 개인적 차원의 욕망인 부우를 인간세계로 돌려보내기 위한 것이고, 다른 하나는 사회적 차원에서 몬스터 세계의 동력원을 해결하는 과정에서 무엇이 정의인가 하는 것이다. 셜리가 마이크와 함께 랜들의 방해에도 불구하고 부우를 인간세계로 돌려보내는 과정에서 워터누즈의 음모가 드러나고 그 과정에서 비명이 아니라 웃음에서 동력원을 찾는다는 이야기이다. 개인적 차원의 욕망을 해소하면서 사회적 욕망이 함께 해소되는 구조로서 이를 통해 이해와 우정의 소중함을 개인적 차원에서 강조(B/C)하고 있다면, 정의의 정체에 대한 부분이 사회적 차원(A)에서 드러난 욕망이다. 특히 B는 유사(類似) 가족의 구도로서 그 자체가 목적인 진정한 관계라면 C는 부우를 수단으로 보는 갈등의 구도로서, B/C가 극단적인 대조를 보임으로서 주제를 더욱 강화한다. 이와 같이 〈인크레더블〉은 셜리와 마이크가 맹목적인 순위 경쟁에 내몰리는 캐릭터가 아니라 부우를 통해서 이해와 우정을 배움으로써 성장하는 지극히 낙관적인 성장담[49]의 구조이다.

② 중심캐릭터와 주변캐릭터 간의 동위소적 관계 구축

앞의 〈표 5〉에서 보듯이 픽사 애니메이션은 개인적 욕망은 중심캐릭터에만 집중하는 구조가 아니라 동위소적 관계를 형성하는 특성을 드러낸다. 디즈니 애니메이션을 비롯한 일반적인 예에서는 중심캐릭터를 집중 부각시키는 방식을 취하는데, 픽사 애니메이션에서는 주변캐릭터들

---

49) 이 말은 작품 안에서 성장을 이루었음에도 불구하고 순위 경쟁에 내몰리는 구조가 개선된 것이 아니라 단지 채집의 대상이 '비명'이 아닌 '웃음'으로 바뀐 것뿐이라는 점에서 중심캐릭터의 진정한 성장으로 보기 어려운 면도 분명하게 드러난다.

과의 동위소적 관계를 구축하여 중심캐릭터의 욕망을 다양한 관점과 층위에서 입체적으로 조명할 수 있도록 한다. 디즈니 애니메이션처럼 중심캐릭터만을 부각시킬 경우에 서사 전개 속도가 빠르고 서사의 맥락이 분명해지는 효과는 있지만 캐릭터의 차원을 다양화하기 어렵고 심도 확보에 어려움을 겪기 때문이다.

그레마스의 견해를 빌려오면, 동위소(isotopie)는 일정한 영역 또는 장(場)을 전제로 동일성과 유사성의 성질을 가진 것으로서 "하나의 메시지에 상정된 의미 작용의 총체성"(김성도, 2002, 116)을 설명하기 위한 것이다. 따라서 이 글에서는 같은 텍스트 내에서 중심캐릭터와 동일하거나 유사한 갈등을 주변캐릭터에게서 발견하는 경우를 캐릭터 간의 동위소적 관계라고 부르기로 한다. 픽사 작품 중에서는 〈몬스터주식회사〉를 제외하고는 모두 동위소적 관계를 구축하여 중심캐릭터의 차원과 심도를 확보하는데 효과적으로 활용하고 있다.

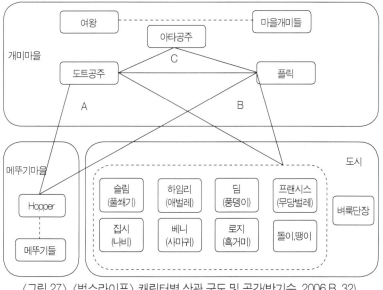

〈그림 27〉 〈벅스라이프〉 캐릭터별 상관 구도 및 공간(박기수, 2006 B, 32)

〈그림 27〉에서 보듯이 〈벅스라이프〉에서는 C와 B를 구성하는 캐릭터들은 모두 동위소적 관계를 구축하고 있다. 잠재된 능력은 무한하지만 아직 미숙하여 용기를 내지 못하는 캐릭터들이 노력하여 자신의 능력을 발휘하고 사회적 욕망을 동시에 성취한다는 점에서, 중심캐릭터인 플릭을 비롯하여 아타공주, 도트공주, 서커스단원들이 구성하는 C와 B는 모두 동위소적 관계로 파악할 수 있다. 여왕이 되어야 하나 아직 미숙한 두 공주와 창의성을 뛰어나나 실수가 잦은 플릭 그리고 서커스를 못하는 서커스 단원들은 중심캐릭터인 플릭의 캐릭터성을 강화할 뿐만 아니라 잠재된 자신의 능력을 발휘하는 용기와 노력을 통한 성공이라는 주제를 반복 강화하는 효과가 있다.

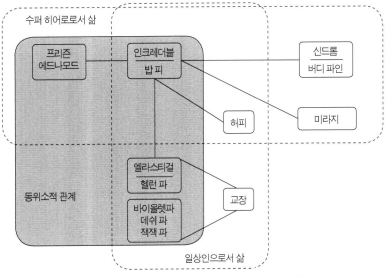

〈그림 28〉 〈인크레더블〉 캐릭터별 상관 구도 및 공간

〈인크레더블〉은 슈퍼히어로로서의 삶을 살고 싶은 욕망과 일상인으로서 살아야 한다는 억압 사이의 갈등이다. 밥이 상사인 허피에게 사람들

을 도왔다고 닦달을 당하거나, 데쉬의 초능력 때문에 헬렌이 교장에게 불려 가거나, 프리즌과 밥이 수요일마다 볼링을 친다면서 남몰래 슈퍼히어로로 활약을 한다든가, 에드나가 슈퍼히어로 옷 외에는 만들지 않는 다든가, 데쉬나 바이올렛이 자신들의 초능력으로 인하여 겪게 되는 갈등 등은 모두 슈퍼히어로가 일상인으로 살면서 겪게 되는 것이라는 점에서 동위소적 관계를 형성한다. 슈퍼히어로가 일상에서 겪는 거의 모든 형태의 어려움을 중심캐릭터와 주변캐릭터가 구현함으로써 슈퍼히어로의 일상에서의 정체성을 입체적으로 구현한다. 그 과정에서 중심캐릭터의 일상인으로서 역할이 일상 안에서 보편성을 지님으로써 향유자와의 정서적 유대를 확보하고, 중심 서사인 신드롬과의 대결과정에서 가족주의로 수렴됨으로써 공감과 몰입을 강화한다.

〈토이 스토리 I〉에서 우디와 그의 친구들은 새 장난감으로 인하여 자신들이 버려질 수도 있다는 두려움을 갖는다는 점에서 버즈 역시 잠재적인 동위소적 관계를 형성한다. 앤디의 집과 시드의 집은 대조를 통한 동위소적 관계를 드러내며, 이 과정에서 우디와 버즈가 자신을 성찰하고 서로 이해하게 된다는 점에서 매우 효과적인 구도로 평가할 수 있다. 이러한 양상은 〈토이 스토리 II〉에서 버즈와 '버즈2'의 관계에서도 상호텍스트적으로 강화된다. 〈토이 스토리 II〉의 '버즈2'의 모습은 〈토이 스토리 I〉에서 버즈를 통해 선행 체험한 바 있는 까닭이다. 무엇보다 〈토이 스토리 II〉에서 두드러지는 것은 우디-제시-광부-버즈- 버즈2-앤디의 장난감들, 즉 등장하는 거의 모든 장난감 캐릭터들이 동위소적 관계를 구축한다는 점이다. 이 동위소적 관계는 '자기가 장난감인지도 인지하지 못하는 버즈2 → 아직 누구의 장난감도 아닌(즉 팔리지 못한) 상태인 광부 → 누군가의 장난감인 우디, 버즈, 앤디의 장난감들 → 과거의 누군가의 장난감이었다가 버려진 제시'로 단계별 세분화됨으로써 장난감의 정체성에 대한 다층적인 탐구를 가능하게 한다.

이와 같은 양상은 〈카〉에서도 '맥퀸-더 킹-칙 힉스'와 '맥퀸-Dr.허드슨-셀리'를 통해 드러난다. 전자는 승리의 가시적인 성과에만 집착하는 무한 경쟁자들의 모습으로 자기 재능만 믿고 오만하고 협력을 모르는 맥퀸, 은퇴를 앞두고 마지막 우승에 집착하는 더 킹, 만년 2인자의 위치에서 수단과 방법을 가리지 않고 벗어나려는 칙 힉스의 모습은 성찰 없는 무한질주의 총체를 이루는 동위소적 구성요소이다. 후자는 그러한 무한 경쟁의 허망함이나 무의미를 자기성찰을 통해 깨달은 세 캐릭터이며, 그들의 성찰을 메이터로 대표되는 라디에이터 스프링스의 주민들도 또 다른 동위소적 관계를 드러낸다.

이상에서 살펴본 바와 같이 중심캐릭터와 주변캐릭터의 동위소적 관계 구축은 중심캐릭터의 욕망을 다양한 관점과 층위에서 입체적으로 조명함으로써 캐릭터의 심도를 확보하고, 주제의 다양한 울림을 잡아낼 수 있다는 강점을 지닌다. 또한 동일 텍스트 안에서 동위소적 캐릭터가 반복적으로 등장함으로써 캐릭터성과 주제를 서사 전개 과정에서 강화하는 효과가 있다.

③ 캐릭터 휠(wheel) 활성화를 통한 중심캐릭터의 차원 확보

캐릭터는 실체적으로 주어지는 것이 아니라 캐릭터 간 상관과 플롯, 시공간 배경, 시점 등의 스토리텔링의 구성 요소들과 어울려 구성되는 개념이다. 캐릭터는 "우리를 개별적 존재로서 현재의 우리 자신을 만드는 어떤 모든 것"이라고 앤드류 호튼(2006, 55)의 주장처럼, 캐릭터는 고정되거나 완결된 것이 아니라 항상 유동적인 것이기 때문에 특정 관점을 전제로 파악해야만 한다. 따라서 캐릭터를 파악하기 위해서는 누가, 언제, 어떻게, 왜라는 조건을 충족시킬 때만 구체화될 수 있다는 점에서 구조적이고 통합적인 접근이 필요하다.

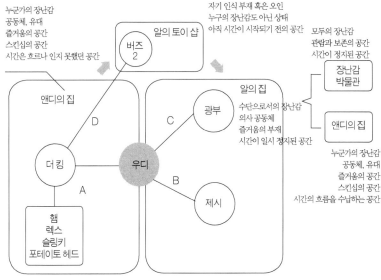

누군가의 장난감
공동체, 유대
즐거움의 공간
스킨십의 공간
시간은 흐르나 인지 못했던 공간

알의 토이 샵

버즈
2

자기 인식 부재 혹은 오인
누구의 장난감도 아닌 상태
아직 시간이 시작되기 전의 공간

모두의 장난감
관람과 보존의 공간
시간이 정지된 공간

장난감
박물관

앤디의 집

D

알의 집

광부

C

수단으로서의 장난감
의사 공동체
즐거움의 부재
시간이 일시 정지된 공간

앤디의 집

더 킹

우디

누군가의 장난감
공동체, 유대
즐거움의 공간
스킨십의 공간
시간의 흐름을 수납하는 공간

A

B

햄
렉스
슬링키
포테이토 헤드

제시

〈그림 29〉〈토이스토리Ⅱ〉 캐릭터별 상관 및 공간 구도

〈그림 29〉는 캐릭터 휠(wheel)을 중심으로 〈토이스토리 Ⅱ〉의 구조를 규명한 것이다. 중심캐릭터 우디의 캐릭터를 구성하는 A, B, C가 우리 중심 wheel의 전모이다. A는 앤디의 집으로 표상되는 누군가의 장난감으로서 공동체적 유대와 스킨십을 형성하고 즐거움을 만끽하는 공간에서의 우디의 정체성을 드러내는 장(場)이다. 이러한 따뜻하고 이상적인 공간인 A에서 사건이 촉발되는 것은 시간을 인지하는 순간부터다. 낡아서 떨어진 팔로 인하여 카우보이 캠프에 참가하지 못한 우디가 고장 난 장난감 위지의 발견하면서 시간의 흐름을 인지하지 못했던 A에서 시간을 발견한 것이다. 장난감들이 낡아서 버려지거나 앤디의 성장에 따라 잊혀질 수도 있다는 가능성(뒤에서 제시를 통해 구체화되지만)은 위지

가 버려짐으로써 실현되기 때문이다. D는 자신이 장난감임을 인지하고 자신의 정체에 맞는 태도로 공동체적 유대를 강화하는 버즈와 아직 자신이 장난감인지도 모르는 버즈2의 관계를 통해서 A를 구성하는 모든 구성원들이 장난감으로서의 스스로의 정체를 오인할 수도 있다는 가능성을 열어두는 기능을 한다. 그러한 가능성의 구체태가 B이다. 누군가의 장난감이었다가 주인의 성장에 따라 버려진 제시의 모습이 장난감의 또 다른 정체라는 사실이다. C의 광부는 아직 누군가의 장난감으로 판매되지 않았다는 점에서는 버즈2와 유사하지만 자신이 장난감이라는 사실을 분명하게 인지하고 있다는 점에서 구분된다. 흥미로운 것은 C의 광부조차 누군가의 장난감이 되기를 간절히 원하지만 그렇지 못했기 때문에 스킨십이 부재하고 시간이 정지된 관람과 보존의 공간인 박물관으로라도 가서 자신이 장난감임을 증명하고 싶어 한다는 점이다. 더구나 광부는 제시나 우디처럼 우주시대의 개막으로 이제는 더 이상 주인들이 선호하지 않는 캐릭터라는 사실도 시간의 또 다른 의미로 주목할 만한 부분이다. 이렇게 우디는 D에 기반을 둔 A와 B 그리고 C의 다양한 관점을 wheel을 중심으로 반영하는 캐릭터라는 점이다. 장난감의 각 단계(매장 → 주인 → 버려짐)를 휠(wheel)을 통해 보여주고, 그들 각각의 입장을 듣고 우디 스스로 수렴하는 과정을 통해서 우디는 자신의 장난감으로서의 정체성을 회의하고 갈등함으로써 스스로를 재정립하는 효과를 낳는다. 구두 밑창에 쓰인 앤디의 이름으로 표상되는 앤디의 장난감이라는 의미가 영원히 지속될 수 없는 것이라는 사실을 거부하며 회의하다가 장난감은 자신의 시간과 누군가의 시간이 공유됨으로써 의미를 갖는다는 사실을 깨닫는 과정을 통해 새로운 정체성을 확보한다. 다분히 철학적인 인식을 통해 우디는 다차원성(多次元性)을 확보하고 내면의 깊이를 갖게 되는 것이다.

〈토이스토리Ⅰ〉에서 우디는 장난감들의 리더이면서 앤디의 사랑을 의심하지 않는 캐릭터지만 버즈의 등장으로 그 모든 것을 의심하고 불안해함으로써 차원을 확보한다. 〈몬스터주식회사〉의 셜리는 최고의 성과를 내기 위해 아이들을 놀라게 하는 몬스터이며 부우의 안위를 걱정하고 돌려보내기 위해 노력하는 몬스터로서 차원을 갖는다. 〈인크레더블〉에서 밥은 슈퍼히어로이면서 무기력한 일상인의 모습을 동시에 갖는다.

캐릭터가 차원을 확보했다는 것은 모순을 내재화했다는 의미다. 이것은 잘 형상화된 캐릭터의 지배적 특성중의 하나다.(로버트 맥기, 2002, 536) 이것은 왕이 되려는 야망과 살인의 죄의식 사이의 모순을 통해서 캐릭터 차원을 확보함으로써 성공적인 캐릭터가 된 맥베스의 경우가 대표적이다. 다정/냉담, 용감/두려움, 침착/충동, 긍지/연민 등의 다양한 차원이 통합적으로 구현된 햄릿의 다차원성은 그 자체가 캐릭터가 된 예이다.   이와 같은 다차원성은 모순을 통하여 캐릭터의 행동에 집중하고 그 조합과정에서 매력을 만들어내는 역할을 한다. 따라서 중심캐릭터가 가장 다차원적이어야 함은 물론이다. 이러한 맥락에서 볼 때, 픽사 애니메이션 캐릭터들이 갖는 다차원성은 캐릭터나 서사의 심도를 확보하는 효과적인 수단일 뿐만 아니라 중심 타깃이 아동들이라는 애니메이션의 향유자를 확대하고 강력하게 소구하는 중심요소가 되기도 한다.

④ 중심캐릭터 목표-욕구-욕망의 정형성에 의한 주제의 심화

픽사 애니메이션 캐릭터는 즐거움을 극대화하기 위한 탄력적인 서사구조를 지향했던 디즈니 애니메이션과는 달리 다소 복고적인 전형적인 3막 구조의 안정성 위에서 구현된다. 소재나 캐릭터의 차원 그리고 주제적인 심도에 있어서 기존의 애니메이션과는 분명한 차별성을 지향하는 픽사 애니메이션은 캐릭터의 목표–욕구–욕망의 정형성을 강화함으로써 안정적인 구조 위에서 창의적인 요소들을 즐길 수 있도록 전략화되어 있다. 이것은 기존 애니메이션이 주요 타깃을 아동으로 한정하고 그들에 적합한 서사와 캐릭터를 고안했던 것을 효과적으로 극복하기 위한 것이다. 디즈니는 성공이 보장됐던 안락한 틀 속에서 자기복제의 매너리즘에 빠짐으로써 작품성과 대중성을 한꺼번에 잃었다.

반면, 픽사는 성장담을 기반으로 서사적 완결성(완성도)에 대한 복고적인 구조를 강화함으로써 향유의 안정성을 꾀하면서 캐릭터 간의 동위소적 관계를 구축·강화하고, 캐릭터 휠(wheel) 활성화를 통한 중심캐릭터의 다차원 확보함으로써 캐릭터를 입체화한다. 특히, 중심캐릭터의 목표–욕구–욕망의 정형화를 보수적인 3막 구조의 전개 위에서 실현하고 있다는 점은 주목할 만한 부분이다.

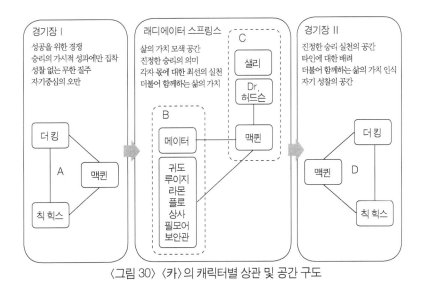

〈그림 30〉 〈카〉의 캐릭터별 상관 및 공간 구도

〈카〉는 피스톤 컵의 우승이라는 목표에 최상의 가치를 부여하던 맥퀸이 래디에이터 스프링스에서 Dr. 허드슨과 셀리 그리고 메이터를 비롯한 마을 사람들의 생활 속에서 진정한 승리와 삶의 가치에 대한 성찰의 '욕구'를 성취하고, 이를 통해 과정으로서의 승리와 함께하는 삶의 가치에 대한 '욕망'을 해소한다는 전형적인 성장담이다. A가 승리의 가시적 성과에 대한 집착의 장이라면, D는 과정으로서의 승리와 함께하는 삶의 가치를 실천하는 장으로 A → D로의 성장을 극명하게 보여주는 장이다. A → D로의 성장은 중심캐릭터가 B의 사람들과 관계를 맺으면서 삶의 가치와 함께하는 삶의 소중함 등을 성찰하게 되고, C와 동위소적 관계를 형성하면서 진정한 승리의 의미 등을 깨달았기 때문에 가능했다. 이 과정은 경기장Ⅰ → 래디에이터 스프링스 → 경기장Ⅱ로 중심캐릭터가 옮기면서 진행되고, 공간의 성격화가 이루어지면서 주제를 보다 극명하게 드러낸다.

전형적인 3막 구조와 공간의 성격화를 탄력적으로 적용하면서 동시에 중심 캐릭터의 목표 → 욕구 → 욕망의 단계를 정형화함으로써 구조의 안정화와 캐릭터의 다차원성 그리고 주제의 강화를 꾀하는 이러한 전략은 픽사의 전 작품에서 지속적으로 드러난다. 이러한 특성은 픽사의 애니메이션이 미니플롯(mini plot)을 지향하면서도 인과성에 의한 닫힌 종말을 선호하고 있다는 점에서도 잘 드러난다. 미니플롯은 "고전적인 아크플롯의 요소를 모두 갖추되 그 내용은 경제적이고 단순화"(로버트 맥기, 2002, 76)한 것이다. 즉 아크 플롯이 강조하는 인과성, 닫힌 종말, 연속적인 시간, 외적 갈등, 일관된 사실성, 활동적인 주인공은 그대로 수용을 하면서, 열린 종말, 내적 갈등, 다수의 주인공, 수동적인 주인공 등을 강조한 것이 미니 플롯이다.

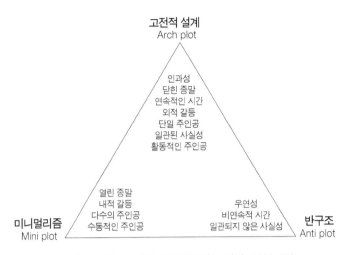

고전적 설계
Arch plot

인과성
닫힌 종말
연속적인 시간
외적 갈등
단일 주인공
일관된 사실성
활동적인 주인공

열린 종말
내적 갈등
다수의 주인공
수동적인 주인공

우연성
비연속적 시간
일관되지 않은 사실성

미니멀리즘
Mini plot

반구조
Anti plot

〈그림 31〉 이야기 삼각형(로버트 맥기, 2002, 77)

픽사 애니메이션은 미니 플롯의 내적 갈등이나 다수의 주인공을 전략적
으로 활용하면서 아크 플롯의 닫힌 종말을 고집한다. 불변의 법칙이라고도
불리는 아크플롯의 구조적 안정성은 그대로 유지하면서 타깃의 특성과 확
대를 위한 내적 갈등과 다수 주인공은 미니플롯의 것을 전략적으로 활용하
고 있는 것이다. 이것은 단지 전체 서사 구조의 고전적인 안정성을 지향할
뿐만 아니라 중심캐릭터의 목표 → 욕구 → 욕망의 정형화 과정에서도 매
우 효과적이기 때문이다. 여기서 주목해야할 것은 이러한 일련의 요소들의
통합체적 구현 과정을 통하여 주제의 심화가 이루어진다는 점이다.

주제의 심화는 디즈니가 〈미녀와 야수〉, 〈알라딘〉, 〈라이온 킹〉 등을
통하여 시도한 바 있으나, 보수적인 성격화로 인하여 부정적인 디즈니화
(Disneyfication)의 한 예로 자주 지적된 부분이기도 하다.[50] 문제는 픽사
도 이러한 비판에서 크게 자유롭지 못하다는 것이며, 이것이 더욱 강화

---

50) 디즈니의 보수적 담론화에 대해서는 김창남(1998), 헨리 지루(2001), 한창완(2001),
박기수(2004) 등의 기존 논의를 참고하라.

될 경우 주제의 심화가 갖는 미덕들이 훼손될 가능성이 크다는 점[51]이다. 픽사 애니메이션 스토리텔링의 강점은 디즈니 애니메이션 등의 기존 애니메이션이 갖고 있던 매너리즘을 극복하기 위한 다양한 시도이며, 그 중 대표적인 것이 중심캐릭터를 중심으로 한 다양한 전략들이다. 그것은 지금까지 살펴본 '자기성찰'을 통한 캐릭터의 성장담, 중심캐릭터와 주변 캐릭터 간의 동위소적 관계 구축, 캐릭터 휠(wheel) 활성화를 통한 중심 캐릭터의 차원 확보 등이다. 이것들이 기획한 효과를 극대화하기 위해서는 주변 캐릭터의 캐릭터성을 강화하여 중심캐릭터로만 담론의 중심이 수렴되는 것은 견제할 수 있어야 한다. 중심/주변 캐릭터, 중심캐릭터의 다차원성 등이 활성화됨으로써 캐릭터의 다성성(the polyphonic)을 확보할 수 있어야만 한다.

⑤ 주변캐릭터의 캐릭터성 강화

주변캐릭터는 중심캐릭터와 상관되지만 반드시 종속될 필요는 없다. 다만 그동안 애니메이션의 경우에는 구현시간이나 방식, 타깃, 소재나 주제의 특성 등에 따라서 종속되는 양상을 드러냈을 뿐이다. 디즈니의 작품 중에서도 주변캐릭터가 활성화됨으로써 주제의 다차원적 변주를 가능하게 했던 작품들도 있었다. 〈미녀와 야수〉에 등장하는 르미에르와 콕스웍스는 서로 다른 삶의 방식을 대조적으로 제공함으로써 희생을 통한 사랑이라는 중심 주제에 대하여 협조와 긴장의 이중적 상관을 드러낸 바 있다. 〈라이온 킹〉에서 티몬과 품바는 하쿠나 마타타를 구성하는 캐릭터로서 프라이드 록의 무파사와 어둠의 땅의 스카와 긴장 관계를 형성

---

51) 이러한 경향은 픽사의 마지막 작품인 〈카〉에서 노골화됨으로써 지나치게 계몽적이라는 비판을 받은 바 있고, '디즈니/픽사' 애니메이션인 〈라따뚜이〉에서도 담론의 보수화 양상이 드러난 바 있다.

함으로써 중심캐릭터인 심바의 개인적인 정체성과 사회적 정체성 구현에 결정적인 역할을 한다. 〈알라딘〉에서는 중심캐릭터인 알라딘과 주변 캐릭터인 지니, 자파, 재스민 공주가 겹삼각 구조를 이루며 각각의 담론을 생산하고 있다. 알라딘과 지니는 진실과 자유, 알라딘과 재스민은 사랑과 자유, 알라딘과 자파는 사랑과 탐욕, 지니와 자파는 절제와 탐욕, 재스민과 자파는 사랑과 권력의 담론이 그것이다. 이와 같이 주변캐릭터는 중심캐릭터의 성격화 과정과 밀접한 상관관계를 지니며, 동시에 독립적인 캐릭터성을 창조함으로써 중심캐릭터로 담론이 수렴되는 것을 건제하여 다성성의 활성화에 기여한다.

＜니모를 찾아서＞의 캐릭터들은 기존의 디즈니 캐릭터들처럼 정형화되거나 선/악의 이분법적 구도에서 상대적으로 자유롭다. 캐릭터가 전략적인 다수화와 그 각각 캐릭터가 다양한 캐릭터를 확보하고 있다는 점에서 보다 질 높은 서사를 생산할 수 있는 토대를 마련했다고 볼 수 있다. 특히 중심 캐릭터뿐만 아니라 주변 캐릭터도 매우 성공적인 캐릭터화가 진행됨으로써 모두 살아있게 하기 때문이다.

중심 캐릭터인 말린은 아내 코랄과 아이들을 지켜주지 못했다는 상처로 인하여 니모를 과보호하는 아빠의 캐릭터다. 극도로 소심한 그는 아무 일도 일어나지 않게 지켜주는 것이 부모의 역할이라고 믿으며, 아직 니모는 아무 것도 할 수 없는 보호의 대상일 뿐이라고 취급한다. 니모가 치과의사에게 잡혀간 후, 단기 기억상실증으로 인하여 극도의 낙관성을 보이는 도리와 함께 니모를 찾아 여행을 하는 과정에서 조력자(C, E, G)와 방해자(B, D), 조력자+방해자(F, H)와의 만남을 통하여 스스로의 세계에서 벗어나 상대를 독립적인 주체로 인정하고 그에 대한 신뢰를 갖는 것이 진정한 부모의 역할임을 깨닫는 캐릭터이다. 작품 제목에서 보듯이 말린의 이러한 여정이 서사의 핵심이다. 말린의 여정에서 돌리의 유머

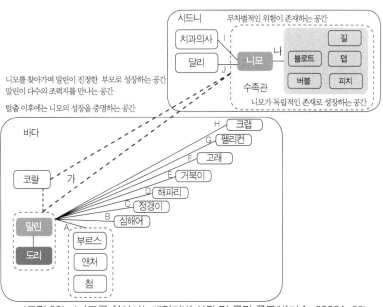

시드니
무차별적인 위험이 존재하는 공간
치과의사 | I
달리 | J
니모 나 블로트 덴
버블 피치
길
수족관
니모가 독립적인 존재로 성장하는 공간

니모를 찾아가며 말린이 진정한 부모로 성장하는 공간
말린이 다수의 조력자를 만나는 공간
탈출 이후에는 니모의 성장을 증명하는 공간

바다
H 크랩
G 펠리컨
F 고래
코랄 가
E 거북이
D 해파리
C 정갱이
B 심해어
말린 A,
도리
부르스
앤처
첨

〈그림 32〉〈니모를 찾아서〉 캐릭터별 상관 및 공간 구도(박기수, 2006A, 89)

가 빛나고, 주변캐릭터들의 만나는 과정에서 바다 속에서 보여줄 수 있는 다채로운 스펙터클을 연출하고 있다. 흥미로운 것은 말린과 대조적인 캐릭터가 등장하는데, 삶의 태도에 있어서는 도리이며, 자녀 양육에 있어서는 거북이가 그들이다. 세계에 대한 두려움으로 자기 말미잘을 벗어나지 못하는 말린에게 삶의 어려움을 만나면 "계속 헤엄쳐"라는 상징적 대사를 통하여 낙관적 저돌성을 보이는 도리의 삶의 방식에 대한 대조라면, 아무 것도 니모에게 일어나서는 안 된다고 생각하는 말린과 스스로 할 수 있는 일들을 익히고 그것에 적응해야한다는 자립중심의 거북이의 대조는 자녀 방식에 대한 대조로 볼 수 있다. 특히 전자의 대조를 통해서 말린은 세계를 향해 자신을 열고 열정과 용기를 갖게 되고, 그것을 토대로 후자의 대조를 통하여 자신의 잘못을 깨닫게 된다는 점에서 이 둘의 대조는 매우 유기적인 상관을 갖고 있음을 알 수 있다.

또 다른 중심 캐릭터인 니모는 말린의 과보호에 대한 무모한 반발로 어항에 갇히게 되고, 이후 〈그림 32〉의 (나)의 관계를 통하여 자기 안에 용기를 스스로 발견하는 캐릭터이다. 한쪽 지느러미가 훼손되었다는 결핍이 결국 장애가 되느냐 아니냐는 스스로의 노력과 생각에 달렸음을 깨달음을 통하여 성장하는 캐릭터다. 또한 인간에게 포획되는 상처를 도리와 물고기가 자신들의 힘을 모아 그물에서 벗어나게 함으로써 스스로 치유하는 발전적인 캐릭터이기도 하다. 이것을 상징적으로 표현한 것이 "난 할 수 있다"는 니모의 반복적인 대사다. 이것은 "넌 할 수 없어"라고 말하던 말린이 뒤에서 "넌 할 수 있다"고 진술함으로써 말린과 니모 둘 다의 성장을 증명하는 역할을 하기도 한다. 특히 니모의 성장은 어항에서 하나하나의 미션을 수행함으로써 성취되는 명시적인 것이라는 점에서 말린의 내재화된 성장과 구분되기도 한다.

이 작품의 가장 성공적인 캐릭터인 도리는 단기기억상실증 환자로 극도의 낙관성과 저돌성의 캐릭터다. 도리는 말린과 성격적 대조를 보이고, 말린이 미지의 바다를 건너 니모를 찾아갈 수 있도록 옆에서 돕는 캐릭터로서 작품 전체의 웃음과 깨달음의 계기를 제공하는 역할을 한지만 단지 개그적인 조연에 머물지는 않는다. 이러한 캐릭터는 디즈니 클래식에서도 유사한 사례를 발견할 수 있지만 그 기능이 보다 강화되었다는 점에서 다르다. 말린이 도리의 말을 믿지 않고 도리를 순간적으로 기만함으로써 해파리의 공격을 받는 장면은 매우 중요하다. 세계에 대한 두려움으로 니모를 신뢰하지 못했던 말린이 친구를 신뢰하지 못함으로써 해파리의 공격을 자초했다는 점, 그 위기 상황 속에서 도리를 구출하는 과정에서 자기 안에 잠재되어 있던 용기를 발견하게 되는 계기가 되기 때문이다. 이처럼 도리의 캐릭터는 유머를 생산하는 개그적 조연이라기보다는 버디무비(Buddy Movie)의 한 캐릭터 정도의 비중으로 보아야 한다.

이 작품의 캐릭터에서 특히 주목할 것은 A에서 H까지의 복합적인 캐릭터와 (나)를 이루는 캐릭터들이다. 말린의 입장에서 뚜렷한 조력자(C, E, G)와 방해자(B, D) 외에 F와 H처럼 조력자와 방해자의 역할을 동시에 수행하거나 A와 같이 분류하기 어려운 캐릭터가 등장하고 있다. 니모의 경우, 사건의 발단이 되는 I와 다가오는 위협으로 탈출의 계기를 제공하는 J가 뚜렷한 방해자라면 (나)의 캐릭터들은 모두 조력자들로 말린의 그것들에 비해 비교적 분명한 캐릭터들이다. 특히 길은 말린의 방식과 다르게 니모를 성장시키고 탈출시키는 데 결정적 기여를 하는 캐릭터로서, 육아법은 거북이(E)와 비슷하지만 기능적으로는 니모의 정신적 스승에 해당하는 캐릭터다. 그 외에도 물고기는 친구지 음식이 아니라고 주장하는 상어들(A)을 비롯해서 떼로 아이콘을 만들어내는 정갱이(C), 육아법의 차이를 보여주며 자신의 나이를 알려주는 거북이(E), 도리와의 어설픈 소통을 통해 위협와 도움을 동시에 보여주는 고래(F), 치과에 남다른 관심을 보이며 갈매기의 추격을 따돌리고 말린을 부리에 담아 치과로 데려다주는 펠리컨(G), 이기적인 겁쟁이 크랩(H) 등은 개성적인 캐릭터를 바탕으로 스펙터클과 유머를 동시에 제공한다. <토이스토리 I >에서 이미 학습했던 다양한 장난감과 비슷한 군상으로 등장하는 (나)의 캐릭터들은 각각의 특성을 극대화하며 상호협력하고 있고, 치과 어항이라는 공간적 특성을 유머러스하게 표현하고 있다. 달라(J)도 <토이스토리 I >의 악동 시드와 그의 개 스커드와 같은 강력한 위협세력이지만, 물고기를 흔들어 죽이는 위협적인 존재인 달라(J)는 정작 어항 밖의 물고기는 무서워하는 아이러니한 캐릭터로서 동화가 쉽게 성격화되어 있다.

이상에서 살펴 본 바와 같이 <니모를 찾아서>의 캐릭터들은 중심캐릭터 외에도 다수의 다양한 캐릭터가 등장하며, 기능적으로 그들은 매우 입체적인 캐릭터들 보여준다. 주변 캐릭터에 비해 오히려 중심 캐릭터인 말린과 니모는 이전의 디즈니 클래식을 통해서 보아왔던 성장의 캐릭터이다. 반면 주변 캐릭터들의 서사적 기능은 매우 복합적이다. A에서 H까지의 캐릭터들과 (나)의 캐릭터들은 바다 속과 치과 어항에서 가능한 스펙터클과 유머를 극대화한다. 바다 속의 그것이 바다 속 생물들의 특성을 학습하듯이 전개되고 있다면 치과 어항 안이라는 제한된 특수 공간의 성격을 유머러스하게 그리고 있다. 특히 주변 캐릭터 중 비교적 성격화에 성공하고 있는 캐릭터들은 아이러니한 성격을 드러내고 있는 것들이다. 물고기를 먹지 않기 위해 노력하지만 본능으로부터 자유롭지 못한 상어들, 적을 공격하여 먹으려 하지만 자신의 빛으로 인하여 도움을 주는 심해어, 떼로 다니며 최고의 팀워크로 다양한 볼거리를 제공하지만 정작 그물에 갇혀서는 각자 살려고 위기를 자초하는 정갱이들, 위협적인 촉수를 지녔지만 모리 위에서는 무기력한 해파리, 위협과 도움을 동시에 수행하는 고래, 물고기를 먹고 살면서 그들과 친구인 펠리컨, 길을 제외하고는 바다에서 생활한 적인 없지만 바다를 꿈꾸는 어항 속 물고기들, 물고기를 흔들어 죽이지만 정작 어항 밖의 물고기는 무서워하는 달라 등이 그들이다. 이러한 아이러니를 통해 주변 캐릭터는 단순히 중심 캐릭터의 보조적 기능에 머물지 않고, 캐릭터 스스로 살아있게 되는 것이다. 이러한 주변 캐릭터의 성격적 활성화는 <벅스 라이프>에서 서커스 단원들이 가지고 있는 결핍이 결국 중심 캐릭터인 플릭이나 아타 공주의 결핍과 다르지 않음을 보여줌으로써 동위소적 기능을 극대화시킨 예에서 찾아볼 수 있다.[52] 주변 캐릭터의 성격화를 통하여 서사적인 완성도를 높일 수 있고, 향유를

---

52) 주변 캐릭터의 활성화라는 제약을 풀고 아이러니만을 가지고 본다면 그 예는 더욱 늘어난다. <몬스터 주식회사>에서 아이들을 위협하여 비명을 유도하는 몬스터들이 정작 그 아이들을 두려워한다는 것 혹은 비명을 동력의 원천으로 하지만 정작 더 큰 동력은 웃음이었다는 것, <인크레더블>에서 초능력을 지닌 수퍼 히어로들이 현실 속에서는 지극히 무력해지는 아이러니도 이러한 맥락에서 볼 수 있는 것들이다.

극대화함으로써 캐릭터 상품에 라인업과 소구력을 보다 강화할 수 있다는 점에서 주목할 만하다. 물론 무엇보다 서사적 완성도를 제고하는데 결정적인 기여를 한다는 점은 디즈니 클래식의 한계로 지적되었던 정형화된 이야기에서 벗어나 서사 자체만으로도 흥미진진한 소구력을 지닐 수 있다는 점에서 서사 전략 면에서 반드시 주목해야할 지점이다. 다른 디지털 애니메이션에 비하여 〈니모를 찾아서〉 120여종, 〈카〉 100여종의 예에서 보듯이 픽사 애니메이션에 등장하는 캐릭터수가 엄청날 뿐만 아니라 그 각각이 캐릭터성을 창출하고 있다는 점이 두드러진다.

이와 같은 예는 〈토이스토리Ⅰ〉의 햄, 렉스, 슬링키, 포테이도 헤드, 보, 시드 등의 캐릭터나 〈벅스라이프〉의 슬림, 하인리, 딤, 프랜시스, 집시, 베니, 로지, 돌이, 땡이 등은 장난감과 곤충의 개성적인 디자인과 각각의 성격화를 통하여 뚜렷한 캐릭터성을 확보하고 있다. 〈토이스토리Ⅱ〉에서는 1편의 버즈를 패러디한 버즈2와 다스베이더를 패러디한 Z대왕 등의 캐릭터는 상호텍스트성을 활용한 캐릭터성의 강화 예로 볼 수 있다. 〈몬스터 주식회사〉, 〈인크레더블〉, 〈카〉는 캐릭터 수는 많지 않으나 픽사의 '엔터테인먼트 우선의 법칙'에 따라서 소재의 특성을 극대화한 디자인과 성격 창조를 통하여 캐릭터성을 강화한다. 매 작품마다 새롭게 창조되는 인간 주변의 사물들과 그들의 관점에서 확보한 시선을 기반으로 주변캐릭터의 엔터테인먼트적 캐릭터성은 더욱 강화된다. 익숙한 코드의 낯선 변용을 통한 창조적 상상력의 극대화하는 픽사 애니메이션 스토리텔링 전략을 중심으로 캐릭터의 다양화를 통하여 엔터테인먼트적 요소를 강화하고 이를 기반으로 One Source Multi Use를 활성화시킨다.

주변캐릭터의 캐릭터성 강화는 소재의 특수성과 이를 반영한 디자인 그리고 중심캐릭터와의 상관을 중심에 두고 있지만, 그것의 심화와 강화는 병치적 서사 전개, 동위소적 관계 강화, 주변캐릭터의 내력담 활용 등을 통해서 보다 정교화 한다. 중심 캐릭터보다는 주변캐릭터의 내력담을 적극 활용함으로써 캐릭터의 입체성과 페이소스를 자극하고 캐릭터성을 적극 부각시킬 수 있는 것이다. 문제는 주변캐릭터의 내력담 활용은 이러한 장점에도 불구하고 이야기의 진행과 극적 긴장감을 떨어뜨릴 수 있다는 단점이 있다. 이것을 픽사는 비주얼 스토리텔링을 중심으로 한 스펙터클의 강화로서 극적 긴장의 이완을 막는 전략을 쓴다.

이와 같은 주변캐릭터의 캐릭터성 강화는 중심캐릭터의 캐릭터성을 강화하는 효과와 동시에 다수 캐릭터의 독립적 성격화에 기여할 수 있다. 다수의 캐릭터성 창출은 전체 서사의 흐름과 중심캐릭터의 캐릭터성을 훼손시키지 않는 범위에서 다성성을 확보하여 '과정으로서의 캐릭터'(앤드류 호튼, 2003, 58)를 성취할 수 있게 한다. 과정으로서의 캐릭터는 작품 전체를 활력을 강화하여 향유의 활성화하고 소구 요소를 확대할 수 있다는 장점이 있다.

3) 과정으로서의 캐릭터, 테마의 다핵화

창조적 상상력의 극대화한 스토리텔링과 그것을 구현하기 위한 디지털 애니메이션의 기술을 지속적으로 개발해온 픽사의 행보는 규모의 경제 확보 없이 질적 성장을 기대하기 어려운 국내 애니메이션계에서 반드시 벤치마킹해야 하는 대상이다. 특히 픽사의 가장 특장으로 여기는 스토리텔링에 대한 세분화된 분류와 정치한 분석은 필수적이다. 이 글에서는 이러한 관점에서 픽사 애니메이션 스토리텔링 전략을 캐릭터를 중심으로 분석하였다.

항상 창조적 상상력을 극대화한 오리지널 시나리오만을 작품화하는 픽사의 특성에서 스토리텔링 전략이 출발함은 물론이다. 픽사가 구현해온 장난감, 개미, 몬스터, 물고기, 슈퍼히어로, 자동차 등의 특이한 소재는 그것들의 관점에서 조망하는 그 자체로 하나의 창조적 세계를 구성해 낸다. 그렇게 창조된 세계는 엔터테인먼트를 강화한 캐릭터와 성격화된 공간을 창조한다.

이러한 바탕에서 픽사 애니메이션 스토리텔링 캐릭터 전략은 1) '자기성 찰'을 통한 캐릭터의 성장담, 2) 중심캐릭터와 주변 캐릭터 간의 동위소적 관계 구축, 3) 캐릭터 휠(wheel) 활성화를 통한 중심 캐릭터의 차원 확보, 4) 중심 캐릭터 목표–욕구–욕망의 정형성에 의한 주제의 심화, 5) 주변캐 릭터의 캐릭터성 강화를 통한 테마의 다핵화 등으로 드러났다. 물론 이러 한 전략은 디즈니와의 탄력적인 대타성을 통해 선행학습 했던 성장담의 효과적인 이용이나 성격화된 공간의 탄력적 적용 등을 바탕으로 하고 있 지만, 무엇보다 가장 주목해야 할 것은 캐릭터성을 강화하기 위한 지속적 인 전략의 개발 과정이다. 캐릭터는 하나의 "명사라기보다는 끊임없이 변 화하는 형용사"라는 앤드류 호튼(2003, 56)의 말처럼, 중심캐릭터뿐만 아 니라 주변캐릭터의 캐릭터성을 강화하여 '과정으로서 캐릭터'를 만들어내 는 픽사 스토리텔링의 열린 자세는 특히 눈여겨 두어야 할 지점이다.

디지털 문화환경을 적극적으로 대응하고 이제는 선도하고 있는 픽사 애니메이션 스토리텔링 전략이 '디즈니/픽사' 애니메이션에서는 어떤 양 상으로 변화할지에 대해서는 좀 더 분석적인 연구가 필요하다. 다만, 지 금까지 그들의 행보로 엔터테인먼트적 요소를 전면화하면서도 가치 함 축적 서사에 비중을 두는 창조적 상상력의 극단적 발현과 그것을 구현하 려는 디지털 애니메이션 기술의 지속적인 혁신은 예상할 수 있다. 또한 헨리 젠킨스적인 의미(2008)의 '참여'가 활성화될 수 있는 스토리텔링의 개발과 캐릭터의 창조가 지속될 것이라는 점도 분명하다. 아울러 향후 장르 간 전환(adaptation)이 더욱 활성화될 것이라는 점에서, 이를 기반 으로 하는 트랜스미디어스토리텔링(transmedia storytelling)을 그들이 시도할 것이라는 점도 쉽게 짐작할 수 있다.

5. 디즈니 3D 애니메이션, 디즈니화의 창조적 내면화

1) 디즈니와 픽사 그리고 디즈니/픽사의 대타의식

이 글은 디즈니 3D 애니메이션[53] 스토리텔링 전략을 분석하기 위한 것이다. 여기서 말하는 디즈니 3D 애니메이션은 디즈니가 픽사와 합병한 이후 디즈니/픽사의 이름으로 제작한 극장용 3D 애니메이션만을 의미한다.[54] 그런데 디즈니/픽사 애니메이션이라고 하지 않고 굳이 디즈니 3D 애니메이션이라고 말하는 것은 픽사 애니메이션이 디즈니 애니메이션에 대한 대타의식(對他意識)에서 출발하고 있다는 전제에서 비롯된다. 따라서 여기서는 디즈니 애니메이션 → 픽사 애니메이션 → 디즈니/픽사 애니메이션으로 전개되는 과정을 디즈니 애니메이션에 대한 대타적 협력

---

53) 1991년 디즈니와 픽사의 첫 번째 계약은 디즈니가 제작비의 전액을 대는 조건으로 3편의 애니메이션을 제작하고, 픽사는 수익의 10-15%만을 받기로 한 것이었다. 픽사의 기획과 제작을 통해 만들지만 수익의 대부분은 디즈니가 취하는 구조였음에도 불구하고 픽사가 제작비 조달을 위하여 고육지책으로 선택한 결과였다. 〈토이스토리〉의 놀라운 성공과 픽사의 기업공개를 통해 제작비 조달의 어려움을 극복한 픽사는 수익배분 비율을 높여달라고 지속적으로 요구했고, 그 결과 제작편수를 5편으로 늘리는 조건으로 픽사의 이름을 애니메이션 전면에 표기하며, 제작비를 50%분담하는 대신 수익의 50%를 보장받을 수 있게 되었다. 이 5편에 속편인 〈토이스토리Ⅱ〉가 포함되는지 여부를 두고 디즈니와 픽사는 대립하게 되지만, 결국 제외함으로써 2006년 〈카〉까지만 공동제작 5편에 속하게 된다.(데이비드 A. 프라이스, 2010, 277-278 참조) 따라서 디즈니와 픽사가 합병한 이후에 디즈니/픽사의 이름으로 발표된 극장용 애니메이션은 〈라따뚜이〉(2007), 〈월E.〉(2008), 〈업〉(2009), 〈토이스토리Ⅲ〉(2010), 〈카Ⅱ〉(2011), 〈메리다의 마법의 숲〉(2012), 〈몬스터 대학〉(2013), 〈빅히어로〉(2014), 〈인사이드 아웃〉(2015)를 말한다.

54) 물론 디즈니는 합병 이전과 이후에도 단독으로 3D애니메이션을 제작한 바 있다. 픽사와의 합병 이전에 디즈니가 단독으로 제작했던 3D애니메이션은〈다이너소어〉(2000), 〈치킨리틀〉(2005)과 합병 이후 디즈니가 단독으로 제작했던 〈볼트〉(2008), 〈라푼젤〉(2010), 〈겨울왕국〉(2013)이다. 하지만 이 글에서는 디즈니/픽사의 이름으로 발표된 작품만을 논의의 대상으로 삼기에 이 작품들은 논외로 한다.

과 긴장의 변증법적 전개과정으로 파악하고, 스토리텔링을 중심으로 그 전개 과정과 차별화 전략을 규명할 것이다.

이러한 관점은 디즈니/픽사 애니메이션이 픽사를 중심으로 이뤄지고 있는 것은 분명하지만 그들이 디즈니 애니메이션에 대한 대타의식을 바탕으로 차별화를 시도해왔다는 점에 주목한 결과다. 표면적으로 디즈니/픽사 애니메이션은 픽사에 의해 주도되고 있지만, 그 기저에는 디즈니 애니메이션의 근력이 자리 잡고 있으며, 합병 이후 그 영향이 디즈니/픽사 애니메이션 곳곳에서 드러나고 있기 때문이다.

1991년 디즈니와 픽사가 맺은 계약 내용을 보면, 디즈니가 애니메이션 창작과 관련된 최종 결정권을 가지고 있음을 알 수 있다. 즉 픽사에 의해 애니메이션 제작이 시작된 이후에도 디즈니의 독자적인 판단에 따라 언제든 제작을 포기할 수 있으며, 계약서에 명시된 두 번째, 세 번째 작품도 디즈니의 선택사항일 뿐이었다.(데이비드 A. 프라이스, 2010, 212) 따라서 픽사의 첫 작품인 〈토이스토리〉 제작 단계에서 픽사는 끊임없이 디즈니를 상대로 인정투쟁(recognition struggle)을 벌여야 했고, 동시에 그들의 간섭에 시달려야만 했다. 그러는 과정에서 존 라세터와 앤드류 스탠튼(Andrew Stanton)의 시나리오 초안[55]은 폐기되고, 계약에 따라 디즈니는 외부 작가들[56]을 픽사 스토리팀에 투입되는 수모를 겪기도 했다.

계약으로 인한 이와 같은 직접적이고 물리적인 영향뿐만 아니라[57] 지

---

55) 이 초안에 등장했던 거라지 세일(Garage Sale), 유치원 운동장, 쓰레기 트럭 등은 약간의 변형을 거쳐 〈토이스토리 Ⅱ〉, 〈토이스토리 Ⅲ〉에서 중심적으로 활용된다.

56) 그때 첫 단계에서 고용된 작가들이 조엘 코언(Joel Cohen)과 알렉 소콜로(Alec Sokolow)이며, 7번의 수정 끝에 그들이 떠나고 이것을 디즈니 3세대 텔레비전 작가인 조스 웨든(Joss Whedon)이 다시 수정하여 최종고를 완성한다.

57) 픽사를 이끌어 온 존 라세터(John Lasseter)는 디즈니 애니메이션에 매료되어 디즈니가 세운 칼 아츠(California Institute of The Arts)에서 공부하고, 디즈니에서 일하다 해고된 후 픽사에서 일하게 된 것이다. 존 라세터의 개인적인 이력만 보아도 디즈니 애니메이션이 픽사 애니메이션에 어떠한 영향을 주었을지 쉽게 짐작할 수 있다.

속적인 향유과정을 통해 형성된 디즈니 애니메이션의 아우라(aura)도 주목할 부분이다. 당시 픽사에는 극장용 장편 애니메이션 시나리오 전문가가 없었기 때문에 심지어 픽사 스토리팀은 로버트 맥기(Robert McKee)의 단기 시나리오 워크샵에도 참가했고, 다양한 선행콘텐츠 분석을 통한 벤치마킹을 시도했다는 점 등을 고려할 때, 지속적인 향유를 통해 형성된 디즈니 애니메이션의 아우라가 강력한 영향력을 행사했을 것이라는 것은 충분히 유추할 수 있기 때문이다.

이러한 디즈니의 영향에도 불구하고 픽사 애니메이션은 〈토이스토리〉 이후 디즈니 애니메이션과의 대타적 긴장 관계를 지향하면서 자신들만의 차별성을 부각시킴으로써 픽사 애니메이션 고유의 스토리텔링 전략을 전면화한다. 작품마다 새로운 구현 기술을 내놓으면서도 픽사는 시종일관 자신들의 경쟁력이 스토리텔링에 있음을 강조함으로써 디즈니와의 영향관계보다는 픽사 스토리텔링 고유의 창의성을 더욱 부각시킨다.

반면, 디즈니/픽사 합병 이후에는 픽사가 제작을 주도하고 있음에도 불구하고 디즈니적 색채가 더욱 강해짐으로써 픽사의 그것과 차별화된 양상을 보인다. 이것은 픽사 애니메이션 스토리텔링 전략을 기반으로 디즈니 애니메이션 고유의 미학을 자연스럽게 수렴한 결과로 볼 수 있다.

이러한 맥락을 고려할 때, 디즈니 3D 애니메이션 스토리텔링 전략은 디즈니와 픽사 애니메이션의 스토리텔링 전략의 변증법적 관계 위에서 파악할 수 있을 것이다.

이와 같은 논의의 성격에 맞추어 이 글에서는 디즈니/픽사 애니메이션이라는 표현 대신 디즈니 3D 애니메이션이라고 쓸 것이며, 픽사와의 대타적 관계를 논의하기 위하여 합병 이후에 디즈니 단독으로 제작했던 〈볼트〉, 〈라푼젤〉 등의 작품은 논외로 할 것이다. 아울러 이 글에서는 디즈니 3D 애니메이션을 제작방식의 변별성에 주목하기보다는 픽사 애니메이션 이후에 디즈니와의 합병을 통한 스토리텔링 전략의 변화에 중점을 두어 논의한다. 이것은 최초의 풀 3D 애니메이션 〈토이스토리〉부터 〈인사이드 아웃〉에 이르기까지 픽사 애니메이션과 디즈니 3D애니메이션은 3D 애니메이션의 탁월한 성취에도 불구하고 3D적 특성을 전면화하기 보다는 오히려 스토리텔링의 완성도를 높이는 데 주력해왔기 때문이다.[58] 이것은 〈백설공주와 일곱 난쟁이〉(1937) 이래 극장용 애니메이션을 주도해왔던 디즈니의 셀 애니메이션과 대타적 협력 및 긴장관계를 형성하며 극장용 풀 3D애니메이션을 개척한 픽사 애니메이션 그리고 디즈니와 픽사의 합병 이후에 등장한 디즈니 3D 애니메이션의 상호 영향 및 차이에 주목함으로써 현재 극장용 애니메이션 스토리텔링 전략의 주된 흐름을 파악하고 향후 전개 방향을 가늠하기 위한 것이다.

2) 서사의 구조적 안정성 극대화

디즈니 3D 애니메이션 스토리텔링의 가장 큰 미덕은 디즈니 애니메이션과 픽사 애니메이션으로 이어지는 일련의 지배적인 향유 패턴과 학습된 서사 구조의 특성을 발전적으로 계승하고 적극적으로 활용함으로써 서사 구조의 안정성을 극대화하고 있다는 점이다.

디즈니 애니메이션의 핵심은 즐거움 창출과 그것의 극대화이다. 스토리텔링 전략도 이와 같은 맥락에서 즐거움의 창출과 그것을 극대화하기 위한

---

58) 물론 이 말이 3D 애니메이션의 성취가 스토리텔링과 무관하다는 말은 아니다. 오히려 3D 애니메이션의 성취가 어떻게 스토리텔링에 기여했느냐에 관한 논의는 별도의 독립적인 논의로 전개해야할 만큼 중요한 것임에 틀림없다. 다만 스토리텔링과 3D 애니메이션에 대한 논의가 독립적인 형태로 선행한 후에 상호 연관을 찾을 수 있을 것이기 때문에 여기서는 스토리텔링에 대한 논의를 먼저 시도하는 것이다.

다양한 전략으로 구체화한다. 즐거움 창출과 그것의 극대화를 위해 디즈니 애니메이션은 "1) 성장담의 효과적 활용, 2) 디즈니 이데올로기의 내재화, 3) 공간의 성격화, 4) 즐거움을 극대화하기 위한 탄력적 서사의 적극 활용"(박기수, 2006B, 30) 등의 스토리텔링 전략으로 구체화되어 효과적으로 활용되어 왔다. 디즈니 애니메이션이 동화, 신화 등과 같은 보편성을 획득할 수 있는 원천 콘텐츠나 원천 소스를 활용한다는 점, 지배 이데올로기를 거스르지 않는 주제와 그에 부합하는 전형적인 캐릭터를 구현한다는 점, 슬랩스틱 코미디와 뮤지컬과 같은 지극히 대중적이고 역동적인 장르를 전략적으로 수용하고 있다는 점 등도 위와 같은 맥락에서 파악할 수 있는 요소들이다.

디즈니 애니메이션에 대타성을 지속적으로 견지해온 픽사 애니메이션은 "1) 성장담을 근간으로 한다는 점, 2) 디즈니 이데올로기의 배타성을 희석시키면서도 건전한 가치를 지향한다는 점 등은 디즈니를 발전적으로 계승하고 있지만, 3) 소재적으로 보다 다양해졌고, 4) 캐릭터의 다수화와 다양화를 꾀하고, 4) 공간의 성격화를 탄력적으로 적용하며, 5) 즐거움을 극대화하기 위한 탄력적 서사보다는 안정적인 3막 구조를 지향한다는 점에서는 뚜렷한 차별성"(박기수, 2009, 215)을 드러내는 스토리텔링 전략을 구사해왔다.

디즈니와 픽사 애니메이션 스토리텔링 전략을 비교해보면 디즈니에 대한 픽사의 대타성을 분명하게 파악할 수 있다. 특히 주목할 것은 서사 구조에서의 뚜렷한 변별이다. 전통적인 서사 구조의 안정성보다는 즐거움을 극대화하기 위한 탄력적 서사 구조를 지향했던 디즈니와는 다르게 픽사는 고전적인 서사 구조를 기반으로 3막 구조를 적극 활용함으로써 서사의 구조적 안정성을 강화한다. 서사 구조의 안정은 디즈니 스타일의 뮤지컬이나 슬랩스틱 코미디 중심의 즐거움의 요소를 제거하거나 축소시키는 대신 다양한 소재의 다층적인 캐릭터 구현을 통하여 성장담을 심화함으로써 주제의 폭과 깊이를 확보하는 과정에서 새로운 즐거움을 만들어낼 수 있었다.[59]

이와 같이 픽사 애니메이션 스토리텔링 전략은 디즈니 애니메이션 스토리텔링의 토대 위에서 창조적 계승과 차별화 전략을 지향하며 절묘한 조화를 꾀한 결과였다. 앞에서 살펴본 바와 같이 디즈니의 직/간접적인 영향이 분명하지만 픽사 대부분의 작품들은 디즈니와의 차별성 부각에 중심을 두고 있는 것만은 분명하다. 그렇다면 디즈니와 픽사 합병 이후의 양상은 어떠한가?

디즈니 3D 애니메이션 스토리텔링의 가장 큰 특징은 서사의 구조적 안정성을 극대화하고 있다는 점이다. 디즈니 3D 애니메이션 스토리텔링 전략은 디즈니와 픽사의 애니메이션을 통해 이미 체험했던 요소들을 적극 활용하여 추체험(追體驗)할 수 있게 하고, 선행 체험된 즐거움의 요소들을 새로운 맥락에서 통합함으로써 즐거움을 극대화하는 것이다. 이 과정에서 픽사 스토리텔링의 특징이었던 서사의 구조적 안정성을 보다 강화하고 있는데, 이것은 상이한 즐거움의 요소들을 수렴하는 과정에서 구조적인 안정성을 강화하고 이를 통해 서사의 깊이를 확보할 수 있기 때문이다.

〈그림 33〉에서 드러난 바와 같이, 〈업〉은 버디무비(buddy movie)적 성격과 모험담과 성장담의 요소가 3막 구조를 토대로 안정적으로 구현되고 있다. 특히 〈업〉에서는 사흘이라는 시간 제한(dead line)[60]으로 극적 긴장을 유지하면서 케빈을 구해 새끼들에게 돌려보내주는 과정을 통하여 중심 캐릭터들이 스스로 상처를 치유하고 성장하는 모험과 성장의 서사를

---

59) 이러한 픽사의 시도는 아이를 따라서 보호자로 함께하는 가족 단위 향유가 아니라 어른들도 충분히 즐길 수 있는 작품으로 명실상부하게 가족 모두가 각자의 위치에서 즐길 수 있도록 만들었다.

60) 데드라인은 '째각거리는 시계'라고도 불린다. 이것은 "스토리가 어디로 향하고 있는지 알려줄 뿐만 아니라 캐릭터를 시간적으로 압박해 관객의 감정적 몰입을 고조시키는 기능을 한다."(폴 조셉 줄리노, 2009, 24)

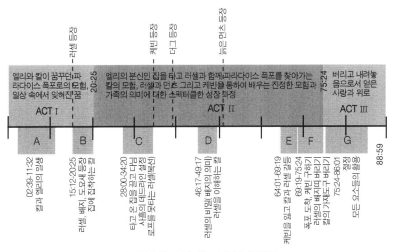

〈그림 33〉〈업〉의 서사 전개 구조

안정적으로 구현하고 있다. 집으로 상징되는 엘리에 대한 집착과 상처를 극복하는 칼, 배지로 대표되는 아버지의 관심과 사랑을 칼과의 모험을 통하여 위로받는 러셀, 주인으로부터 인정과 사랑을 찾다가 스스로의 능력 발휘를 통하여 진정한 주인 칼을 만나는 더그와 같이 모험을 통하여 스스로 각성하고 서로의 상처를 보듬음으로써 성장한다. 반면 켈빈을 데려가 세상에 자신의 주장을 증명하려는 욕망에 구속된 먼츠는 진정한 모험이 아니라 세상을 향한 인정투쟁에 맹목이 됨으로써 파멸한다. 칼, 러셀, 더그의 성장은 엘리의 "당신과의 모험 고마웠어요. 이젠 새로운 모험을 찾아 떠나요."[61]라는 문구로 상징된다. 이것은 엘리가 꿈꾸었던 모험은 단지 파라다이스 폭포로 가는 것만이 아니라 칼과 서로 위로하며 인생을 함께 살아왔던 과정임을 단적으로 드러나는 구절이다. 엘리의 이 문구는 러셀과 케빈 그리고 먼츠의 행위와 함께 칼의 성장을 촉진하는 결정적 기제다.

〈그림 33〉에서 주목해야할 또 하나는 데칼코마니(Decalcomanie)

---

61) Thanks for the adventure— Now go have a new one!

적 구성이다. 1막에서 제시되었던 에피소드나 소품을 제2 극적 전환점 (turning point) 을 중심으로 대구로 제시함으로써 전후의 구조적 완결성을 제고한다. 미시적으로는 엘리가 '있는 집'과 '없는 집'으로 대비되는 A와 B의 대비가 드러나고, A와 B는 다시 E와 F와 맞짝을 이룬다. E에서 칼은 어린 시절의 우상이었던 먼츠가 자기 아집과 노욕에 빠진 괴물이라는 것을 깨닫지만 정작 집과 케빈 중에서 집을 선택함으로써 칼 자신도 꿈에 맹목임을 드러낸다. 이것은 B에서 엘리의 죽음 이후 세상과 단절하고 스스로의 유폐시켰던 칼의 모습과 대구를 이루며 동시에 바로 뒤에 오는 F와 대비하기 위한 전략이다. F에서는 러셀이 배지 띠를 버리고 켈빈을 구하기 위해서 떠나자 그동안 칼 자신을 구속했던 가재도구들을 모두 집밖으로 버리고 러셀을 구하려 떠나는 변화된 모습을 보여준다. 흥미로운 것은 B<E<F<G로 변화의 강도가 점층됨으로써 절정의 효과를 극대화하고 있다는 점이다. B에서 집을 지키기 위해서 풍선을 매달고 파라다이스 폭포로 모험을 떠났던 칼이 G에서 마침내 집을 버림으로써[62] 러셀과 케빈을 구하는 과정을 통해서 진정한 꿈의 의미를 보여주고 있기 때문이다. 물론 E, F, G가 연속적으로 상관됨으로써 그 효과는 분명하고 강하게 드러나면서도 구조적인 안정성을 강화할 수 있는 것이다. 아울러 꿈을 상징하는 풍선의 반복적으로 사용하다가 마침내 풍선을 끊어버림으로써 진정한 꿈을 이루는 역설적인 구조는 데칼코마니식 구성을 바탕에 두고 있다. 풍선뿐만 아니라 배지, 모험책, 비행선, 지팡이, 테니스공과 같은 소품의 데칼코마니식 구성은 서사의 안정성은 물론 극적 흥미를 유발하면서 동시에 소품들의 다층적 의미를 강화하는데

---

62) 엘리처럼 여기던 집을 떠나보내면 칼은 "You know, it's just a house."라고 이야기한다. 흥미로운 것은 그렇게 풍선을 타고 내려가는 역설을 보여주고 있다는 점과 결국 그 집은 처음 엘리와 함께 가고 싶어했던 파라다이스 폭포에 안착한다는 것을 보여줌으로서 떠나보냄으로써 구현하는 역설의 성취를 보여준다는 것이다.

매우 효과적인 역할을 한다.

　이러한 서사적 완결성에 대한 강박적 고집은 디즈니 애니메이션에서 보여주었던 과도한 유머나 슬랩스틱 코미디적 요소를 절제하고 오히려 환상적인 스펙터클조차 극적 구조 안으로 수렴한다. 3막 구조와 성장담의 적극 활용, 시간 제한의 전형적 설정 등과 같은 요소들은 픽사 애니메이션 스토리텔링에서도 쉽게 발견할 수 있는 것들이었다. 예를 들어 〈토이스토리Ⅲ〉의 경우에는 픽사가 제작했던 〈토이스토리Ⅰ〉과 〈토이스토리Ⅱ〉와 동일한 서사 전개 구조를 전략적으로 고수함으로써 전작을 통해 선행 학습한 체험을 토대로 서사의 안정성을 기대할 수 있게 하였다.

　이러한 과정에서 픽사의 서사적 완결성에 대한 강박이 디즈니 3D 애니메이션에서 보다 강화됨으로써 오히려 픽사 애니메이션 스토리텔링의 미덕이라고 했던 창의적 소재와 그것이 만들어내는 기발한 세계의 즐거움은 상대적으로 약화되는 결과를 낳기도 한다. 그 대신 견고한 서사 구조 위에 기존의 디즈니 애니메이션 스토리텔링의 특성이었던 동화적 요소를 강화하고, 과도한 낙관주의를 다시 등장시키고, 슬랩스틱 코미디적 요소를 부분적으로 부활시키려는 시도가 노골화되기도 한다. 그 대표적인 예가 〈카Ⅱ〉와 〈메리다와 마법의 숲〉이다.[63]

　서사의 구조적 안정성을 극대화하는 것의 정당성은 스토리텔링의 전략적 차원에서 판단해야할 문제이다. 서사의 구조적 안정성이 극대화되었다는 것이 서사적 완결성을 담보하거나 작품성과 정비례하는 것은 아니라는 것이다. 그것은 오히려 서사의 구조적 안정성을 극대화함으로써 상대적인 자유를 얻는 요소들이 무엇이며, 그것이 새로운 즐거움을 창출하고 있느

---

63) 이러한 디즈니 스타일로의 회귀 전략은 〈메리다와 마법의 숲〉에 대한 평가에서 드러나듯 성공적인 것은 아니었다. 이 작품은 탁월한 기술적 성취에도 불구하고 픽사의 미덕과 디즈니의 장점을 함께 살리려던 시도가 성공적인 성취를 확보하지 못함으로써 디즈니 3D 애니메이션의 정체성에 대한 의문을 제기하는 계기를 만든다.

냐를 기준으로 평가되어야 한다. 따라서 디즈니 3D 애니메이션 스토리텔링에서 노골화되고 있는 서사의 구조적 안정성의 극대화 전략은 텍스트별 성취를 가늠하며 좀 더 지켜보며 판단할 문제이다. 디즈니와 픽사의 합병은 단지 두 회사의 합병이 아니라 두 애니메이션이 대타적 긴장관계를 통해 형성해온 스토리텔링 전략의 또 다른 변화를 의미하는 것이기도 하다는 점에서 그 변화의 추이를 살피는 일은 매우 중요한 일이 될 것이다. 특히 합병 이후 제작된 속편들에서 보여주는 보수화된 전략들과 〈메리다와 마법의 숲〉 심지어 〈빅 히어로〉나 〈인사이드 아웃〉에서 보여준 디즈니식 어법은 픽사 애니메이션과는 분명한 차별성을 지니는 변화 혹은 퇴행으로 볼 수 있기 때문이다.

3) 성장담의 전형적 활용과 심도의 약화

성장담(Initiation Story)을 근간으로 한 서사 전개는 디즈니와 픽사가 공통적으로 지향해온 전략이다. 성장담은 중심 캐릭터가 세계에 대한 탐색을 통하여 세계에 대한 정보와 지혜를 성취해가는 통과제의적인 성장담과 세계와의 갈등을 통하여 자기 이해와 자아 탐구에 이르는 성장담으로 대별할 수 있다. 전통적인 디즈니와 픽사의 성장담은 세계에 대한 준열한 탐구라기보다는 기존의 지배 이데올로기 안에서[64]의 자기 이해와 자아 탐구에 중심을 둔 성장담의 성격이 강했다. 이들이 성장담을 통해서 강조하는 개인의 자유, 진실, 사랑, 우정, 희생, 가족주의 등의 덕목은 부르주아적인 가치로서 청교도적 윤리관과 자본주의 이데올로기를 대변하는 것이

---

64) 성장담이 통과제의와 불가분의 관계이고, 통과제의는 아르놀트 반 헤네프(Arnold van Gennep)가 주장하듯이 분리 → 추이 →통합의 3단계를 거친다는 점을 고려해보면, 성장담이 지배 이데올로기로부터 자유로울 수 없음은 분명하다. 기존의 세계에서 분리되어 일정한 시련의 추이를 거쳐 성장함으로써 기존의 세계에 다시 통합되는 과정은 통과제의를 통하여 세계에 입사시키는 과정에 다름 아니기 때문이다.

었다. 이러한 이데올로기는 부르주아, 백인, 기독교도, 남성 중심의 가치를 확대 재생산하며, 디즈니와 픽사의 애니메이션에서 다양한 형태로 이미 내재화된 것들이다.

> 성장담은 자기형성 과정을 기반으로 중심 캐릭터의 긍정적 결말을 기대할 수 있다는 점에서 디즈니 애니메이션의 전형적 공식인 행복한 결말과 맞닿아 있다. 더구나 중심 캐릭터의 성장 과정을 통해 성숙한 자아로 성장하는데 필요한 미덕을 제시하고 그것에 긍정적 가치를 부여함으로써 보다 대중적인 지지를 유도해낼 수 있다는 점, 동화적 소재를 원천콘텐츠로 적극 활용한다는 점도 디즈니 애니메이션이 성장담을 자주 활용하는 중요한 이유들이다.(박기수, 2006 B, 31)

결국 지배 이데올로기는 이러한 성장담의 구조를 통하여 자연스럽게 내재화되며, 표면적으로는 건전한 향유를 만들어내고 있지만 진정한 세계에 대한 탐구나 성취로 보기는 어렵다. 성장의 결과가 기존 세계로의 통합일 뿐인 성장담은 차라리 익숙한 계몽이거나 보수적인 입사의식에 가깝기 때문이다. 디즈니와 픽사의 이러한 성향은 디즈니 3D 애니메이션에서도 크게 달라지지 않고 오히려 강화되는 양상이다. 그럼에도 불구하고 디즈니 3D 애니메이션 스토리텔링 전략의 하나로 성장담에 주목하는 것은 구현 전략의 변별성에 주목하기 때문이다.

위에서 언급했던 디즈니 애니메이션의 이데올로기가 성장담의 형태로 픽사 애니메이션이나 디즈니 3D 애니메이션에서도 지속되고 있다는 점은 분명하다. 하지만 향유과정에서 성장담의 비중이나 층위 그리고 심도면에서는 상이한 양상을 드러내고 있다.

픽사 애니메이션 캐릭터의 성장담이 디즈니의 그것과 변별되는 것은 ① 중심 캐릭터와 주변 캐릭터간의 동위소적 관계를 구축하고, ② 캐릭터 휠의 활성화를 통하여 캐릭터의 다차원성을 확보함으로써 캐릭터의 성장을 통한 심도 있는 주제 탐구를 강화하였고, ③ 주변 캐릭터의 캐릭터성을 강화함으로써 테마의 다핵화를 성취하고 있다는 점이다. 물론 성숙한 자아로 성장하는 데 필요한 덕목 획득 과정에서 세계에 대한 전복적 사고나 치열한 갈등 과정 대신 중심 캐릭터의 세계 편입에 중심이 두어짐으로써 주제의 보수화라는 한계를 드러내기도 했다. 더구나 이러한 과정은 개인적 욕망과 사회적 욕망을 병치하고 결핍된 덕목의 개인적 성취를 전제로 사회적 차원의 갈등을 해소하는 전형적인 구조라는 점에서 주제의 보수화라는 한계는 더욱 분명하게 드러났다. 그렇지만 성장담의 구조적인 측면에 주목해보면, 적대세력과의 갈등을 극복하기 위하여 중심 캐릭터가 일정한 가치와 덕목을 획득하는 성장담의 일반적인 구조를 따르면서도 목표 → 욕구 → 욕망의 점층적이고 심화된 성취 과정(박기수, 2009, 222)을 구현함으로써 디즈니 애니메이션의 성장담에 비하여 다양한 층위와 깊이의 성장담을 구현했다고 평가할 수 있다.

픽사 애니메이션은 이와 같은 다층적이고 심화된 성장담 구조를 성공적으로 구현함으로써 대중성과 작품성 면에서 폭넓은 지지를 받을 수 있었다. 디즈니 3D 애니메이션에서도 이러한 성장담 구조를 계승하고 있다는 점은 분명하지만, 그 구현 양상과 성취 면에서는 상이한 결과를 드러내고 있다. 디즈니 3D 애니메이션은 픽사의 그것에 비해서 상당한 다양성을 보이고 있는데, 지속적으로 참신한 소재를 발굴·확장하는 것은 물론 속편(sequel) 제작을 통하여 프랜차이즈 애니메이션 시리즈를 본격화하였으며, 디즈니식 동화·민담·신화 세계로 회귀를 보이기도 한다. 이러한 지속과 변화의 양상에 대한 평가는 아직 성급한 것이 사실이다. 다만, 성장담의 중심을 이루게 될 소재의 참신성이 떨어지고 인간과의 연관성이 높아졌다는 특징은 발견할 수 있다.

픽사 애니메이션		디즈니 3D 애니메이션	
작품명	중심 소재	작품명	중심 소재
토이스토리Ⅰ, Ⅱ	장난감/인간	라따뚜이	쥐/인간
벅스라이프	개미	월-E	로봇/인간
몬스터주식회사	몬스터	업	노인/아이
니모를 찾아서	물고기	토이스토리Ⅲ	장난감/인간
인크레더블	수퍼 히어로	카Ⅱ	자동차
카Ⅰ	자동차	메리다와 마법의 숲	공주

〈표 6〉에서 보는 바와 같이 픽사 애니메이션은 장난감, 개미, 몬스터, 수퍼 히어로, 자동차 등과 같은 신선한 소재의 발굴과 그것들의 시각에서 세계를 관찰하고 대응하는 양상을 보이면서 그 자체로서 인간의 삶에 조응하는 구조였다.[65] 반면 디즈니 3D 애니메이션 중 〈라따뚜이〉, 〈월-E〉와 같이 초기에 제작된 작품들은 새롭게 발굴된 소재의 시각과 인간이 대등하게 제시되고 있으며 성장담 역시 둘의 병치를 통해서 완성되는 구조를 지향한다. 〈업〉의 경우에는 칼, 러셀, 먼츠와 같은 인간의 삶을 성장담의 중심에 놓고 케빈이나 더그와 같은 소재들은 개그나 스펙터클의 요소로서만 활용되고 있다. 〈토이스토리Ⅲ〉에서는 장난감과 인간의 성장담이 병치와 조화를 이루면서 주제적인 깊이를 확보하고 있지만 〈카Ⅱ〉는 디즈니식 개그로 회귀하고 있으며, 〈메리다와 마법의 숲〉에 드러난 메리다의 성장담은 디즈니 이데올로기의 3D적 구현에 불과하다.

디즈니 3D 애니메이션의 성장담은 픽사 애니메이션에 비하여 다양한

---

65) 〈토이스토리Ⅰ, Ⅱ〉의 경우나 〈몬스터주식회사〉에서 인간과의 연관성이 언급되지 않는 것은 아니었으나 성장담의 중심에는 장난감이나 몬스터가 놓여있다는 점에서 그것이 성장담의 중심이라고 보기는 어렵다. 〈인크레더블〉의 경우에는 슈퍼 히어로와 인간의 생활이 대조적으로 표현되어 있지만 그 중심은 슈퍼 히어로에 맞추어져 있다.

양상으로 드러나고 있지만, 현재적 관점에서 그것에 대한 일괄적인 평가는 잠시 유보해야 한다. 그것은 디즈니 애니메이션의 복고적인 전략들이 틈입하면서 픽사 애니메이션이 가지고 있던 성장담의 일관성이나 지향성을 상실하는 데서 드러나는 혼란이라고 볼 수 있다. 다만 그것이 디즈니와 픽사의 통합과정에서 드러나는 일시적인 양상인지 여부를 현재 시점에서 섣불리 판단하는 것은 쉬운 일이 아니다.

〈라따뚜이〉와 〈월-E〉에서 디즈니식 낙관주의가 드러나지 않은 것은 아니나 중심캐릭터의 병치적(竝置的) 성장을 통하여 성장의 층위가 다양해졌고, 〈업〉과 〈토이스토리 Ⅲ〉에서도 복수의 중심캐릭터가 보여주는 성장의 층위가 다양화하는 긍정적인 결과를 성취한다. 하지만 〈카Ⅱ〉의 경우에는 성장담의 구조를 활용하고 있지만 〈카〉의 심도에도 이르지 못했고 화려한 스펙터클만이 전면화 되었으며, 〈메리다와 마법의 숲〉에서는 디즈니식 민담, 공주, 마법, 슬랩스틱 코미디 등이 두드러지면서 메리다의 주체적인 의지나 독립된 존재로서 여성의 자기 인식 등이 본격적인 성찰이나 갈등을 통하여 진정한 성장에 이르지 못하는 뚜렷한 한계를 드러내고 있기 때문이다.

이와 같이 다양한 양상으로 드러나는 디즈니 3D 애니메이션의 성장담에 대한 일괄적인 판단과 평가는 쉽지 않다. 하지만 분명한 것은 픽사 애니메이션이 보여주었던 참신한 소재의 세계를 그려내는 1막의 비중과 즐거움이 축소되는 대신 2막에서 디즈니식 유머나 스펙터클이 강화되고 있다는 사실이다. 그 결과 2막에서 보여주어야 할 중심캐릭터의 갈등과 해소 과정이 빈약해지고, 추구해야할 가치에 대한 진정한 성찰이 이루어지지 못함으로써 성장이 심화되지 못한다. 따라서 디즈니식 스펙터클이나 슬랩스틱적인 요소가 강화되는 반면 주제의 무게나 탐구의 깊이가 현저히 떨어지는 결과를 낳는다.

앞의 〈그림 33〉에서 살펴본 바와 같이 〈업〉의 경우, 물리적인 시간의 배분은 픽사의 보수적인 서사 구조와 크게 다르지 않다. 집을 지키기 위해 집을 타고 떠나면서 시작(20:25)되는 2막은 케빈과 러셀을 구하기 위해 집을 버림(75:24)으로써 마무리된다. 그렇다면 2막은 집의 의미와 칼의 인식이 전환되는 과정을 중심으로 전개되어야함에도 불구하고, 파라다이스 폭포 주변의 이국적 경관, 케빈과 더그의 코믹한 에피소드, 먼츠에게 쫓기는 과정의 스펙터클 등이 향유요소로 제공된다. 그렇다보니 실제 〈업〉의 주제에 해당하는 인간의 진정한 꿈과 집으로 상징되는 가족과 개인의 행복에 대한 성찰은 텍스트 안에서 당위적으로 제시될 뿐 갈등을 통한 깊이 있는 천착은 이루어지지 않는다.

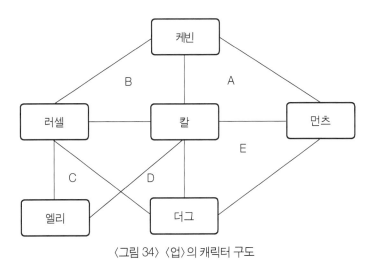

〈그림 34〉 〈업〉의 캐릭터 구도

〈그림 34〉는 〈업〉의 캐릭터 구도를 드러낸 것이다. 칼을 중심으로 6개의 관계의 망을 통하여 진정한 꿈의 의미를 탐구하는 구조이다. A는 케빈을 둘러싼 칼과 먼츠의 갈등이다. 먼츠에게 케빈 모험가로서 자기 존재를 증명해줄 대상일 뿐, 더 이상 미지의 세계를 탐험하는 모험의 대상

이 아니다. 따라서 먼츠에게 케빈은 표면적으로는 꿈처럼 여겨지지만 역설적으로 상실된 꿈, 맹목이 된 욕망의 증거일 뿐이다. B는 케빈을 매개로 한 러셀과 칼의 갈등이다. 친구로서 케빈을 사랑하는 러셀과 파라다이스 폭포에 가는 길에 만난 귀찮은 존재 정도로 인식하는 칼의 갈등이다. 새끼들을 돌보려는 케빈과 아버지의 사랑을 갈구하는 러셀의 모습을 통하여 집을 파라다이스 폭포에 가져가겠다는 욕망의 맹목을 칼 자신이 깨닫게 하는 장이다. C는 러셀과 칼 그리고 엘리의 장을 통하여 진정한 꿈의 의미를 보여준다. 파라다이스 폭포에 가자는 약속은 칼에게는 이국적인 공간으로 엘리와 함께 찾아가는 의미였지만, 엘리에게 있어서 그것은 칼과 함께하는 일생 그 자체였던 것이다. 반면 러셀에게 그것은 이타적인 활동을 통하여 배지를 얻고, 배지 수여식에 아빠로부터 인정받는 것이었다. 러셀은 배지를 얻기 위해서가 아니라 진정으로 남을 돕는 행동(케빈과 칼 구하기)를 배우게 됨으로써 의사(擬似)형태지만 아빠(칼)를 얻게 된다. D는 B와 상동적 구조를 보여주는데 B를 통해 성장한 칼이 더 그를 인정하고, 그 과정에서 더그도 본래의 자기를 회복하는 장이다. E는 B와 D와 대비되면서 징정한 주인의 의미를 말하고 있다.

　이와 같이 〈업〉의 캐릭터 구도는 중심캐릭터인 칼의 성장담을 다층적으로 구현할 수 있도록 정교하게 구조화되어 있다. 그럼에도 불구하고 칼의 성장은 진지한 갈등과 성찰의 결과라기보다는 당위적 설정에 가깝다. 모험을 떠나기 전 칼이 세계로부터 고립된 이유에 대한 문제 제기와 해소의 과정이 있어야 할 것인데, 〈업〉에서는 해소의 동기만 제공될 뿐 그것에 대한 성찰은 누락되어 있기 때문이다. 〈업〉의 주제를 고려할 때 중심 타깃이 아동보다는 성인에 맞추어져 있다고 본다면 문제에 대한 진지한 성찰은 필수적이다.

　흥미로운 것은 그럼에도 불구하고 데칼코마니식 구성에 따라서 텍스트 전체가 무척 정교하게 구성되어 있다는 점이다. 이것은 성장의 내용에 해당하는 주제적인 탐구보다는 디즈니식의 스펙터클과 슬랩스틱 코미디적 요소 등을 활용하여 즐거움을 극대화하면서 서사의 거시 구조를 안정시키위한 전략으로 파악할 수 있다. 특히 그 과정에서 새로운 관점의 전복적 사고보다는 기존의 애니메이션이나 영화적으로 체험한 것들의 익숙함을 강화함으로써 즐거움을 극대화하면서 서사 구조의 안정성을 강화하는 효과를 거두고 있다. 텍스트에서 선택한 소재의 관점을 십분 활용하는 생활 소품의 창의적 활용과 공간의 재창조 과정을 통하여 새로움과 즐거움을 창출할 수 있는 것도 이러한 전략에서 기인한 것이다.

이상에서 살펴본 바와 같이 디즈니 3D 애니메이션에서도 성장담의 활용은 두드러진다. 다만 픽사의 그것과는 다르게 전략적인 차원에서 디즈니식 향유요소를 창조적으로 수렴하려 시도한다. 그 결과 성장담은 중심 캐릭터를 중심으로 다층성을 확보하고 있음에도 불구하고 지극히 표면적인 수준에서 전형적으로 활용되고 있으며, 디즈니식 향유요소를 강화하는 과정에서 성장의 심도가 상실되거나 약화되는 결과를 발견할 수 있었다. 이러한 디즈니 3D 애니메이션의 전략적 선택의 유효성에 관하여 섣불리 판단하기는 쉽지 않다. 그렇지만 아직 그것의 전략적 유효성에 관하여 쉽게 긍정하기는 어려울 것으로 보인다. 디즈니 3D 애니메이션은 드림웍스라는 외부의 대립항을 의식하고, 동시에 탁월한 성취를 이룬 디즈니 애니메이션과 픽사 애니메이션이라는 내부의 차별화 요소를 언제나 의식하며 대타성을 견지할 수밖에 없다. 이러한 맥락에서 외/내부적인 대타적 요소들과 어떻게 대타성을 견지하느냐 만큼 대타항을 통해서 선행체험한 향유자들의 향유 패턴과 향유 취향을 어떻게 전략화할 것이냐도 매우 중요한 문제로 부상한다.

4) 디즈니화(Disneyfication)의 창조적 내면화 시도

디즈니 3D 애니메이션 스토리텔링 전략에서 가장 두드러진 변화는 디즈니화(Disneyfication)[66]의 창조적 내면화를 지속적으로 시도하고 있다는 것이다. 이 글에서 말하는 디즈니화는 폭넓은 디즈니의 다양한 특성 중에서 스토리텔링과 상관한 요소들만을 의미한다. 박기수(2004)는 디즈니 애니메이션 스토리텔링의 가장 큰 특징으로 즐길 수 있는 요소들을 창조적으로 수렴함으로써 서사 구조를 탄력적으로 변용하여 즐거움을 극대화하고, 이를 통해 디즈니 이데올로기의 내면화를 성취하고 있다고 주장했다. 디즈니 스토리텔링의 가장 큰 특성은 즐거움을 극대화하기 위한 창조적 시도에 있다. 이런 이유로 "멋진 노래나 그에 맞춘 경쾌하고 화려한 춤 그리고 향유자를 완전히 압도하는 군무(群舞), 그리고 실사보다 더 역동적인 동작, 환상적인 색 지정, 곳곳에 배치된 시적인 대사와 개그, 슬랩스틱 코미디적 요소 등등이 전체 서사의 흐름에 크게 구애되지 않고 구사"(박기수, 2004, 358)될 수 있고, 소란스럽고 흥성스러운 분위기 연출을 통하여 향유의 즐거움을 배가시킴으로써 내재화된 이데올로기를 인지하지 못하게 하는 효과를 거두고 있다. 거기에 동화, 민담, 전설 등을 창조적으로 수렴하는 과정에서 기존의 권위나 헤게모니를 수용하면서 상업성과 대중성을 고려한 다양한 미시콘텐츠의 활성화를 도모하는 전략 역시 디즈니화에서 빼놓을 수 없는 부분이다.[67]

---

66) 디즈니화는 디즈니가 그동안 구축해온 다양한 특성들을 통합적으로 지칭하는 용어다. 창의적 상상력의 보고, 동화적 세계 창출, 즐거움의 창조, 가족주의의 전면화, 미국중심의 세계 인식, 지배 이데올로기 중심의 현실왜곡, 무비판적 낙관주의, 문화제국주의 등으로 대표되는 양상을 통합적으로 일컫는 용어다.

67) 디즈니의 경우 애니메이션으로 얻는 수익은 전체 수익의 10% 내외이다. 나머지 수익의 대부분은 애니메이션으로 프로모션된 캐릭터 상품과 그것이 구축하고 있는 브랜드를 통해 창출하고 있다. 이러한 점을 고려할 때, 현재적 대중성 확보와 미시콘텐츠를 통한 부가수익 창출의 중요성을 알 수 있다.

이러한 요소들이 디즈니 애니메이션의 고전과 픽사 애니메이션의 선전으로 픽사 애니메이션 스토리텔링에서는 두드러지게 효과적으로 결합하지 못했었다. 하지만 디즈니와 픽사의 합병 이후 제작된 디즈니 3D 애니메이션에서는 디즈니화의 다양한 창조적 내면화가 시도되고 있다. 물론 이 말은 디즈니에서 픽사로의 영향만 있었다는 의미는 아니다. 그것은 오히려 상호발전적인 형태로 결합되고 있다고 볼 수 있는데, 이 글의 대상이 되고 있는 작품들의 경우에는 픽사 제작팀이 주도하고 있다는 측면에서 디즈니로부터의 영향에 주목하게 되는 것이다. 〈메리다와 마법의 숲〉이 '픽사의 디즈니화'라면 디즈니가 제작한 〈주먹왕 랄프〉는 '디즈니의 픽사화'라고 할 수 있다. 디즈니와 픽사가 합병한 이후로 픽사의 흥행이 예전만 못하다는 점을 고려할 때, 두 회사의 장점과 미덕들을 통합하여 새로운 흥행 코드를 만들려는 그들의 노력이 〈빅 히어로〉나 〈인사이드 아웃〉의 극장에서 선전에도 불구하고 스토리텔링 전략의 측면에서는 선뜻 긍정적인 평가를 내릴 수 없다.

〈라따뚜이〉에서 "누구나 요리를 할 수 있어!"[68]라는 구스토의 대사와 "모든 사람이 위대한 예술가는 될 수 없지만 위대한 예술가는 어디서든 나올 수 있다"[69]는 이고의 대사는 모순적이라는 점에 주목해보자. 누구나 요리를 할 수는 있지만 최고의 요리사는 누구나 될 수 있는 것은 아니다, 하지만 최고의 요리사는 어디서든 나올 수 있다는 메시지는 디즈니 이데올로기의 전형이다. 기회는 누구에게나 주어지지만 그것을 잡을 수 있는 자는 재능을 지닌 소수라는 인식은 〈라이온 킹〉, 〈알라딘〉 등에서 만날 수 있었던 것이다. 알라딘이 좀도둑이지만 숨겨진 재능을 찾는다면 왕이

---

68) Anyone can cook!

69) Not everyone can become d great artist, but a great artist can come from anywhere!

될 수도 있다는 말은 평등 의식을 전제로 하고 있는 것처럼 보이지만, 재능을 지닌 자라는 철저한 선택을 전제로 하고 있다. 심바가 하쿠나 마타타에서 스스로의 정체성을 버리고 성장했음에도 불구하고 프라이드 록을 구원할 사람은 심바 밖에 없다는 인식은 철저한 혈통주의에 근거하고 있는 것과 같은 이치다. 이러한 디즈니 이데올로기의 모순을 발견하지 못하는 것은 그들이 보여주는 "즐거움, 환상, 마술, 상상력, 선의 승리, 낙관주의 등"(이경숙, 1999, 208-213)에서 기인한다.

실험적이라는 찬사에도 불구하고 가장 계몽적인 애니메이션으로 평가받은 〈월-E〉나 버디무비적 요소를 차용한 모험담을 근간으로 하면서도 감성적 울림을 극대화한 〈업〉의 경우에도 디즈니적 즐거움을 극대화하기 스펙터클과 슬랩스틱적 요소가 강화되어 있다. 〈토이스토리Ⅲ〉나 〈카Ⅱ〉의 경우에는 디즈니가 비디오와 DVD용으로 제작하여 부가수익을 올렸던 프랜차이즈 필름의 특성을 극대화할 뿐만 아니라 디즈니적 모험담 구조를 차용하고 있다. 더구나 〈메리다와 마법의 숲〉은 동화적 판타지의 세계로 회귀하면서 픽사의 창의적 발상이나 재기발랄함 대신 디즈니 문법을 전면화하고 있다.

이와 같은 디즈니화의 창조적 내면화 시도가 아직 성공한 것으로 보이지 않는다. 오히려 디즈니화의 미덕들을 픽사 애니메이션이 창조적으로 내면화하기 위하여 최적화 전략을 탐색하고 있는 단계로 보아야 할 것이다. 문제는 디즈니화가 긍정이냐 부정이냐가 아니라 그것이 픽사의 기존 문법과 어떻게 창조적으로 결합하여 최적화된 형태로 구현될 것이냐의 문제다. 디즈니 3D 애니메이션 스토리텔링 전략에서 디즈니화의 창조적 내면화 과정은 단순한 디즈니와 픽사 스토리텔링 전략의 결합이 아니라 제3의 형질을 만드는 시도가 되어야 할 것이다. 언제나 그렇듯 스토리텔링 전략에서 새롭다는 것은 당위나 강박이 아니라 그것의 전략적 유효성을 기준으로 판단해야만 할 무엇이다. 현재 디즈니 3D 애니메이션 스토리텔링 전략에서 드러나는 디즈니화의 한계를 극복하지 못하고 디즈니로의 회귀 아니냐는 비판은 성급한 면이 없지는 않지만 현재까지의 성과로는 적실한 것으로 보인다.

이 글에서는 디즈니 3D 애니메이션 스토리텔링 전략을 파악하기 위해 디즈니 애니메이션과 픽사 애니메이션의 대타성을 전제로 하여 디즈니 3D 애니메이션 스토리텔링의 차별화 전략에 주목하였다. 픽사 애니메이션은 그 찬란한 창의적 성취에도 불구하고 디즈니 애니메이션으로부터 완전히 자유롭지는 못했다. 그것은 픽사가 나인 올드맨(Nine Old Men)에서 출발한 전통과 교육, 칼아츠(Cal Arts) 교육, 디즈니 스토리팀의 영향, 존 라세터와 같은 디즈니 출신들, 픽사 초기 디즈니의 제작 여부 결정 등과 같은 직접적인 영향뿐만 아니라 픽사 구성원들이 그동안 즐겼던 디즈니 애니메이션의 학습된 향유의 장에서 자유롭지 못한 탓이었다.

이러한 디즈니와 픽사의 관계는 합병 이후 디즈니 3D 애니메이션에서 보다 노골화되고 있다. 합병 이후 디즈니 총괄 크리에이티브 디렉터인 존 라세터가 애니메이션 사업부문의 운영에 있어서 절대적인 권한을 행사하고는 있지만 디즈니의 영향에서 온전히 자유로운 것은 아니다. 오히려 거대 자본의 안정성 추구 성향, 제작에 있어서 몇몇 감독 및 스토리 작가로 구성된 브레인 트러스트(Brain Trust)와 같은 최상위층의 결정 시스템, 픽사 성공 신화의 성과와 한계 등이 창의적인 제작 시스템을 운영했던 픽사의 운신을 어렵게 하고 있는 것으로 판단된다. 이것에 대한 돌파구가 디즈니가 그동안 축적해 놓은 다양한 전략들이 될 수 있을 것이며, 그것을 창조적으로 내면화하기 위한 시도가 디즈니 3D 애니메이션에서 점점 적극적인 양상을 드러내고 있다. 이러한 일련의 과정을 통하여 디즈니 3D 애니메이션은 디즈니 애니메이션과 픽사 애니메이션과의 대타성을 전제로 1) 서사의 구조적 안정성 극대화, 2) 성장담의 전형적 활용과 심도의 약화, 3) 디즈니화의 창조적 내면화 시도를 스토리텔링 전략의 특성으로 드러냈다. 이것의 전략적 유효성에 대한 판단은 잠시 유보하는 것이 옳을 것으로 판단된다. 다만, 이들의 창조적 결합의 시도는 3D라는 새로운 기술이 주도하는 애니메이션 스토리텔링의 최적화 모델을 찾으려는 노력이라는 점에 주목해야 할 것이다. 향후 기술적인 측면을 중심으로 디즈니 3D 애니메이션 스토리텔링 전략에 대한 논의가 절실한 이유다.

6. 토이스토리 시리즈, 독립성과 연속성의 이율배반적 통합

1) 프랜차이즈 애니메이션[70] 스토리텔링에 주목해야 하는 이유

프랜차이즈 애니메이션이란 각 텍스트의 독립성은 유지하지만 동일한 브랜드로 발표되는 애니메이션을 말한다. 일반적으로 프랜차이즈 애니메이션을 속편[71]이라는 용어로도 사용하지만, 최근 제작 규모의 대형화에 따른 리스크 헷지(risk hedge) 전략의 강화, 후광효과(halo effect)의 활용, One Source Multi Use의 활성화를 통한 수익 극대화 등의 복합적인 요구로 인하여 다양한 범주와 층위의 텍스트들이 등장함으로써 속편이라

---

70) 이 용어는 프랜차이즈 필름(franchise film)이라는 영화계의 용어를 응용한 조어다. 여기서는 애니메이션의 특수성을 반영하기 위하여 프랜차이즈 필름과 구별하여 프랜차이즈 애니메이션이라고 부르기로 한다.

71) 여기서 말하는 속편의 의미는 두 가지 층위에서 볼 수 있는데, ① 전편과의 서사적인 연속성에 중심을 두고 그 앞이냐(prequel) 뒤냐(sequel)를 말하는 것과 ② 전편의 서사적인 연속성보다는 성공에 힘입어 후광효과를 기대하고 만드는 제작시점에서의 속편을 의미하기도 한다. 〈반지의 제왕〉, 〈해리포터〉, 〈스타워즈〉가 거대한 서사를 한 편의 영화에 담기 어려워 나누어 제작한 ①의 경우라면, 〈배트맨〉, 〈스파이더맨〉, 〈터미네이터〉 등은 ②에 해당하는 것이라고 볼 수 있다. 애니메이션의 경우 대부분 ②에 해당한다고 할 수 있다.

는 개념만으로는 충분하지 못하게 되었다. 남명희는 영화의 속편 제작 형태에 주목하고, 내러티브 단절 여부, 에피소드 시리즈, 전편의 설정만 빌리는 경우를 세로축에 놓고 단절시리즈, 연속 시리즈, 크로스오버, 스핀오프를 가로축에 놓고 매트릭스를 그린 바 있다.(남명희, 2006, 28-29) 남명희의 이러한 세분화의 선도적인 노력은 충분히 주목할 만하다. 다만, 최근 부쩍 활발해진 장르 간 교류를 적극적으로 반영하지 못했다는 점, 거시 서사와 미시 서사의 측면에서 분류 기준이 혼란을 드러낼 수 있다는 점, 분류에 따른 개개의 전략이나 스토리텔링과 같은 구체화된 요소 대한 논의가 약하다는 점은 아쉬움으로 남는다.

따라서 이 글에서는 프랜차이즈 애니메이션이라는 포괄적이고 개방적인 용어를 사용하고, 동일한 브랜드를 활용한 다양한 범주와 층위의 애니메이션 텍스트들을 통칭할 것이다. 본 논의에 필요한 것은 프랜차이즈 애니메이션은 이러이러한 것이라는 규범론적 정의가 아니라 왜 프랜차이즈 애니메이션을 지향하는가, 어떻게 프랜차이즈화 전략을 구현하고 있는가, 그것이 어떠한 효과를 거두고 있느냐에 있기 때문이다.

이 글에서 프랜차이즈 애니메이션에 주목하는 이유는 픽사 애니메이션의 성공 이후 다수의 메이저 제작사가 등장하였고, 관련 상품 시장을 확대하는 등 세계 애니메이션 시장 규모가 성장했으며, 메이저 제작사의 시장 지배력이 강화되고 그들 간의 경쟁이 더욱 치열해짐으로써 리스크 헷지(Risk hedge)와 One Source Multi Use의 중요성이 날로 강조되고 있기 때문이다. 경험재(experience goods)인 애니메이션의 특성상 선행 체험은 매우 중요한 구매 요소라는 점도 프랜차이즈 애니메이션의 중요성을 더욱 부각시키는 요인이라 할 수 있다 .

특히, 애니메이션의 특성상 캐릭터의 동일성 확보 및 노출이 용이하고, 이에 따라 캐릭터 상품 판매라는 부가적인 효과를 거둘 수 있으며,

캐릭터의 노출과 판매는 오래 전에 발표된 애니메이션에 대한 관심을 환기함으로써 DVD 등의 판매를 통해 편별 발표 간극에 따른 관심 하락을 방지할 수 있다는 점[72]에서 프랜차이즈 효과를 더욱 극대화할 수 있다.

　프랜차이즈 애니메이션의 성패는 정서적 유대를 토대로 텍스트 간의 연속성과 개별 텍스트의 독립성이라는 이율배반적인 양자의 요구를 얼마나 창조적으로 구현해낼 수 있느냐에 달렸다. 일반적으로 프랜차이즈 영화에서 텍스트 간의 연속성을 유지하기 위해서 연속적인 스토리(스타워즈, 해리포터, 반지의 제왕 등)를 강조하거나, 독립적인 에피소드지만 동일한 캐릭터성(배트맨, 스파이더맨 등)을 강조한다든지, 동일한 포맷을 반복(007 시리즈, 다이하드, 미션 임파서블 등)한다든지, 전편이나 속편의 형식으로 주요 캐릭터를 모으는 크로스오버(어벤저스, 에일리언 대 프레데터 등)나 분리하는 스핀오프(도망자2, 캣우먼, 울버린 등)를 시도한다. 동시에 차별성을 드러내는 요소들은 서사적인 연속성에 기반한 앞이거나 뒷이야기일 수 있고, 새롭게 투입되는 상대일 수 있고(조커, 본드걸 등), 무기나 능력일 수 있고(배트맨, 미션 임파서블, 해리포터 등), 새로운 캐릭터 간의 조합(어벤저스 등)일 수도 있다.

　이와 같은 예에서처럼 프랜차이즈 애니메이션에서도 연속성이나 독립성은 모두 스토리, 캐릭터, 플롯 등과 같은 서사의 기본 요소들과 상관된 것들이다. 또한, 이러한 요소들은 선행체험을 전제로 한 연속적이거나 차별화된 서사 구성이 가능하기 때문에 다양한 즐거움의 요소를 취사선택할 수 있다는 장점도 가지고 있다. 이러한 맥락에서 프랜차이즈 애

---

72) 〈토이스토리〉시리즈만 보아도 1995년(Ⅰ) → 1999년(Ⅱ) → 2010년(Ⅲ)의 발표 간극을 넘어설 수 있었던 것은 Ⅰ과 Ⅱ의 흥행 성공에 힘입어 지속적으로 판매된 캐릭터 상품들의 역할이 컸다. 지속적인 캐릭터 상품의 노출로 인하여 애니메이션 수명주기(Animation Life Cycle)를 확장하고, 전편의 선행체험이 없이도 후광효과를 확보할 수 있었기 때문이다.

니메이션의 이율배반적인 요구는 스토리텔링을 통해 효과적으로 수렴할 수 있다. 따라서 프랜차이즈 애니메이션의 전략을 논하기 위해서는 그것의 스토리텔링 전략을 먼저 탐구해야만 한다.

이 글에서는 프랜차이즈 애니메이션 스토리텔링 전략을 디즈니/픽사[73] 프랜차이즈 애니메이션을 대표하는 〈토이스토리〉 시리즈를 중심으로 탐구할 것이다. 〈토이스토리〉 시리즈는 픽사가 제작했던 〈토이스토리Ⅰ〉(1995)와 〈토이스토리Ⅱ〉(1999) 그리고 픽사가 디즈니와 합병된 이후 발표한 〈토이스토리Ⅲ〉(2010)를 통칭하는 개념이다. 〈토이스토리〉 시리즈는 ① 디즈니/픽사 프랜차이즈 애니메이션 시리즈의 스토리텔링 전략을 차별적으로 드러낼 수 있을뿐더러, ② 디즈니 → 픽사 → 디즈니/픽사 애니메이션 대타적(對他的) 상관망 속에서 스토리텔링 전략을 규명할 수 있는 텍스트인 까닭이다. 최초의 디지털 장편 애니메이션인 〈토이스토리Ⅰ〉은 픽사 애니메이션의 성공을 이끈 작품으로 디즈니와의 대타성을 가늠할 수 있는 텍스트이고, 〈토이스토리Ⅱ〉는 픽사의 첫 프랜차이즈 애니메이션으로 프랜차이즈 전략을 파악할 수 있으며, 〈토이스토리Ⅲ〉는 디즈니와 픽사가 합병한 이후에 제작된 작품으로 디즈니 → 픽사 → 디즈니/픽사로 전개되는 스토리텔링 전략의 변화 추이를 규명할 수 있는 텍스트다. 이와 같은 맥락에서 볼 때 〈토이스토리〉 시리즈는 본 논의 목적에 부합하는 최선의 텍스트라 할 수 있다.

이와 같이 이 글에서 디즈니/픽사 프랜차이즈 애니메이션 스토리텔링 전략에 주목하는 것은 세계 애니메이션 시장의 새로운 경계를 주도하는

---

73) 디즈니/픽사 애니메이션이라는 용어는 이 글의 성격을 고려하여 '디즈니 애니메이션 → 픽사 애니메이션 → 디즈니와 픽사가 합병된 이후의 애니메이션'의 전개 과정을 모두 아우르기 위해 사용한다. 아울러 이 말은 픽사 애니메이션이나 디즈니와 픽사가 합병한 이후의 애니메이션을 "디즈니 애니메이션에 대한 대타적 협력과 긴장의 변증법적 전개과정으로 파악"하기 위한 것이기도 하다. (박기수, 2013, 109)

그들의 스토리텔링 전략을 파악할 수 있고, 극장용 애니메이션으로 확장된 디즈니/픽사 프랜차이즈 애니메이션[74] 스토리텔링 전략을 실천적으로 규명할 수 있기 때문이다.

따라서 이 글에서는 〈토이스토리〉 시리즈에 드러난 프랜차이즈 스토리텔링 전략을 ① 독립성과 연속성의 이율배반적 통합, ② 대구와 강화의 진행형 거시 서사, ③ 지배적 소구요소의 연쇄와 차별로 나누어 규명할 것이다. 이 세 전략의 실체를 파악하기 위해서 〈토이스토리〉시리즈를 정치하게 분석하고, 상보성을 전제로 텍스트에서 통합적으로 구현되고 있는 양상을 종합적으로 규명할 것이다.

2) 독립성과 연속성의 이율배반적 통합

프랜차이즈 애니메이션의 핵심은 정서적 유대를 토대로 텍스트 간의 연속성과 개별 텍스트의 독립성을 확보함으로써 차별화된 즐거움을 창출할 수 있느냐에 있다. 앞에서 언급한 바와 같이 '연속성'이 스토리의 연쇄, 캐릭터 유지, 동일한 포맷 반복, 크로스오버(crossover), 스핀오프(spin-off) 등을 통하여 확보된다면, '차별성'의 확보는 서사적인 연속성을 토대로 한 새로운 이야기, 매력적인 새로운 캐릭터의 등장, 새로운 무기나 능력의 신장, 캐릭터 간의 새로운 조합, 향유 요소, 구현 기술 등을

---

74) 그 동안 디즈니는 흥행에 성공한 애니메이션을 중심으로 프랜차이즈 애니메이션을 제작했다. 〈인어공주〉, 〈미녀와 야수〉, 〈알라딘〉, 〈라이온 킹〉, 〈포카혼타스〉, 〈노틀담의 꼽추〉, 〈뮬란〉, 〈타잔〉, 〈쿠스코 쿠스코〉 등이 대표적인 예이다. 이러한 속편 제작은 대중적 지지를 확보한 애니메이션 수명주기를 연장함으로써 수익을 극대화하고 해당 캐릭터를 브랜드화하기 위한 디즈니의 전략이다. 흥미로운 것은 극장용으로 제작되었던 전편과는 다르게 속편들의 경우에는 비디오나 DVD용으로만 제작되었다는 점이다. 반면, 픽사는 〈토이스토리Ⅰ〉을 프랜차이즈 애니메이션 시리즈로 전개하면서 극장용으로만 제작하였다. 비디오나 DVD용 애니메이션이 아니라 독립적인 극장용 애니메이션으로 제작되었다는 점은 눈여겨 볼 지점이다. 디즈니와 픽사가 합병된 이후 〈토이스토리Ⅲ〉(2010), 〈카Ⅱ〉(2011), 프리퀄(prequel)의 형태로 발표된 〈몬스터 대학교〉(2013)만 보더라도, 극장용 프랜차이즈 애니메이션의 제작은 거시적인 안목의 적극적인 프랜차이즈화가 본격화되었음을 의미한다.

통해서 가능하다. 결국, 텍스트 간의 연속성 위에서 텍스트의 독립성을 확보하는 일은 단속적인 배리관계라기 보다는 연속적인 상보관계로 보아야 할 것이다. 프랜차이즈화 과정에서 정서적 유대를 토대로 한 텍스트 간 연속성의 요소들이 수납될 때, 독립성을 확보할 수 있는 차별화된 즐거움의 요소들이 성립될 수 있기 때문이다.

〈토이스토리〉 시리즈는 어린 시절 누구나 체험했을 장난감과 정서적 교류를 중심 소재로 선택함으로써 보편성을 확보한다. 이러한 정서적 보편의 세계를 인간이 아닌 장난감 시각에서 전개함으로써 낯설고 참신한 세계를 창조한다. 시리즈 세 편 모두 장난감 세계를 전제로 그들이 가장 두려워하는 것(새로운 장난감 등장, 낡아감, 버려짐, 주인의 성장 등)을 핵심 갈등으로 설정하고, 이것을 '친구'라는 중심 모티프로 묶고 '정체'와 '성장'이라는 주제로 유쾌하게 천착한다. 누구나 가지고 있을 장난감에 대한 유년의 추억과 성장의 혼란 등을 활용하여 정서적 유대를 강화함으로써 폭넓은 향유자층의 향유를 각기 다른 층위에서 활성화시켰다.

〈토이스토리〉 시리즈는 연속성을 확보할만한 몇 가지 정형화된 구성을 보여준다. 그것은 ① 장난감에게 가장 큰 두려움은 무엇인가 — 새로운 장난감의 등장(Ⅰ[75]), 낡아서 버려지는 것(Ⅱ), 놀아줄 아이가 성장하는 것(Ⅲ)에서 출발한다. 이러한 편별 설정은 상호 연쇄되면서 주제를 심화시켜 나간다. ② 새로운 장난감/낡고 익숙한 장난감의 갈등(Ⅰ), 누군가의 장난감이지만 낡아서 버려지는 앤디의 집/모두의 장난감이지만 시간이 갈수록 가치 있는 박물관(Ⅱ), 성장해서 떠나야 하는 앤디네/아이들이 영원히 찾는 써니 사이드(Ⅲ)와 같은 대립적인 상황을 설정하고, ③

[75) 여기에 표기된 로마숫자는 〈토이스토리〉의 편수를 지칭한다. 또한 〈토이 스토리Ⅰ〉은 실제 존재하지 않는다. 논의의 편의를 위해 여기서는 〈토이 스토리〉를 〈토이 스토리Ⅰ〉로 쓴다. 이하 동일.

데드라인(dead line, 이사, 박물관행, 대학진학) 제시하고, ④ "자신에게 필요한 것을 깨닫고 원하는 것을 포기하는 캐릭터 아크(character arc)" (폴 조셉 줄리노, 2009, 62)의 변화 과정을 통해 성장하여, ⑤ '집으로 돌아오는 전형적인 이야기'로, 돌아오는 과정을 ⑥ 완급조절이 절묘한 스펙터클 시퀀스로 마무리한다.

〈토이스토리Ⅰ〉은 우디/버즈의 성장담을 근간으로 하는 버디 무비다. 이 작품은 〈그림 35〉에 나타난 바와 같이, 중심 캐릭터인 우디와 버즈가 '앤디의 집 → 피자 혹성 → 시드의 방 → 이사 간 집'으로 공간을 이동하며 갈등의 구체화 과정을 거쳐 화해와 성장에 이르는 전형적인 성장담이다. 자기 정체성과 우정을 중심 모티프로 하는 우디와 버즈의 성장은 표면적으로는 차이가 나지만 심층적으로는 매우 유사하다. 우디는 주인 앤디가 가장 사랑하는 장난감이라는 자부를 유지할 때 자기 존재감을 갖으며, 버즈는 우주특공대라고 믿고 있을 때 자기 존재감을 갖는다. 하지만 우디는 버즈의 출현으로, 버즈는 자신이 한낱 장난감에 불과하다는 사실을 인지함으로써 장난감으로서의 정체성을 깨닫는다. 우디의 경우 버즈가 나타나기 전에는 장난감 동료들(포테이토 헤드, 보, 렉스, 햄, 슬링키, 하사관 등)보다 앤디로부터 많은 사랑을 받음으로써 그들과 다르다고 생각했는데 버즈의 출현으로 우디 자신도 그들과 다르지 않은 장난감에 불과하다고 깨닫는다. 이것은 버즈가 스스로를 우주특공대라고 생각하는 것과 다르지 않은 착각인데, 결국 주인인 앤디에 의해 부여받은 역할들이기 때문이다. 흥미로운 것은 생일선물과 이사라는 모티프를 통해 앤디의 버림을 받지 않을까 고민하는 장난감들의 모습인데, 이것은 〈토이스토리Ⅱ〉에서 시간의 흐름에 따른 '낡음'과 '주인의 성장'에 따른 버려질 수밖에 없는 장난감의 숙명으로 제시되고, 장난감의 정체성에 대한 고민으로 보다 심화된다.

또 다른 중심 모티프인 서로의 정체성을 확인하는 과정에서 우정이 싹

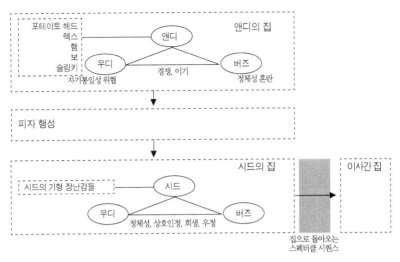

〈그림 35〉〈토이스토리Ⅰ〉캐릭터 구도 및 공간의 성격화

트고 이것은 희생과 서로에 대한 인정으로 구체화된다. 버즈를 구하기 위해 이삿짐 차에서 스스로 뛰어내려 함께 위기를 탈출하거나, 버즈가 난다고 인정하는 우디의 모습이나, 우디를 안고 앤디에게로 비행하는 버즈의 모습 등을 통해 서로에 대한 희생과 인정이라는 우정의 두 값을 구현한다. 이와 같은 성장은 우디/버즈, 앤디/시드, 우디/동료 장난감들, 동료장난감들/시드의 기형적인 장난감들 등의 대립을 통해 진행되고 구체화된다. 아쉬운 것은 시드의 행위 동기, 시드의 기형적인 장난감들의 성격화, 우디의 성격 변화 동기 등이 미흡하다는 점이다.

〈토이스토리Ⅰ〉에서 성장을 통해 구현되는 자기 정체성과 우정 등의 건전한 가치도 장난감은 장난감으로서만 가장 행복할 수 있다는 기존의 지배이데올로기에 충실한 논리인데, 이것이 고난 극복과 희생으로 구현되는 우정이라는 이름으로 강조되고 있다는 점에서 디즈니 이데올로기의 내재화라는 전략과 크게 다르지 않다. 더구나 성격화된 공간을 이동하는 과정을 통해서 성장을 수행하는 것도 디즈니의 그것과 다르지 않다. 하지만 디즈니 애니메이션에서 강조되었던 가치에 대한 지향이 상대적으로 약화되었고, 그 양상도 매우 개방적인 형태로 제시되었다는 차별점을 갖는다. 이것은 이후에 픽사의 작품에서도 같은 양상을 보인다.

"지난 1세기 간 집필된 시나리오 중 최상위권에 위치하는 수작"(폴 조셉 줄리노, 2009, 44)이라는 〈토이스토리Ⅰ〉은 시리즈 전체 서사의 원형이라고 할 수 있다. 이 작품은 일상 → 분리 →통합의 일반적인 서사 유형을 따르면서 전형적인 3막 8시퀀스와 수미상관의 지극히 안정적인 서사구조를 지향한다. 에피소드별 데드라인 설정과 텍스트 전체의 데드라인 설정으로 극적 긴장을 조성하고, 성격화된 공간을 구현하고, 이들 사이를 이동하며 성장하고, 집으로 돌아오는 스펙터클 시퀀스에서는 준비(preparation)와 지연(retardation)의 효과적인 활용을 통해 3막의 긴장을 고조시키고 재미를 극대화한다.

〈토이스토리Ⅱ〉는 장난감이 낡고, 주인 아이가 성장하면 버려지는 피할 수 없는 상황을 위지와 제시 그리고 팔이 뜯어진 우디를 통해서 드러내면서 그 안에서 우디가 겪는 자기정체성의 혼란을 묘사했다. 〈그림 36〉에서 보는 바와 같이, 앤디네 집/알의 가게/알의 집/ 박물관 등의 성격화된 공간의 대비와 이동을 통해 장난감의 정체성에 대해서 근본적인 질문을 던지고 있다.

〈토이스토리Ⅱ〉는 〈토이스토리Ⅰ〉의 서사 전략을 대부분 수용하고 있다. 다만, 〈토이스토리Ⅰ〉에 비해 ① 서사 전개에 필수적이지 않은 버즈2와 Z대왕 같은 캐릭터를 등장시켜 이중의 패러디 ─ 〈토이스토리Ⅰ〉에 대한 자기 패러디와 〈스타워즈〉 패러디를 구현했고, ② 슬랩스틱코미디(slapstick comedy)적인 요소가 강화되었으며, ③ 알의 토이샵과 알의 집에서 등장하는 다양한 층위의 캐릭터를 통해 보다 입체적인 캐릭터를 구현했으며, ④ 탈출하려는 우디와 찾아가는 버즈 일행의 모험을 병치적으

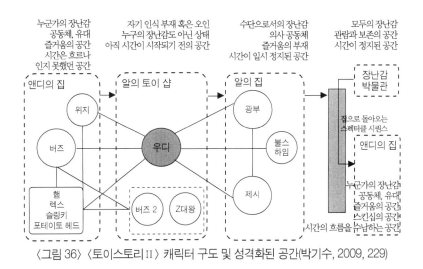

누군가의 장난감 공동체, 유대 즐거움의 공간 시간은 흐르나 인지 못했던 공간

자기 인식 부재 혹은 오인 누구의 장난감도 아닌 상태 아직 시간이 시작되기 전의 공간

수단으로서의 장난감 의사 공동체 즐거움의 부재 시간이 일시 정지된 공간

모두의 장난감 관람과 보존의 공간 시간이 정지된 공간

앤디의 집 · 알의 토이 샵 · 알의 집

위지 · 버즈 · 햄 렉스 슬링키 포테이토 헤드 · 버즈 2 · Z대왕 · 우디 · 광부 · 불스 하임 · 제시

장난감 박물관

집으로 돌아오는 스펙터클 시퀀스

앤디의 집

누군가의 장난감 공동체, 유대 즐거움의 공간 스킨십의 공간 수납하는 공간

시간의 흐름을 수납하는 공간

〈그림 36〉 〈토이스토리 II〉 캐릭터 구도 및 성격화된 공간(박기수, 2009, 229)

로 구성하고, ⑤ 공간의 성격화가 주제 심화 구현과정에 결정적으로 기여했으며, ⑥ 제시의 회상씬을 통해 정서적 동조부를 강화하는 차별화 전략을 구사하였다. 이것은 〈토이스토리 I〉이 가진 서사 전략의 미덕을 심화 확대하면서 동시에 차별점을 마련하기 위한 시도다. 〈토이스토리 II〉는 전편에 비해 캐릭터, 사건, 주제, 구성 등 모든 면에서 확장 심화되는 양상으로 드러나고, 무엇보다 슬랩스틱코미디의 요소와 패러디 등의 강화를 통해 상대적으로 무거워질 수 있는 서사 구조와 주제의 부담을 덜어주었다.

〈토이스토리 I〉과 〈토이스토리 II〉가 새로운 장난감의 등장이나 장난감이 낡아서 벌어지는 장난감을 중심으로 한 갈등이었다면, 〈토이스토리 III〉는 그들의 주인인 앤디의 성장으로 인한 보다 근본적이고 심화된 갈등이다. 따라서 〈토이스토리 III〉의 중심 캐릭터는 우디를 비롯한 앤디의 장난감 전체와 앤디 자신이다. 시리즈 전체에서 강조하는 장난감으로서의 정체성을 유지하기 위해서는 ① 주인이 있어야 하고 ② 함께 놀아주는 장난감 친구들이 있어야 한다. 앤디는 어린 시절 추억이 담긴 장난감들을 다락에 올려두기 싫고, 장난감들은 앤디는 물론 우디와도 떨어지고

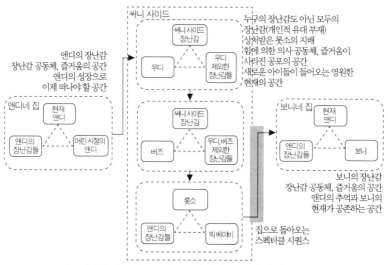

써니 사이드

누구의 장난감도 아닌 모두의
장난감(개인적 유대 부재)
상처받은 롯소의 지배
힘에 의한 의사 공동체, 즐거움이
사라진 공포의 공간
새로운 아이들이 들어오는 영원한
현재의 공간

앤디의 장난감
장난감 공동체, 즐거움의 공간
앤디의 성장으로
이제 떠나야 할 공간

써니사이드
장난감

우디

우디
제외한
장난감들

앤디네 집

현재
앤디

앤디의
장난감들

어린시절의
앤디

써니사이드
장난감

버즈

우디, 버즈
제외한
장난감들

롯소

앤디의
장난감들

빅베이비

보니네 집

현재
앤디

앤디의
장난감들

보니

보니의 장난감
장난감 공동체, 즐거움의 공간
앤디의 추억과 보니의
현재가 공존하는 공간

집으로 돌아오는
스펙터클 시퀀스

〈그림 37〉〈토이스토리Ⅲ〉캐릭터 구도 및 성격화된 공간

싶지 않다. 그동안 앤디의 장난감이라는 확신이 '집으로 돌아오는 이야기'
의 결말을 이끌면서 '돌아와야 할 집'의 의미를 만들었다면, 이제는 그 확
신이 무너지므로 집이 사라지는 것이다.[76] 사고로 앤디가 자신들을 버리
려 한다고 오해한 장난감들이 우디의 설득에도 불구하고 선택한 곳은 써
니사이드다. 써니사이드에서는 누구의 장난감도 아니니 버려질 일이 없
고, 아이들이 나이가 들면 새로운 아이들이 찾아오는 영원히 현재의 공간
이다. 써니사이드의 실체를 보지 못하고 오인한 그들은 자신들이 '원하는
것'만 생각하고 현재 '필요로 하는 것'을 이해하고 설득하는 우디와도 갈등
한다.[77] 앤디 역시 처음에는 장난감들과 헤어지기 싫다는 '원하는 것'만 생

---

76) 물론 장난감들을 다락에 올려두기로 하지만 이것은 엄밀한 의미에서 집이 아니다. 장
난감들의 집은 함께 놀아줄 주인이 있고, 그들과 함께 놀 친구들이 있어야 하는데, 앤
디와 우디는 대학으로 떠나고 그들은 쓰레기봉투에 담겨 다락으로 올려질 상황이기
때문이다.

77) 앞에서 전제했던 장난감의 정체성 유지를 위해서는 주인이 있어야 하고, 함께 놀아줄
친구들이 있어야 하는데, 앤디의 장난감들은 이로서 주인도 친구도 모두 잃는다.

각하다가 우디의 메모로 현재 '필요로 하는 것'을 이해하고 보니에게 장난 감들을 선물함으로써 진정한 성장을 이룬다. 앤디는 유년과 이별하고 성 인으로서 대학에 진학함으로써 돌아와야 할 집을 마련하고, 장난감들은 그들의 새 주인인 보니와 함께하는 새 집으로 돌아오는 이야기다.

〈토이스토리Ⅲ〉는 앞에서 언급했던 전편들의 미덕을 전략적으로 계승한다. 전편들과의 상당한 시간적인 간극을 두고 있고, 전편들의 전례 없는 성공에 부담과 후광을 동시에 느끼는 입장[78]에서 〈토이스토리Ⅲ〉는 철저하게 시리즈 전체의 한 부분으로서 기획하는 전략을 선택한다. 전편들과의 연속성 확보를 위하여 캐릭터 동일성과 정조를 그대로 유지하고, 〈토이스토리Ⅱ〉에서 제기되었던 '앤디가 나이 든다면'이라는 전제를 확장하여 서사를 구성한다. 갈등 주체가 앤디의 장난감들뿐만 아니라 앤디 자신도 포함된다는 점에서 볼 때, 시리즈 전체가 긴밀한 연쇄를 바탕으로 점층적인 확장의 서사 구조를 지녔고, 결국 〈토이스토리Ⅲ〉로 시리즈 전체 서사가 수렴됨을 알 수 있었다.

〈토이스토리Ⅲ〉는 ① 써니사이드와 보니네 집의 다양한 캐릭터와 그들이 만드는 다수의 캐릭터 구도에 따라 캐릭터 아크가 설정됨으로써 서사의 층위가 심화되었고, ② 〈대탈주〉(1963)의 패러디가 서사의 중심에 내재화되어 '집으로 돌아오는 스펙터클 시퀀스'와 결합되었고, ③ 3D의 다이나믹한 영상이 효과적으로 구현됨으로써 전편과의 차별성을 확보하였다. 또한, 앤디와의 놀이 속 이야기, 행복했던 어린 시절 앤디와 추억 등의 회상씬, 롯소와 빅베이비 내력담, 앤디의 추억담을 통해 정서적 동조부가 확장된 점도 주목할 지점이다. 특히 마지막 앤디와 보니의 놀이

---

78) 〈토이스토리Ⅱ〉(4억8501만달러)는 전편의 흥행(3억6195만달러)을 뛰어넘은 첫 번째 작품이 되었다. 결과적으로 〈토이스토리Ⅲ〉(10억6321만달러)가 그 흥행 기록을 갱신했지만 제작진들이 느꼈을 프랜차이즈 애니메이션에 대한 부담은 짐작할 수 있는 부분이다.

씬과 앤디를 보내는 장난감들의 엔딩씬은 시리즈 전체의 정서적 유대를 공유하게 하는 결정적인 역할을 한다.

이상에서 살펴본 바와 같이 〈토이스토리〉 시리즈는 텍스트별로 루틴한 구조의 연쇄를 구현함으로써 익숙한 서사의 안정을 확보하고, 그 위해서 독립성을 확보할 수 있는 차별적인 서사 전략을 구사함을 알 수 있었다. 중요한 것은 시리즈 전체가 정서적 유대를 바탕으로 서사적인 긴밀한 연쇄를 확보해야 한다는 점이다. 여기서 말하는 서사적 연쇄란 단지 스토리의 연속을 의미하는 것이 아니라 〈토이스토리〉 시리즈에 드러난 것과 같은 정서적으로 공유 가능한 세계의 창출과 그 안에서의 서사적 연속성과 독립성의 이율배반적 상보를 의미한다.

3) 대구와 강화의 진행형 거시 서사

〈토이스토리〉 시리즈는 전편의 정보와 체험을 토대로 이야기를 확장하면서 대구(對句)와 강화의 진행형 거시서사를 지향하는 스토리텔링 전략을 구사한다. 대구와 강화의 서사구조는 시리즈 각 '텍스트 안에서' 먼저 이루어지고, 이것이 다시 '텍스트 간에서' 이루어짐으로써 시리즈 전체의 거시서사 구조는 이중의 층위를 형성한다. 또한 이러한 대구와 강화의 서사구조는 진행형 거시서사를 지향하고 있다는 점에 주목해야 한다.

여기서 말하는 '대구'는 에피소드, 소재, 캐릭터 등의 유사한 반복을 통하여 상호 연관성을 보여주고, 이들 사이의 변화에 주목하게 하는 전략을 말한다. '강화'는 주요 모티프의 반복과 변주를 통하여 구현하고자 하는 바를 점층적으로 강조하거나 반전의 효과를 극대화하는 전략을 말한다. 또한, '진행형 거시서사'는 단순하게 스토리의 연쇄를 의미한다기보다는 전편에서 제시되었던 주제와 정서를 심화하고 확장함으로써 시리즈 전체 서사의 전모를 완성한다는 의미다. 즉 진행형 거시서사의 구현

과정은 전편들과의 정서적 유대를 바탕으로 새로운 캐릭터나 또 다른 관점의 확충을 통하여 시리즈 전체의 주제를 깊이 있게 사유하고 성찰할 수 있도록 함으로써 향유의 다양성과 공감을 확보하려는 전략이다. 결과적으로 이러한 〈토이스토리〉시리즈의 전략은 편별 서사의 완성도를 제고하고, 서사구조의 안정성에 크게 기여하며, 동시에 체험과 향유의 점층적인 강화효과를 발생시킨다.

〈토이스토리Ⅰ〉 제작 초기, 처음으로 장편애니메이션을 만들게 된 픽사는 스토리 구성에 상당한 곤란을 겪는다. 뒤에 〈토이스토리Ⅱ〉와 〈토이스토리Ⅲ〉의 근간이 되는 존 라세터와 앤드류 스탠튼의 초안이 여지없이 폐기되고, 디즈니 수뇌부의 간섭과 승인 과정이 개입되고, 디즈니 외부 작가들이 투입되고, 심지어 로버트 맥기의 단기 시나리오 워크샵에도 참가하면서 이 어려움을 극복하려 노력한다.(박기수, 2013, 109-110)

이러한 맥락을 고려할 때, 처음으로 장편 애니메이션 시나리오를 창작하는 픽사 입장에서 학습한 내용들을 공식처럼 적용하려 했던 것은 크게 이상할 것도 없는 일이다. 〈토이스토리Ⅰ〉에서 발견할 수 있는 교과서적인 3막 8시퀀스 구조라든가, 성격화된 공간을 기반으로 전형적인 성장담을 전개 등은 이러한 시도의 결과였다. 성격화된 공간의 이동을 통한 전형적인 성장담의 구조는 디즈니의 장기였고, 3막 8시퀀스의 구조는 할리우드의 기본 공식 중에 하나라는 점에서 새로울 것도 없는 전략이었다.

그럼에도 불구하고 〈토이스토리〉 시리즈 스토리텔링 전략에 찬사가 쏟아지는 이유는 무엇인가? 그것은 예의 익숙한 전략을 기반으로 〈토이스토리Ⅰ〉은 대구와 강화의 진행형 거시서사 구조를 구현함으로써 참신한 서사 변주를 보여주었기 때문이다. 특히 〈토이스토리〉시리즈와 같이 보수적인 서사 구조를 지향하며 안정적인 서사 전개 등에 무게를 두는 경우, 서사의 큰 틀은 변화를 주지 않고 서사의 선행 체험을 학습─향유할 수 있는 구조를 갖추는 일은 매우 효과적인 전략으로 평가할 수 있다.

〈그림 38〉을 보면 극적 전환점1인 4와 제2극적 전환점인 16[79]이 대구를 이루지만, 이것은 3막 구조의 전형적인 양상일 뿐이다. 이 글에서 주목하는 것은 ① 4-18, ② 1-5-19, ③ 2, 3, 4-19, ④ 10-13-15의 대구이다.

① 4-18은 우디와 버즈의 대립을 가장 압축적으로 드러내는 '날 수 있다/없다'의 대구로서 두 캐릭터의 성장을 보여주기 위한 것이다. 새로운 장난감인 버즈가 날 수 없다는 우디와 본인이 우주전사이기 때문에 날 수 있다고 믿는 버즈의 대립이 4라면, 버즈가 날고 있다고 위로해주는 우디와 이것은 나는 것이 아니라 폼나게 추락하는 것이라고 자기정체를 인지한 버즈의 상호인정이 18이다. 4가 제1 극적 전환점에 해당하고, 18이 〈토이스토리Ⅰ〉의 클라이맥스라는 점에서 볼 때, ①이 본 텍스트의 핵심적인 갈등임을 알 수 있다. 4에서 우디는 버즈를 우주전사로 착각하고 있는 장난감일 뿐이라고 여겼기 때문에 버즈가 날 수 없다고 말하지만, 18에서는 버즈가 그곳에 이르는 과정을 통해 자기정체를 각성하고, 희생과 용기를 보여주었기에 그의 추락을 날고 있다고 인정하는 것이다. 반면 버즈는 4에서 자신을 우주전사라고 믿었기 때문에 날 수 있다고 믿고, 18에서는 자신이 단지 장난감일 뿐임을 아는 까닭에 나는 것이 아니라 폼나게 추락하는 것이라고 말한다. 4에서 18에 이르는 과정에서 우디와 버즈는 상호 성장함으로써 서로를 인정하고, 친구로서 서로를 위해 희생할 수 있음을 보여준다. 이와 같이 4와 18의 대구는 중심 갈등을 해소하는 과정과 그 과정에서 상호교차적으

---

79) 이렇게 표기되는 숫자는 해당 각 그림 안에 구분해놓은 숫자다. 이하 동일.

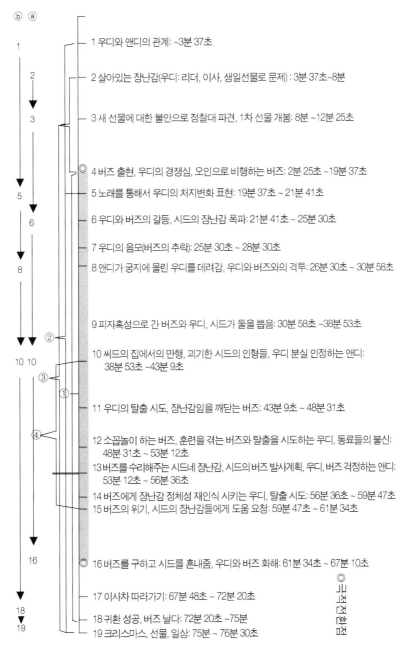

ⓑ ⓐ

1

2

3

5

6

8

② ②

10 10

③

①

④

16

18
19

1 우디와 앤디의 관계: ~3분 37초

2 살아있는 장난감(우디: 리더, 이사, 생일선물로 문제) : 3분 37초~8분

3 새 선물에 대한 불안으로 정찰대 파견, 1차 선물 개봉: 8분 ~12분 25초

4 버즈 출현, 우디의 경쟁심, 오인으로 비행하는 버즈: 2분 25초 ~19분 37초

5 노래를 통해서 우디의 처지변화 표현: 19분 37초 ~ 21분 41초

6 우디와 버즈의 갈등, 시드의 장난감 폭파: 21분 41초 ~ 25분 30초

7 우디의 음모(버즈의 추락): 25분 30초 ~ 28분 30초

8 앤디가 궁지에 몰린 우디를 데려감, 우디와 버즈와의 격투: 26분 30초 ~ 30분 58초

9 피자혹성으로 간 버즈와 우디, 시드가 둘을 뽑음: 30분 58초 ~38분 53초

10 씨드의 집에서의 만행, 괴기한 시드의 인형들, 우디 분실 인정하는 앤디:
   38분 53초 ~43분 9초

11 우디의 탈출 시도, 장난감임을 깨닫는 버즈: 43분 9초 ~ 48분 31초

12 소꿉놀이 하는 버즈, 훈련을 겪는 버즈와 탈출을 시도하는 우디, 동료들의 불신:
   48분 31초 ~ 53분 12초
13 버즈를 수리해주는 시드네 장난감, 시드의 버즈 발사계획, 우디, 버즈 걱정하는 앤디:
   53분 12초 ~ 56분 36초
14 버즈에게 장난감 정체성 재인식 시키는 우디, 탈출 시도: 56분 36초 ~ 59분 47초
15 버즈의 위기, 시드의 장난감들에게 도움 요청: 59분 47초 ~ 61분 34초

16 버즈를 구하고 시드를 혼내줌, 우디와 버즈 화해: 61분 34초 ~ 67분 10초

17 이사차 따라가기: 67분 48초 ~ 72분 20초

18 귀환 성공, 버즈 날다: 72분 20초 ~75분
19 크리스마스, 선물, 일상: 75분 ~ 76분 30초

◎ 대구적전환점

〈그림 38〉 〈토이스토리Ⅰ〉의 서사 전개 및 대구와 강화 구조

로 변화하는 중심캐릭터 우디와 버즈의 모습을 구현하기 위한 설정으로 파악할 수 있다.

② 1-5-19의 대구는 노래를 통해 '앤디의 가장 친한 친구 우디―버림받았다는 낯선 상황―진정한 친구[80]'의 호응 구조이다. 1이 주제를 함축하고 있는 노래(You've got a friend in me)로 우디와 앤디 관계를 묘사한 것이라면, 5는 버즈의 등장으로 앤디에게서 버림받은 우디 심정(Strange Things)을 표현한 것이고, 19는 모든 갈등이 해소되고 즐거운 크리스마스를 표현하며 대단원의 여운(You've got a friend in me)을 만들어내기 위한 것이다.

③ 2,3,4-19의 대구는 동일한 상황의 수미상관으로 캐릭터와 상황의 변화를 대조적으로 드러냈다. 2,3,4가 새로운 장난감의 등장으로 기존의 장난감들이 버려질 수 있다는 상존하는 불안과 위협을 표현했다면, 19는 크리스마스 선물 개봉 과정에도 불구하고 전자와는 대조적으로 불안해하지 않고 오히려 기대하는 장난감들의 모습을 보여주고 있다. 우디와 버즈의 사건을 겪으면서 캐릭터들이 성장[81]했음을 단적으로 보여주는 씬이다.

④ 10-13-15의 대구는 예상―배반―강화의 구조다. 10에서 그로테스크한 모양의 씨드네 장난감들을 씨드의 만행과 함께 보여주고, 13에서 씨드네 장난감들이 버즈를 수리해줌으로써 오해를 풀고, 15에서 버즈를 구하기 위하여 그들의 협조를 받아 씨드를 혼내주고 탈출에 성공한다. 10의 예상을 13에서 배반하고 15에서 강화하는 구조다. 이러한 대구

---

80) 주인과 장난감(앤디와 우디)의 관계뿐만 아니라 장난감 친구들(우디와 버즈 등)의 상호 신뢰 과정을 보여줌으로써 진정한 친구가 되었음을 보여준다. 이것은 주제가인 'You've got a friend in me'의 가사에서도 어떤 경우에도 우린 친구가 될 것이라는 구절과 호응하면서 그 의미를 더욱 강화한다.

81) 물론 새로운 장난감의 등장으로 버려질 수 있다는 불안이나 위협이 완전히 사라진 것은 아니지만 자신들을 기다려주는 앤디가 있고, 서로를 지켜주는 친구들이 있다는 것만으로 그것은 극복할 수 있다는 것은 〈토이스토리 I 〉을 통해 충분히 보여주었기 때문이다.

를 통하여 보이는 것이 전부가 아니며, 문제는 장난감들의 모양이 아니라 그들을 그렇게 만든 씨드에게 있음을 보여준다.

〈토이스토리Ⅰ〉에 드러난 강화는 ⓐ 2-3-6-10-16, ⓑ 1-5-8-10-18-19이다. ⓐ가 〈토이스토리Ⅰ〉을 성립시키는 가장 기본적은 룰을 활용한 강화과정이라면, ⓑ는 중심모티프의 구체화 과정으로 주제의 심도를 확보하는 과정이다. ⓐ와 ⓑ는 서로 긴밀하게 연관이 됨으로서 강화효과를 극대화하고 있다.

ⓐ는 살아있는 장난감들이 인간 앞에서는 움직일 수 없다는 〈토이스토리Ⅰ〉의 합의된 룰에 관한 것이다. 2는 살아있는 장난감들의 세계를 보여줌으로써 낯설고 참신한 세계를 보여주며, 3은 2를 바탕으로 재미있는 퍼포먼스를 구성하며 동시에 극적 긴장을 조성하였고, 6은 살아있는 장난감을 폭파하는 씨드 만행을 보여주고, 10은 살아있는 장난감들의 신체를 분리하여 그로테스크한 모습을 조립해놓은 모습을 보여줌으로써 6을 더욱 강화하였고, 16은 2-3-6-10을 전제로 한 반전으로 제2 극적 전환점의 역할도 하고 있다. 16은 4에서 제기되었던 갈등, 즉 새로운 장난감의 출현으로 주인으로부터 버림받을 수 있다는 의식이 해소되는 씬이다. 앤디와 우디는 주인과 대상화된 장난감의 일방적 관계(씨드)가 아니라 서로 사랑하는 친구이며, 버즈와의 관계도 경쟁이 아니라 상호 이해를 통해 서로 어려울 때 자기를 희생하며 도울 수 있는 친구임을 보여주고 있기 때문이다. 따라서 ⓐ는 살아있는 장난감들이 인간 앞에서 움직일 수 없다는 시리즈 전체의 룰의 강화 과정이자 반전을 통해 이 작품의 주제를 더욱 강화한다.

ⓑ는 앤디와 우디/버즈의 관계를 점층적으로 강화하는 과정이다. 버디무비인 이 작품에서는 우디와 버즈가 티격태격하면서 서로 이해하고 성장하는 과정을 통해 진정한 친구의 의미를 이야기하고 있지만, 그 과정

에서 앤디와 관계도 놓쳐서는 안 될 부분이다. ⓑ는 앤디와 우디, 우디와 버즈의 관계를 점층적으로 강화하면서 인간과 장난감, 장난감과 장난감의 구분을 넘어서는 친구의 의미를 구체화한다. 1에서는 버즈가 등장하기 전의 앤디와 우디 관계를 보여주고, 5에서는 버즈 출현 이후 버림받았다고 느끼는 우디 모습을, 8에서는 버즈 대신 우디를 앤디가 데려가고,[82] 10에서 앤디가 우디와 버즈를 잃어버렸다고 크게 낙담하고, 18에서는 서로 인정하는 친구가 된 우디와 버즈가 돌아옴으로써 앤디와 관계도 회복하고, 19에서는 새로운 친구의 등장에도 4와 같이 느끼지 않음을 보여주는 씬이다. 따라서 ⓑ에서는 친구라는 모티프를 중심으로 인간과 장난감, 장난감과 장난감의 관계를 수렴함으로써 구체화하고 강화해나가는 구조이다.

〈토이스토리Ⅱ〉는 대구와 강화가 상당 부분 일치한다. 〈그림 39〉에서 대구의 양상이 드러나는 ① 3-12-14-23, ② 2-22, ③ 2-14-20-23, ④중에서 ①, ③, ④에서 일치한다. 이와 같이 대구와 강화를 일치시키는 것은 서사의 밀도를 높이고 그 층위를 다양화함으로써 주제의 심도를 높이고 정서적 유대를 강화하기 위한 것이다.

①은 고장 나서 버려지게 된 위지와 팔이 뜯어진 우디를 동위소적 관계로 설정하고, 낡아서 뜯어진 우디 팔을 모티프로 3-12-14-23의 대구와 강화를 동시에 진행한다. 3에서 팔이 뜯어진 우디를 12에서 수리공이 수선하고, 14에서 앤디의 이름을 지우지만 23에서 앤디가 카우보이 캠프에 데려가지 않은 이유를 알려주며 우디 팔을 꿰매준다. 3에서의 오해가 23에서 극적으로 해소되며, 팔기 위해 수선하는 12와 주인의 이름을

---

82) 우디는 버즈가 등장하기 전에 앤디와 좋았던 시절, 즉 1을 꿈꾸지만 8에서 우디는 버즈 대신일 뿐이다. 이 씬은 버즈가 사라지면 다시 앤디가 가장 사랑하는 장난감이 될 것이라는 우디의 기대가 이미 어긋난 것임을 보여주고 있다.

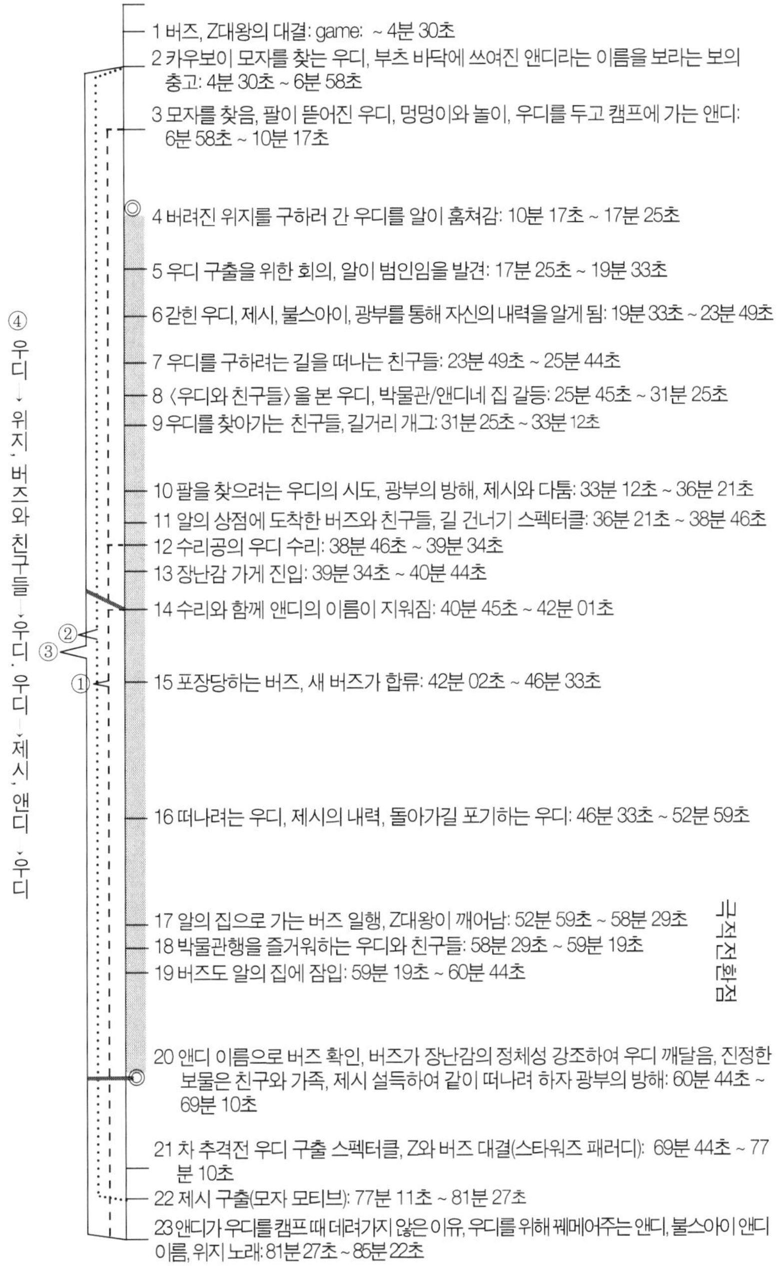

1 버즈, Z대왕의 대결: game: ~ 4분 30초
2 카우보이 모자를 찾는 우디, 부츠 바닥에 쓰여진 앤디라는 이름을 보라는 보의 충고: 4분 30초 ~ 6분 58초
3 모자를 찾음, 팔이 뜯어진 우디, 멍멍이와 놀이, 우디를 두고 캠프에 가는 앤디: 6분 58초 ~ 10분 17초

4 버려진 위지를 구하러 간 우디를 알이 훔쳐감: 10분 17초 ~ 17분 25초

5 우디 구출을 위한 회의, 알이 범인임을 발견: 17분 25초 ~ 19분 33초
6 갇힌 우디, 제시, 불스아이, 광부를 통해 자신의 내력을 알게 됨: 19분 33초 ~ 23분 49초
7 우디를 구하려는 길을 떠나는 친구들: 23분 49초 ~ 25분 44초
8 〈우디와 친구들〉을 본 우디, 박물관/앤디네 집 갈등: 25분 45초 ~ 31분 25초
9 우디를 찾아가는 친구들, 길거리 개그: 31분 25초 ~ 33분 12초

10 팔을 찾으려는 우디의 시도, 광부의 방해, 제시와 다툼: 33분 12초 ~ 36분 21초
11 알의 상점에 도착한 버즈와 친구들, 길 건너기 스펙터클: 36분 21초 ~ 38분 46초
12 수리공의 우디 수리: 38분 46초 ~ 39분 34초
13 장난감 가게 진입: 39분 34초 ~ 40분 44초
14 수리와 함께 앤디의 이름이 지워짐: 40분 45초 ~ 42분 01초

15 포장당하는 버즈, 새 버즈가 합류: 42분 02초 ~ 46분 33초

16 떠나려는 우디, 제시의 내력, 돌아갈 길 포기하는 우디: 46분 33초 ~ 52분 59초

17 알의 집으로 가는 버즈 일행, Z대왕이 깨어남: 52분 59초 ~ 58분 29초
18 박물관행을 즐거워하는 우디와 친구들: 58분 29초 ~ 59분 19초
19 버즈도 알의 집에 잠입: 59분 19초 ~ 60분 44초

20 앤디 이름으로 버즈 확인, 버즈가 장난감의 정체성 강조하여 우디 깨달음, 진정한 보물은 친구와 가족, 제시 설득하여 같이 떠나려 하자 광부의 방해: 60분 44초 ~ 69분 10초

21 차 추격전 우디 구출 스펙터클, Z와 버즈 대결(스타워즈 패러디): 69분 44초 ~ 77분 10초
22 제시 구출(모자 모티브): 77분 11초 ~ 81분 27초
23 앤디가 우디를 캠프 때 데려가지 않은 이유, 우디를 위해 꿰메어주는 앤디, 불스아이 앤디 이름, 위지 노래: 81분 27초 ~ 85분 22초

규격전환점

④ 우디 → 위지, 버즈와 친구들 → 우디, 우디 → 제시, 앤디 → 우디

〈그림 39〉〈토이스토리 II〉 서사 전개 및 대구와 강화 구조

지우는 14는 23에서 친구로서 우디를 꿰매어주고, 새 주인을 맞는 기쁨을 표현하는 불스아이의 모습으로 대조를 이루면서 극적 효과를 극대화한다.

②는 '우디의 카우보이 모자'를 매개로 한 2-22의 대구다. 2는 우디와 카우보이 캠프에 가기 위해서 카우보이 모자를 찾는 우디의 모습이다. 카우보이 모자가 있어야 카우보이로서 자신의 정체성을 갖고, 그래야 앤디가 캠프에 데려갈 것이라고 믿는 우디[83]다. 반면 22에서는 모자가 날리는 것도 개의치 않고 제시를 구출하고, 그 모자를 버즈가 잡아줌으로써 모자를 매개로 친구의 의미를 부각시킨다. 2에서 카우보이 모자는 앤디의 친구가 되기 위한 조건이었다면 22에서 그것은 서로 돕는 장난감 친구들을 극화하기 위한 것이다.

③는 '앤디라는 이름'을 매개로 한 2-14-20-23의 대구와 강화이다. ③은 장난감에게 주인이 어떤 존재인지를 선명하게 드러내는 과정이다. 2에서 우디가 느끼는 불안이 일반적 인식이라면 보가 일러주는 친구로서의 주인의 의미가 23에서 비로서 드러난다. 14가 장난감을 돈벌이의 수단으로 여기는 주인과 사랑을 나누는 친구로서의 주인을 대비하는 장면이라면, 20은 주인인 앤디와의 관계를 통해서 자신의 정체성을 확인하는 장면이라고 할 수 있다. 그것은 모두의 장난감이 아니라 누군가의 장난감(2), 돈벌이의 수단이 아니라 사랑을 나누는 대상(14), 자신의 정체성을 확인할 수 있게 하는 친구(20), 낡아도 버리지 않고 함께하고 배려하는 친구로서의 주인(23)이다.

---

83) 앤디에게서 버려지지 않을까하는 잠재적인 불안을 우디는 가지고 있다. 그 이유가 〈토이스토리〉 시리즈 각 편별 중심 모티프인 것은 주지하는 바와 같다. 여기서도 카우보이모자를 잃어버리면, 카우보이가 아니게 되므로 앤디가 캠프에 데려가지 않을 것이라는 불안감이다. 이러한 불안은 23에서 해소되면서 진정한 친구라는 주제를 강화한다.

④는 구출의 플롯을 미시적으로 반복하면서 거시적으로는 순환하면서 강화하는 구조이다. ④는 ①, ②, ③을 주요 모티프로 교직시켜 이 작품의 다양한 울림(낡아가는 장난감, 장난감의 정체성, 주인과 장난감의 관계 등)을 '진정한 친구'로 수렴하는 역할을 한다. 구출의 플롯은 '우디 → 위지, 버즈와 친구들 → 우디, 우디 → 제시, 앤디 → 우디'로 반복·확장하면서 장난감의 정체성과 주인과 장난감의 문제 등을 '진정한 친구'의 의미를 구현함으로써 해소한다. 특히 버즈와 친구들이 우디를 구하러 가는 과정은 전편에서 우디가 버즈를 구하러 가는 과정과 상호텍스트적 관계를 형성한다.

이상에서 본 바와 같이 〈토이스토리Ⅱ〉의 대구와 강화는 전편에 비해 상호연쇄적이고 교직의 밀도가 높으면서도 서사 전개와 크게 상관없는 재미요소들이 삽입되어 있다는 특징이 있다. 이것은 "일련의 지배적인 향유 패턴과 학습된 서사 구조의 특성을 발전적으로 계승하고 적극적으로 활용함으로써 서사 구조의 안정성을 극대화"(박기수, 2013, 111)한 결과이다. 전편의 캐릭터를 그대로 살리고, 대구와 강화 같은 학습된 서사 전략을 그대로 이어받음으로써 향유자의 선행 체험을 효과적으로 활용함으로써 서사 구조의 안정성을 극대화한 것이다. 이러한 안정된 서사 구조를 확보함으로써 서사 전개와 밀접한 상관을 갖지 않는 자유모티프(free motif)의 활용이 용이해졌고, 전편에서 볼 수 없었던 개그나 패러디 씬들이 다수 삽입한 것이다. 이것은 "즐거움을 극대화하기 위한 탄력적 서사의 적극 활용"(박기수, 2006B, 30)을 지향했던 디즈니 애니메이션과 뚜렷하게 변별되는 지점이다. 즐거움을 극대화하기 위하여 서사 구조는 최소한의 형태만을 유지했던 디즈니와는 달리 〈토이스토리Ⅱ〉는 서사적 완성도나 안정성을 기반으로 즐거움을 창출함으로써 서사적 깊이를 확보할 수 있게 되었기 때문이다.

〈토이스토리Ⅲ〉의 대구와 강화는 텍스트 안과 텍스트 간의 두 가지 층위에서 파악할 수 있다. 텍스트 안에서 드러나는 것은 ① 2-8-11-12-29, ② 10-12-21, ③ 9-20, ④ 4-5-20-28이다.

①은 장난감이 주인과 노는 다양한 형태를 대구의 형태로 강화한 것이다. 우디를 비롯한 장난감들이 어린 앤디와 함께 놀던 모습을 비디오로 촬영한 2[84]는 비슷한 나이에 장난감들과 제대로 놀 줄 아는 12와 대구를 이루며 29에서 앤디와 보니가 함께 놀면서 장난감들을 전해주는 모습을 통해 강화한다. 반면, 8은 누구의 장난감이 아니라 모두의 장난감으로 영원히 아이들과 지낼 수 있는(실제로 우디를 제외한 나머지 장난감들이 갈구하기도 하는) 나비방을 표현하고 있으며, 11은 나비방과 대조되는 애벌레방의 실체를 보여준다. 미시적으로는 8과 11이 대조를 이루고 있지만, 이 둘은 모두 2, 12, 29와 분명한 대조를 보이며 29를 강화하는 구조이다. 누구의 장난감도 아닌 모두의 장난감이며 아이들과 영원히 지낼 수 있다는 8이나 장난감을 제대로 가지고 놀 줄 모르는 나이의 어린 아이들과는 제대로 교감할 수 없음을 보여주는 11을 통하여 역으로 누군가의 장난감, 함께할 수 있는 나이가 있는 (동시에 영원할 수 없다는 의미도 내포하는) 장난감의 의미를 강화한다. 따라서 2는 단지 지나간 추억이 아니라 그 시기에 장난감과 교감할 수 있는 또 다른 누군가에 의해 29처럼 아름다운 추억으로 영원할 수 있음을 보여준다. ①은 대구와 강화가 전편들에 비해서 대조, 반복, 수렴의 과정을 거치면서 좀더 밀도를 갖고 있음을 보여준다.

②는 〈토이스토리Ⅱ〉에서도 사용되었던 카우보이 모자 모티프의 대구

---

84) 2가 비디오로 촬영된 형태로 제공되는 것은 메타시선의 확보를 위한 것으로 보인다. 이것은 전편에서 보여주었던 앤디의 좋은 친구로서 지내온 장난감들과의 관계를 메타시선을 통하여 드러냄으로써 향유자들에게 앤디가 이미 성장했다는 모습을 받아들이게 하고 동시에 유사한 체험을 환기시킴으로써 정서적 공감을 불러일으키는 역할을 한다.

① 1 앤디 놀이 속 이야기: ~ 4분 59초

① 2 앤디와의 행복한 추억 4분 59초: ~ 6분 23초

3 앤디에게 자기 존재를 확인시키려는 장난감들, 실패, 앤디의 진실 알리려는
　우디와 버즈, 포테이토 부인 눈 분실: 6분 23초 ~ 11분 42초

④ 4 장난감 정리 강요받는 앤디, 장난감 정리: 11분 42초 ~ 14분 43초

④ ◎ 5 실수로 버려지는 장난감들, 늙은 버스터, 구하려는 우디: 14분 43초 ~ 16분 44초

6 버림받았다고 믿는 장난감들, 오해 설명하는 우디, 차 출발: 16분 44초 ~ 18분 39초

7 써니 사이드에 기부되는 장난감들, 우디와 친구들의 의견 대립: 18분 39초 ~ 20분 26초

① 8 주인이 필요 없는 공간, 써니 사이드 친구들과 만남, 나비방으로 인한 오인, 롯소의 기만:
　20분 26초 ~ 25분 05초

③ 9 앤디에게 돌아가자는 우디, 함께해야 한다는 버즈, 끝났다는 제시 갈등: 20분 05초 ~ 29분 03초

② 10 우디 보니의 백팩으로 탈출 모자 분실 29분: 03초 ~ 31분 52초

① 11 나비방과 대조되는 애벌레방의 실체: 31분 52초 ~ 33분 25초

②① 12 보니 집에서 장난감으로 논다는 것 보여줌, 모자 없는 카우보이: 33분 52초 ~ 35분 54초

13 애벌레방에서 방을 옮기려는 장난감들, 버즈의 시점: 35분 54초 ~ 37분 59초
14 나비방 염탐으로 진실을 깨닫는 버즈 동시에 들킴: 39분 59초 ~ 40분 15초
15 집으로 돌아가겠다는 우디를 돕는 보니의 장난감들: 40분 15초 ~ 41분 15초
16 방을 옮겨달라는 요구에 버즈를 리셋하는 롯소: 41분 15초 ~ 43분 40초

17 앤디가 찾는 것을 알고, 돌아가려는 장난감들을 제압하는 롯소: 43분 40초 ~ 46분 14초

18 수감되는 장난감들, 버즈가 리셋된 것 인지, 협박하는 롯소: 46분 14초 ~ 48분 24초

19 써니 사이드의 실체 깨닫는 우디, 롯소의 내력담: 48분 24초 ~ 52분 29초

④ ③ 20 앤디 이름 보며 후회하는 제시, 철통보완인 써니 사이드는 쓰레기로 버려지는 것이
　유일한 탈출방법임을 듣는 우디: 52분 29초 ~ 57분 13초

② 21 앤디를 떠날 수 없고 모두 함께해야 한다는 것을 깨닫는 장난감들, 모자 찾는 우디,
　모두 함께 탈주계획 및 단계별 전개, 버즈 재리셋: 57분 13초 ~ 68분 11초

22 모여서 탈주 시작, 포테이토 헤드와 버즈의 개그, 쓰레기장 도착: 68분 11초 ~ 71분 23초

23 롯소에게 발각, 데이지의진실 깨닫는 빅 베이비, 쓰레기차에 함께 추락: 71분23초 ~ 75분58초

24 쓰레기차 안 제시를 구하며 정상으로 돌아온 버즈: 75분 58초 ~ 77분 39초

25 쓰레기장 위기, 우디가 롯소를 구하고, 배신하는 롯소: 77분 39초 ~ 81분 04초
26 에일리언의 도움으로 용광로 위기 극복하고 살아남는 장난감들: 81분 04초 ~ 83분 53초
◎ 27 롯소의 최후, 장난감들의 인식 변화 83분: 53초 ~ 84분 59초
④ 28 귀가, 눈 찾은 포테이토 부인, 엄마와의 이별에서 헤어짐을 깨닫는 우디의 선택과
　메모: 84분 59초 ~ 88분 14초
① 29 보니에게 장난감을 전달하는 앤디, 즐겁게 놀고 이별: 88분 14초 ~ 94분 11초

〈그림 40〉〈토이스토리Ⅲ〉 서사 전개 및 대구와 강화 구조

와 강화다. 우디가 써니사이드를 탈출하는 과정에서 모자를 잃어버리는 10과 모자가 없는데 무슨 카우보이냐는 12, 그리고 친구들을 구하러 다시 써니사이드로 돌아갔을 때 불스아이가 제일 먼저 카우보이 모자를 돌려주는 21을 통해서 카우보이 모자의 의미를 드러낸다. 〈토이스토리Ⅲ〉에서는 어떤 경우라도 자신들의 주인은 앤디고 그의 결정을 따라야 한다는 것과 장난감 친구들과 함께 있어야 한다는 것을 반복해서 강조한다. 카우보이 모자는 카우보이로서의 우디, 장난감 친구들의 리더로서 우디의 정체성을 말한다. 즉 어떤 경우에도 친구들의 리더로서 함께해야 하는데, 친구들을 두고 혼자 떠나기 때문에 모자를 잃어버리는 것(10)이고, 모자가 없으니 우디의 정체성이 부정 당하는 것이기에(12) 온갖 반대를 무릅쓰고 친구들과 함께 탈출하기 위하여 돌아오자 제일 먼저 모자를 돌려받는 것(21)이다. 따라서 ②는 〈토이스토리Ⅱ〉의 22에서 제시를 구하면서 보여준 카우보이 모자의 의미를 보다 분명하고 입체적으로 구현한 것이다.

③는 〈토이스토리Ⅱ〉에서도 사용되었던 앤디 이름 모티프의 대구다. 자신들의 주인은 앤디며 그의 결정에 따라야 한다는 우디(9)의 제안을 거절하고 고초를 겪으며 앤디를 그리워하는 제시(20)가 대구를 이룬다. 장난감은 그것을 가지고 놀아줄 주인이 있어야지만 존재 의미가 있다. 그것은 ①의 논리적 맥락과 결합하여 9의 주장으로 구체화되며 20은 그것을 반증하는 예[85]이다.

④는 쓰레기로 버려진다는 모티프의 대구이다. ④는 〈토이스토리Ⅲ〉 서사의 메인스트림인 장난감들을 버리지 않기 위해서 쓰레기봉투에 담는

---

85) 여기서 말하는 주인과 장난감의 종속적인 관계를 다른 관점에서 비판할 여지는 충분히 있다. 〈토이스토리〉 시리즈 전체 맥락 안에서는 양자의 관계는 친구의 관계라고 강조하고 있지만 그럼에도 불구하고 근본적으로 주인과 장난감의 종속적인 관계가 변하는 것은 아니다. 다만, 이 작품의 중심이 친구관계에 맞추어져있기 때문에 그러한 비판은 이 작품의 초점에서는 다소 벗어난 것이라 볼 수 있다.

앤디(4), 쓰레기로 버려졌다고 오해하는 장난감들(5), 써니사이드에서 탈출하는 유일한 방법은 쓰레기로 버려져야 한다는 사실(20), 쓰레기 폐기장에서 극적으로 쓰레기차를 타고 집으로 돌아오는(28) 과정이다. 여기서 4, 20, 28은 다분히 역설적인 의미를 내포하고 있다는 점에 주목해야 한다. 버리지 않기 위해 쓰레기봉투에 담는 4나 쓰레기로 버려져야 탈출할 수 있다는 20 그리고 쓰레기차를 타고 집으로 돌아와 앤디의 장난감으로 복귀하는 28이 그것이다. 4에서 이미 소용이 다한 장난감들을 버리지는 못하지만 더 이상 함께할 수도 없는 상황을 '쓰레기봉투에 보관'하는 것으로 표현했다면, 20은 써니사이드의 쓰레기, 즉 앤디의 장난감이 아닌 모두의 장난감이며 영원히 아이들과 지낼 수 있다는 써니사이드의 질서에서 스스로를 폐기함으로서 탈출할 수 있다는 의미를 내포하고 있다. 25의 분쇄의 위협과 롯소의 배신이라는 시련을 겪고 26의 용광로의 위험을 친구들과 함께 극복하면서 '쓰레기차를 타고 집으로 돌아오는 28은 보다 성숙한 모습으로 다시 태어나는 장난감들을 의미한다. 앤디 결정에 따라 다락행을 수용하는 친구들과 그동안 앤디의 결정을 무조건 따라야한다고 주장하던 우디 역시 앤디에게 보니네 집을 추천함으로써 보다 성숙해졌음을 보여준다. 28의 다시 태어남은 단지 성숙을 통하여 앤디에게로 돌아가는 것에서 그치지 않고 29의 보니에게 건네지며 보니 장난감으로서 역할을 부여받는 부분을 통하여 그 의미가 강화됨을 알 수 있다.

〈토이스토리Ⅲ〉는 텍스트 간 대구와 강화 구조가 두드러진다. 〈토이스토리〉시리즈 전체를 하나의 단위로 볼 때, 전편들에서 사용된 요소들을 〈토이스토리Ⅲ〉에서 수렴적으로 활용한다. 즉 각 편별 독립적인 향유는 물론 선행 체험을 바탕으로 시리즈 전체를 하나의 단위로 향유할 수 있도록 함으로써 향유의 적층효과 및 추체험을 활성화한다. 이러한 과정을 통하여 향유의 층위가 다양하고 풍성해짐으로써 시리즈 전체는 향유의 대상으로 개방적이고 현재진행형의 텍스트로서 대구와 강화효과를 극대화할 수 있다.

1은 〈토이스토리〉 시리즈 전체와 연관하여, Ⅰ-1에서 보여준 놀이를 영화처럼 재현한 것이며, Ⅱ-1의 게임 속 이야기 역시 같은 성격을 지녔다. 둘 다 별도의 이야기로서 중심 서사와 매우 느슨한 연관을 갖고 있다. Ⅰ-1에서 보여준 앤디와 장난감들의 놀이 모습을 극화하여 앤디를 화면에서 배제한 형태가 1이다. 이것이 2의 메타시선과 연결되면서 돌아갈 수 없는 앤디와 행복했던 추억이라는 정서적 공감을 강화한다. 더구나 2는 전편들의 내용을 압축함으로써 〈토이스토리Ⅱ〉 발표 이후의 시간적 간격을 해소하고 향유의 정서적 핵심을 제시한다.

3에서 버스터는 〈토이스토리Ⅰ〉 마지막 장면에서 크리스마스 선물로 등장하고, 〈토이스토리Ⅱ〉의 3과 4에서 보여준 젊은 시절과는 달리 노쇠하여 이제는 겨우 걸음을 옮기는 정도로 등장한다. 이러한 버스터의 모습을 통하여 앤디가 대학갈 나이가 되었다는 사실을 드러내는 또 다른 의미소 역할을 한다.

〈토이스토리〉 시리즈 전체는 데드라인(dead line)을 활용하여 반복적으로 극적 긴장을 조성한다. 〈토이스토리Ⅲ〉의 서사 전체는 기숙사에 갈 때까지(5, 19, 21, 28, 29)라는 데드라인 설정을 활용하지만, 부분적으로는 쓰레기차(5, 23), 분쇄기(25), 용광로(26)의 데드라인을 반복적으로 구사한다. 특히 분쇄기와 용광로의 데드라인은 가시화된 데드라인의 역할을 한다. 데드라인 설정은 〈토이스토리Ⅰ〉에서 앤디의 생일, 시드가 깨기 전, 앤디네 이사 출발 전, 도착 전 등으로 강화되었던 것이고, 〈토이스토리Ⅱ〉에서는 카우보이 캠프 떠나기 전, 위지가 팔려 가기 전, 우디가 도난당하기 전, 우디와 친구들이 장난감 박물관으로 팔려 가기 전, 공항에서 비행기에 실리기 전, 비행기 출발 전, 앤디가 카우보이 캠프에서 돌아오기 전 등의 반복적인 설정으로 적극 활용된 바 있다. 이러한 데드라인은 극적 긴장을 조성하기 위한 서사 장치로 활용되지만 시리즈 전체에서 볼 때에는 언젠가는 앤디가 더 이상 장난감을 가지고 놀지 않을 나이가 될 것이라는 잠재적인 불안을 데드라인을 설정하고 있음을 알 수 있다.

그 외에도 집으로 돌아오는 스펙터클한 마무리의 반복과 그 안에서 아주 작은 단위로 반복되는 '위기-해소-위기-해소'의 반복, 자신을 우주전사로 착각하는 버즈의 모티프를 반복 변주하고 있는 점 등이 있다. 뿐만 아니라 롯소의 내력담(Ⅲ-19)은 제시의 내력담(Ⅱ-16)과 대구를 이루며 추체험을 통한 상호 비교가 이루어지고 이를 통한 향유자의 판단이 이뤄진다. 〈토이스토리〉 시리즈의 맨 첫 씬인 구름벽지(Ⅰ-1)와 시리즈 마지막의 구름장면 엔딩(Ⅲ-29)은 시리즈 전체가 하나의 거시적인 향유 단위임을 암시한다.

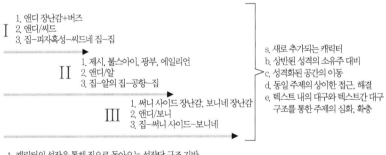

〈그림 41〉 〈토이스토리〉 시리즈의 대구와 강화의 진행형 거시서사

〈토이스토리〉 시리즈는 〈그림 41〉에서 제시한 바와 같이 A, B, C의 구조 위에 a-e의 미시전략을 구사한다. Ⅰ→Ⅱ→Ⅲ의 프랜차이즈 전개 과정을 보면, 〈토이스토리 Ⅰ〉의 기본 구조를 바탕으로 a-e의 미시

전략을 확충해가고, 그 과정에서 선행 체험을 전제로 한 서사 구성이 이루어지고 있음을 알 수 있다. 이 과정에서 텍스트 간의 대구와 강화의 진행형 서사를 열린 형태로 제시함으로써 텍스트의 독립성과 연속성을 동시에 확보함으로써 시리즈가 진행될수록 서사가 풍성해지는 결과를 낳는다. 시리즈의 전개 과정에서 서사의 복잡성이 증가하고,[86] 감성적 소구요소가 확충되고, 다양한 서사 장치들이 적극 활용되고 있음을 알 수 있다. 다만, 〈토이스토리Ⅲ〉에서는 그것들의 밀도가 기대만큼 조밀하지 못해서 서사 구조면에서는 산만하다는 평가를 피할 수 없다. 결국 전편의 선행체험들을 〈토이스토리Ⅲ〉로 수렴하게 함으로써 감성적 울림의 깊이는 성공적으로 확보한 반면, 안정적인 서사 위에 확충하는 즐거움의 요소들로 인하여 서사의 밀도 면에서는 다소 아쉬움을 남긴 것도 사실이다.

4) 지배적 소구요소의 연쇄와 차별

〈토이스토리〉 시리즈는 각 편별로 지배적 소구(appeal)요소의 연쇄와 차별을 효과적으로 활용한다. 소구요소는 텍스트의 향유를 촉발하고, 향유를 극대화하기 위해 다른 텍스트에 우위를 갖는 차별적인 매력 요소를 의미한다. 따라서 여기서 말하는 지배적 소구요소란 해당 텍스트를 향유함으로써 기대할 수 있는 즐거움의 요소들 중에서 그 텍스트의 차별적 우위를 드러낼 수 있는 압도적인 요소들을 말한다.

〈토이스토리〉 시리즈의 지배적 소구요소에 대한 논의는 시리즈 전개 과정에서 강화되는 공통의 소구요소가 어떻게 상호 연쇄되는지, 동시에

---

86) 여기서 서사의 복잡성이 증가하였다는 말은 표면적인 이야기의 내용이나 구조의 복잡성이 증가되었다는 의미뿐만 아니라 선행체험을 기반으로 추체험화가 활성화됨으로써 향유자별 서사의 밀도가 매우 탄력적인 형태로 강화되었다는 뜻이다.

각 편별 소구요소는 어떻게 차별화 되는지 함께 살펴봐야 한다.

공통의 소구요소는 ① 장난감 세계와 장난감의 시선을 전제로 한 세계관, ② 애니메이션과 코미디 특성을 전제로 슬랩스틱 코미디적 요소 적극 활용, ③ 연속성을 확보할만한 몇 가지 정형화된 구성, ④ 텍스트 간 대구와 강화의 진행형 서사 등이 그것이다.

①은 〈토이스토리〉 시리즈 안의 룰(살아 움직이는 장난감, 움직이는 모습을 인간에게 보이면 안 된다는 룰)에 바탕을 둔 장난감 세계와 장난감의 시선을 전제로 한 세계관을 말한다. 여기서는 ⓐ 알레고리(allegory)적 특성과 ⓑ 장난감 기존의 형상과 기능을 토대로 상상력을 극대화하여 새롭게 창조한 캐릭터에 주목할 것이다.

〈토이스토리〉시리즈는 장난감 세계를 이야기하고 있지만 그것이 단지 장난감 세계에만 국한하지 않는 매우 탄력적인 알레고리를 형성하고 있다. 친구와 성장의 의미에 대한 다층적인 알레고리의 장을 구현할 수 있다는 점이 이 작품의 가장 큰 장점이다. 향유자의 체험과 리터러시 능력에 따라서 텍스트에 대한 이해와 체험의 넓이와 깊이가 달라질 수 있도록 설계되었기 때문이다. 이와 같이 〈토이스토리〉 시리즈를 통해 다양한 층위의 알레고리를 읽게 되면서 아이들만을 위한 애니메이션이 아니라 온 가족이 각자의 수준에서 향유할 수 있게 되었다. 이런 맥락에서 〈토이스토리Ⅰ〉이 픽사 첫 작품이었다는 점을 고려한다면, 개미, 물고기, 몬스터, 자동차 등을 주인공으로 했던 이후 픽사 애니메이션이 '어떻게 연령, 지역, 성별 등과 무관하게 보편적 지지를 얻을 수 있었는가'의 답을 얻을 수 있다. 〈토이스토리〉 시리즈의 알레고리의 내용들은 매우 다양하게 읽어낼 수 있다. 일례로 장난감들이 기피, 혐오, 금기 시 하는 장소에 주목해보자. 씨드네(대상화된 장난감, 장난감을 온전한 친구로 대우하지 않는 공간), 알의 공간(정서적 유대가 아니라 판매나 수익 창출의 공간), 박물관(함께 노는 것이 아니라 관람하는 공간), 써니사이드(모두의 장난감, 연령에 맞지 않는 배치) 등의 의미를 읽어보면 친구와 상관하여 새로운 의미를 다시 읽어낼 수 있게 된다. 이와 같이 다양한 리터러시 요소들의 조합에 따라서 다양한 담론의 생산이 가능하다는 점이 〈토이스토리〉시리즈 알레고리의 특성이자 뚜렷한 소구요소 역할을 한다. 누구나 알고 있는 장난감의 기존 형상이나 기능을 토대로 상상력을 극대화하여 캐릭터를 새롭게 창조한 것도 무척 매력적인 소구요소다. 충성스러운 개라는 기존 인식을 그대로 살리면서 허리가 용수철로 된 슬링키를 다양한 용도로 활용하는 점, 눈·코·입·귀가 분리되는 포테이포 헤드 부부가 분리된 눈으로 진실을 본다거나 또르띠야나 오이 등에 꽂아서 우스꽝스러운 장면을 연출하는 것이 그러한 예이다.

② 애니메이션과 코미디 특성을 전제로 슬랩스틱 코미디적 요소 적극 활용한 것도 무척 매력적인 소구요소다. 〈토이스토리〉 시리즈가 코미디 애니메이션이라는 점에 주목할 때, '움직임 그 자체만으로도 즐거움을 창출할 수 있어야한다'[87]는 애니메이션 본질의 특성을 자연스럽게 코미디에서 응용한 것이 슬랩스틱 코미디이다. 각 편별로 반복되는 스펙터클한 귀환 씬은 매우 짧은 단위로 이뤄진 슬랩스틱 코미디고, 그 외에도 우디가 자신이 인기 캐릭터였다는 것을 확인하고 거들먹거리는 자세, 알의 장난감 가게에서 소동(Ⅱ), 친구들을 구하기 위해 뛰어가는 우디, 써니사

---

87) '투명한 액션'은 움직임이 그 자체로서 즐거움을 창출할 수 있는 움직임을 말한다. '투명한 액션'은 전체 서사 구조와의 상관성이나 인접성이 상대적으로 낮기 때문에 비교적 독립적일 수 있고, 움직임 그 자체가 목적이 될 수 있다고 그는 주장한다. 이러한 움직임을 통한 즐거움은 애니메이션의 일반적인 특성이라고 보는 연구자들도 있지만, 여기서 말하는 '투명한 액션'은 그러한 애니메이션의 특질을 보다 강화한 것으로 텍스트의 지배소로서 움직임이 전면화된 경우를 말한다는 점에서 변별적이다. 또한 이 용어는 움직임 그 자체가 향유의 중심이 되는 행위들을 의미한다. '움직임의 즐거움'은 행위 자체라기보다는 행위의 결과로서 의미가 강하다.(박기수, 2011B, 958).

이드에서의 첫 번째 탈출하는 우디, 친구들과 함께하는 두 번째 탈출(Ⅲ) 등에서 패러디와 결합하는 양상도 보인다.

③과 ④의 내용은 앞에서 다룬 바 있어, 본 장에서는 ③ 중에서 루틴하게 반복되는 스펙터클한 마무리 시퀀스만 주목한다. 〈토이스토리〉 시리즈 전체는 집으로 돌아오는 것으로 마무리되며, 그 과정에서 마지막 시련의 단계를 스펙터클한 시퀀스(Ⅰ-16, Ⅱ-21, 22, Ⅲ-25, 26)로 구성한다. 스펙터클한 시퀀스에서는 아주 짧은 호흡의 '위기-해소-위기-해소'가 표면적으로는 점층적으로 반복되지만 경쾌하고 유쾌한 상태의 극적 긴장과 이완과정을 즐겁게 체험할 수 있다는 특성이 있다. Ⅰ-16의 경우, 개에게 쫓기면서 이사차를 따라잡아야 하고, 친구들의 도움 요청했으나 거절당하고, 장난감 자동차 배터리 떨어지고, 로켓에 불붙이려는데 하나뿐인 성냥불이 꺼지고, 간신히 붙였는데 로켓은 폭발한다는 식의 아주 작은 단위의 '위기-해소'가 연쇄적으로 반복된다. 특히 뒤로 갈수록 강도가 더 강해지면서 극적 긴장을 조성하지만 그것을 기발하거나 유쾌한 방식으로 해소하여 신나는 롤러코스터 체험처럼 즐길 수 있게 하는 강력한 소구요소 역할을 한다.

〈토이스토리〉 시리즈는 각 편별로 차별화된 소구요소를 가지고 있다. 〈토이스토리Ⅰ〉은 시리즈 장난감들의 세계를 전제로 극화된 상상의 즐거움, 서사의 주요 마디에 삽입된 노래(You've got a friend in me), 버즈의 착각,[88] 마무리의 스펙터클 시퀀스, 위기-해소의 점층적 강화, 복수의 중심 캐릭터 활용을 통한 풍성한 캐릭터 구도 생산 등이 그것이다. 〈토이스토리Ⅱ〉는 Ⅰ의 세계를 공통요소로서 창조적으로 수용하면서 전체적

---

88) 버즈의 착각은 Ⅰ뿐만 아니라 Ⅱ와 Ⅲ에서 다양한 변주를 통하여 즐거움을 강화한다. Ⅰ에서 자신을 우주전사로 착각하는 버즈, Ⅱ에서는 버즈2가 Ⅰ에서 버즈가 했던 행동과 똑같은 행동을 함으로써 선행체험을 가지고 Ⅰ의 버즈를 기억하는 사람의 웃음을 유발하고, Ⅲ은 그것의 코믹한 변형(16-21-28)으로 즐거움을 강화한다.

으로 I과 대구의 구조 형성, 패러디, 상호텍스트성(에피소드, 대사, 캐릭터, 동작, 주제 등) 적극 활용, 구현 기술 향상으로 움직임의 즐거움 극대화, 구출의 플롯 활용, 병치구조 및 서사의 밀도 향상, 즐거운 고난담의 역설을 통한 유쾌한 체험 창출, 이를 위한 창의적인 발상들 구현 등이 그것이다. 〈토이스토리III〉은 3D 스펙터클 구현, 앤디의 성장에 초점을 맞춘 공감의 보편성 강화, II의 메시지 확대 심화, 다수의 데드라인의 사용, 시리즈 전체의 수렴, 다양한 형태의 '함께, 친구, 성장'에 구현 등이 그것이다. 흥미로운 것은 차별화된 소구요소가 상호연쇄적인 맥락을 전제로 하고 있다는 것이다. 이와 같이 전편의 스토리텔링 전략과 소구요소들을 선별하고 창조적으로 변용하여 속편의 스토리텔링 전략뿐만 아니라 지배적인 소구요소를 결정했다는 점은 눈여겨 볼 지점이다. 이 지점에 주목해보면, 결국 지배적 소구요소의 '연쇄와 차별'이라는 다소 모순적인 두 요소가 결국 같은 맥락 위에 있음을 알 수 있다.

4) 기라성 전략, 당위가 아닌 효율과 적실의 구체

프랜차이즈 애니메이션이 향후 점차 확대될 것은 쉽게 예상할 수 있는 일이다. 제작규모, 제작비의 대형화에 따른 리스크 헷지 전략의 일환인 것은 물론 캐릭터 상품의 지속적인 판매를 위해서 성공한 콘텐츠의 생명주기를 확장하고, 연속적인 성공을 유도하기 위한 '기라성 전략'(애니타 엘버스, 2014, 38-430)은 필수적이기 때문이다. 그럼에도 불구하고 프랜차이즈 애니메이션에 대한 이러한 기대는 그 역도 성립할 수 있다는 점을 염두에 두어야 한다.

결국 문제는 프랜차이즈로 가느냐 아니냐가 아니라 '어떻게 가느냐'에 달려있다. 어떻게라는 구체화된 전략을 마련하기 위해서는 프랜차이즈 애니메이션을 구성하는 다양한 요소의 관점에서 세분화된 분석과 이를 바탕으로 한 종합적인 전략 수렴이 필수적이다.

　이런 맥락에서 이 글은 〈토이스토리〉 시리즈의 스토리텔링 전략에 초점을 맞추었다. 앞에서 논의한 바와 같이 〈토이스토리〉 시리즈의 스토리텔링 전개 과정은 전편의 미덕에 대한 창조적인 수용을 전제로 한 것이다. 정서적 유대를 토대로 텍스트 간의 연속성과 개별 텍스트의 독립성을 확보해야하는 이율배반적인 상황을 성공적으로 통합하고, 대구와 강화의 진행형 거시 서사 전략을 효과적으로 활용하였다. 또한 안정적인 서사 구조를 바탕으로 전편에서 제시되었던 문제를 심화·확장하면서 동시에 다양한 즐길 거리를 전략적으로 투입함으로써 텍스트의 층위를 다양화하였다. 특히 구현 기술과 연동되어야 하는 컴퓨터 애니메이션의 특성을 십분 활용하여 구현 기술을 스토리텔링과 유기적으로 통합하는 전략을 구사했다.

　이 글은 프랜차이즈 애니메이션 스토리텔링 전략에 대한 연구로서 출발의 의미를 갖는다. 출발은 성과가 아니기에 향후 집중적인 탐구가 필요한 것 역시 분명하다. 필자는 그동안 스토리텔링은 당위가 아니라 분석과 실천이라고 주장해왔다. 또한 분석과 실천의 과정을 통하여 구체성을 확보하고 유효성을 담보할 수 있다고 강조했다. 프랜차이즈 애니메이션 스토리텔링 전략도 이와 다르지 않다. 디즈니 픽사 애니메이션이 픽사의 창의적인 도발과 디즈니의 익숙한 대중성이 안정적으로 어우러질 것이라는 것은 쉽게 예상할 수 있다. 다만, 프랜차이즈 애니메이션의 경우 픽사 애니메이션의 경우에서 보았듯이 기존의 디즈니 애니메이션의 전개 과정과는 차별화된 전략을 구사할 것이다. 중요한 것은 그러한 차별화 전략에 주목하고 그것과의 대타성을 어떻게 견지할 것이며, 그 과정에서 우리만의 차별성을 어떻게 확보할 것이냐이다. 이런 의미에서 이 글은 프랜차이즈 애니메이션 스토리텔링 전략을 〈토이스토리〉 시리즈를 통하여 탐구함으로써 그러한 작업의 토대 연구로서 분명한 의의를 지닌다.

스스로 하지 않고 즐거운 일은 좀처럼 없다.
가치 없는 즐거움이 무의미한 것은
즐거움 없는 가치가 무의미한 이유와 같다.

6장
문화콘텐츠 스토리텔링, 즐거움, 체험, 가치의 선순환

문화콘텐츠 스토리텔링에 대한 논의를 거듭할수록 이 논의는 두 층위로 전개해야 한다는 결론에 이른다. 문화콘텐츠가 집합적인 개념이라는 점을 고려할 때, 개개의 실체는 존재하지만 통합적 실체는 존재할 수 없으며, 그것을 단일개념으로 접근할 때 실체를 확보하기 어렵다는 극복하기 어려운 한계가 있다. 같은 맥락에서 문화콘텐츠 스토리텔링에 대한 논의도 동일한 한계를 지니고 있다. 그럼에도 불구하고 트랜스미디어스토리텔링과 같이 현재진행형의 생성적 양상을 규명하기 위해서는 문화콘텐츠 스토리텔링과 같은 통합적 논의가 필수적이다. 따라서 앞에서 말한 두 층위, 즉 하나는 통합적 관점의 문화콘텐츠 스토리텔링에 대한 논의이고, 다른 하나는 문화콘텐츠를 구성하는 개별 장르의 스토리텔링에 대한 논의가 필요한 것이다. 논리적으로야 개별 장르의 스토리텔링의 변별적 특성을 규명하고, 이들을 통합적 관점에서 묶을 수 있는 문화콘텐츠 스토리텔링을 논의하는 것이 옳다. 하지만 하루가 다르게 새로운 콘텐츠가 등장하고 있고, 그것들이 시도하고 있는 무수한 스토리텔링 전략을 고려할 때, 그러한 논의는 당위적 요구를 넘어서기 어렵다. 이 책에서는 이러한 한계와 어려움을 전제로, 개별적인 사례를 통해 규명한 스토리텔링 전략이 통합적 관점에서 설득력을 지닐 수 있는지 고민하고 검증하여왔다. 그 과정에서 분명하게 찾은 것은 스토리텔링이 살아서 변화하고 있다는 사실, 스토리텔링은 그 자체로 자족적일 수 없으며, 다른 무엇인가와 결합을 통하여 변별성을 획득하고, 새로운 향유자의 수요와 구현 기술의 발달에 따른 형질 변환의 가능성을 열려있다 사실이다. 결국 문화콘텐츠 스토리텔링을 논의하면서 스토리텔링을 굳이 구체적으로 개념화하거나 정의하지 않은 것은 바로 이러한 이유에서다. 그럼에도 불구하고 스토리텔링에 관한 책을 마무리하면서 정의가 아니라 필요요소 정도의 언급할 수 있지 않을까하는 무모한 생각을 품는다.

현재적 의미에서 스토리텔링의 핵심어는 가치, 체험, 즐거움이다. 굳이 문장으로 환원을 하면, 스토리텔링은 '가치' 있는 이야기 '체험'을 통해 어떻게 '즐거움'을 창출할 수 있는가 하는 문제를 실천적으로 해소하는 과정이다. 통상적으로 Sourcing → Mining → Concepting → Messaging → Storytelling(댄 히스·칩 히스, 2009)의 전략적 사고를 전개하면서 스토리텔링하게 되는데, 이 때 가장 첫 번째로 요구되는 것이 그것이 이야기할만한 가치가 있느냐 혹은 가치 있는 이야기냐이다. 다만, 여기서 말하는 '가치'는 1) 진실, 정의, 아름다움, 자아실현 등과 같은 고차원적인 욕구를 추구하려는 내용적인 차원과 2)'체험', '즐거움'과 연관하여 향유를 자극하고 활성화할 수 있는 기능적 차원의 전략적 가능성을 동시에 내포하는 개념이다. 1)의 진실, 정의, 아름다움, 자아실현 등의 고차원적 가치는 개인적인 윤리나 세계와 관계되는 도덕 혹은 계몽의 성격을 지닌 교술(教述)처럼 그 자체로서 요구된다기보다는 이야기 체험 과정의 결과로서 발생하는 것이다. 특히 이야기의 과정에서 체험의 활성화 여부나 즐거움의 성격 등과 연관되어 가치의 성격이나 유무가 결정되기 때문이다. 이러한 맥락에서 본다면, 가치는 실체적인 성격이라기보다는 과정을 통해서 창출되며, 그것은 내용적인 차원과 동시에 기능적 차원의 성격을 지니고, 주목할 만한(remarkable) 무엇을 창출할 수 있는 것이어야 하며, 그 과정에는 체험과 즐거움이 유기적으로 연동함으로써 보다 자유롭고 풍요로운 향유 지평을 확보할 수 있는 것이다.

축자적인 의미(literal meaning)에서 '체험'은 향유자 스스로 느끼고(feeling), 생각하고(thinking), 이해하고(understanding), 판단하는(judging) 일련의 과정이다. 여기서 말하는 '체험'은 축자적인 의미를 바탕으로 향유자가 텍스트와의 대화과정에서 의식적, 능동적, 수행적인 성격으로 텍스트에 개입하는 다양한 양상을 의미한다. 쉽게 말해서 체험은 텍스트를 향유하는 과정에서 향유자가 의식적이고 능동적으로 특정한 행위를 수행하는 일련의 과정이다. 아울러 체험은 감각적 경험을 반드시 수반하는데, 최근 구현기술이 고도화됨에 따라 최적화된 감각 구현을 위한 전방위적 노력이 전개되고 있다. 그 결과로 총체적 감각의 체험이 강조된다. 총체적 감각은 모든 감각을 동원한다는 의미보다는 요구에 최적화된 공감각(synesthesia)에 가까운 의미다. 따라서 체험은 참여, 추체험(追體驗), 자발적 생산, 능동성, 공감각성 등을 선별적으로 조합한 결과로 나타난다. 이러한 맥락을 전제로 체험은 개인적인 차원에서 출발하여 향유공동체를 형성하기도 하며, 이 과정에서 체험은 보다 다양한 양상으로 전개됨으로써 확산·지속된다. 이러한 체험의 확산과 지속은 스토리텔링 전략을 고려하는데 매우 중요한 지향이 된다는 점에서 주목해야 할 지점이다.

'즐거움'은 스토리텔링의 동력이자 결과이다. 즐거움에 대한 기대는 허구의 서사 구조 안으로 들어서서 그 세계의 질서를 수납하게 한다. 향유자가 그 세계의 질서를 인정할 때, 허구의 서사가 비로소 작동하며, 그것을 구축하고 있는 스토리텔링의 다양한 요소들이 제 역할을 수행한다. 텍스트 향유 과정에서 구현되는 즐거움의 종류와 양상은 매우 다양하다. 그것은 스토리의 내재적인 요소, 구현 기술, 상호텍스트성, 향유 공동체, 선행체험, 장르문법, 사회문화적 맥락, 구현 언어의 특성 등과 상관하여 매우 다양한 양상으로 드러난다. 따라서 즐거움은 가치, 체험의 유기적인 상관망 위에서 창출되는 향유의 동력이자 결과로서 보편성과 특수성의 성격이 동시에 드러나는 이율배반성(antinomy)을 지니고 있다.

　이러한 가치, 참여, 즐거움의 특성이 유기적으로 통합되어 전략적으로 구현된 것이 스토리텔링이다. 최근 스토리텔링에서 가치, 체험, 즐거움의 유기적 네트와 선순환에 주목하여, 차별적인 인식과 실천을 보여주는 것이 스토리두잉(storydoing)[1]이다.

〈그림 1〉 storydoing의 개념 구조

---

1) 스토리두잉이라는 용어는 코: 컬랙티브(Co: collective)의 CEO인 타이 몬태그(Ty Montague)가 처음 사용한 용어다. 스토리텔링에서 더 나아가 스토리를 행동으로 옮기는 것의 의미로 사용하였지만 이 글에서는 그 의미를 확장하여 사용한다.

스토리두잉은 크게 1) 의미 있는 즐거움, 2) DIY형 스토리텔링, 3)참여적 수행의 강화, 4) 총체적 감각 체험의 조합으로 구성되어 있다.

'의미 있는 즐거움'이란 고차원적인 가치를 추구하는 과정에서 발생하는 즐거움을 의미한다. 조나 삭스(2013)에 따르면 인간은 진실, 정의, 아름다움과 같은 고차원적인 가치를 추구하는 고귀한 존재기 때문에 고차원적인 가치를 추구하는 브랜드를 선호하며, 이를 통해 자아성취나 세계 개선을 지향한다. 일종의 임파워먼트 마케팅(Empowerment marketing)으로, 대표적인 사례로는 '건강한 패스트푸드'라는 다소 모순된 캐치프레이즈를 내걸어 성공한 멕시칸 그릴 치폴레(Chipole)와 의미 있는 소비로서 'One for one'을 채택한 탐스(TOMS)가 있다.

'DIY(Do It Yourself)형 스토리텔링'은 향유자가 적극적으로 텍스트와의 대화에 참여함으로써 스스로 완성하는 스토리텔링을 말한다. 트랜스미디어스토리텔링(Transmedia Storytelling, 헨리 젠킨스, 2008)도 이것의 일환이며 변형으로 볼 수 있다. 임프로브 에브리웨어(Improv Everywhere)가 20국 60개 도시에서 개최하는 〈No Pants Day〉[2]도 그 대표적인 예라고 할 수 있다.

'참여적 수행'은 향유자가 실행하는 실천·구현의 진행형 퍼포먼스를 의미한다. 체험 기반의 퍼포먼스에 향유자가 직접 참여함으로써 스토리텔링에 대한 몰입도와 충성도를 강화할 수 있다.

'총체적 감각의 체험'은 향유자의 최적화된 감각 체험을 구현하기 위한 다양한 시도를 말한다. 감각 체험을 강화하여 소구할 수 있고, 즐길 수 있도록 유도하는 체험의 총체이며, 그것의 구현 전략을 의미한다. 제임스 카메론 감독의 〈아바타〉(2009)나 에너하임 디즈니랜드에서 볼 수 있

---

2) 2015 No Pants Day는 여기서(https://www.youtube.com/watch?v=n00NFbjv3WU) 확인할 수 있다.

는 〈World of color Show〉가 대표적인 사례이다.

따라서 스토리두잉은 〈그림 1〉처럼, 하나의 텍스트 안팎으로 이러한 네 가지 요소를 종합적으로 구현함으로써 향유의 궁극을 지향하는 과정을 말한다. 굳이 여기서 낯선 스토리두잉이라는 개념을 사용하는 것은 스토리텔링인 특성인 향유는 향후 스토리두잉으로 전개·강화될 것이기 때문이다.

스토리두잉의 대표적인 사례는 웹툰 스토리텔링에서 찾을 수 있다. 웹툰 스토리텔링이 지닌 상호작용성, 공유성, 정보의 통합성 등의 특성들이 개방적인 형태로 향유됨으로써 스토리두잉이 지향하는 가치, 즐거움, 체험을 구체화하고 극대할 수 있다. 스토리텔링의 성격에 맞추어 선택적으로 총체적 감각의 체험을 적은 비용으로 쉽게 구현할 수 있고, 댓글, 평점, 패러디, 모작(模作)은 물론 향유공동체를 형성하는 등을 통하여 참여적 수행은 이미 활성화된 상태로서 향후 웹툰 스토리텔링으로 어떤 새로운 참여의 형태가 가능할지 기대할 수 있는 지점이다. 무엇보다 DIY형 스토리텔링[3]을 통하여 참여–완성–향유한다는 의식으로 텍스트를 자기화할 수 있다는 장점을 지니고 있다. 향유자 스스로 적극적으로 참여하여 완성하는 DIY형 스토리텔링의 다양한 모델을 시도하고 개발해야한다. 아직은 텍스트 자체로서 적극적인 DIY형 스토리텔링을 구사하거나 성공한 작품을 찾기는 어렵다. DIY형 스토리텔링이 활성화되면, 웹툰은 트랜스미디어스토리텔링을 통하여 일종의 살아있는 환류 시스템을 구축함으로써 작품의 완성이라는 개념이 흐려지고, 잠재적으로 계속 살아있는 콘텐츠를 기획할 수 있게 될 것이다. 이와 같은 참여적 수행, 총체

---

3) 2015년 10월 런칭 예정인 JMU의 사업 모델도 이러한 일환으로 볼 수 있다. 다국어 웹툰 플랫폼 기반 이러닝 서비스를 위하여 컷을 자동으로 분리하고, 분리된 컷을 향유자의 요구에 맞게 대사는 물론 편집까지 가능하게 하는 시도는 이러한 향유자들의 참여를 새로운 콘텐츠로 구현한 예라고 할 수 있다.

적감각의 체험, DIY형 스토리텔링을 통하여 웹툰 스토리텔링이 지향하는 가치는 새로운 의미값을 확보할 수 있다. 내용적 차원의 고차원적 가치뿐만 아니라 향유과정 자체가 고차원적 가치와 연계할 수 있다는 점도 주목하고 고민해야할 지점이다.

스토리텔링이든 스토리두잉이든 간에 혹은 그 앞에 무엇이 붙든 간에 가치, 체험, 즐거움의 유기적인 연관 속에서 소통하고 즐기는 과정임은 분명하다. 그것의 쓰임이 개방적인 포식성을 보이고 있다는 것도 쉽게 알 수 있는 지점이다. 넓게는 소통의 전반적인 영역 전체에서, 좁게는 서사에 기반한 모든 콘텐츠에서 그 쓰임을 찾고 효과를 낼 수 있을 것이다. 개념적 선명성을 위해 배제적인 접근을 시도할 것이 아니라 오히려 스토리텔링이 지닌 개방성을 미덕으로 삼아 포괄적인 접근이 필요하다. 앞서 밝힌 바와 같이 스토리텔링은 자족적 실체가 될 수 없다. 그것은 무엇인가의 스토리텔링일 수밖에 없는 까닭에 앞에 붙는 무엇에 대해서 굳이 제한을 두거나 배제의 시각을 가질 필요는 없다. 스토리텔링의 개념적 접근이 필요하다면 그것은 개별 장르의 변별적 특성에 대한 고민이 될 것이다. 앞으로 연구자들의 관심과 고민은 스토리텔링이 적실한 지점에서 어떻게 최적화될 수 있느냐이며, 새로운 미디어 환경에서 얼마나 적실한 대응을 보여줄 것이냐이며, 실험적 시도를 통하여 새로운 콘텐츠를 생산할 수 있느냐이다. 논의는 다시 출발점으로 돌아왔다. 문제는 스토리텔링이 아니라 그것의 실천에 있다.

참고문헌

1. 단행본

A. 반 건넵 / 김경수 역, 1994, 《통과의례》 을류문화사

게스턴 레고부루 · 데런 맥콜 / 박재현 역, 《스토리스케이핑》 이상

김성도, 2002, 《구조에서 감성으로》 고려대학교출판부

김준양, 2006, 《이미지의 제국》 한나래.

김창남, 1998, 《대중문화의 이해》 한울

김훈철 · 장영렬 · 이상훈, 2008, 《브랜드 스토리텔링의 기술》 멘토르

김희경, 2005, 《흥행의 재구성》 지안.

대니얼 챈들러 / 강인규 역, 2007, 《미디어 기호학》 소명출판.

댄 히스 · 칩 히스 / 박슬라 · 안진환 역, 2009, 《스틱》 엘도라도

더들리 앤드류 / 김시무 외 역, 1998, 《영화 이론의 개념들》 시각과 언어.

데이비드 A. 프라이스 / 이경식 역, 2010, 《픽사이야기》 흐름출판.

데이비드 보드웰 / 주진숙 외 역, 1993, 《FILM ART: 영화예술》 이론과 실천.

레이 프렌샵 / 조임스 조 역, 2005, 《실전에 강한 시나리오 쓰기》 에코하우스.

로버트 리처드슨 / 이형식 역, 2000, 《영화와 문학》 동문선.

로버트 맥기 / 고영범 · 이승민 역, 2002, 《시나리오 어떻게 쓸 것인가》 황금가지.

롤랑 바르트 / 김명복 역, 1990, 《텍스트의 즐거움》, 연세대학교출판부

루이스 자네티 / 김진해 역, 2003, 《영화의 이해》 현암사.

류철균 · 한혜원, 2015, 《트랜스미디어 스토리텔링의 이해》 이화여자대학교출판부

린다 허천 / 장성희 역, 1998, 《포스트모더니즘의 이론과 전략》 현대미학사

마르트 로베르 / 김치수 · 이윤옥 역, 1999, 《기원의 소설, 소설의 기원》 문학과지성사.

마리-로어 라이언 편 / 조애리 외 역, 2014, 《스토리텔링의 이론, 영화와 디지털을 만나다》 한울

마이클 J. 툴란 / 김병욱 · 오연희 역, 1995, 《서사론》 형설출판사.

모린 퍼니스 / 한창완 외 역, 2002,《움직임의 미학》한울아카데미

미셸 시옹 / 윤경진 역, 2003,《오디오-비전》한나래.

박규태, 2001,《아라테라스에서 모노노케 히메까지》책세상.

박규태, 2005,《애니메이션으로 보는 일본》살림.

박기수, 2004,《애니메이션 서사 구조와 전략》논형.

박명진 외 편역, 1996,《문화, 일상, 대중》한나래

박성수, 1996,《영화 이미지의 미학》현대미학사.

박성수, 2005,《디지털 영화의 미학》문화과학사.

박성수, 2005,《애니메이션 미학》향연.

번 슈미트 / 윤경구 외 역, 2013,《번 슈미트의 체험 마케팅》김앤김북스

볼프강 가스트 / 조길예 역, 1999,《영화》문학과지성사.

브라이언 보이드 / 남경태 역, 2013,《이야기의 기원》휴머니스트

브랜다 로럴 / 유민호 외 역, 2008,《컴퓨터는 극장이다》커뮤니케이션북스

송효섭, 2005,《탈신화 시대의 신화들》기파랑.

수잔 기넬리우스 / 윤성호 역, 2009,《스토리노믹스》미래의 창.

수잔 헤이워드 / 이영기 역, 1997,《영화 사전: 이론과 비평》한나래.

수전 J.네피어 / 임경희 · 김진용 역, 2005,《아니메》루비박스

스즈키 도시오 / 문혜란 역, 2009,《스튜디오 지브리의 현장스토리》넥서스북스.

스튜어트 보이틸라 / 김경식 역, 2005,《영화와 신화》을유문화사.

시드 필드 / 박지홍 역, 2001,《시나리오 워크북》경당.

시드 필드 / 유지나 역, 1998,《시나리오란 무엇인가》민음사.

시모어 채트먼 / 김경수 역, 1994,《영화와 소설의 서사 구조》민음사.

시몬느 비에른느 / 이재실 역, 1996,《통과제의와 문학》문학동네.

심상민, 2002,《미디어는 콘텐츠다》김영사.

아리스토텔레스 / 천병희 역, 2002,《시학》문예출판사.

아즈마 히로키 / 이은미 역, 2007,《동물화하는 포스트모던》문학동네

아트 실버블랫 외 / 송일준 역, 2004,《미디어 리터러시 접근법》차송

안정임 · 전경란, 1999,《미디어교육의 이해》한나래

앙드레 고드로 · 프랑수아 조스트 / 송지연 역, 2001,《영화서술학》동문선.

앙드레 바쟁 / 박상규 역, 1998,《영화란 무엇인가》시각과 언어.

앙드레 엘보 / 이선형 역, 2002,《각색, 연극에서 영화로》동문선.

애니타 엘버스 / 이종인 역, 2014,《블록버스터 법칙》세종서적.

앤드류 블레이크/ 이택광 역, 2002,《해리포터, 청바지를 입은 마법사》이후.

앤드류 호튼 / 주영상 역, 2003,《캐릭터 중심의 시나리오 쓰기》한나래

양태종, 2002,《수사학 이야기》동아대학교출판부.

오카타 토시오 / 김승현 역, 2000,《오타쿠》현실과미래

요하임 패히 / 임정택 역, 1997,《문학과 영화에 대하여》민음사.

월터 J. 옹 / 이기우 외 역, 1995,《구술문화와 문자문화》문예출판사.

유재원, 2005,《신화로 읽는 영화 영화로 읽는 신화》까치

이승구 외, 1990,《영화용어해설집》영화진흥공사.

이와부치 고이치 / 히라타 유키에 · 전오경 역, 2004,《아시아를 잇는 대중문화: 일본, 그 초국가적 욕망》또 하나의 문화.

이와이 순지 / 권순재 역, 2013,《러브레터》집사재

이인화 외, 2003,《디지컬스토리텔링》황금가지.

이인화, 2014,《스토리텔링 진화론》해냄

이재선 편, 1996,《문학 주제학이란 무엇인가》민음사

이치카와 다쿠지 / 양윤옥 역, 2006,《지금 만나러 갑니다.》랜덤하우스중앙.

자넷 머레이 / 한용환 역, 2001,《인터렉티브 스토리텔링》안그라픽스.

자크 오몽 / 윤용주 역, 2003,《영화미학》동문선.

장동련 · 장대련, 2015,《트랜스 시대의 트랜스 브랜딩》이야기나무

재닛 와스코 / 박조원 · 정현일 역, 2007,《할리우드 영화산업론》커뮤니케이션북스.

제니퍼 밴 시즐 / 정재형 역, 2009,《영화영상 스토리텔링 100》책과길.

제이 데이비드 볼터 외 / 이재현 역, 2006,《재매개》커뮤니케이션북스.

제임스 조지 프레이저 / 박규태 역, 2005,《황금가지》을류문화사.

조나 삭스 / 김효정 역, 2013,《스토리 전쟁》을류문화사.

조너선 갓셜 / 노승영 역, 2014,《스토리텔링 애니멀》민음사

조엘 마니 / 김호영 역, 2007,《시점》이화여자대학교출판부.

조지프 켐벨 / 이윤기, 1999,《천의 얼굴을 가진 영웅》민음사.

조지프 켐벨 / 홍윤희 역, 2006,《신화의 이미지》살림.

질베르 뒤랑 / 진형준 역, 2007,《상상계의 인류학적 구조들》문학동네.

최봉현 외, 2005,《영화산업의 경쟁력과 경제적 파급효과》영화진흥위원회.

최혜실 외, 2007,《문화산업과 스토리텔링》다할미디어.

카렌 암스토롱 / 이다희 역, 2005,《신화의 역사》문학동네.

캐롤린 핸들러 밀러 / 이연숙 외 역, 2006,《디지털미디어스토리텔링》커뮤니케이션북스.

콘텐츠 비즈니스 연구소 / 조선일보 출판부 역, 2000,《콘텐츠 비즈니스 아는 만큼
　　　돈이 보인다》조선일보사.

크리스토퍼 보글러 / 함춘성 역, 2005,《신화, 영웅 그리고 시나리오 쓰기》무우수.

크리스티앙 메츠 / 이수진 역, 2009,《상상적 기표》문학과지성사.

크리스티앙 살몽/ 류은영 역, 2010,《스토리텔링-이야기를 만들어 정신을 포맷하는
　　　장치》현실문화연구.

클로드 레비스트로스 / 김진욱 역, 1997,《구조인류학》종로서적.

티모시 윌슨 / 강유리 역, 2012,《스토리》웅진지식하우스

폴 웰스 / 한창완, 김세훈 역, 2001,《애니마톨로지》한솔.

폴 조셉 줄리노 / 김현정 역, 2009,《시나리오 시퀀스로 풀어라》황매.

프랭크 랜트리키아 · 토마스 맥로린 공편 / 정정호 외 공역, 1994,《문학연구를 위한
　　　비평 용어》한신문화사.

프랭크 로즈 / 최완규 역, 2011,《콘텐츠의 미래》책 읽는 수요일

플 코블리 / 윤혜준 역,《내러티브》서울대학교출판문화원

피에르 레비 / 2002, 권수경 역,《집단지성》문학과지성사

피터 브룩스 / 박혜란 역, 2013,《플롯 찾아 읽기》강

한창완, 2001,《저패니메이션과 디즈니메이션의 영상전략》한울아카데미

한혜원, 2005,《디지털 스토리텔링》살림.

허버트 제틀 / 박덕춘 · 정우근 역, 2010,《영상 제작의 미학적 원리와 방법》커뮤니
　　　케이션북스.

헨리 젠킨스 / 김정희원 외 역, 2008,《컨버전스 컬처》비즈앤비즈

헨리 젠킨스 / 정현진 역, 2008,《팬, 블로거, 게이머》비즈앤비즈.

헨리 지루 / 성기완 역, 2001,《디즈니 순수함과 거짓말》, 아침이슬

홍종윤, 2014, 《팬덤문화》커뮤니케이션북스

2. 논문

금보상, 2007, 애니메이션, 실사영화, 디지털영화의 프레임과 미장센 특성 비교연
　　구, 《만화애니메이션연구》11호, 한국만화애니메이션학회.

김광욱, 2008, 스토리텔링의 개념, 《겨레어문학》41호, 겨레어문학회.

김동윤, 2002, 신화와 문학, 《비평》9호, 생각의 나무.

김수철 외, 2013, 케이팝에서의 트랜스미디어 전략에 대한 고찰: 강남스타일 사례
　　를 중심으로, 《언론정보연구》제50집, 서울대학교 언론정보연구소.

김시무, 2007, 한국영화에 나타난 상호텍스트성 연구, 《현대영화연구》Vol.4, 한양
　　대 현대영화연구소.

김애령, 2001, 이야기로 구성된 인간의 시간— 리쾨르의 서사 이론, 《철학과 현상학
　　연구》제18집, 한국현상학회, 2001.

김요한, 2004, 몰입, 변형, 에이전시 — 디지털 스토리텔링의 수사학, 《브레히트와
　　현대연극》Vol.12, 한국브레히트학회.

김재호·박형수, 2009, 애니메이션작품 속에 비추어진 제라르 쥬네트의 시간에서
　　《순서》의 분석—신카이 마코토 감독의 〈초속5센티미터〉를 중심으로, 《조형
　　미디어학》Vol.12, No.2, 한국일러스트학회.

김종태·정재림, 2009, 창작교육적 관점에서 본 판타지의 서사 방법, 《한국문예비
　　평연구》30집, 한국현대문예비평학회.

김현정, 2008, 미디어 융합시대, 영화산업 부가시장 발전 방안, 《한국영화 동향과
　　전망》2008년 5월호, 영화진흥위원회.

김호영, 2004, 영화이미지의 묘사적 객관주의, 《기호학연구》Vol. 15, 한국기호학회.

김호영, 2007, 상호텍스트적 영화와 패러디 영화, 《현대영화연구》Vol.4, 한양대 현
　　대영화연구소.

김홍중, 2005, 문학사회학과 풍경의 문제, 《사회와 이론》6권, 한국이론사회학회.

김효정, 2011, 웹툰에서 영화로의 장르 전환 연구—〈이끼〉를 중심으로, 한양대학교
　　대학원 문화콘텐츠학과 석사학위논문.

남명희, 2006, 스핀오프, 컨텐츠 시대에 어울리는 속편 제작형태 제안,《영화연구》 29호, 한국영화학회.

노시훈, 2005, 문학에서 영화로의 각색에 있어서의 서술의 문제,《프랑스학 연구》 32권, 프랑스학회.

도정일, 정재서, 정과리, 김동윤, 2002, (좌담) 신화와 판타지 열풍에 대한 몇 가지 질문들,《비평》 9호, 생각의나무.

류은영, 2009, 내러티브와 스토리텔링: 문학에서 문화콘텐츠로,《인문콘텐츠》 14 호, 인문콘텐츠학회.

류은영, 2010, 구술에서 디지털스토리텔링까지,《외국문학연구》 제39호, 한국외국 어대학교 외국문학연구소.

류현주, 2010, 문학의 주검과 매체 다각화,《현대문학이론연구》 Vol.42, 현대문학이 론학회.

박규태, 2006, 일본의 문화콘텐츠와 종교—미야자키 하야오를 중심으로,《종교연구》 44호, 한국종교학회.

박규태, 2008, 저패니메이션과 종교: 풍경 · 아이덴티티 · 스피리츄얼리티,《동양 학》 43집, 단국대학교동양학연구소.

박기수, 2003, 한국 애니메이션 서사의 특성 연구,《한국언어문화》 24집. 한국언어 문화학회.

박기수, 2005, 〈겨울연가〉 서사 전략 연구,《한국학논집》 39집, 한양대학교 한국학 연구소.

박기수, 2006 A, 대중문화콘텐츠 서사 연구,《한국언어문화》 30집, 한국언어문화학회.

박기수, 2006 B, 디즈니 애니메이션 스토리텔링 전략 연구,《한국콘텐츠학회지》 4 호, 한국문화콘텐츠학회

박기수, 2006C, 애니메이션 리터러시, 향유의 전략화,《한국학연구》 25집, 고려대 한국학연구소.

박기수, 2006D, 한국 문화콘텐츠학의 현황과 전망: 스토리텔링을 중심으로,《대중 서사연구》 16호, 대중서사학회.

박기수, 2006E, 신화의 문화콘텐츠화 전환 연구,《한국문예비평연구》 20집, 한국현 대문예비평학회.

박기수, 2006F, 〈소나기〉 거점콘텐츠화 전략,《One Source Multi Use & Storytelling》랜덤 하우스.

박기수, 2007A, 문화콘텐츠 스토리텔링의 생산적 논의를 위한 네 가지 접근법,《한국언어문화》32집, 한국언어문화학회.

박기수, 2007B, 문화콘텐츠 정전 구성을 위한 시론,《한국문학교육학회 추계 학술대회 발표논문집》한국문학교육학회.

박기수, 2008A, 〈지금, 만나러 갑니다〉 스토리텔링 전환 전략 연구,《영상문화콘텐츠연구》창간호, 영상문화콘텐츠연구원.

박기수, 2008B, 문화콘텐츠 정전 구성을 위한 시론,《문학교육학》25호, 한국문학교육학회.

박기수, 2008C, 서사를 활용한 문화콘텐츠 간 One Source Multi Use 활성화 방안 연구,《한국언어문화》36집, 한국언어문화학회.

박기수, 2009A, 픽사 애니메이션 스토리텔링 전략 연구 ― 캐릭터를 중심으로,《한국언어문화》39집, 한국언어문화학회.

박기수, 2009B, 경계를 지우는 재생과 치유의 바다, 그 생명의 카니발: 미야자키 하야오의 〈벼랑 위의 포뇨〉를 중심으로,《내러티브》14호, 한국서사학회.

박기수, 2010A, 〈모노노케 히메もののけ姫〉의 스토리텔링 전략 연구,《인문콘텐츠》17호, 인문콘텐츠학회.

박기수, 2010B, 소설《해리포터 시리즈》스토리텔링전략 연구,《한국언어문화》42집, 한국언어문화학회.

박기수, 2010C, 미야자키 하야오 애니메이션의 스토리텔링 전략,《アニメは越境する》, 四方田犬彦 編, 巖波書店.

박기수, 2010C, 해리포터 스토리텔링 성공 전략,《KOCCA FOCUS》

박기수, 2011A, One Source Multi Use 활성화를 위한 문화콘텐츠 스토리텔링 전환 연구,《한국언어문화》44집, 한국언어문화학회.

박기수, 2011B, 〈이웃의 토토로〉 스토리텔링 전략 연구,《문학과영상》12집 4호, 문학과영상학회.

박기수, 2011C, 〈붉은 돼지〉, 거부와 유희의 이율배반,《국제어문》53, 국제어문학회.

박기수, 2011D, 〈천공의 성 라퓨타〉, 환멸과 의지 사이,《대중서사》26, 대중서사학회.

박기수, 2011E, 마녀배달부 키키, 성장과 수행의 거리, 《한국언어문화》46집, 한국언어문화학회.

박기수, 2011F, 〈초속 5Cm〉, 거리와 속도의 영상미학, 《우리말글》53, 우리말글학회.

박기수, 2011G, 〈하울의 움직이는 성〉, 다성적 서사의 과잉과 결핍, 《인문콘텐츠》23, 인문콘텐츠학회

박기수, 2013, 디즈니 3D 애니메이션 스토리텔링 전략, 《한국언어문화》50집, 한국언어문화학회.

박기수, 2014A, 디즈니/픽사 프랜차이즈 애니메이션 스토리텔링 전략 연구— 〈토이스토리〉 시리즈를 중심으로, 《인문콘텐츠》34, 인문콘텐츠학회.

박기수, 2014B, 〈러브레터〉 기억의 소환, 상실의 지연, 《한국언어문화》55집, 한국언어문화학회.

박소진, 2009, 누구를 위한 마법 능력인가?: 《해리포터》와 영국 제국주의 아동관, 《영미영문학》55권 1호, 한국영어영문학회.

박지회, 2004, 《문학 텍스트의 영화적 변형에 관한 연구》이화여자대학교 대학원 박사논문

서성은, 2011, 크로스미디어 스토리텔링의 온라인 구전 양상, 《한국콘텐츠학회논문지》11권 1호, 한국콘텐츠학회.

서성은, 2015, 트랜스미디어 스토리텔링으로서 〈미생〉의 가능성과 한계, 《어문학》제128집, 한국어문학회.

손향숙, 2005 A, 소년과 제국: 19세기 중엽 이후의 모험소설과 학교소설, 《근대영미소설》제12집 1호, 한국근대영미소설학회.

손향숙, 2005 B, 해리포터는 아동문학의 고전으로 남을 것인가, 《창작과 비평》33권 4호, 창작과비평사.

손향숙, 2005, 해리포터는 아동문학의 고전으로 남을 것인가, 《창작과 비평》33권 4호, 창작과비평사.

송효섭, 스토리텔링의 서사학, 2010, 《시학과 언어학》18호, 시학과언어학회.

신동희 외, 2010, 트랜스미디어 콘텐츠 연구: 스토리텔링과 개념화, 한국콘텐츠학회논문지》제10권 10호, 한국콘텐츠학회.

신동희 외, 2014, N스크린 서비스를 이용한 크로스미디어 스토리텔링 전략— ASMD

를 중심으로,《한국콘텐츠학회논문지》제14권 제3호, 한국콘텐츠학회.

신동희 외, 2014, SNS를 활용한 집단참여형 콘텐츠 특성 연구 : 소셜 페스티벌과 소셜 웹툰 사례를 중심으로,《디자인지식저널》30, 한국디자인지식학회

심경석, 2006, 해리포터 시리즈: 유혹의 정체와 이데올로기,《안과 밖》Vol 20, 영미문학연구회.

안영순, 2001, 애니메이션의 구출과 탈출의 플롯에 관한 연구,《만화애니메이션 연구》통권 5호, 한국만화애니메이션학회.

윤성은, 2005, 각색 영화 연구의 의의와 방향성에 관한 소고,《시네마》1호, 한양대학교대학원논문집.

윤소영, 2003, <해리포터>: 비밀의 방을 열어보는 다섯 가지 방법,《문학과 영상》Vol4 No2, 문학과영상학회.

이경숙, 1999,《한국의 디즈니 수용과정에 대한 연구》, 고려대학교 신문방송학과 박사논문.

이노한, 2010, 〈아바타〉에 나타난 시각적 스펙터클 요소 분석, 미발간 자료.

이문행 · 이현숙, 2005, 국내 지상파 드라마의 창구 다각화에 대한 연구,《한국방송학보》통권 제19-2호, 한국방송학회.

이상우, 2006, 연극의 영화 각색에 나타난 확장과 변형의 양상: 연극 〈이〉와 영화 〈왕의 남자〉의 경우를 중심으로,《우리어문연구》26집, 우리어문학회.

이상헌, 2004, 디지털시대 스토리텔링의 미래,《신문과 방송》404호, 한국언론재단.

이수진, 2009, 경계와 선택에 대한 은유: 해리포터,《현대영미소설》16권 1호, 한국현대영미소설학회.

이자혜, 김미진, 2008, 매체 상호간 공유 가능한 Story Value 분석-영화와 게임의 사례를 중심으로,《한국콘텐츠학회논문지》제8권 제12호, 한국콘텐츠학회.

이지연, 2010, 〈아바타 AVATAR〉 서사 전략 연구, 미발간 자료.

임종수, 2006, One Source Multi Use 미디어 환경에서 지식콘텐츠 제작 모델에 관한 연구,《한국방송학보》20권 4호, 한국방송학회.

임찬, 2006, 애니메이션 〈하울의 움직이는 성〉에 나타난 여성상의 고찰,《디자인학연구》통권 제64호(Vol.19 No.2), 한국디자인학회.

정낙길, 2010, 한국영화에 나타난 풍경의 의미 분석,《인문콘텐츠》18호, 인문콘텐

츠학회.

정형철, 2007, 디지털스토리텔링과 내러티브 이미지,《한국문학이론과 비평》제36
　　집, 한국문학이론과비평학회.

조성룡 외, 2007, 사례 분석을 통한 방송콘텐츠 One Source Multi Use의 고찰: One
　　Source Multi Use 이론적 정립 및 비즈니스 분류를 중심으로,《방송공학회
　　논문지》제12권 제5호, 한국방송공학회.

주창윤, 2004, 역사드라마의 역사서술방식과 장르형성,《한국언론학보》48권 1호,
　　한국언론학회.

진은경, 2006, 미야자키 하야오의 영화에 나타난 에코페미니즘,《비교문학》Vol.39,
　　한국비교문학회.

최기숙, 2001, 환상적 마법세계에서의 현실성 유희: 해리포터를 읽는 즐거움과 혼
　　돈,《여/성 이론》5호, 도서출판 여이연.

최병근, 2006, 미장센 요소들의 창의적 기능에 대한 연구,《영화연구》29호, 한국영
　　화학회.

최애리, 2004, 현대 영화에 나타난 중세 신화의 요소들,《문학과 영상》문학과 영상
　　학회, 봄 · 여름.

최용배 외, 2005,《온라인 영화시장의 유통현황과 수익구조 개선을 위한 연구: 수익
　　모델 개선을 중심으로》영화인회의 연구보고 2005-1.

최유리, 2006, 애니메이션에 있어서의 음악과 영상과의 상관관계,《만화애니메이션
　　연구》10호, 한국만화애니메이션학회.

최익환, 2009, 아바타, 내러티브를 업시킨 입체의 힘,《씨네21》12.29.

최인수, 1998, 창의성을 이해하기 위한 여섯 가지 질문,《한국심리학회지》17권 1
　　호, 한국심리학회.

한창완, 2003, One Source Multi Use모델의 활성화를 위한 연계산업의 구조 맵핑
　　연구,《만화애니메이션연구》7호, 한국만화애니메이션학회.

한혜원 · 변성연, 2010, 일본 애니메이션 피규어의 기호학적 의미 연구,《인문콘텐
　　츠》17호, 인문콘텐츠학회.

3. 해외 문헌

Andrea Phillips, 2012, *A Creator's Guide to Transmedia Storytelling*, McGraw-Hill.

Bryan Alexander, 2011, *The New Digital Storytelling: Creating Narratives with New Media*, Praeger.

Henry Jenkins, Sam Ford, Joshua Green, 2013, *Spreadable Media: Creating Value andMeaning in a Networked Culture*, New York Univ Press.

Joe Lambert, 2013, *Digital Storytelling: Capturing Lives, Creating Community*, Taylor & Francis.

Linda Hutcheon, 2012, *A Theory of Adaptation*, Taylor & Francis.

Marie-Laure Ryan, 2004, *Narrative Across Media: The Languages of Storytelling*, University of Nebraska Press.

Marie-Laure Ryan, 2013, *Transmedial Storytelling & Transfictionality*, Poetics Today, Vol.34. No.3,

Marie-Laure Ryan, Jan-noel, 2014, *Storyworlds Across Media: Toward a Media-Conscious Narratology*, University of Nebraska Press.

Robert Pratten, 2011, *Getting Started in Transmedia Storytelling: A Practical Guide for Beginners*, Createspace Independent Publishing Platform.

Ruth Page, Bronwen Thomas, 2011, *New Narratives: Stories and Storytelling in the Digital Age*, University of Nebraska Press.

Tom Dowd, Michael Niederman, Michael Fry, Josef Steiff, 2013, *Storytelling Across Worlds: Transmedia for Creatives and Producers*, Focal Press.

4. 웹사이트

http://210.96.133.152/kocca/KGC2010/100915/15_4/file/project.htm
http://blog.naver.com/jmin826?Redirect=Log&logNo=100016406988
http://dstory.com
http://henryjenkins.org/2007/03/transmedia_storytelling_101.html

http://henryjenkins.org/2011/08/defining_transmedia_further_re.html

http://kin.naver.com/open100/db_detail.php?d1id=3&dir_id=322&eid=0e4p34U
A4toxrOenyysS+5udd7umexuP&qb=b25lIHNvdXJjZSBtdWx0aSB1c2U=
&pid=f4jL/loi5UdsstfOX0Rsss--498523&sid=SIaNv5xmhkgAAH9ig1A

http://preview.britannica.co.kr/bol/topic.asp?article_id=b22t3355a

http://terms.naver.com/item.nhn?dirId=706&docId=5356

http://www.cine21.com/Article/article_view.php?mm=002001001&article_
id=29171

http://www.photobus.co.uk

http://www.starlightrunner.com/transmedia.

http://www.storycenter.org

http://www.storytellingfoundation.net

https://www.youtube.com/watch?v=n00NFbjv3WU

색인